DAEMRYS
II

DAEMRYS
II

Mainet Elisabeth

© 2024 Elisabeth Mainet

Édition : BoD • Books on Demand GmbH, In de Tarpen 42, 22848 Norderstedt (Allemagne)

Impression : Libri Plureos GmbH, Friedensallee 273, 22763 Hamburg (Allemagne)

Illustrations : Doriane Poilâne

ISBN : 978-2-3225-3268-1
Dépôt légal : Octobre 2024

« Mais si l'on ne peut pardonner,

Cela ne vaut pas la peine de vaincre. »

— Victor Hugo

Les cheveux légèrement plus longs que lors de sa dernière apparition en société, mais surtout le regard plus sombre, Harry Loaran n'était plus reconnaissable que par la tresse qui ornait sa chevelure, comme d'ordinaire. Quelques mois plus tôt, il avait lâchement fui face aux pouvoirs d'Alice Morìn. Désormais, il se tenait fièrement face à une foule sans visage. Tous portaient une capuche, car les risques encourus par Harry étaient les mêmes pour ces personnes : une condamnation à mort ou un aller simple pour l'île de Nyrloah. Des terres hostiles où étaient exilés les pires criminels. Si le gouvernement apprenait la constitution d'une nouvelle armée de Créatures avant qu'elle ne soit prête, il la mettrait en déroute une seconde fois. Pour Harry et ses acolytes, cette nouvelle tentative était une bénédiction, mais surtout la dernière qui leur soit accordée. Il fallait donc faire preuve de discrétion et rester ferme. Surtout, éviter les rumeurs. Comme des murmures traversaient déjà les rangs, Harry prit la parole avec assurance :

— Merci à tous d'être venus ! Notre nouveau chef n'est pas arrivé, mais il ne saurait tarder. En attendant, laissez-moi vous expliquer ce qui nous rassemble aujourd'hui !

Il esquissa un sourire satisfait : le nombre d'hommes rassemblés avait triplé. La colère des sorciers envers le Roi y était pour quelque chose : au cours des dernières semaines, Charles de Daemrys avait refusé à un comte doté de magie d'intégrer son conseil, jugeant que la communauté magique pesait suffisamment dans les décisions politiques par le biais de l'académie. Harry comprenait la décision du roi, mais appréciait qu'elle soit critiquable… et critiquée.

L'élu déchu frissonna alors et sentit comme une présence étrangère et non désirée. Son impression se confirma lorsqu'un homme inconnu entra, la face découverte. Bientôt, ce même frisson parcourut la foule : une réaction rapide s'imposait. Le chef improvisé leva fièrement le menton et se dirigea vers l'intrus d'un pas sûr.

— Qui êtes-vous, étranger ?

— Martin, pour vous servir ! J'ai entendu parler de vos activités… hmm, comment le dire poliment, douteuses.

Ce dénommé Martin arborait un sourire froid et un ton arrogant, mais Harry lisait aisément en lui : il n'avait rien d'un sorcier, il ne leur était donc d'aucune utilité. Un simple coup d'épée, et…

— Je connais bien Alice Morìn, s'exclama alors le jeune homme. J'ai vécu dans le même village qu'elle, et nous étions… amis.
Finalement, l'intérêt d'Harry était piqué.
— Si vous êtes réellement son ami, que faites-vous ici ? le questionna-t-il tout de même.
Les poings serrés de Martin témoignaient d'une certaine appréhension qu'il tentait de dissimuler par son audace démesurée.
— Je ne l'ai pas vue depuis des mois, notre amitié n'est donc plus d'actualité. Quelques informations valent bien une récompense, n'est-ce pas ?
— Parlez.
Dans la salle, l'inquiétude retombait et les discussions reprenaient leur cours.
— Alice est si mystérieuse que j'en ai plus appris sur elle en son absence qu'en la côtoyant. Un soir à la taverne, j'ai soutiré à mon patron quelques secrets sur cette fille étrange : l'Élue qui a déserté, l'orpheline dont le père a été condamné à mort et dont la mère ne s'est jamais occupée… Il s'avère que ce vieillard en savait plus qu'il ne le disait sur l'arrestation de Pierre Morìn, mais je suppose que vous connaissez déjà l'histoire puisque vous êtes ici.
Harry savait tout, puisqu'il était proche de l'un des responsables de l'avènement des Créatures et de leur force surhumaine. Il n'ignorait pas ce pourquoi le père d'Alice avait été mis à mort.
— Mon patron en sait peut-être même plus que vous, sans vouloir vous offenser, ajouta Martin, et il m'a dit que cette femme avait un lien très fort avec cette espèce : tant qu'Alice vivra, vous garderez votre force. Mais s'il lui arrivait quelque chose, vous seriez en péril.
Cet homme ne lui apprenait rien de nouveau et la patience de l'élu s'amenuisait à petit feu. Brandir son épée et mettre un terme à cette conversation insipide le démangeait.
— Si elle se joignait à vous, vous deviendriez plus puissants. Vous devez connaître l'immensité de ses pouvoirs, n'est-ce pas ?
Harry en avait lui-même fait les frais, et certainement aurait-il fui la jeune femme comme la peste si une once de magie avait encore coulé dans ses veines. Hélas pour elle, et heureusement pour lui, ce temps était révolu. Cette puissance gâchée le subjuguait, tout comme la mystérieuse beauté de l'ancienne sorcière. Il secoua la tête, se rappelant qu'elle n'en valait plus la peine.
— Alice n'a plus de pouvoirs, rétorqua-t-il d'un ton presque déçu.

Leur but était maintenant de ramener Adrien Sarre à la raison, de le convaincre de prendre part à cette assemblée. Comme il se trouvait désormais pris dans les filets de l'académie, le Maître parviendrait facilement à lui. Utiliser le ressentiment et la culpabilité du jeune homme quant à la mort de son père, Louis Sarre, le précédent chef des Créatures, rendait la tâche plus évidente. Tout particulièrement à cause du rôle que jouait Alice dans cette mort : elle avait elle-même anéanti le père de son ami. Même s'il n'y avait encore aucune forme de haine entre Adrien et elle, Harry savait que les regrets et le manque finiraient par rebattre les cartes. Un jour, il deviendrait insupportable pour Adrien de regarder Alice en face, sans songer à son défunt père. Cette mission donnait à Harry un avant-goût de victoire.

— Croyez-moi, elle les retrouvera bientôt, répliqua Martin avec assurance.

D'un haussement de sourcil, l'Elu déchu ordonna à l'inconnu d'expliciter ses propos.

— Ce sera selon votre volonté, bien sûr, mais voici un objet qui rendra ses pouvoirs à Alice.

L'étranger sortit une bague de sa poche et la tendit à cet Élu sans cœur.

— Elle l'avait trouvée peu avant son départ, et l'a oubliée. Quand j'ai fouillé sa maison, je suis tombé dessus, alors le vieux Sam m'a conseillé de vous l'apporter en échange de *"bien plus qu'elle ne pourrait m'offrir"*... Cette bague permet à son porteur de retrouver une chose dont il a été privé.

Ce simple anneau, presque ridicule, pourrait-il vraiment faire renaître la magie en Alice Morìn ? Harry récupéra l'objet et le toisa d'un air sceptique, mais la force qui en émanait ne tarda pas à l'effleurer. Cet humain n'avait pas menti. Une seule question demeurait : Comment le faire parvenir à la jeune femme ?

Un plan commença à germer dans son esprit retors, un sourire mauvais se dessina sur son visage, et la main d'Harry se posa sur le pommeau de son épée.

— Merci Martin, vous nous avez rendu un fier service.

Celui qui venait de trahir Alice s'inclina, prêt à réclamer son dû. De l'or, beaucoup d'or, s'était-il imaginé. Toutefois, la lame de l'élu en travers de sa gorge fut sa seule récompense.

1

Peu de temps après...

Depuis quelques instants déjà, Jeanne me tendait la main d'un air complice. Son sourire éclatant laissait transparaître une malice inoffensive et je me risquai donc à entrelacer mes doigts aux siens. Elle me tira hors du sofa et m'entraîna au milieu du salon d'un pas vif. Elle avait pris soin d'écarter tous les meubles en vue de mes habituels cours de danse dispensés par son propre mentor, mais celui-ci se faisait désirer. Visiblement, elle comptait le remplacer. Elle colla ma paume à la sienne et passa un bras assuré autour de ma taille.

— Prête, Alice ? demanda-t-elle, imitant la voix grave de son compagnon.

J'acquiesçai, amusée, prête à ruiner toutes ses tentatives pour faire de moi une danseuse expérimentée. Hugo essayait depuis des mois, sans jamais parvenir à un résultat concluant. Et ses capacités de professeur n'étaient pas à remettre en cause.

— Bien, commençons.

D'un geste de la main, Jeanne fit s'animer le violon posé dans un coin de la pièce pour qu'il nous donne de l'entrain et du rythme. Je plongeai mon regard dans celui de mon amie, qui m'adressa un clin d'œil encourageant. Pendant les premiers mouvements, je me contentai de suivre les siens sans faire de faux pas.

— Bien, maintenant détends-toi, me conseilla l'élue. Laisse-toi guider par la musique.

Elle élança le bras pour me faire tournoyer, et surprise, je manquai de glisser sur les pans de ma robe. Elle me rattrapa en riant et me ramena contre elle.

— Je comprends mieux le désespoir d'Hugo.

— C'est encore nouveau pour moi, protestai-je. Ce n'était pas à Daahshi que se tenaient les meilleurs bals.

Sans compter que les années de ma vie passées dans ce petit village ne comptaient pas parmi plus remplies d'un point de vue social.

— Et à Eawern ? Tu ne te rappelles pas les fêtes organisées par ta mère ?

Impossible de contrer cet argument : ma mère participait activement à la vie de la communauté lorsque nous vivions là-bas, et cela passait par des festivités tout au long de l'année. Le bal des amoureux, puis celui pour fêter l'arrivée des beaux jours ou de la neige, et même le bal des inconnus pour intégrer les nouveaux arrivants… Jeanne et moi avions largement pu en profiter.

— Mais nous étions enfants, objectai-je.

— Justement. Ton corps aurait dû mémoriser les pas, je me souviens que tu n'étais pas si mauv…

Elle se tut et me décocha un regard noir, car au même moment, mon pied écrasa ses orteils.

— Ton père nous faisait danser chacune notre tour, mais il réservait toujours sa dernière danse à ta mère, se remémora-t-elle avec nostalgie.

La mention de mon père ne m'évoqua pas tant de peine qu'auparavant et aucune larme ne vint troubler l'expression calme de mon visage. Seul un sourire s'y dessina, en souvenir de ces fabuleux instants en sa compagnie. Un éclair de satisfaction traversa les yeux de mon amie. Il lui arrivait souvent d'aborder le passé dans l'attente de ma réaction et elle appréciait de me voir sur le chemin de la guérison.

— Bon, Alice, nous n'allons pas y passer la matinée, reprenons, continua la jeune femme en adoptant le ton parfois sévère d'Hugo.

— Et dire qu'il y a des jours où je ne regrette pas d'être tombé amoureux de toi, soupira la voix de ce dernier dans notre dos.

Nous fîmes volte-face pour nous retrouver devant le mentor, dont les yeux scrutaient mon amie avec tendresse. Leur amour me donnait parfois le sentiment d'être de trop, de m'imposer dans leur vie à deux, mais ce même amour ne manquait jamais de m'apporter beaucoup de bonheur pour eux. Mon amitié presque sans faille avec la jeune femme et ma complicité avec le sorcier contrebalançaient le poids de cette gêne.

Nous vivions tous les trois dans le manoir de Jeanne depuis des mois. Depuis la fin de notre quête contre les Créatures, pour être exacte. Je n'avais pas remis les pieds à Daahshi, ni pris part aux mondanités qui se tenaient peut-être ailleurs dans le royaume. L'environnement de la forêt de Shirin s'avérait suffisamment divertissant pour le moment, mais un jour, il faudrait en sortir. C'était pour cette raison que mes deux acolytes me préparaient à savoir danser et me tenir dans les hautes sphères.

— Alice, si je suis en retard, c'est qu'on m'a annoncé une réunion de dernière minute à l'académie, déclara alors Hugo avec plus de sérieux. Tous les mentors seront présents, y compris Morgane.

La relation de confiance qui nous liait tous les trois m'avait poussée à me confier sur la nature de mon amitié avec celle qui aurait dû être ma mentore, si je n'avais pas renoncé à mon rôle d'élue. Puisqu'ils enfreignaient eux aussi une loi de l'académie en entretenant une liaison, ils ne pouvaient pas juger Morgane d'en avoir fait autant pour m'enseigner la magie.
— Est-ce une invitation à me joindre à vous ?
Il hocha la tête et mon cœur se gonfla de joie.
— Je comprends que tu n'apprécies pas l'académie, mais…
— Évidemment, je veux t'accompagner ! l'interrompis-je avec enthousiasme. Mais je suppose ne pas pouvoir assister à la réunion, n'est-ce pas ?
— Non, en effet. Mais qui sait, Adrien pourra peut-être se libérer pour rester avec toi.
Quoi qu'il en soit, cela en valait la peine. Si Morgane se trouvait là-bas, elle me donnerait la raison de ses absences prolongées et je lui raconterais mes derniers périples.
En songeant à cela, une lueur quitta mon regard : cette femme m'avait tant appris. Tout appris, pour être honnête. Les sorts que je connaissais, la maîtrise des enchantements, le courage dont je faisais preuve et l'amour inconditionnel… Sans elle, je n'aurais jamais pu devenir celle que j'avais été ; sans elle, je n'aurais jamais pris part à la quête et vaincu les Créatures.
Si lors de nos retrouvailles, il ne me restait plus rien ce qu'elle m'avait enseigné, que penserait-elle ? La simple idée de la décevoir me découragea : elle avait pris tant de risques pour moi, des risques dont je n'avais pas été à la hauteur. La main de Jeanne se posa sur mon épaule, et elle me rassura :
— Ce qui s'est passé dans la grotte n'est pas ta faute, Alice. Tu n'es pas devenue puissante, mais je ne crois pas que Morgane en attendait autant : elle voulait simplement que tu sois comme elle, une femme brave, et tu l'es. Avec ou sans magie. N'oublie pas que tu as sauvé tout le royaume, comment pourrait-elle ne pas être fière ?
Les commissures de mes lèvres se relevèrent légèrement.
— Espérons qu'elle sera du même avis.
Je fis un pas de côté pour rejoindre mes appartements et m'habiller, mais la jeune femme s'interposa.
— Si tu te rends à l'académie, je dois m'occuper de ta tenue !

Comme toujours, me plier aux codes de la noblesse s'avérait indispensable. A mes yeux, cette adaptation n'était qu'une épreuve inutile et désagréable ; toutefois, lorsque Jeanne se chargeait de me rendre présentable, je ne pouvais qu'accepter. La jeune femme passa devant moi, et Hugo passa son bras autour de mes épaules en murmurant à mon oreille :
— Morgane sera impressionnée, tu peux me faire confiance…
Pour toute réponse, un rictus nerveux franchit mes lèvres.

Quinze minutes plus tard, mon reflet me dévisageait dans le miroir, sans ciller. Il ressemblait à une tout autre personne, différente de moi, mais les exploits de Jeanne en la matière ne me surprenaient plus. Ils n'en restaient pas moins impressionnants : la robe bleue que je portais mettait ma silhouette et mes formes à leur avantage, sans les rendre provocantes pour autant. Mon amie dégagea une dernière petite mèche du chignon qu'elle venait de me faire, releva mon menton d'une main légère et esquissa un sourire satisfait.
— Une vraie dame, commenta-t-elle.
Elle disait vrai. Habillée ainsi, je n'avais plus rien d'une vulgaire sorcière. D'une orpheline. D'une roturière. Il m'arrivait pourtant de regretter ce temps-là, où je me sentais davantage moi-même. Mes piètres talents en danse et mes escapades dans la forêt me rappelaient fort heureusement qu'au fond, rien n'avait changé. Les bras de la jeune femme entourèrent alors mes épaules et son visage disparut contre mon cou. D'abord surprise, je posai ensuite mes mains sur ses coudes et laissai ma tête tomber sur la sienne. Mes paupières se fermèrent. L'aspect solitaire de mon ancienne vie ne me manquait plus, lui. Cette nouvelle vie m'apportait une douceur qui, après la mort de mon père, m'avait paru inaccessible. Cependant, nous en étions là et j'appréciais chaque instant en compagnie de mes amis.
— Je suis si heureuse de t'avoir retrouvée, Alice.
— Je le suis plus encore.
Jeanne eut alors un geste de recul et je la dévisageai, inquiète. Elle se contenta de secouer la tête et d'annoncer :
— Un messager est là.
Mon cœur fit un bond dans ma poitrine : décidément, cette journée se révélait pleine de nouvelles, toutes plus agréables les unes que les autres.

Mes pas suivirent Jeanne jusqu'à l'entrée de sa demeure, tandis que mon esprit vagabondait ailleurs, entre appréhension et excitation. J'avais beau prétendre le contraire lorsque Jeanne ou Hugo me posaient des questions à propos de Gabriel ou des lettres qu'il m'écrivait presque toutes les semaines, il me manquait. Sa dernière missive datait d'une quinzaine de jours, mais son contenu était un mystère : résignée à ne plus faire partie de sa vie, je ne pouvais pas le laisser entrer dans la mienne. Aussi n'avais-je lu aucune de ses lettres. À quoi bon après tout ? Cela n'aurait servi à rien, sinon à raviver en moi une douleur encore brûlante.

Toutefois, mon attachement à son égard me défendait d'être indifférente au simple fait de recevoir de sa part un signe de vie. Égoïstement, l'absence de lettres ces derniers temps m'avait inquiétée. Après tout, ma plus grande peur résidait dans le fait qu'il puisse un jour m'oublier. *Réellement* m'oublier. Les battements de mon cœur résonnaient aussi fort que le bruit de nos pas dans les couloirs, et parvenir dehors me parut prendre une éternité.

2

Alors que nous sortions tout juste du château, Jeanne et moi tombâmes nez-à-nez avec le messager. Il nous dévisagea à tour de rôle, et sembla hésiter lorsqu'il m'interpella :
— Alice Morìn ?
Je hochai la tête, essayant de faire taire l'espoir qui transparaissait sur mon visage.
— Voici une lettre pour vous. L'expéditeur n'a pas inscrit son nom, précisa-t-il.
Il me remit une enveloppe jaunie, cornée et plus lourde qu'une simple feuille de papier. De toute évidence, cette lettre ne venait pas de Gabriel. De qui, alors ? Je la glissai dans ma poche, jugeant qu'il vaudrait mieux l'ouvrir plus tard. Le messager se tourna alors vers Jeanne et reprit :
— Voici une lettre de la cour.
Mon amie reçut la missive avec étonnement, sans comprendre pour quelle raison elle ne m'était pas adressée directement, comme d'ordinaire. Elle ouvrit lentement l'enveloppe tandis que le messager s'éloignait de nous d'un pas vif et que l'impatience me dévorait. Les yeux de mon amie parcoururent rapidement les lignes inscrites sur ce papier et ne tardèrent pas à s'assombrir. Hugo, qui venait d'arriver à notre hauteur, lut par-dessus l'épaule de son amante, habité par une émotion semblable.
— De quoi s'agit-il ? cédai-je à ma curiosité.
Ils échangèrent un bref regard, et ce fut elle qui me répondit avec hésitation :
— Ce que nous dit cette lettre, c'est que…
Elle s'arrêta, et j'attendis qu'elle continue. Elle ne le fit pas, mais son amant, si.
— C'est une invitation au mariage de Gabriel.

Toute l'animation qui m'habitait retomba lorsque j'assimilai les mots du mentor, déboussolée. Il était évident que notre histoire s'achèverait un jour, mais je ne pensais pas que cela arriverait si vite. Qui avait-il bien pu rencontrer pour vouloir se marier si tôt ? Jeanne devina ma question dans mon regard et avoua d'un air contrit :
— Il épousera Alienor dans quelques jours.
Mes paupières s'écarquillèrent sous le coup de la surprise, mais surtout, des larmes remontèrent dans ma gorge. J'aurais pu m'y noyer si elles avaient coulé, pourtant,

les refouler risquait aussi de me submerger. Les deux élus me dévisageaient, dans l'attente d'une réaction.
— Quelle… Quelle nouvelle, fis-je d'une voix vide.
Finalement, la petite bourgeoise avait obtenu ce qu'elle désirait : j'avais disparu de l'esprit de Gabriel, et elle, elle allait l'épouser.
— Veux-tu toujours m'accompagner ? demanda Hugo avec gentillesse.
Il aurait parfaitement compris que je reste, et Jeanne m'aurait volontiers réconfortée, mais cette histoire ne devait pas m'abattre. Gabriel avait de toute évidence tiré un trait sur notre histoire et j'en avais fait autant, de mon côté.
— Je viens, affirmai-je par fierté.
Jeanne me souhaita bonne chance, puis Hugo appela son Daahtor. Le château fut rapidement derrière nous, mais mes mauvaises pensées, elles, me suivirent jusqu'à notre destination.

Les couloirs de l'académie, toujours aussi nombreux, me dissuadaient de m'écarter du mentor. En dépit de cette proximité, je me sentais à des kilomètres de lui. Pas le moindre mot n'avait franchi ses lèvres depuis notre arrivée, ce qui semblait étonnant, au regard de sa nature à inlassablement prendre les choses en main. En temps normal, il aurait questionné mon ressenti, il m'aurait prodigué quelques conseils, il m'aurait pris dans ses bras… il m'aurait parlé. Mais il restait muet, et distant. Cependant, n'était-ce pas mieux ainsi ? Un seul mot de travers aurait suffi à mes yeux pour déverser un torrent de larmes dans ces corridors. Afin d'éviter de penser au mariage, je tentai de me concentrer sur mes retrouvailles avec Morgane : qu'allais-je donc lui dire ? Et elle, qu'allait-elle m'apprendre ? A quel point avait-elle changé depuis notre dernière rencontre ?
Le pas d'Hugo, de plus en plus rapide, m'intriguait. Étions-nous en retard ? C'était fort possible, puisque cette lettre nous avait tous déstabilisés. Après avoir voyagé à travers toute l'académie, nous nous arrêtâmes devant une petite porte.
— Je vais entrer. Si Morgane est là, je lui dirai de venir.
Il disparut dans la pièce, et pour tuer le temps, je m'empressai de sortir de ma poche l'autre lettre apportée par le messager. Avec un peu de chance, cette fois-ci, ce serait une vraie bonne nouvelle. L'écriture était assez fine, facilement lisible, et le texte relativement court.

Ma chère Alice,
C'est moi, Zara. J'ignore quand cette lettre te parviendra, mais je te l'envoie tout de même.
Sur notre retour, nous avons fait une halte dans ton village, et un ami à toi nous a même montré ta cabane. Tu y as laissé beaucoup de choses, comptes-tu y retourner un jour ? Dans l'incertitude, je joins à cette lettre une bague qui traînait dans ta chambre. Je ne sais pas si elle a de la valeur, mais je tenais à ce qu'elle te revienne plutôt qu'elle finisse entre les mains d'un vulgaire voleur.
Avec toute mon amitié,

Zara

Aucune lettre de Zara ne m'était parvenue depuis son départ, et celle-ci ne devait pas dater d'hier, car mon village n'était pas si loin d'ici alors que la jeune femme, elle, se trouvait certainement à l'autre bout du Royaume. A Saahnan, où elle projetait d'aller. J'espérais qu'elle y avait trouvé ce qu'elle recherchait, cette paix dont elle avait parlé en partant, et que Mathys partageait son bonheur. Un jour peut-être, nous nous reverrions et ils pourraient me raconter tous leurs périples. La nostalgie sembla s'emparer de moi, en pensant qu'au fond, tous mes amis avaient fini par refaire leur vie après notre quête. Alienor et Gabriel allaient se marier et je les devinais heureux ensemble. Zara et Mathys avaient tourné la page et se trouvaient désormais loin de tout ce qui nous liait. Adrien enseignait à l'académie et n'avait plus le temps pour nous, plongé dans son travail et ses occupations. L'impression d'être la dernière à qui tous ces souvenirs manquaient me pesait tant que je songeais parfois à partir de chez Jeanne pour mieux oublier tout cela.

Je pris une grande inspiration avant de plier le papier et me dépêchai de sortir l'anneau de l'enveloppe. A son contact, je ressentis la même sensation de pouvoir que lorsque je l'avais touché pour la première fois, ce même jour où j'avais rencontré Gabriel. Je fis abstraction de ce détail futile, car ce n'était pas le plus important : le vieux Sam m'avait parlé des capacités de cette bague, et je savais donc qu'en portant cet objet à mon doigt, ce que j'avais perdu me serait rendu.
J'esquissai un sourire triste. Quelques mois plus tôt, j'avais immédiatement pensé à mon père, mais ce jour-là, c'était le visage d'un autre qui me venait à l'esprit. Dans les deux cas, il était inutile de m'imaginer des choses : ils étaient partis.
— Alice ! Quel plaisir de te voir !

A l'appel de mon prénom, mon visage se releva brusquement vers le jeune homme aux cheveux roux qui l'avait prononcé. Je rangeai discrètement l'anneau dans ma poche pour le saluer, un sourire aux lèvres.

3

Mon sourire vira à une moue étonnée : l'accoutrement de professeur revêtu par Adrien lui donnait un air sévère qui tranchait avec son tempérament enjoué.
— J'ai failli ne pas te reconnaître, Alice !
Les efforts de Jeanne y étaient évidemment pour quelque chose, et sa remarque dissimulait peut-être un caractère vexant, dont je fis abstraction.
— Et toi donc, tu es devenu un vrai modèle pour les élèves. Je peine à le croire !
Il se contenta de rire nerveusement en passant la main dans ses cheveux, mais, pour une fois, ce geste ne ressemblait pas tant à de l'anxiété qu'à un profond mal-être. Jouions-nous tous les deux une sorte de mascarade dans l'espoir qu'elle suffise à effacer nos tourments, tout en sachant au plus profond de nous que rien n'y ferait ? Aucun de nous n'ignorait la peine que lui causait encore le départ de Zara, ni à quel point le mariage princier m'affligeait, pourtant, nul ne voulait crever l'abcès. En fin de compte, il le fit, sans même y songer, piégé par sa curiosité.
— Que lisais-tu ?
— Une lettre de Zara, dis-je avec prudence. Elle me disait être passée à Daahshi et avoir fait un détour à ma cabane... Rien de très intéressant.
Il hocha lentement la tête, attristé.
— J'ai entendu dire qu'elle avait pour projet de devenir prêtresse.
Je posai une main sur son épaule et il me gratifia d'un sourire sans joie. Si les idées de la jeune femme se concrétisaient, alors il y avait de grandes chances que nos chemins ne se croisent plus : encore une fois, le sanctuaire où elle serait formée se trouvait à Saahnan, l'autre bout du royaume, un lieu au sein duquel peu de visites étaient permises.
— J'espère qu'elle reviendra un jour, me confia-t-il avec espoir.
Il fronça les sourcils, peut-être pour réprimer les battements trop rapides et désordonnés de son cœur, et la compassion m'envahit. Il avait une part de responsabilité dans le départ de Zara, mais ses regrets se révélaient sincères, tout comme son amour pour elle. Après des mois et des semaines d'absence, il continuait de l'attendre, en dépit de leur relation très éphémère.
— Comment vas-tu ? demanda-t-il pour échapper à la situation. Sans tes pouvoirs, cela ne doit pas être facile.

— En effet, mais les perdre me semble mille fois préférable à une vie séparée d'un être aimé.

Sans surprise, il comprit immédiatement le sens de mes mots et me prit dans ses bras, comme le faisait Gabriel quelques mois plus tôt. C'était pourtant différent, puisqu'il n'y avait dans ce geste qu'une amitié sincère.

— Si cela peut te réconforter, dis-toi que cette personne n'est pas perdue à jamais. Tes pouvoirs, en revanche…

Une décharge me traversa alors, et je fis un pas en arrière, réalisant à quel point il se trompait. En réalité, la probabilité que la magie coule à nouveau dans mes veines était plus grande que celle d'être un jour réunie avec Gabriel. Je sortis l'anneau de ma poche, sous le regard confus d'Adrien, mais n'eus pas le temps de lui expliquer mes projets pour cet objet d'apparence si banal. Une femme d'un certain âge et à l'allure stricte arriva et le réprimanda sévèrement :

— Professeur Sarre, vous devriez être en cours au lieu de bavasser ! Vos élèves vous attendent !

Cette vieille mégère ne tarda pas à disparaître et une vague de tristesse me submergea : la solitude et moi allions devoir nous tenir compagnie un petit moment. Je détournai les yeux du jeune sorcier, déçue de déjà lui dire au revoir. Après des semaines ensemble, à combattre le même mal, à nous guérir les uns les autres, à perdre et à gagner, tout ce que nous partagions se résumait désormais à de précieux instants volés, quand le hasard faisait se croiser nos chemins. Je ravalai ma nostalgie pour raisonner : nos vies reprenaient. Il était plus sain pour nous de mener nos existences ainsi qu'en luttant pour survivre chaque jour, la peur au ventre.

— Au plaisir de te revoir, lui lançai-je donc, essayant de cacher ma déception.

— Je serai au mariage, ce sera l'occasion de se retrouver m'assura-t-il en souriant.

Garder la face ne fut pas évident, et je ne laissai retomber mes efforts que lorsqu'il fut parti, m'écroulant presque contre le mur en pierre de l'académie. Ce mariage. Je n'avais aucune envie de m'y rendre, de les voir ensemble, se tenant les mains devant l'autel, se promettant un éternel dévouement, alors que j'aimais encore le neveu du roi. Pourtant, il fallait que je sache, que je voie de mes propres yeux que tout était réel. Leur amour, leur bonheur. Je devais être certaine que ce n'était pas qu'un mensonge.

Je jetai un nouveau regard à l'anneau qui, entre mes mains, se trouvait être ma seule consolation. Était-il aussi puissant qu'il en avait l'air ? Je ne le saurais qu'à l'instant même où je pourrais le passer à mon doigt, lorsque je serais seule et dans un endroit sûr. La porte de la salle de réunion s'ouvrit alors, et une femme brune apparut sous mes yeux, toujours aussi belle et gracieuse que dans mes souvenirs.

Morgane m'entraîna discrètement dans une pièce voisine, dont elle prit soin de verrouiller la porte, avant de se précipiter sur moi. Ses bras m'entourèrent avec chaleur, comme ceux d'une mère, d'une sœur, d'une amie… Un sourire illumina mon visage tandis qu'un soupir de soulagement franchit mes lèvres : notre lien indescriptible subsistait encore et sa présence me rassurait déjà. L'odeur douce et sucrée de la mentore demeurait elle aussi inchangée, et je restai un instant contre elle, à ne penser qu'à ce bien-être. Ce fut elle qui s'écarta de moi quelques instants plus tard, tout en prenant mes mains dans les siennes.
— On n'a pas manqué de me raconter tes exploits, Alice, et crois-moi, j'en suis épatée… Je te dirais bien que tu es devenue une femme exceptionnelle, mais tu l'as toujours été !
Une étrange douleur me tordit le cœur, car si les mots de Morgane m'aidaient à me sentir mieux, ils me rappelaient aussi les manquements de ma mère : aux yeux de ma mentore, j'avais toujours eu de la valeur. Pour Victoria Morin, je n'étais encore personne. Ses doigts serrèrent les miens, et je relevai les yeux vers elle.
— Si seulement tu avais pu être là ces dernières semaines, soufflai-je avec sincérité.
Elle affronta mon regard avec défiance.
— Tu n'as pas besoin de moi pour réussir, tu es suffisamment forte seule.
Je hochai la tête de gauche à droite, en signe de désapprobation, presque boudeuse. A son tour, elle fit la moue et prit mon visage entre ses mains avec affection.
— Excuse-moi de ne pas avoir été plus présente pour toi ces derniers temps, répondit-elle d'une voix maternelle, mais il me restait quelques… détails à régler. D'ailleurs, je suis loin d'en avoir fini et comme tu peux le voir, j'attends un heureux événement.
Elle joignit le geste à la parole en me désignant son ventre rond. Comment avait-il pu échapper à mon attention ? L'expression paisible de Morgane et son air fier ne trahissait qu'un pur bonheur, qui se répandit dans mon esprit. Cet enfant à naître avait de la chance : cette femme saurait lui donner l'amour et l'attention nécessaires, tout en lui fournissant les armes pour se défendre face au monde.
— Toutes mes félicitations, Morgane ! Je suis si heureuse pour toi !
— Et moi donc, je meurs d'impatience.
— Tu seras une excellente mère, la coupai-je, j'en suis persuadée.

Un éclair de tristesse traversa les yeux de la mentore. Avais-je effleuré un point sensible ? Je m'apprêtai à la questionner, mais elle me devança.
— J'essaierai de te faire signe quand mon enfant sera né. J'aimerais qu'il te connaisse, Alice.
J'acquiesçai en souriant, réalisant que lorsque viendrait mon tour d'être mère, je voudrais sûrement lui présenter ma progéniture, à défaut de la faire connaître à mes parents biologiques. Morgane prit alors ma main et la posa contre son ventre rond. Le monde sembla alors se renverser.

Je me trouvais dans une pièce assez sombre, éclairée par quelques chandelles, tandis que quelque chose de lugubre pesait dans l'atmosphère. Le nourrisson que je tenais entre mes bras ne cessait de geindre. Sa douleur était également mienne, sans que je comprenne pourquoi, et un homme s'approcha de moi. Je reconnus Gabriel, qui passa un bras autour de ma taille et déposa un baiser sur ma tempe.
— Elle doit avoir faim.
Je le suivis dans la cuisine, sans parvenir à croire qu'il s'agissait de l'unique raison pour laquelle ce bébé hurlait sans s'arrêter.
— Donne-la-moi, me demanda le neveu du Roi après une tentative maladroite de ma part pour bercer la petite.
A peine arrivée contre lui, elle s'apaisa et avala goulument le lait frais que lui fit boire le jeune homme. J'esquissai un sourire triste.
— Tu ne trouves pas qu'elle est aussi belle que sa mère ? observa-t-il.
Des larmes brouillaient ma vue, et je sentis simplement ses lèvres se poser sur les miennes.

Mon retour à la réalité se fit en un brutal sursaut.
— Tout va bien ? s'inquiéta Morgane.
Je fis un pas en arrière, m'adossant au mur, et répondis :
— J'ai eu… comme une vision.
— Un souvenir ?
Je lui fis signe que non, et pour une fois, elle sembla aussi surprise que moi. Si elle-même ne comprenait pas ce qui s'était produit, qui le pourrait ? Elle me questionna sur la teneur de cette vision dont je m'empressai de faire le récit.
— Gabriel… euh, le neveu du roi, me corrigeai-je, était avec moi, et nous avions un enfant, une fille. Je crois que c'était la nôtre, mais c'est impossible.
— Pourquoi cela ?

— Il va se marier avec une autre, rétorquai-je sèchement. Mais tu devrais être au courant, tu es sûrement invitée.
— Je n'en savais rien et je n'irai pas à ce mariage, c'est… trop risqué pour moi. Quoi qu'il en soit, Alice, tout est possible. Cette vision est peut-être le signe que tu ne devrais pas abandonner.

Il était probable qu'elle ait raison, comme toujours, mais je ne comprenais pas pourquoi ce songe m'était apparu lorsque j'avais touché son ventre. Comme si cet enfant qu'elle portait avait voulu me transmettre un message… Cela ne faisait pas sens pour autant : si la magie avait un jour fait partie de moi, le don de voyance, jamais. A ma connaissance, ce n'était pas le genre de talent à survenir de lui-même.
Je m'apprêtais à questionner la mentore, mais une voix masculine appela son nom dans le couloir.
— Je dois y aller, Alice. Mieux vaut que Damien ne nous voie pas ensemble.
Ce dernier, l'un des quatre mentors, celui d'Harry, l'interpella une seconde fois, visiblement pressé et désireux de savoir où elle se trouvait. Morgane, pour sa part, paraissait plutôt nerveuse mais ne me donna pas d'explication.
— J'espère te revoir bientôt, murmurai-je, peinée.
Elle déposa affectueusement un baiser sur mon front et me lança un sourire réconfortant.
— Je l'espère aussi, Alice.
Elle me fit signe de rester silencieuse et quitta la pièce d'un pas vif, rabattant la porte derrière elle. Je l'entendis s'excuser auprès de Damien puis entrer dans l'autre pièce. Le souffle court, je dénouai un instant le lacet de mon corset et restai immobile. Loin d'être suffisante, cette entrevue me laissait un étrange sentiment de vide. Ce fut seulement lorsqu'Hugo vint me chercher et que nous rentrâmes chez Jeanne qu'un peu de chaleur sembla renaître en moi.

***

Autour de la table, nul n'avait prononcé le moindre mot : toutes nos pensées étaient tournées vers le mariage de nos amis. Même Hugo, qui nous racontait habituellement ses réunions, garda le silence. Afin de détendre l'atmosphère, je leur fis part de mon intention de les accompagner pour assister à l'union, et Jeanne manqua de s'étouffer.
— Tu n'es pas sérieuse ? s'étonna-t-elle une fois remise de ses émotions.

— Si, absolument. Je veux être là, je dois…
J'hésitais à leur raconter ma vision et à leur expliquer que je ne pouvais me résoudre à laisser ce mariage se dérouler sans avoir revu le neveu du roi. Si l'enfant du songe était bel et bien le nôtre, alors j'avais une bonne raison de me battre pour lui, pour ce que nous étions ensemble. Après de longs mois à me répéter que nous n'avions aucun avenir, il s'avérait qu'il en existait sûrement un pour nous. Et si ce songe était réellement un signe, comme l'avait suggéré Morgane ? Hugo posa sa main sur la mienne, interrompant le fil de mes pensées, et déclara avec douceur :
— Si tu penses que cela te fera du bien, alors je ne m'y opposerai pas. Mais sois bien consciente que cela risque de te blesser.
Je le remerciai brièvement de s'inquiéter avant de le rassurer :
— Je crois qu'ici, on a tous survécu à pire.
Je sentis de nouveau un léger picotement à travers ma robe, comme si la bague m'intimait l'ordre de la porter. Le petit garçon qui l'avait laissée tomber me revint alors en mémoire avec un lot de questions sans réponses. Qu'était-il devenu après notre rencontre ? Son père avait-il guéri ? Étaient-ils sortis de la misère ou leurs chemins s'étaient-ils assombris ? En ramassant ce bijou, je n'avais pas imaginé qu'il me serve un jour et je m'étais même mise en tête de le ramener à son propriétaire. Il était désormais trop tard, j'avais donc tout intérêt à l'utiliser.
— Tout va bien, Alice ?
Je revins aussitôt à la réalité, gênée.
— Je réfléchissais, rien de très important.
Leur dissimuler qu'une bague capable de ramener mes pouvoirs était en ma possession avait pour but d'éviter les faux espoirs, mais aussi une confrontation entre nous. Tout ce temps en leur compagnie m'avait bien appris une chose : ils étaient aussi prudents l'un que l'autre et risquaient de s'opposer à mon projet.
— Nous partirons à la cour après-demain, annonça Hugo, et le mariage aura lieu le lendemain de notre arrivée.
Cela me paraissait précipité, aussi les interrogeai-je avec curiosité :
— Aviez-vous entendu parler de leur relation avant de recevoir cette lettre ?
— Nous n'en savions rien, m'assura Jeanne.
Combien de temps s'était-il écoulé avant que Gabriel ne me remplace par Alienor ? C'était une question à lui poser lors de notre séjour au palais, mais je doutais d'en avoir le courage. Si je m'en référais à ses lettres, cela faisait environ deux semaines

qu'il ne pensait plus à moi. N'était-ce pas un laps de temps trop court pour tomber amoureux d'une autre au point de l'épouser ?

Je me rappelai alors que ces deux-là se connaissaient depuis des années : peut-être s'étaient-ils tout à coup rendu compte de sentiments mutuels et avaient-ils voulu rattraper le temps perdu.

C'était sûrement cela. Ce ne pouvait qu'être cela.

D'une certaine manière, tout était bien mieux ainsi : Alienor était le meilleur choix pour lui. Elle l'avait toujours aimé, toujours soutenu, elle était belle, riche, parfaitement capable d'assumer son rôle à la cour. Elle ne l'avait jamais abandonné, alors que moi, si. Je lui avais lâchement dit de s'en aller. Je lui avais dit que nous n'étions rien. Je l'avais repoussé alors qu'il disait avoir besoin de moi... Je n'avais pas été à la hauteur.

S'il se sentait plus heureux avec une autre, j'étais la seule à blâmer. Il n'avait fait que m'écouter en se construisant une nouvelle vie, alors pourquoi avais-je l'impression que c'était ensemble que nous aurions dû la passer ?

***

Affalée sur le canapé, je claquai la couverture du livre d'aventure qui me captivait depuis plusieurs jours. Il représentait à mes yeux une manière moins dangereuse de ressentir les émotions qui m'avaient habitée durant les quelques semaines qu'avait duré notre propre quête. Désormais arrivée au terme des deux, il m'en restait un sentiment de vide. Je me relevai pour mieux me tenir, songeant aux réprimandes d'Hugo et Jeanne s'ils m'avaient trouvée ainsi. Cependant, ces derniers semblaient s'être absentés durant ma lecture et ne menaçaient donc pas mon relâchement. Une fois le roman posé sur la luxueuse table de salon de mon hôte, je vagabondai dans le château, de la salle d'alchimie à la salle d'armes. Ce ne fut qu'en traversant le couloir qui arpentait la chambre des deux amants que je compris qu'ils s'y trouvaient. Comme la porte était entrouverte, je voulus me joindre à eux pour leur proposer une promenade en forêt. Ma main poussa presque la porte, mais la teneur de leur discussion suscita ma curiosité.

– On ne peut pas lui demander une chose pareille, Hugo.

Le jeune homme soupira, visiblement embêté, et argumenta.

– Je suis conscient que le moment est mal choisi, mais elle comprendra. Ce n'est pas parce que notre union est condamnable que nous devons nous limiter, Alice le sait.
Jeanne fit les cent pas, ce qui sembla agacer Hugo.
– Si Alienor et Gabriel se marient, nous en avons aussi le droit ! gronda-t-il. Alice nous connaît mieux que n'importe qui, et à mes yeux, elle est la mieux placée pour célébrer notre mariage.
J'eus un geste de recul, abasourdie, et fis craquer une latte du précieux parquet, trahissant ma présence. La jeune femme débarqua dans le couloir, talonnée par Hugo, et me dévisagea avec appréhension.

4

Hugo souhaitait épouser Jeanne et il me voyait toute désignée pour célébrer ce mariage, un mariage que j'approuvais au moins autant qu'il était prohibé. Si en se liant d'une manière aussi significative, ils scellaient leur sort et s'exposaient d'autant plus au risque d'être découverts, ceci leur assurait des retrouvailles dans l'au-delà selon d'anciennes croyances. La beauté de ce geste n'effaçait en rien ma surprise : cela me semblait si soudain, si inattendu…
— Alors Alice, qu'en dis-tu ? me pressa Jeanne d'un ton suppliant.
Je me tournai vers elle, hébétée.
— Eh bien… C'est un peu précipité, vous ne croyez pas ? balbutiai-je. Je veux dire… quand ?
Elle pinça ses lèvres presque imperceptiblement, mais si elle souhaitait être discrète et me duper, il faudrait faire beaucoup mieux. De toute évidence, mon manque d'enthousiasme la décevait.
— Le plus tôt possible, affirma-t-elle. Si cela pouvait être fait avant notre départ à la cour…
— Ce soir ou demain alors, complétai-je, confuse.
Le mentor m'attrapa par les épaules avec vigueur et me demanda, soudain rempli d'espoir :
— Tu acceptes ?
Plonger mon regard dans le sien me sortit de ma paralysie mentale. Il était mon ami, et elle, ma meilleure amie. De nouveau moi-même, je lui adressai un sourire taquin, doublé d'un regard affectueux.
— Pourquoi refuserais-je ?
Il existait en fait une bonne dizaine de raisons de refuser, et le mentor ne manqua pas de les énumérer :
— Tout d'abord parce que notre union est un sacrilège et que nul ne voudrait courir le risque d'y être mêlé, ensuite parce que tu traverses toi-même un moment difficile. Sans compter que…
— Pas un mot de plus : vous êtes mes amis, je ne compte pas faire obstacle à votre bonheur.

J'échangeai une œillade complice avec Jeanne, qui me remercia silencieusement de son regard bleu. Des larmes de joie bordaient même ses paupières, et ses lèvres n'étaient plus pincées.

— Nous devrions célébrer cette union à la tombée de la nuit, demain, décida la jeune femme.

Je hochai la tête, et elle alla se jeter dans les bras de l'amant qui n'allait pas tarder à devenir son mari.

***

Une fois les lumières du château éteintes, il fut temps pour moi d'accomplir l'acte tant attendu. L'anneau entre les doigts, il suffisait maintenant d'un simple geste pour que le sort opère. Que la magie coule dans mes veines, comme autrefois. Seule une étonnante appréhension me traversait pour le moment, alors que pendant des mois, j'avais rêvé d'un tel instant, persuadée que c'était impossible. Depuis le début, pourtant, cette bague existait, mais elle était sortie de mon esprit.

Après quelques minutes de réflexion, l'anneau glissa autour de mon doigt. J'attendis ensuite que quelque chose se produise. Tout, n'importe quoi, le moindre petit signe qui aurait pu m'indiquer que mes pouvoirs et moi ne faisions plus qu'un. J'ouvris ma main tremblante pour y faire naître une flamme, les larmes aux yeux. Cela faisait des mois maintenant que je n'avais plus essayé, pour une simple et bonne raison : je craignais le résultat que j'avais sous les yeux. Le vide. Le néant. L'absence de magie.

Un soupir franchit mes lèvres, une larme déborda de mon regard marron, tandis qu'un goût amer se répandit sur ma langue. L'espoir. La déception. Voilà probablement ce qu'il me restait en bouche. Un brin de colère transperça même mon expression blême. Bientôt, mes sanglots brouillèrent ma vision. Mes sanglots, ou un épais brouillard ?

Ma mère tressait les cheveux de Constance et n'écoutait qu'à moitié l'histoire contée par son époux, tandis que ma sœur et moi n'en rations pas le moindre mot. La main de mon père tenait la mienne, se mouvant au rythme des périples des héros dont il nous parlait, sa voix me faisait voyager bien plus loin que les frontières de Daemrys, au-delà de Daemar. Dans ces moments-là, rien d'autre n'avait d'importance, et je voyais dans son regard

d'ambre tous les paysages merveilleux qu'il décrivait. Il ne faisait pas que raconter, il donnait vie aux histoires.
Du moins, c'était le cas jusqu'à ce que la voix froide de ma mère vienne en interrompre le cours.
— Elles sont trop âgées pour ces récits à dormir debout... Il est temps qu'elles apprennent que la vie n'est pas rose et que l'amour n'est pas éternel.
Il lui lança un regard noir et reprit de plus belle :
— Et alors que tout espoir semblait perdu, ils virent une étoile apparaître dans le ciel, et ils surent que la belle Eléonore ne s'était pas sacrifiée pour rien.
Constance, qui avait toujours su garder la face, était sur le point de pleurer, aussi je posai ma main sur la sienne afin de la réconforter. Elle ne tarda pas à me sourire pour me rassurer, et je demandai alors :
— Papa, pourquoi a-t-elle eu à faire ce sacrifice ? Ils auraient pu trouver une autre solution, comme...
— Viens sur mes genoux, ma fille, me coupa-t-il avec tendresse.
Je m'exécutai sans sourciller. Une fois bien installée, il m'expliqua :
— Il arrive des moments où on n'a pas d'autres choix que de donner sa vie pour ceux qu'on aime. Accepter ce sacrifice, c'est la plus belle preuve d'amour que l'on puisse donner à quelqu'un.
— Je n'ai jamais été amoureuse de quelqu'un, c'est sûrement pour cela que je ne comprends pas bien... rétorquai-je en haussant les épaules.
Il se mit à rire doucement, ce qui lui valut un regard en biais, et il se justifia aussitôt :
— Tu sais, aimer, ce n'est pas toujours le lien qu'il y a entre deux personnes qui s'aiment comme ta mère et moi. Certes j'aime ta mère, mais je vous aime Constance et toi, j'aime aussi mes amis, j'aime tout ceux qui me sont chers... Ce n'est jamais le même amour, car chaque amour est unique, mais je donnerais ma vie sans hésiter pour n'importe lequel d'entre vous.
— Mais si tu meurs, alors tu laisseras tout ce que tu as, tous ceux que tu aimes derrière toi. Comment ferais-je si tu devais mourir ?
J'avais haussé le ton sans le vouloir, et j'eus peur de me faire punir par ma mère, mais pour une fois, elle ne me reprit pas. Mon père me répondit avec calme :
— Si je meurs et que les autres vivent, je ne pourrai qu'être heureux.
Je l'avais regardé avec effroi, ne comprenant pas qu'il puisse parler de bonheur tout en faisant allusion à sa propre mort et le détestant presque d'envisager qu'il puisse un jour

se sacrifier pour sauver l'une des personnes auxquelles il tenait. Face à ma réaction, il s'était de nouveau mis à rire et avait répliqué :
—Je ne compte pas mourir de sitôt, ne t'en fais pas !

Et quelques mois plus tard, il était mort, sans même que ce soit un sacrifice.

J'ouvris doucement les yeux, essayant de comprendre pourquoi ce souvenir était revenu après tant d'années. Avait-il un lien avec l'enfant de ma vision ? Je laissai s'échapper un soupir : je délirais complètement, cela n'avait aucun sens. Ce n'était que le passé qui revenait, comme souvent d'ailleurs ; j'en avais l'habitude maintenant.
J'ignorai combien de temps avait duré mon état d'inconscience, mais le jour n'était pas encore levé et j'avais besoin de lumière. Cette pensée fut à peine formulée dans mon esprit que la chandelle sur ma table de nuit s'enflamma.

Une lueur éclatante se répandit dans la chambre. J'écarquillai les yeux, osant à peine y croire : cela avait été si simple que j'avais même l'impression que mes pouvoirs se trouvaient renforcés.
Un sourire se dessina sur mes lèvres, et une vague de nostalgie me submergea une nouvelle fois. Mon dernier acte de magie remontait au temps où nous étions encore tous réunis, lorsque j'avais réussi à tous les sauver.

Je repensai un instant à cette histoire de sacrifice dont avait parlé mon père. Si la petite fille que j'étais à l'époque n'y avait rien compris, la femme que j'étais devenue en avait commis plus d'un. Mon âme pour sauver la vie de Gabriel, mes pouvoirs pour retrouver mon âme… Pourtant, puisque j'étais toujours là, pouvait-on réellement parler de sacrifice ?
Je fis nerveusement tourner la bague autour de mon doigt, tandis que la flamme chancelante de la bougie dévorait mon regard. Les yeux de Gabriel me revinrent en mémoire une nouvelle fois, et j'aurais tout donné pour qu'il soit là, à mes côtés. Au lieu de cela, il était probablement avec elle et m'avait certainement chassée de ses pensées. L'aimait-il autant qu'il m'avait aimée ? L'aimait-il autant que moi, je l'aimais encore ?

Un sentiment de solitude me frappa si lourdement que mon imagination débordante me fit presque sentir la main du jeune homme sur mon bras. L'y poserait-il encore à l'avenir ?
Je pris une grande inspiration : l'heure n'était plus à ressasser le passé, il était temps que ces questions quittent mon esprit. Le lendemain, je devais être témoin du mariage de mes amis, et ensuite, revoir le neveu du roi. J'aurais l'occasion de voir par moi-même ce qu'il en était de ses sentiments, il était donc inutile de me torturer pour si peu. Je fis lentement s'éteindre la lumière, plongeant la pièce dans l'obscurité la plus totale pour enfin trouver le sommeil.

Mais alors que je fermai les paupières, son souffle effleura ma nuque, et happée au pays des cauchemars, j'entendis sa voix grave et rassurante me souhaiter une bonne nuit.

5

Je soulevai un nouvel ouvrage recouvert de poussière, espérant y trouver quelques indications au sujet des Créatures : après des mois de recherches, nous n'avions rien découvert de plus que ce que nous savions déjà. Jeanne, quant à elle, feuilletait le même roman depuis des heures, armée d'une paire de lunettes pour éviter la fatigue.

Elle n'en portait pas auparavant, mais nos intensives séances de lecture en avaient fait une nécessité pour mon amie ; elle les détestait toutefois, et ces dernières ne quittaient jamais la bibliothèque.

Pendant que nous lisions, Hugo errait dans les couloirs de l'académie, persuadé qu'un jour, il y croiserait Harry et serait ainsi en mesure de lui soutirer des informations. Il avait maintes fois juré qu'il ne lui ferait pas le moindre mal, mais cela inquiétait Jeanne. Le mentor avait beau être le plus sage de nous trois, nous savions aussi qu'il pouvait se montrer impulsif.

Ce n'était pas tant l'état d'Harry après cette altercation qui nous causait du souci, mais la nécessité de le garder en vie pour qu'il nous en apprenne plus sur ceux qu'il avait aidés, qu'il nous dise à quel point il était impliqué dans cette histoire.

Notre seule certitude, c'était qu'il n'était pas encore une Créature lors de notre mission, puisque mon sort ne l'avait pas détruit avec les autres. Il avait pourtant disparu sans laisser de trace, si bien que son mentor, Damien, n'avait aucune idée du lieu où il se trouvait. Pour en être arrivé là, il devait jouer un rôle clé dans cette affaire.

Hugo et Damien s'étaient mis d'accord pour ne pas dénoncer le jeune élu, mais pour tenter de le retrouver ensemble et lui demander des explications lorsqu'il referait surface. Ce ne devait pas être facile pour le mentor de ce traître, et je n'imaginais pas sa déception lorsqu'il avait appris que son élève était un larbin des Créatures.

Jeanne referma sèchement son livre, et retira un instant ses lunettes pour se frotter les yeux, l'air las.

— Nous devrions aider Hugo plutôt que de rester là… S'il y avait quoi que ce soit d'important ici, nous l'aurions déjà trouvé, tu ne crois pas ?

Je haussai les épaules avec nonchalance.

— Où le chercherions-nous ? Nous ne pouvons pas tous aller à l'académie, ce serait trop suspect... Et à part là-bas, où aurait-il pu se cacher ?
Elle resta perplexe un moment, sûrement à la recherche d'un argument pour me convaincre qu'elle avait raison, sans savoir qu'elle n'en avait pas réellement besoin : j'étais déjà d'accord avec elle, rester ici ne nous était plus d'aucune utilité.
— Nous pourrions aller voir à la grotte, tu ne crois pas ? proposa-t-elle. Il y est peut-être retourné, et même si lui n'y est pas, qui dit que quelque chose ne nous a pas échappé...
J'esquissai un léger sourire et fis claquer la couverture de l'ouvrage dépourvu d'intérêt sur lequel je travaillais depuis trop longtemps.
— On aurait pu y penser plus tôt, soupirai-je en secouant la tête.
L'idée de vivre un peu d'aventure me réjouissait, même si cela ne promettait pas d'être aussi palpitant que ce que nous avions vécu.
— Hugo revient en milieu d'après-midi, nous n'aurons jamais le temps d'y aller et de revenir... Surtout qu'il y a notre mariage, me rappela alors Jeanne.
Elle avait vu juste : nous n'avions pas le temps de revenir pour le soir même. Un soupir de déception m'échappa malgré moi.
— Si un daahtor ou quoi que ce soit pouvait nous y conduire, nous irions, Alice, mais aujourd'hui ce n'est pas...
Je repensai alors à cette nuit où dans l'urgence, j'avais réussi à tous nous ramener au château à la seule force de mes pouvoirs. Je ne devais pas oublier qu'à ce moment-là, je détenais la puissance des Créatures alors que désormais, ma magie ne tenait plus qu'à une bague. Pourtant, à en croire mon impression de la veille, j'avais plus de force qu'avant, alors peut-être que...
— Donne-moi la main, ordonnai-je à mon amie.
Elle fronça les sourcils mais s'exécuta avant de me demander :
— Tout va bien ?
Je ne répondis rien et me contentai de fermer les yeux pour visualiser l'endroit de mes désirs. Les arbres, l'entrée, la mousse sur la roche, les sifflements du vent. Le moindre détail se gravait peu à peu dans mon esprit.
— Alice, tu sais que c'est inutile d'essayer, tu...
La voix attendrie de Jeanne exprimait une immense compassion pour laquelle elle avait toute ma reconnaissance, mais qui n'avait désormais plus lieu d'être. Sa phrase resta inachevée, et lorsque mes yeux se rouvrirent, l'élue et moi nous trouvions face à ce que j'avais imaginé. Tout se révélait être tel que dans mes souvenirs,

excepté le ciel dont la couleur n'était plus d'un profond bleu nuit. Le soleil brillait maintenant au-dessus de nous, nos ennemis n'étaient plus entre ces murs, et nous ne courions plus le moindre risque.

— Comment as-tu fait ? s'écria Jeanne, stupéfaite.

J'ignorais par où commencer, aussi je fis un pas vers la grotte en lui expliquant d'un air détaché :

— Une bague m'a servi à retrouver mes pouvoirs, et il semble même qu'elle les ait accentués.

Elle accéléra pour parvenir à ma hauteur et attraper mon bras avec inquiétude, puis répliqua :

— Alice, une telle puissance n'annonce rien de bon, je ne suis pas sûre que ce soit la bonne solution.

Je fis apparaître une boule de feu dans ma main pour nous éclairer dans les tunnels sombres de la grotte et demandai en plaisantant :

— Crains-tu que je devienne plus puissante que toi ?

Elle s'arrêta net, arborant un air sévère.

— Je redoute simplement que cette magie n'échappe à ton contrôle. Aucun sorcier n'a jamais été capable de faire ce que tu viens de faire, Alice. Aucun.

— Je l'ai déjà fait…

Elle m'attrapa fermement par le bras, me contraignant à me tourner vers elle et à affronter son regard perçant.

— Tu étais une Créature, Alice, cela signifie que tu étais plus qu'une sorcière la première fois que tu as réalisé cet exploit. Qui plus est, cette forme de magie puisait dans des forces obscures. Cette fois-ci tu ne devrais même plus avoir de pouvoirs… Il y a forcément quelque chose de plus sombre derrière cette chance.

Je ne pouvais nier qu'il y avait un fond de vérité à ses propos, mais ils n'en étaient pas moins désagréables à entendre.

— Et si cette bague te transformait peu à peu en Créature ? Imagine un instant qu'elle épuise ton énergie pour se renforcer, que ferais-tu ? On ne pourra pas utiliser les eaux d'Aghem une seconde fois, et tu le sais pertinemment !

— Évidemment, Jeanne ! m'emportai-je. Mais je me sens parfaitement bien alors s'il te plaît, poursuivis-je d'un ton plus calme, souhaite-moi que cela dure.

— Si cela te détruit, Alice, je ne me le pardonnerai pas, m'avertit-elle.

La jeune femme ne se montrait ni jalouse, ni médisante, seulement inquiète. Je pris donc sa main dans la mienne pour la rassurer.
— Tu le dis toujours, je suis forte. Cet anneau ne me détruira pas, je le sens. Fais-moi confiance, je t'en supplie.
Elle me regarda, et je pus lire ses doutes dans ses magnifiques yeux bleus.
— Jeanne, dans quelques jours je vais le perdre lui, murmurai-je. Ne me force pas à me priver de mes pouvoirs en plus…
Après quelques secondes de silence, elle hocha la tête ;
—Soit, garde cette bague. Mais promets-moi que tu t'en débarrasseras dès lors que tu sentiras qu'elle est une menace pour toi.
Était-ce un engagement que je pouvais tenir ? Comment être certaine de ne pas m'accrocher de toutes mes forces à ce petit anneau, quand bien même il nuirait à ma sécurité ? Je ne pouvais l'être.
Cependant, laisser passer cette chance s'avérait impossible et je marchai sur mon principe d'honnêteté en disant :
— Bien, je te le jure. Sois certaine que rien n'effacera cette promesse.
Elle esquissa un léger sourire, avant de lâcher ma main et de déclarer :
— Continuons d'avancer, nous devons en apprendre plus sur cet endroit.
Nous reprîmes notre marche dans d'étroits couloirs et une seconde lumière se mit à flotter dans les airs. Nous échangeâmes un sourire complice, et un poids sembla quitter ma poitrine.

Nous parvînmes sans embûche à la fameuse salle dans laquelle nos ennemis nous avaient piégés avant de connaître une défaite cuisante. Autour de moi se dessinaient les silhouettes de ces hommes que j'avais réduit en cendre, d'Harry, mais surtout de Gabriel. Je fixai un instant l'endroit où il s'était trouvé à l'époque, sa présence envahissant mon esprit. Mais il n'était plus là, plus rien ne me rattachait à lui. Enfin…

En un froncement de sourcils, je remarquai qu'une épée traînait sur le sol et la reconnus aussitôt. Pour cause, j'avais combattu contre elle durant l'une de mes dernières après-midis en compagnie de son propriétaire.

Un genou au sol, une lame sous la gorge, je poussai un long soupir. Ma poitrine haletante trahissait mon épuisement, mais le regard du neveu du Roi exprimait toute autre chose à mon égard.
— Déclares-tu forfait ?
— Jamais, avais-je répondu par fierté.
Il plissa les yeux et appuya avec prudence sa lame contre mon cou.
— Alors tu dois renverser la situation… Force-moi à abandonner.
La pointe de l'épée glissa sur ma cage thoracique jusqu'au creux de ma poitrine.
— Si la lame transperce ton cœur, tu meurs, Alice. Alors montre-moi comment tu t'y prendrais pour survivre.
L'agilité et l'expérience me manquaient. En réalité, la mort était la seule issue dans une telle situation ; c'était effrayant de constater qu'en seulement quelques coups, j'avais perdu toute chance de prendre le dessus.
— Je ferais une dernière prière, avais-je admis en le regardant droit dans les yeux. Je ne fais pas le poids, Gab.
Il me lança un regard contrarié, recula pour s'asseoir dans un coin de la pièce, et je le rejoignis après avoir épousseté ma robe. Fatiguée, je m'allongeai près de lui, posant ma tête sur ses cuisses. Sa main gauche caressa ma joue avec attention tandis qu'il me dévisageait avec amour.
— Cette épée appartient à Charles de Daemrys, un prince qui n'a jamais été roi. Il est mort voilà plus d'un siècle à la bataille de Dühlen.
Il la tenait juste au-dessus de mon visage et je pouvais parfaitement voir les pierres précieuses incrustées dans la poignée ainsi qu'un motif feuillu gravé dans la dorure.
— Il a eu le cœur transpercé par une lance, alors même qu'il était un guerrier de taille et que ses ennemis étaient des nains. Sur le champ de bataille, faire le poids, c'est bien vague.
Je passai les doigts sur la lame froide, fascinée.
— Pourquoi as-tu récupéré l'arme d'un homme qui a péri ?
Il m'adressa un sourire en la laissant tomber derrière moi.
— Parce que je ne veux pas oublier que dans un combat, la mort n'est jamais loin. Qu'il suffit d'une erreur ou d'un moment d'inattention pour périr.
Il passa un doigt sur ma pommette saillante avec tendresse et sans le quitter des yeux, je me relevai sur le coude.

— Cela me rappelle aussi que je n'ai nul besoin de gloire pour être un homme, que prendre des vies ne fera jamais de la mienne une réussite, et que tout ce qui compte dans la guerre, c'est ce pour quoi l'on se bat et ceux que l'on retrouve en rentrant du champ.
Il m'avait alors dit les mots, ces fameux mots, avec une sincérité à toute épreuve.

Cette pensée me ramena dans le moment présent : ressasser ce passé lointain qui jamais ne reviendrait était inutile. En revanche, une véritable question me taraudait... Que faisait l'épée de Gabriel ici ? Je m'agenouillai devant l'objet, blême, et mes doigts hésitants effleurèrent presque la lame poussiéreuse de ce souvenir brûlant.
— Tu pourras la lui rendre lorsque nous irons au palais, me conseilla Jeanne.
Celle-ci avait dû se rendre compte de l'attention que je portais à cet objet et comprendre à qui il appartenait. Décidément, cette femme n'arrêtait jamais de m'étonner.
— Je devrais la laisser ici, comme les sentiments que j'éprouve pour lui.
Finalement, cette grotte était peut-être bien le tombeau de notre histoire.
— Fais ce qu'il te semble juste. Mais à ta place, je n'abandonnerais pas.
Avait-elle raison ? Je disposais d'un court laps de temps avant le mariage pour en être sûre et prendre ma décision définitive. Une bonne fois pour toute. Je posai donc la main sur le pommeau, et un frisson me traversa.

Un cri dans la nuit.
Cette lame traversant un corps.
Un autre hurlement.

Cette vision ne ressemblait pas à celles qui me hantaient habituellement. Ce n'était ni un rêve, ni un souvenir, ni un fantôme du passé. Je laissai retomber l'arme sur le sol, et la main de Jeanne se posa sur mon épaule.
— Que se passe-t-il ? Encore un de tes songes ?
— Oui, je crois, balbutiai-je, perplexe.
Cette épée allait-elle servir à ôter une vie ? Cette vie serait-elle celle de l'un de mes amis ? Une tonne de questions se bousculaient dans ma tête, sans aucune piste pour y répondre.

Je me relevai, emportant avec moi cet instrument de guerre afin d'éviter qu'il ne tombe entre de mauvaises mains. Il nous restait encore une grande partie de la grotte à explorer, aussi je devais me sortir cette histoire de la tête.

Jeanne décida de retourner dans le premier couloir pour vérifier que rien ne nous avait échappé tandis que je m'enfonçais vers les profondeurs.
Je traversai ainsi différentes pièces mais tout semblait avoir été vidé. Harry en avait sûrement eu la possibilité durant ces quelques mois et nous avions été idiots de croire que les réponses à nos questions se trouvaient dans des livres plutôt qu'en ces lieux obscurs.
J'entrai dans une sorte de prison, là où nous aurions été enfermés avant notre mort, sans aucun doute. Je me demandai alors ce qui serait arrivé si je n'avais pas réussi à nous sauver, si nous avions tous dû mourir cette nuit-là. Gabriel, Alienor et moi aurions à coup sûr perdu la vie, mais le sort de Jeanne, Hugo, et Adrien aurait pu être différent, ils auraient pu faire le choix de devenir des Créatures. Entre laisser le royaume à la merci des Créatures et périr, ou accepter d'en devenir une et affronter d'autres problèmes, vers quelle option leurs cœurs vaillants auraient-ils penché ? Je secouai la tête : par miracle, ils n'avaient pas eu à faire ce choix impossible, et nous étions tous en vie.
Soudain, un cri retentit et je courus rejoindre mon amie.

Je fis irruption dans une pièce assez petite, où Jeanne se tenait debout, droite comme un piquet, face à un miroir. Je m'approchai lentement d'elle, mais elle me fit signe de rester à ma place.
— Que se passe-t-il ?
— C'est horrible…
Elle paraissait absente, et je commençai à me poser des questions sur la nature de ce qu'elle voyait dans la glace. De toute évidence, il ne pouvait pas s'agir de son reflet : même dans le pire des états, elle était toujours d'une beauté resplendissante, et elle le savait. Je fis de nouveau un pas vers elle, et cette fois-ci elle ne fit rien pour m'en dissuader. Une fois à côté d'elle, je pris sa main dans la mienne et la tirai vers moi pour l'écarter de cet objet à l'emprise néfaste sur elle. Elle résista un peu, mais des larmes se mirent à rouler sur ses joues et elle se jeta d'elle-même dans mes bras.
— J'ai peur Alice ! Crois-tu qu'on ait raison de faire cela ?

Hébétée, je la pris contre moi. L'élue se montrait rarement sous un tel jour et ad mettait rarement que ses émotions échappent à son contrôle. Ce jour-là pourtant, elle ne semblait rien décider et une simple étreinte risquait de se révéler insuffisante.
— Mais enfin, de quoi parles-tu ? la questionnai-je finalement.
Elle me désigna le miroir et je me risquai à y jeter un coup d'œil. Ce que je vis là-dedans me poussa à le quitter immédiatement du regard et à cacher mon visage dans l'épaule de mon amie. Je ne pouvais effacer cette image de mon esprit et à en juger par ses tremblements, la jeune femme non plus.
— Qu'as-tu vu ? demandai-je d'une voix hésitante.
— Nous étions condamnés à mort, tous les trois… Peut-être à cause de mon union avec Hugo.
Elle s'écarta lentement de moi et passa sa main sur son cou, à l'endroit même où le bourreau abattait sa hache. J'étais bien placée pour le savoir.
— Je ne peux pas oublier, Alice. Cela semblait si réel…
— Nous ferions mieux de quitter cet endroit, il n'y a rien de bon ici, ordonnai-je en l'emmenant avec moi. Nous reparlerons de tout cela au château.
Avant de partir, je ramassai une pierre qui traînait là et la jetai en plein dans cet affreux morceau de verre. Ainsi, il ne risquait plus de blesser qui que ce soit.

Une fois de retour, j'avais insisté pour ne pas replonger dans les livres et plutôt l'aider à se préparer pour le grand moment qui l'attendait. Un air triste ne quittait plus son visage et menaçait de ne jamais le faire. Elle n'avait pas menti en disant que ce qu'elle avait vu semblait réel, sans compter que son trouble était compréhensible. Elle tenait énormément à Hugo et moi, alors nous voir mourir tous les deux ne pouvait pas la laisser dans l'indifférence.
Rien que d'imaginer la mort d'un être cher pouvait me faire perdre pied, il n'y avait rien d'étonnant au fait qu'il en soit de même pour elle. Je brossais ses cheveux avec soin, et elle m'interrogea au bout d'un long moment :
— Et si se marier était une erreur ?
Je croisai son regard dans le petit miroir, inoffensif, qu'elle tenait entre les mains.
— Une femme forte m'a un jour dit d'écouter mon cœur. Je te conseille d'en faire autant.
Elle n'avait jamais cessé de m'encourager lorsque je doutais, je ne pouvais pas la laisser broyer du noir le jour même de son mariage, au risque de tout gâcher.

— Vous vous aimez et avez construit une relation stable, ce n'est pas pour que vous y renonciez aujourd'hui. C'est normal d'avoir peur après ce que tu as vu, mais crois-moi, ces moments de bonheur, votre complicité, tout ce que vous partagez est plus fort que tes craintes.
— Tu as bien laissé partir Gabriel… Peut-être est-ce toi qui as raison, Alice. Je ne suis qu'un poids pour Hugo comme tu avais l'impression de l'être… Si je n'étais pas là, il serait déjà marié, il aurait peut-être même des enfants.
Je repensai à des paroles prononcées par Zara au sujet d'Alienor mais qui se prêtaient parfaitement à la situation :
— J'ai peut-être eu raison, Jeanne, ou peut-être pas. Mais que préfèrerais-tu ? Avoir vu juste et finir seule, loin de l'homme que tu aimes et qui te le rend, ou te tromper et aller au bout de ton rêve ? Après des mois, je peux te jurer qu'il n'y a pas un seul jour qui passe sans que je regrette de ne pas avoir essayé, de ne pas y avoir cru.
Je pris une grande inspiration avant de poursuivre :
— Penses-tu pouvoir en aimer un autre ?
— Bien-sûr que non ! Cela fait des années…
Ses sentiments étaient bien ancrés, ils ne lui faisaient pas défaut.
— Et si ce miroir m'avait montré l'avenir ? reprit-elle avec inquiétude. Et si c'était une mise en garde ?
— Une mise en garde, mais de qui ? Et puis, Jeanne, regarde-moi dans les yeux, écoute. Cette grotte a abrité le mal, ce que tu as vu dans ton reflet n'est sûrement que le produit d'un enchantement. Il t'a montré exactement ce dont tu avais peur, ce n'est pas un hasard.
Elle acquiesça, en apparence calmée.
— Alors tu n'as pas vu la même chose que moi ? me questionna-t-elle, soudain curieuse.
Je me mordis la lèvre et un frisson me remonta l'échine.
— Honnêtement, je ne m'en rappelle même plus, mentis-je. Il y avait… tellement de sang, ça m'a donné mal à la tête.
Elle se tourna vers moi, le regard remplis de soupçons.
— Tu peux tout me dire, insista-t-elle.
Je hochai la tête mais détournai le visage, honteuse d'éluder une telle question, au nom d'une réponse qui me donnait la nausée.
— Est-ce lié à Gabriel ?
— Oui, mentis-je encore une fois.

Elle tentait, en vain, de décrypter la vérité dans mes yeux marrons. Se doutait-elle que je cherchais simplement à la préserver d'une réalité odieuse ?
— Quand tu seras prête, tu m'en parleras ?
En signe d'approbation, mes lèvres esquissèrent un demi-sourire. Jeanne, quant à elle, reprit son souffle et se donna quelques claques pour se remettre d'aplomb.
— Excuse-moi, Alice, j'ai été faible. Pas un mot à Hugo, s'il te plaît. La coiffure maintenant ?
Ce soudain changement d'attitude me surprit : elle était presque devenue froide, insensible, comme si elle ne ressentait plus rien.
— Ce serait peut-être mieux qu'il soit au courant, il saura mieux te rassurer que mo...
— Merci, mais je n'ai plus besoin de réconfort, rétorqua-t-elle en souriant.
Il était inutile de discuter, mais je comptais bien en toucher deux mots à son futur mari, juste pour qu'il sache que malgré sa force, Jeanne était comme tout le monde. Il ne devait pas la prendre pour acquise. Tout en démêlant ses jolies mèches blondes, je demandai d'un ton plus détendu :
— Que veux-tu ? Des tresses, un chignon, les laisser libres ?
Elle esquissa un bref sourire, certaine que, peu importe son choix, elle serait resplendissante.

La porte d'entrée claqua, et la voix d'Hugo nous avertissant qu'il était revenu retentit dans le château entier. Jeanne se tenait debout face à moi, parfaitement prête pour l'arrivée de son fiancé. Ses cheveux rebelles étaient coiffés en un chignon dont seules quelques mèches dépassaient. Elle portait une magnifique robe blanche, trop extravagante pour moi, mais de toute beauté sur elle.
— Alice ? Jea...
A peine eut-il fait un pas dans la pièce que le sort opéra. Le marié paraissait ébloui. Il resta béat quelques secondes, et fut même contraint de s'adosser au mur pour tenir sur ses pieds.
— Je ne suis pas prêt du tout... souffla-t-il.
Il était habillé plus simplement qu'elle, mais ne manquait pas d'élégance. Pour la surprise que je leur réservais, nous n'avions plus de temps à perdre. Sinon, le décor risquait de se révéler bien moins magique que prévu.
— Vous m'avez demandé de célébrer votre mariage, les prévins-je, alors je veux vous emmener quelque part, d'accord ?

— Cela peut attendre une ou deux minutes ? Je ne suis pas parfait du to…
— Tu as une minute.
Il quitta la pièce et je me tournai vers une Jeanne tout émue.
— Merci pour tout, Alice.
Je fis un pas vers elle et la rassurai :
— Tu n'as pas à me remercier de quoi que ce soit.
Elle vint m'étreindre avec douceur.
— Alors, où allons-nous, madame Morìn ? demanda-t-elle d'une voix étouffée.
Je haussai les épaules et me contentai d'esquisser une moue mystérieuse. Elle me tendit alors un collier et me demanda de le lui attacher. Je reconnus immédiatement le bijou : il avait appartenu à sa mère, qui l'avait elle-même reçu en cadeau de son mari. Elle l'avait ensuite offert à Jeanne quelques semaines avant que celle-ci ne découvre la vérité au sujet de sa naissance. Je me souvenais à quel point cette période avait été difficile pour elle. Je lui passai la chaîne, avant de fermer l'attache presque rouillée, et je sentis ses épaules trembler malgré elle.
— Au fond, le mariage… Cela n'a aucune valeur, maugréa-t-elle.
— Il y a des personnes qui n'aiment pas sincèrement, tu ne penses pas pour autant que l'amour n'a aucune valeur, il en est de même pour le mariage : il n'a de valeur que celle que tu lui donnes. Je suis certaine que Hugo et toi, vous lui en donnerez.
Elle essuya une larme avec sa main, puis reprit :
— J'aurais aimé que Simon soit vraiment mon père… je sais que tu ne l'apprécies pas, et certainement qu'il n'est pas quelqu'un de bien, mais il m'a élevée, et…
— Jeanne ? Que se passe-t-il ?
Je m'écartai de la jeune femme pour laisser son futur époux venir à elle. Elle s'empressa de reprendre ses esprits, mais il la prit tout de même contre lui un petit moment.
— Je t'aime, Jeanne, murmura-t-il juste assez fort pour que je puisse l'entendre.
Peu importe ses peurs ou ses doutes, je savais qu'ils étaient tous les deux suffisamment forts et sincères pour donner du sens à tout ce qu'ils feraient.

Je pris leur main à tous les deux, et après leur avoir adressé un regard pour m'assurer qu'ils étaient bien prêts, je fermai les yeux pour nous transporter dans un endroit merveilleux. Un endroit qui, je l'espérais, leur ferait oublier leurs craintes.

6

Un cri de surprise échappa à Jeanne dont les yeux, brillants de mille feux, contemplaient un incroyable coucher de soleil. Des larmes, de joie cette fois-ci, emplirent ses yeux, et elle se tourna vers moi en souriant.
— Tu t'es souvenue que je voulais venir ici, murmura-t-elle avec émotion.
— Comment aurais-je pu oublier ?
Ces quatre longues années de séparation n'étaient pas venues à bout de notre amitié, ce jour en était la preuve. Il avait certes fallu du temps pour que tout revienne à la normale, mais si nous étions de nouveau si proches, c'était peut-être parce que d'une certaine manière, notre lien n'avait jamais complètement disparu. Hugo s'approcha alors et prit sa future épouse par la main.
— Veux-tu devenir ma femme, Jeanne Dignac ?
— Je t'ai déjà dit oui, alors qu'attendons-nous ?
D'un même mouvement, ils se tournèrent vers moi et je leur fis signe de me suivre jusqu'au milieu de la plage. La mer s'étendait à perte de vue et le soleil serait bientôt noyé dans cette vaste étendue bleue. J'aurais aimé m'y perdre moi aussi, et échapper à la journée du lendemain. Je redoutais mon arrivée à la cour, le regard de tous ces nobles sur moi, et par-dessus tout, j'appréhendais de le revoir. Et si, quand viendrait le moment de lui faire de vrais adieux, mes sentiments refaisaient surface ? Et si lui, il aimait vraiment Alienor ? Inconsciemment, je m'étais rattachée à l'idée que cela ne pouvait pas fonctionner entre eux, qu'ils n'étaient pas heureux ensemble, que leur amour était moins fort que celui que nous avions connu. Je m'étais voilée la face en prétendant vouloir y aller simplement pour voir ce qu'il en était, alors qu'en réalité, je voulais seulement m'assurer que j'avais raison. Des doutes commençaient pourtant à me submerger.
Hugo toussota et je revins dans l'instant présent, le seul qui en valait la peine : ce n'était pas tous les jours que s'offrait à moi le privilège d'unir deux personnes contre le gré de la loi.
— Être avec vous ce soir me comble de bonheur. Et puisque ce moment restera à jamais gravé en nous, je promets d'essayer d'être à la hauteur.
Rien ne m'autorisait à célébrer ce mariage, et peut-être m'exposais-je à payer un jour le prix pour ce sacrilège. Mais nous étions là et plus rien ne comptait.

— La vie est un chemin semé d'épreuves et de douleurs que nous nous devons de surmonter avec courage, débutai-je le serment. La vie n'est simple pour personne, chacun mène ses propres combats qu'il connaît bien, et peut choisir de lutter seul. Mais dans la vie, il existe une chose qui peut nous libérer de tous nos fardeaux : l'amour.

Le surlendemain, ces mêmes mots seraient prononcés par un autre, pour Gabriel et Alienor. Un goût amer remonta dans ma gorge, mais je repris en tâchant de faire taire le chagrin dans ma voix :

— L'amour nous rend plus fort, il nous permet de ne faire qu'un avec l'autre pour pouvoir supporter ensemble le poids que nous impose notre parcours de vie. L'amour, c'est parfois se sacrifier pour l'autre, donner le meilleur de soi-même sans jamais rien attendre en retour. L'amour, c'est ce que vous qui demandez le mariage partagez depuis un moment. Puisse cet amour durer jusqu'à votre dernier soupir, et vous emmener vers des paysages plus agréables.

Ils se donnèrent la main, sans se quitter des yeux, et des lianes commencèrent à s'enrouler autour de leurs poignets.

— Soyez à jamais fidèles l'un à l'autre, de sorte que la vie ne vous sépare jamais, fondez votre propre famille, et soyez heureux.

Ils s'embrassèrent pour sceller le serment, et tandis que leurs lèvres se rencontrèrent, les liens qui attachaient leurs mains disparurent peu à peu, ne laissant qu'une petite trace blanche, presque invisible, sur leur peau. Je détournai un instant les yeux, et fis un pas en arrière, mais Hugo m'attrapa par le bras.

— Nous avons déjà fondé notre famille, Alice, et tu en fais partie.

J'esquissai un sourire et me sentis plus à ma place ici qu'auprès de ma propre mère : ils avaient raison, nous étions devenus une famille.

— Je vais vous laisser un peu d'intimité, le temps de faire un petit tour sur la plage. Faites-moi signe lorsque vous voudrez rentrer.

Ils hochèrent la tête et je me rendis au bord de l'eau. J'ignorais tout de ce qui se trouvait de l'autre côté de la mer ; était-ce terrifiant ou merveilleux ? Était-il temps pour moi d'imiter certains de mes amis et de m'en aller vers l'inconnu ? Cela m'effrayait moins que de me lever le lendemain matin. Je fis vainement tourner la bague autour de mon doigt, angoissée.

Je levai les yeux vers le ciel qui s'obscurcissait de plus en plus et priai pour qu'il soit encore temps de tout changer. Les rires de Hugo et Jeanne parvinrent alors jusqu'à mes oreilles et je tournai les yeux vers eux. Un peu plus loin, ils pataugeaient dans l'eau comme deux enfants et ne se souciaient plus de rien. Un sourire éclaira mon visage.

***

Gabriel,
Je sais que cela fait des mois maintenant mais

Aussitôt le morceau de papier déchiré, il alla rejoindre ses semblables dans ma corbeille. Il ne me restait plus beaucoup de temps pour écrire cette lettre, il allait donc me falloir plus d'indulgence envers moi-même. Comment exprimer des sentiments qui échappaient à ma propre compréhension ? Faire l'éloge d'Alienor et de sa personnalité me paraissait plus simple, et ce n'était pas peu dire. Je me concentrai de plus belle sur mes pensées et pris une nouvelle feuille entre mes mains.

Lorsque la plume quitta enfin le papier, mes maux devenus des mots d'encre, la certitude qu'il était impossible de parvenir à mieux s'imposa à moi et je fourrai la lettre dans une enveloppe couleur crème. Le visage entre mes mains, mes yeux ne s'en détachaient plus. Qu'il lise ceci, était-ce pour le mieux ou était-ce une erreur ? La bague fit encore une fois le tour de mon doigt, ce qui semblait annoncer une nouvelle manie. Après une dernière hésitation, je rangeai la lettre dans une poche de ma cape, où elle attendrait jusqu'au lever du jour. Les quelques heures qu'il me restait devaient servir à me reposer, car une fois au palais, la perfection promettait de ne plus être une option.

Je défis donc ma robe de chambre et abandonnai mes chaussons de velours aux pieds du lit, frissonnant au contact du carrelage, avant de me glisser sous les couvertures. Les yeux fermés, je pus rêver que ce froid n'existait pas et que le jour de son départ, j'avais fait le bon choix. Je pouvais imaginer qu'il était là, à mes côtés, m'invitant à me blottir contre lui pour oublier tous mes tremblements. Un jour, peut-être, cela deviendrait réalité.

***

La matinée suivante s'était déroulée dans une telle précipitation que je doutais l'avoir vécue. Jeanne et Hugo paraissaient affolés à l'idée de faire bonne figure, d'arriver au bon moment et, surtout, de ne pas trahir leur secret. Pourtant, ces heures de préparatifs aux allures d'une fraction de seconde étaient bien réelles, car je me trouvais désormais entre les murs du palais. Mon cœur me remontait au bord des lèvres, contaminé par les appréhensions de mes deux acolytes. Je n'étais personne. Je n'avais pas de titre, pas de rang, pas de nom. Et me voilà.

Comme pour abreuver mon angoisse, le monde autour de nous sembla soudainement s'agiter. Tantôt des serviteurs passaient, leurs mains croulant sous de lourds plateaux remplis de victuailles, tantôt des nobles saluaient Hugo et Jeanne. Ils paraissaient tous, ou presque, heureux de ce mariage. Si ce genre d'événements me ravissait habituellement, rien de tout ceci ne faisait mon bonheur. Cependant, comme personne ne m'avait forcée à venir, nul autre que moi n'était à blâmer pour mon mal-être à la vue de cette foule affairée aux préparatifs d'un événement que je voulais à tout prix éviter.

Alors que nous attendions qu'un membre de la famille royale daigne nous accueillir, je priais pour qu'il s'agisse de Gabriel : mon nom ne figurait probablement pas sur la liste des invités, mais ceux de Jeanne et Hugo lui donnerait peut-être envie de retrouver deux vieux amis.

Après quelques minutes d'attente qui me parurent des heures, une femme se montra enfin. Son expression lorsqu'elle me vit dut être similaire à la mienne, et j'eus soudainement envie de disparaître. Nous nous dévisageâmes un moment, mais Hugo nous tira de cette situation dérangeante en la saluant d'un ton enthousiaste :

— Alienor, c'est un plaisir de te revoir !

La petite bourgeoise se tourna vers lui et se mit à sourire, comme si je ne m'étais pas trouvée là.

— Nous sommes très heureux de vous recevoir, que vous soyez parmi nous pour cet événement est une chance inestimable.

Je ne pus m'empêcher de chercher Gabriel du regard : il m'aurait paru logique que les deux fiancés nous accueillent, mais de toute évidence, seule la jeune femme était venue, accompagnée d'une servante. Je pris un air qui se voulait naturel et demandai :

— Adrien est-il déjà arrivé ?

Alienor posa les yeux sur moi, et répondit d'un air absent :

— Il ne viendra que demain… Tout le monde n'a pas l'honneur d'être hébergé au palais.

Je haussai les sourcils, plutôt surprise de cette réponse ; Adrien était issu d'une bonne famille et il avait participé à la destruction des Créatures. Il méritait entièrement de séjourner au château, tout comme nous.
— D'autres personnes que nous connaissons seront-elles présentes ?
Elle laissa un rire nerveux lui échapper :
— Que tu connaisses, j'en doute, mais Jeanne et Hugo sont déjà amis avec la plupart des invités.
Je soupirai, prête à répliquer avec sarcasme, mais elle me devança et déclara :
— Excuse-moi, Alice, je fais erreur… Ta bienheureuse mère et ta charmante sœur sont ici, je suis persuadée que tu as hâte de les revoir !
Mon cœur fit un bond dans ma poitrine à l'idée de cette famille brisée que rien, semblait-il, ne pouvait réunir. Ce sentiment se mêlait à ma colère vis-à-vis de la petite bourgeoise, mais je me retins de faire un faux-pas et forçai un sourire à naître sur mes lèvres.
— Avec plaisir, Alienor.
Une profonde aversion à mon égard se lisait dans ses yeux froids. Nous savions toutes les deux que nos désaccords ne s'arrangeraient jamais, même dissimulés sous un amas de politesse et de cordialité. Notre victoire sur les Créatures n'avait pas mis fin au conflit qui nous liait, la bataille continuait. L'unique différence, c'était qu'elle avait pris l'avantage.
— Faustine va vous emmener jusqu'à vos chambres, nous indiqua-t-elle tout à coup. Nous nous reverrons peut-être au dîner.
Elle attendit un instant puis quitta la pièce, nous laissant seuls avec la femme de chambre. Elle semblait plus âgée que Zara lors de notre rencontre, mais me rappelait tout de même mon amie. Un poids tomba sur mes épaules, certainement celui de son absence.
J'avançai d'un pas lent à la suite de mes compagnons, tandis que Faustine, la servante, nous faisait voyager à travers les couloirs du somptueux palais. D'ordinaire, la beauté autour de moi me fascinait, mais ce jour-là, les charmes de ce lieu me laissèrent indifférente : j'aurais tout aussi bien pu me trouver à Daahshi, dans ma misérable cabane, cela n'aurait rien changé.
Nos ennemis avaient disparu quelques mois plus tôt, mais ils avaient, d'une certaine manière, emporté avec eux tous ceux qui comptaient à mes yeux ; comme si une fois qu'il n'y avait plus eu de menace, les liens que nous avions créés n'avaient plus existé. La main de Jeanne se posa sur mon épaule à cet instant même, me

montrant que tous n'étaient pas partis, qu'il me restait encore une partie de cette famille. La femme de chambre nous guida jusqu'à une chambre extravagante où se trouvait deux lits majestueux, un sofa, deux commodes, un bureau et une salle de toilette attenante.

— C'est pour vous deux, Mesdames. Si vous avez besoin de quoi que ce soit, pensez à faire sonner la petite cloche. La chambre de Mademoiselle Durand est à gauche de la vôtre et les appartements du neveu du Roi sont au bout du couloir.

Nous la remerciâmes et elle s'éclipsa avec Hugo. Mon amie ferma la porte derrière elle et se jeta sur un des deux lits qu'elle désigna d'office comme le sien, en expirant de soulagement. Je devinai donc ne pas être la seule à trouver épuisante la pression de la cour et m'en sentis rassurée. J'allai m'asseoir à côté de Jeanne, dont les paupières étaient closes et dont la poitrine se soulevait presque imperceptiblement. Elle était si calme qu'on aurait pu croire qu'elle s'était endormie, mais elle déclara finalement :

— Tu devrais retrouver Gab. Demain il sera trop tard.

Elle avait parfaitement raison. Toutefois, je n'avais aucune idée de ce que je devais faire pour parvenir jusqu'à lui.

— J'ai encore le temps, la journée est loin d'être terminée.

Je doutais qu'elle suffise mais je n'osais pas le dire à mon amie, dans l'espoir de me convaincre que la situation n'était pas aussi critique qu'elle en avait l'air. Jeanne ne fit pas preuve de coopération et insista :

— Les journées à la cour peuvent passer très rapidement, alors tu ne devrais pas perdre une seule minute… Connaissant Alienor, elle risque de te rendre la tâche encore plus difficile et va tenir Gabriel loin de toi aussi longtemps qu'elle le pourra.

Je hochai la tête, et elle reprit :

— Cette Faustine a dit que sa chambre était dans ce couloir… Va donc voir s'il y est.

Je n'avais rien à perdre et tout à gagner, aussi je pris une grande inspiration en me levant. La lettre de la veille se trouvait près de moi, dissimulée dans les plis de ma robe. S'il devait s'avérer que je ne puisse pas lui adresser la parole directement, ces mots lui parviendraient, d'une manière ou d'une autre. Ainsi il comprendrait que tout n'était pas fini, du moins pas à mes yeux.

Je fis un pas vers mon avenir mais me retournai une dernière fois vers ma merveilleuse amie.

— Comment me trouves-tu ?
Elle me sourit et souffla :
— Comme toujours, Alice. Un magnifique désordre.
J'esquissai en retour l'ébauche d'un sourire puis elle ajouta :
— Je te souhaite sincèrement que cela fonctionne.
Un soupir franchit mes lèvres tandis que naquit en moi l'espoir de voir son vœu exaucé.

Cependant, à chaque pas en avant, j'en faisais deux en arrière. Je me trouvais maintenant devant la porte de la fameuse chambre, à en croire les indications de la servante, mais je ne savais plus ce que je devais faire ni ce qu'il était approprié de penser. Il se trouvait peut-être là, de l'autre côté du mur… Si près de moi que j'avais du mal à me faire à cette idée. Je posai la main sur la cloison, le cœur battant à tout rompre. S'il n'était pas là, qu'allions-nous devenir ?
Une cloche se mit soudain à retentir dans le palais, signe qu'une heure avait passé et qu'il était grand temps que j'abandonne mes peurs sur le pas de cette porte. Je toquai donc trois coups légers, mais il ne se passa rien. Je réitérai mon geste, qui se solda par un même silence. Ma main tremblante s'enroula autour de la poignée, consciente qu'entrer dans son intimité en son absence était d'une indiscrétion répréhensible. Notre proximité d'antan semblait toutefois m'y autoriser : plus d'une fois, nous avions partagé le même lit. Je fis un pas hésitant dans la pièce et faillis en ressortir aussitôt, mais ce papier dans ma poche me poussa à rester, au moins pour l'y déposer.
Une grande fenêtre face à moi donnait sur un magnifique balcon, offrant lui-même une vue imprenable sur les jardins royaux. Des rideaux rouges bordaient la vitre et se mariaient parfaitement avec les draps qui recouvraient le lit de celui que j'aimais tant. La meilleure chose à faire était sûrement de laisser ma lettre sur l'un de ses oreillers : il la remarquerait forcément au moment de se coucher.
Une fois ma mission accomplie, attendre me parut judicieux, au cas où le neveu du Roi déciderait de se montrer. Je sortis donc sur ce balcon, d'où il devait lui aussi observer le ciel de temps à autre, et songeai encore à toutes ces aventures qui m'avaient changée. Elles m'avaient montré que m'ouvrir, pardonner et aimer étaient loin d'être des faiblesses. Il s'agissait d'une leçon qu'il ne me fallait oublier sous aucun prétexte.
— Pourrais-tu, s'il te plaît, me dire ce que tu fais ici ? gronda une voix derrière moi.

Sa voix.

7

Je fis volte-face, confrontée à ma meilleure ennemie.
— Je profite de la vue, rétorquai-je avec sarcasme.
Elle leva les yeux au ciel et son regard se perdit un instant dans le paysage que je contemplais moi-même quelques instants plus tôt. Pour la première fois depuis bien longtemps, une atmosphère presque paisible régnait entre nos deux âmes inconciliables. Pourtant, elle ne tarda pas à rompre la trêve :
— Sors immédiatement de sa chambre, Alice. Tu n'y as plus ta place, tu ne l'as jamais eue.
Je relevai les yeux vers elle, blessée par ses propos, mais pas vaincue.
— Tu n'es personne pour en décider, la contredis-je. Il m'aimait et tu le sais.
— Tu es pitoyable… Gab t'a aimée, c'est indéniable, mais ce n'était qu'un moment de faiblesse : il est heureux désormais. Je vais devenir sa femme, alors si tu l'aimes vraiment, soutiens-le. N'oublie pas, Alice : je suis et j'ai toujours été ce qu'il y a de mieux pour lui.
Je hochai lentement la tête, prête à croire tout ce qu'elle venait de me dire. C'était tout à fait cohérent. Parfaitement raisonnable. Rationnel. Pourtant, à force de ressasser ses paroles, je réalisai que son discours restait inchangé et que cette fois-ci, ses paroles empoisonnées ne devaient pas tout ruiner. Je demandai avec assurance :
— S'il est si heureux, alors où est-il en ce moment ? Je veux entendre de ses lèvres qu'être à tes côtés le comble réellement de bonheur.
Elle laissa de nouveau s'échapper un rictus nerveux. Peut-être étais-je vraiment ridicule à m'entêter ?
— Cesse de te faire des idées, Alice, je ne mens pas. Tu n'as plus aucune valeur à ses yeux, non, plus aucune. Et ne t'en fais pas, tu en auras la confirmation lorsqu'il me dira son amour devant les plus puissants de ce royaume. Maintenant sors de cette pièce, pour la toute dernière fois.
Discuter cet ordre dépassait mes capacités et je m'exécutai donc à contrecœur, laissant derrière moi le morceau de papier sur l'oreiller. Il constituait mon seul et unique espoir.

Une fois dans le couloir et la porte fermée, je pris une seconde pour respirer, espérant que cela suffirait à me remettre d'aplomb pour surmonter le reste de la journée. Je savais d'avance ce qu'il me fallait pour que ce jour fasse réellement sens, mais j'avais plus de chance de voir renaître les Créatures que de croiser le neveu du roi. Comme si, en dépit de mes efforts pour provoquer le destin, nos chemins s'avéraient voués à ne plus se rencontrer. C'était d'autant plus frustrant que nous étions désormais dans le même château, peut-être plus proches que nous le pensions.

— Alice ?

8

Je relevai les yeux vers la ravissante jeune femme qui se tenait devant moi, l'air dépassée. Je me trouvais au moins aussi surprise qu'elle, ce qui me paralysa un court moment.

Elle était toujours aussi belle que dans mes souvenirs et notre mère avait sûrement fait le bon choix en pariant sur elle. Sublime et talentueuse comme Constance Morin, il n'y en avait pas deux. Sa chevelure de jais tombait en cascade sur ses épaules menues, les reflets de ses yeux illuminaient son regard et faisaient valoir son esprit affûté, tandis que ses traits parfaits ne lui faisaient jamais défaut. De somptueux vêtements, de multiples accessoires, et un léger maquillage accentuaient encore son indéniable beauté, mais ils se révélaient optionnels.

— Alors, c'était donc vrai. Tu es vraiment amoureuse de lui ?

Au regard de sa position à la cour, elle savait certainement que les appartements de Gabriel se trouvaient là et les rumeurs l'avaient tenue informée de notre relation. Me jugeait-elle pour cela ? *Tu es vraiment amoureuse de lui* ? Me voyait-elle encore comme une gamine rêveuse, inférieure à elle en tout point ?

— Cela ne te regarde pas, Constance, lançai-je d'un ton glacial. Tu ferais mieux de retourner auprès de ton Roi.

Elle hocha la tête et partit d'un pas décidé, ce qui me désola. Si les liens entretenus avec ma mère étaient complexes depuis la nuit des temps, ceux qui existaient entre ma sœur et moi n'avaient pas toujours été si froids. Je baissai les yeux, sur le point de m'éclipser, lorsque soudain, elle s'arrêta. Ma bouche s'entrouvrit, mais elle me devança en disant d'un air contrit :

— Mère est furieuse, tu sais.

Pour changer.

— Elle a appris que tu aurais pu être à la place d'Alienor, continua Constance. Et cela l'a mise dans un état que tu n'oserais même pas imaginer.

Elle fit volte-face pour atténuer la distance entre nous, le regard lourd de peine, sans que je parvienne à cerner ses intentions. En moi luttait l'espoir qu'elle désire réparer nos liens brisés. Avant ma quête contre les Créatures, l'idée de la laisser essayer ne m'aurait jamais effleurée. Désormais, je le souhaitais plus que tout.

— Mère est toujours en colère contre moi, alors peu importe, répondis-je finalement.

Elle me regarda sans dire un mot et j'ajoutai :

— Mais toi qui lui es si dévouée, que penses-tu de moi ? Suis-je une enfant ingrate, égoïste et inutile ?

Je me mordis la lèvre, car ces mots manifestaient toute ma colère et, surtout, mon besoin de la mettre à l'épreuve. Ce n'était pourtant pas ce que je voulais.

— Je pense que tu as toujours de bonnes raisons de faire ce que tu fais, m'avoua-t-elle avec sincérité. Je tiens à m'excuser, Alice, pour tout… Je sais que je n'avais pas le droit de t'abandonner et qu'aucune explication ne pourra jamais me racheter, mais la vérité c'est que…

Une telle humilité de sa part me laissait bouche bée.

— J'étais jalouse de toi, petite sœur. Tu étais tout pour papa, tu as été élue et tu n'as même pas accepté alors que j'en rêvais.

Ces aveux ne me rendirent que plus perplexe.

— Pourquoi… Enfin… Pourquoi me dire cela maintenant ?

Avec difficulté, ses lèvres se tordirent en un sourire. Mais même rempli de tristesse, son visage resplendissait et faisait presque de la douleur quelque chose de beau, de poétique.

— Nous sommes toutes les deux dans ce château, sans même nous adresser la parole… se confia-t-elle. Et cela m'est insupportable : quand bien même nous ne nous serions pas vues durant des siècles, nous demeurons une famille.

Et pourtant, excepté le sang, rien ne nous rattachait plus.

— Je sais combien tu as souffert de mon indifférence à ton égard, de la mort de Père, mais j'ai eu mon lot de tristesse aussi.

Je n'eus aucun mal à la croire là-dessus : elle avait perdu un parent, au même titre que moi.

— Malgré tout, Alice, j'ai compris qu'il était inutile de te jalouser : j'ai eu l'amour de notre mère et à défaut d'être élue, mes talents m'ont conduite ici. Pour toi, cela n'a pas été aussi facile, alors la seule chose que je peux encore t'envier, c'est ton courage, petite sœur.

J'avais toujours cru ne pas être assez bien pour elle. Que c'était la raison pour laquelle elle m'avait tourné le dos.

— Il est vrai que tu m'as abandonnée, grande sœur, mais j'ai mes torts : je t'ai mise dans le même sac que Mère alors que j'aurais dû te laisser une chance. Et si…

— Et si ? me pressa-t-elle.

— Et si on oubliait tout ça ? Dis-moi si je me trompe, mais il me semble que le mot exact serait… on se pardonne ?
Elle parut surprise, mais esquissa un léger sourire, de joie cette fois-ci.
— Si on m'avait prévenue que ce serait toi qui me proposerais de renouer les liens, je n'y aurais pas cru… Que s'est-il donc passé pour que ta rancune fonde comme neige au soleil ?
— J'ai appris de mes erreurs, rien de plus, lui expliquai-je, en souriant à mon tour.
Si j'avais refusé les excuses de Jeanne quelques mois plus tôt, un immense bonheur me serait passé sous le nez. Me réconcilier avec Constance n'aurait peut-être pas autant d'impact, mais cela nous permettrait au moins d'être en paix, de savoir que quelqu'un pensait à nous de temps en temps. Je fis un pas vers elle, et elle me serra dans ses bras quelques secondes. Je humai son parfum, similaire à celui de mon père et donc à celui des souvenirs, de la nostalgie, des regrets. Une larme dévala discrètement ma joue. Je me rappelai notre enfance, tous ces bons moments que j'avais enterrés au décès de notre père.
— Constance ?

Ma sœur sursauta et s'écarta aussitôt de moi, comme piquée par la foudre. Un homme d'une trentaine d'années avançait vers nous. En plissant les yeux, son air me disait quelque chose. J'étais si concentrée sur cette pensée que la couronne qui coiffait sa tête échappa à mon attention, jusqu'à ce qu'il parvienne à notre hauteur. C'était donc lui. L'oncle de Gabriel et par la même occasion, notre Roi à tous. Je l'avais imaginé plus vieux, moins charmant, mais je me trouvais contrainte d'admettre qu'il était plutôt bel homme.
— Votre majesté, murmurai-je en m'inclinant, absente.
— Vous devez être Alice Morin, nul besoin de vous abaisser à cela : votre sœur est magicienne de la cour, et vous êtes une amie de Gabriel.
Son nom me fit tressaillir.
— Il m'a d'ailleurs beaucoup parlé de vous, m'assura le Roi. C'est un honneur de vous rencontrer. Sans oublier que vous avez rendu un grand service à notre Royaume.
Ce bref discours dédié à mon éloge me fit rougir. Les gens, plus particulièrement les nobles, avaient tendance à se souvenir de moi comme "l'élue qui avait fui". Il était plutôt étonnant que le Roi lui-même ait une tout autre opinion de ma personne. Il ajouta alors :

— J'aimerais énormément que vous me racontiez votre quête ! Que diriez-vous de dîner avec moi ce soir ? Constance, vous pourriez vous joindre à nous.
— Avec plaisir. Pourquoi ne pas proposer à Jeanne Dignac et son mentor d'assister à ce repas également ?

Le Roi hocha la tête en signe d'approbation et je poussai malgré moi un soupir de soulagement : ainsi, je ne serais pas seule au milieu de tous ces nobles. Une pensée me traversa alors. Face à la gentillesse de cet homme, je me permis de poser la question qui me brûlait les lèvres :

— Votre neveu sera-t-il présent ? Je ne l'ai pas croisé une seule fois et il me tarde de le revoir…
— Je comprends votre impatience, mais je ne peux répondre à votre demande : Gabriel passe la journée avec un ami, et je n'ai aucune idée de l'heure à laquelle il reviendra.
— Je vous remercie, murmurai-je en tâchant de masquer ma déception. Qui est cet… ami ?

Ce que le jeune homme m'avait confié était gravé dans ma mémoire : parmi les gens de la cour, il ne s'était jamais senti apprécié pour ce qu'il était. Sa seule véritable amie, c'était Alienor.

— Non, je n'en sais rien. Excusez-moi de ne pas pouvoir vous informer davantage, mais j'ai à faire ailleurs. Constance, vous devriez m'accompagner.

Ma sœur acquiesça et me souhaita de passer une bonne fin de journée, puis le Roi me salua à son tour avant de disparaître.

Seule et sans meilleure occupation, je décidai d'aller me promener dans les jardins que j'avais pu admirer depuis le balcon de Gabriel. Je pourrais ainsi vérifier par moi-même si cette beauté n'était pas qu'une illusion. Je me perdis plusieurs fois dans le palais avant de parvenir dehors, incertaine d'être capable de savoir retourner à mes appartements le moment venu. Je sus que ça en valait la peine lorsqu'une brise légère effleura ma peau : je me sentis plus libre que jamais. Les paupières closes, mes poumons prirent une longue inspiration.

La confirmation de l'absence de Gabriel s'avérait ennuyeuse sur certains points, mais elle avait le mérite de m'apporter la paix. Désormais, je savais qu'il était vain de m'épuiser à le chercher. Il ne me restait plus qu'à patienter jusqu'à son retour, en espérant le trouver avant la tombée de la nuit.

Je traversai plusieurs allées, au milieu d'une pelouse verdoyante et de nombreuses fontaines toutes plus éblouissantes les unes que les autres. Après m'être éloignée, je me retournai vers l'édifice pour tenter de repérer la fenêtre de mon ancien amant parmi les centaines d'autres. Cela fut plus simple que prévu, car Alienor se trouvait encore sur le balcon, ses yeux de faucons rivés sur moi. Un frisson me parcourut, puisque même d'ici, je pouvais deviner ses pensées : tout ce qu'elle souhaitait en cet instant, c'était ma disparition. Indéniablement, tout aurait été plus évident pour elle si je n'avais pas été là. Je détournai finalement les yeux et repris ma route sur les petits chemins qui parcouraient ces magnifiques jardins.

Je m'attardai près d'une petite mare, et m'assis au bord de l'eau, fatiguée de ma balade. Un visage, celui de Gabriel, apparut à côté de mon reflet, comme pour me narguer. Personne ne pouvait imaginer mon désir de sentir son souffle sur ma nuque, la douceur de sa main sur ma peau, ses lèvres sur les miennes… Que ce ne soit pas une illusion idiote de mon esprit épuisé.
Une pierre tomba alors à l'endroit précis où s'étaient dessinés chacun de ses traits, et une voix froide retentit dans mon dos.
— Quel dommage qu'il ne soit pas là, n'est-ce pas ?
Son intonation ne laissait pas de doute, c'était bien lui. Le savoir si près de moi me paralysa, et ce fut mécaniquement que je me tournai vers lui pour confirmer mon impression. Cette journée sortait décidément de l'ordinaire.
— Tu as l'air étonnée de me voir, murmura-t-il lorsque nos regards se croisèrent.
Harry, assis avec nonchalance sur un banc, à quelques mètres de moi, comme s'il ne se trouvait pas en cavale, était plus réel que le souvenir brûlant de Gabriel. Il n'avait pas changé. Étonnamment, son apparence se trouvait soignée, sa barbe rasée et ses cheveux coiffés. Ses vêtements n'étaient pas ceux d'un fuyard.
— Moi aussi, je suis ravi, Alice.
Avais-je perdu l'usage de ma voix ? Car je me sentais incapable de murmurer, de parler, ou de hurler quoi que ce soit. *Que fais-tu ici ? Où étais-tu tout ce temps ? Vas-tu nous demander le pardon ou entraver notre route ?* Je n'eus pas à poser les questions et il n'eut pas à y répondre.
Harry se contenta, sans me lâcher des yeux, de relever fièrement sa manche, exhibant son bras. Un bras décoré d'une terrifiante marque noire que je connaissais par cœur. Je fis un pas en arrière et cette maladresse me coûta d'aller rejoindre cette pierre qu'il avait lancée quelques instants plus tôt au fond de la mare.

Je me débattis un long moment, incapable d'atteindre la surface pour reprendre ma respiration, lorsqu'une main agrippa la mienne et me tira hors de l'eau avec force.

9

J'expulsai toute l'eau de mes poumons tandis qu'une servante accourut avec une couverture qu'elle posa délicatement sur mes épaules. Mon mystérieux sauveur, lui, refusa poliment d'en emprunter une et s'approcha de moi avec précaution.

— Vous vous sentez bien, Alice ?

Je relevai les yeux et reconnus aussitôt Damien, l'un des mentors. Celui d'Harry. Je fis cesser mes tremblements pour lui répondre :

— Il faut à tout prix que je voie Hugo et Jeanne, faites-les venir ici, s'il vous plaît.

— N'y pensez pas ma chère, nous allons vous conduire à votre chambre pour que vous vous reposiez, me materna-t-il avec bienveillance. Nous leur dirons de venir vous voir un peu plus tard.

Je resserrai la couverture autour de moi et me relevai doucement en leur assurant :

— Je ne suis pas fatiguée, croyez-moi. J'ai besoin d'eux, et sur-le-champ.

Je n'avais ni le droit ni la légitimité de lui donner de tels ordres, encore moins d'employer ce ton autoritaire, mais il ne semblait pas comprendre la gravité de la situation.

— Je vous laisse raccompagner Mademoiselle Morin dans ses appartements, déclara-t-il à l'intention de la servante.

La jeune femme passa un bras sous mes épaules et se contenta d'obéir. Je ne pouvais pas lui en vouloir à elle, ni même à lui, qui faisait ce qui lui semblait juste. Dans un dernier espoir, je me tournai vers cet homme puissant et dis :

— Je l'ai vu, il était là. Votre élève est de retour.

La surprise traversa son regard et il me lança un regard de soutien.

— Je te promets de parler à Hugo et Jeanne, ne t'en fais pas.

Je suivis la femme de chambre jusque dans le palais et elle me fit passer par les couloirs réservés aux serviteurs afin d'éviter que les autres nobles ne me voient dans cet état : à peine arrivée à la cour, je faisais déjà tout de travers.

— Si vous le souhaitez, je pourrais vous aider à faire votre toilette et à vous préparer pour le dîner, Madame.

Je la remerciai avant de refuser ses services : je pouvais encore le faire moi-même, je n'étais pas aussi fatiguée que tous semblaient penser. Lorsque je rentrai dans ma chambre totalement déserte, un frisson me parcourut. Si Harry revenait et que j'étais seule, alors qu'adviendrait-il de moi ? J'avais certes retrouvé mes pouvoirs, mais à en croire mes yeux, il était devenu…

Non, c'était impossible. Harry ne pouvait pas être une Créature. Elles avaient été détruites, *je* les avais détruites. Il n'y avait pas le moindre risque que cela soit réel. Mon esprit avait tout inventé, aucune autre explication ne tenait la route.
Pour me remettre les idées en place, j'optai pour un bain chaud : mon corps serait lavé et mon âme purifiée. Je défis la robe trempée qui dégoulinait encore sur moi et m'enfermai à double tour dans la salle de toilette. Plusieurs seaux d'eau froide attendaient près de la baignoire, ainsi que de quoi les faire chauffer, mais cela ne m'était plus d'aucune utilité. Je versai le contenu dans la cuve et tendis ensuite les mains pour user de la magie. Je retirai ensuite ce qu'il restait de mes vêtements avant de plonger dans le bien-être.

J'avais suivi le conseil de Damien et je m'étais réfugiée dans mes draps pour me reposer un peu. Cette chambre m'apportait plus de bien être que le reste du château, y être coincée n'était donc pas une si mauvaise chose. La porte s'ouvrit alors, et quatre personnes entrèrent. Je les reconnus presque aussitôt : Jeanne, Hugo, Damien, et… cette garce d'Alienor.
Ils se postèrent autour de mon lit et mon amie vint s'asseoir plus près de moi, collant sa main délicate sur mon front. Si elle cherchait des signes de fièvre, d'étourdissements, elle était loin du compte.
— Comment te sens-tu ?
— Je vais bien, ne vous en faites pas, les rassurai-je sans attendre.
Ce n'était pas de moi dont il fallait se soucier. Hugo s'empressa d'ailleurs de me poser des questions :
— Damien nous a dit que tu prétendais avoir vu Harry. Tu confirmes ses dires ?
Mes sourcils se froncèrent.
— Je ne prétends rien, c'est la réalité.
Ils échangèrent des regards suspicieux, puis mon sauveur déclara :
— J'ai tout vu, Alice : tu étais seule et tu es tombée dans l'eau par accident.
— Cet incident n'était pas sans cause, je vous l'assure.
Je me tournai alors vers Alienor et la pris à témoin :
— Tu étais au balcon, tu as bien dû voir quelqu'un avec moi.
Celle-ci hésita à répondre, mais elle se décida finalement à mentir :

— Il n'y avait que toi, et Damien un peu plus loin. Si Harry s'était montré, j'aurais dû le voir moi aussi.

Je la dévisageai avec incompréhension : nous étions loin de nous entendre, mais ce sujet ne pouvait être pris à la légère. Alienor me dégoûta plus encore lorsqu'elle ajouta :

— Tu dois être fatiguée. Ma pauvre… Tu veux tellement que ce mariage soit interrompu que tu te mets à délirer.

Ceci expliquait son mensonge : si on apprenait qu'il y avait une quelconque menace, tout serait annulé. Surtout son mariage.

— Je n'y avais même pas pensé, tu sais, répliquai-je d'une voix éteinte.

Je repensai alors à un détail qui m'avait frappée et jugeai bon de leur en faire part :

— J'ai cru voir la marque des Créatures à son bras, c'est ce qui m'a effrayée.

Hugo fit un pas en arrière, exactement comme moi, mais il ne tarda pas à se reprendre et rétorqua :

— Tu dois faire erreur : tu as toi-même anéanti nos ennemis.

— Et s'ils avaient trouvé un moyen de renaître ? supposa Jeanne.

Elle, au moins, ne croyait pas que j'avais halluciné.

— Les morts ne reviennent jamais, soupira Alienor, vous le savez tous, et toi particulièrement, Alice.

Ces mots me firent l'effet d'un coup de poing dans le ventre. A défaut de lui rendre la pareille, je lui jetai un regard noir.

— C'est bien dommage, sifflai-je. Mais Harry n'était pas une Créature la première fois et n'est donc pas mort, lui. Il pourrait très bien avoir créé un enchantement pour se transformer à son tour.

Alienor se mit alors à applaudir avec sarcasme.

— Bravo, Alice, tu as presque réussi. Seulement voilà, qui te croira ? Cela n'a aucun sens.

— Je suis d'accord avec l'humaine, déclara Damien. Harry n'était pas là, pourquoi se poser plus de questions ? Repose-toi jusqu'au dîner et tout ira mieux.

Il donna une tape amicale sur mon épaule.

— Quant à cet enchantement qu'il aurait mis au point, n'y songe plus : celui qui a amené les Créatures en ce monde la première fois devait être un puissant mage noir et avoir travaillé sa potion pendant des années. Ce n'est pas en si peu de temps qu'un misérable élève de l'académie en aurait trouvé un équivalent. Ou les mages noirs ont à craindre pour leur réputation.

Il éclata d'un rire bourru, choisissant de prendre cette menace à la rigolade. Ma meilleure ennemie et lui ne se firent pas prier pour quitter la pièce. Je restai seule avec les jeunes mariés et des larmes remplirent mes yeux. Peut-être que la petite bourgeoise ne mentait pas, peut-être qu'Harry n'avait jamais vraiment été présent et que j'avais tout imaginé.
— Vous croyez que je deviens folle ?
Jeanne posa une main sur mon épaule et me sourit avec douceur :
— Bien-sûr que non, tu es tout au plus très fatiguée… Mais si tu es certaine que tu l'as vu, alors je te croirais.
— En es-tu absolument certaine, Alice ? ajouta Hugo.
Je les regardais tour à tour, réalisant mes propres doutes.
— Je ne sais pas…

Après une petite heure à me préparer pour le dîner dans l'espoir d'y croiser le neveu du roi, je fus très déçue. Gabriel n'avait pas montré le bout de son nez et j'étais montée me coucher avant les autres, incapable de supporter la présence de toutes ces personnes que tant de pensées et de craintes n'assaillaient pas. Allongée sur le lit, mes cheveux soigneusement ondulés, ma poitrine compressée par la magnifique robe mauve que je portais, je fis un bilan de la journée passée.
J'avais réussi à parler à Constance de la menace que j'appréhendais, et même si elle n'écartait pas la possibilité que tout soit faux, elle y avait accordé de l'importance. Nous avions donc décidé que nous lancerions un sort de protection autour du château le temps des festivités pour être absolument certains que rien ne viendrait troubler la tranquillité de cet endroit. Cependant, nous n'étions pas assez puissantes pour couvrir la totalité du palais, du moins pas seules.
Hugo et Jeanne se joindraient à nous et si je parvenais à intercepter Adrien, il n'hésiterait pas à m'aider. Nous étions tous talentueux, et si on y ajoutait la force supplémentaire que semblait m'accorder ma bague, cela suffirait peut-être. J'espérais tout de même que Constance soit parvenue à trouver d'autres sorciers. A en juger par son charisme et sa place à la cour, je ne me faisais pas trop de soucis à ce sujet.

Jeanne entra alors dans la chambre, et se jeta derrière le paravent sans dire un mot. Il fallait que je pense à ôter ma robe pour me changer à mon tour. Celle que je porterais le lendemain, de couleur rouge, attendait déjà, étendue sur une chaise. De mon point de vue, elle n'était pas aussi élégante que celle offerte par Morgane, et bien moins utile en cas d'attaque, mais elle se révélait plus conforme à la "mode".

— Tu ne l'as pas vu, n'est-ce pas ? demanda Jeanne qui réapparut, prête pour la nuit.

Je baissai les yeux. Elle n'eut pas besoin d'entendre ma réponse pour la connaître et vint me prendre dans ses bras.

— Il est tard, susurra-t-elle, il doit être dans ses appartements, lui aussi. Tu ferais bien d'y aller, Alice, c'est peut-être la dernière chance que tu auras.

Avec tout ce qui était arrivé, j'y avais moins pensé.

— S'il est rentré, il a sûrement lu ma lettre... Alors s'il voulait me voir, il serait déjà venu, tu ne crois pas ?

Elle haussa les épaules.

— Si vous attendez tous les deux que l'autre fasse le premier pas, autant abandonner.

Notre étreinte se rompit lorsque je me levai du lit, ce qui fit naître un sourire sur le visage de mon amie.

— Tu es quelqu'un de bien, Alice.

Je lui souris en retour.

— Je crois que c'est à force de vivre avec les bonnes personnes qu'on en devient aussi.

Elle me poussa alors vers la porte.

— Ne perds pas une minute.

Je me retrouvai seule dans le couloir et j'eus alors l'impression de ne pas être aussi bien que mon amie le croyait : si j'étais réellement une femme honnête, pourquoi étais-je sur le point de retrouver un homme fiancé au beau milieu de la nuit ? Je sentis des larmes me prendre la gorge. Elles ne m'empêchèrent pas de me rendre jusqu'au bout du couloir, face à ce mur qui nous séparait. Je me tournai vers le couloir, le regard rivé sur la porte des appartements d'Alienor. *Pardonne-moi*, pensai-je.

Comme plus tôt dans la journée, je toquai quelques coups à la porte de Gabriel, mais une fois de plus, ma requête n'eut aucune réponse. En entrant discrètement dans la pièce, je priai pour que cela ne me retombe pas dessus par la suite. Comme le corps endormi du neveu du Roi se dessinait sous les couvertures, je m'en approchai pour le réveiller. Je l'aurais certainement fait, si un détail n'avait pas attiré

mon attention. Dans la cheminée, au milieu des cendres, il restait un petit morceau de papier. Cette misérable feuille insignifiante dans laquelle j'avais enfoui tant d'espoirs.
Ainsi, j'étais fixée : Gabriel de Daemrys ne ressentait plus rien à mon égard. En jetant ma lettre au feu, se doutait-il que tout mon être brûlait ?
Il remua dans son sommeil et je sursautai, partagée entre l'envie qu'il s'éveille pour me prendre dans ses bras et la crainte qu'il me hurle de déguerpir. Je savais maintenant que la deuxième option se révélait la plus probable.

***

Mon cœur se serra dans ma poitrine, tout comme le corset autour de ma taille ; cette journée promettait d'être étouffante. Je sentais déjà le regard inquiet de Jeanne dès lors qu'il se posait sur moi. Mais que craignait-elle au juste… Que je fonde en larmes ? Que je fuis ? Ou que je réduise cette garce d'Alienor en charpie ? Quelle que soit la raison, elle était injustifiée : je saurais me tenir jusqu'à ce que nous quittions ce maudit palais.
Une fois le corset en place, Jeanne s'écarta de moi, élégante dans sa belle robe verte. Après avoir enfilé la mienne sans enthousiasme, j'ajoutai un collier doré et des boucles d'oreilles à ma tenue. Si tout portait à croire que ce jour était un jour de joie et de fête, pour moi, il prenait les airs d'une sépulture. D'un adieu. Je soulevai mes cheveux fraîchement bouclés entre mes mains : libres ? En chignon ? Me décider n'était pas le véritable enfer mais s'en rapprochait de très près.
La porte de la chambre s'ouvrit alors pour faire entrer un homme. Jeanne l'étreignit dans ses bras un moment.
— Cela fait du bien de t'avoir auprès de nous, Adrien.
Adrien. Je fis volte-face et me jetai moi aussi à son cou, oubliant ma coiffure un court instant.
— Il paraît que tu as besoin de mon aide. Encore, me taquina-t-il.
Je hochai la tête avec complicité, puis m'écartai de lui.
— Tu es magnifique, dis-moi, à croire que c'est toi qui vas te marier !
Un goût amer dans la gorge, je revins à mon miroir. Un chignon était la distraction parfaite pour occuper mes mains.
— Adrien… le réprimanda Jeanne.

Le jeune homme comprit aussitôt sa maladresse et s'empressa de me présenter ses excuses.
— Ce n'est rien, nous savions tous que ce moment arriverait, lui assurai-je. Allons donc dans la Salle, il faut que nous retrouvions Hugo et Constance.
Le jeune professeur me lança un regard rempli d'affection avant de me titiller :
— Tu reviens de loin : je me souviens encore de la tête que tu faisais la première fois que j'ai osé te parler de pardon.
Je ne répondis que par un sourire, qui sans être faux n'était pas non plus vraiment heureux. Nous quittâmes la chambre et je fis nerveusement tourner la bague autour de mon doigt.

Parvenus dans la Salle, je sentis un léger malaise me gagner à la vue de tous ces gens heureux. Les larmes qui ne coulaient pas de mes yeux me déchiraient le cœur. Je pris une brève inspiration, maudissant le corset qui comprimait mes entrailles. Lorsque j'aperçus Gabriel, mon souffle se coupa.
Il était là, sur l'estrade, et discutait paisiblement avec son oncle. Il semblait détendu. Il n'avait pas l'air d'avoir été contraint. Et égoïstement, je ne pouvais le supporter.
Sa fiancée, elle, ne s'était pas encore montrée, mais je redoutais son arrivée.
Ce fut alors que les volontaires pour lancer le sort nous saluèrent, me tirant de mes pensées. Hugo et Jeanne échangèrent un léger sourire en se voyant, tandis que ma sœur me prit dans ses bras.
— Très bien… Il n'y a que nous ?
Constance haussa les épaules.
— Apparemment oui… La plupart des invités préfèrent profiter de la cérémonie plutôt que gaspiller leur énergie à se protéger d'une mort assez peu probable, m'expliqua-t-elle, visiblement agacée.
Si je comprenais leur point de vue, cela me paraissait pourtant stupide. Mais comment blâmer des personnes qui n'avaient jamais affronté de Créature ? Qui en avaient peut-être à peine entendu parler ? Et surtout, qui n'avaient pas vu Harry surgir devant eux…
— Comme nous ne sommes que cinq, je vous propose que chacun protège une entrée. Il ne faut pas oublier qu'il y a aussi les gardes, tout ne repose pas sur nous, déclara ma sœur avec autorité.

— Je ne veux pas être pessimiste, mais ces hommes ne font pas le poids face aux Créatures, objectai-je.

Hugo hocha la tête pour montrer son accord avec moi.

— Peu importe, espérons qu'ils n'auront jamais à croiser leur chemin, reprit la magicienne de la cour. Jeanne, Hugo, vous vous occuperez de sécuriser l'entrée de service. Adrien, Alice, je vous laisse le soin de l'entrée principale. Je me charge des souterrains et des tunnels d'accès.

Je fronçai les sourcils.

— Harry doit connaître leur existence, il y a d'ailleurs plus de chances qu'il les utilise plutôt qu'un autre passage. Je devrais m'en occuper.

Ce n'étaient pas les pouvoirs de ma sœur que je remettais en cause, j'avançai seulement le fait que la bague me permettait d'accomplir des choses que les autres sorciers ne pouvaient pas imaginer.

— Alice, j'ai la force de tenir si quelqu'un essaie de percer nos défenses.

Elle n'avait pas idée de ce qui l'attendait si l'un d'eux brisait son sort : elle n'avait jamais ressenti une telle souffrance. Pour ma part, j'en avais fait l'expérience en voulant sauver celle qui allait épouser l'homme que j'aimais. Au fond, quelle douleur était pire que l'autre ?

Ma sœur m'entraîna un peu à l'écart et murmura d'une voix presque inaudible :

— Je crois que je suis enceinte Alice… Cela signifie que je possède plus de pouvoirs qu'en temps normal.

Je n'avais encore jamais étudié la question, aussi elle m'expliqua :

— Les pouvoirs de mon enfant se joindront aux miens, je suis donc l'équivalent de deux sorciers.

Je hochai lentement la tête : cela se tenait, et venant d'elle, l'information ne pouvait pas être fausse. Après un moment de réflexion, je fis preuve de curiosité et la questionnai :

— Qui est le père ?

Elle baissa les yeux et se mordit la lèvre : ce n'était pourtant pas tous les jours que Constance Morin se laissait déstabiliser.

— La cérémonie va commencer, nous devons nous concentrer sur notre mission, nous parlerons de cela après.

Le teint livide, elle retourna auprès de nos amis, et je la suivis, essayant de comprendre ce qui la mettait dans cet état. Elle n'avait pas encore de signes apparents

d'une grossesse, et c'était mieux ainsi : ma mère risquait d'entrer dans une rage folle si elle entendait parler de cet enfant conçu hors mariage.
Constance elle-même était arrivée "trop tôt", et c'était ce qui avait poussé mes parents à se marier si jeunes. Déjà à cette époque, il semblait que ma mère voulait éviter tout scandale qui aurait pu entacher son nom. Et apparemment, elle avait réussi. Mais j'étais arrivée, trois ans plus tard, et tout portait à croire que j'avais ruiné sa vie.

Je pris la main d'Adrien dans la mienne, tout en fermant les yeux pour visualiser la porte d'entrée du palais dans mon esprit. Une fois qu'elle fut parfaitement nette, ma magie et celle de mon ami fusionnèrent pour créer une barrière invisible entre nous et le monde extérieur. Notre complicité rendait le sort plus fluide, et donc plus fort, mais m'apportait également un sentiment agréable.
Lorsque je rouvris les yeux, ce sentiment disparut : Alienor avançait déjà vers son futur époux. La foule autour de nous avait retrouvé son calme et tout était parfaitement organisé maintenant. Gabriel, face à tous ces gens, attendait patiemment qu'elle parvienne jusqu'à lui. Des frissons de tristesse picorèrent mes joues lisses et le jeune professeur murmura alors à mon oreille :
— Il n'a pas arrêté de parler de toi hier…
Je lui lançai un regard surpris. C'était donc avec Adrien que Gabriel avait passé la journée de la veille. En compagnie d'un véritable ami. J'en voulus presque au jeune sorcier de ne m'avoir rien dit, mais compris qu'il n'en avait sûrement pas eu l'occasion.
— Lorsqu'il parle d'Alienor, on sent qu'il l'apprécie… comme une amie. Mais quand il prononce ton nom…
Il ne put poursuivre car le prêtre commença son discours meurtrier par un toussotement de rappel à l'ordre.
— Merci à toutes et tous d'être venus si nombreux. C'est avec grand honneur que je suis devant vous pour célébrer l'union éternelle des cœurs et des âmes de ces deux jeunes gens. Gabriel de Daemrys, Alienor Durand, est-ce bien ce que vous souhaitez ?
— Je le souhaite, répondit la jeune femme avec assurance.
L'éclat de ses yeux illuminait toute la Salle. Le neveu du roi, lui, sembla perdu un instant, mais il se reprit et déclara finalement :
— Je le veux également.

— Bien, alors commençons. La vie est un chemin semé d'obstacles, d'épreuves, de douleurs que nous nous devons de surmonter avec courage. La vie n'est simple pour personne, chacun a ses propres combats qu'il connaît très bien, et peut choisir de lutter seul. Mais dans la vie, il existe une chose qui peut nous libérer de tous nos fardeaux : l'amour.

J'étais obligée de reconnaître que ces paroles étaient réelles : que ce soit l'amour d'une mère, d'un père, d'une amie, d'une soeur, d'un homme, d'une femme, qui mieux que lui était capable d'apaiser les tourments ? Certes, cela n'arrangeait pas tout, cela faisait parfois souffrir, mais c'était bien la seule chose qui puisse faire disparaître la haine et la rancœur.

— L'amour nous rend plus fort, il nous permet de ne faire qu'un avec l'autre pour pouvoir supporter ensemble le poids que nous impose notre parcours de vie. L'amour, c'est parfois se sacrifier pour l'autre, donner le meilleur de soi-même sans jamais rien attendre en retour.

Je sus à cet instant que c'était vraiment de l'amour, que cela en avait toujours été, même lorsque je lui avais dit de partir. Surtout lorsque je lui avais dit de partir. Et de ce que m'avait révélé Adrien, il n'en ressentait pas moins.

— L'amour, c'est ce que vous qui demandez le mariage partagez depuis un moment. Puisse cet amour durer jusqu'à votre dernier soupir, et vous guider vers des paysages plus agréables.

Je désirais hurler, pour qu'il me regarde, pour qu'il comprenne que les mots écrits dans ma lettre étaient plus que des mots. Mais perdre le contrôle au milieu de tous ces gens était de la pure folie.

Ma gorge se nouait au fur et à mesure que les larmes remplissaient mes yeux. Je sentis la main de Jeanne se poser sur mon épaule.

Alors que les jeunes fiancés s'apprêtaient à se donner la main pour débuter la partie irréversible de ce mariage, je hurlais intérieurement. Ce fut à cet instant qu'un picotement me parcourut et qu'un véritable cri retentit dans l'assemblée. Constance.

10

Je lâchai la main d'Adrien pour me jeter sur le corps de ma sœur, qui s'était écroulée au sol. Avec cet imprévu, mes larmes coulaient sans retenue sur mes joues, mais c'était le cadet de mes soucis. Les yeux de Constance ne s'ouvraient plus, et je posai ma tête contre sa poitrine : un faible battement parvenait à mes oreilles.
— Il faut un guérisseur !
Comme son corps paraissait intact, je connaissais déjà la cause de son "malaise", mais je ne pouvais rien pour elle. Seules des potions pouvaient la sauver à ce stade-là, et j'espérais que quelqu'un de suffisamment puissant vienne l'aider, car si c'était là l'œuvre de Harry, il ne devait pas être seul. Elle avait sans nul doute tenté de résister, pourtant ni ses pouvoirs, ni ceux de son futur enfant n'avaient été assez forts pour rivaliser.
— Alice ! On n'a pas le temps, s'ils sont là, il faut mettre tout le monde à l'abri, s'écria Adrien par-dessus mon épaule.
Je ne pouvais pas laisser ma sœur ainsi, mais la situation devenait alarmante pour tout le monde.
— Alice, je me charge de Constance, déclara dans mon dos la voix inquiète de Victoria Morìn.

Pour la première fois depuis longtemps, je lançai un regard suppliant à ma mère et oubliai ma rancune.
— Sauve-la.
Elle acquiesça, sans que je discerne le moindre soupçon de colère ou de jugement dans ses yeux calculateurs. Le Roi lui-même s'approcha alors et me dévisagea avec inquiétude. Le temps n'était cependant pas aux explications. Je rejoignis Adrien, Hugo et Jeanne, qui déclara :
— Ils sont entrés, alors il est trop tard pour…
Un grondement se fit entendre, et la porte de la Salle vola en éclat.

Jeanne avait réussi à protéger tous ceux qui se trouvaient proches de l'entrée. Il n'y avait donc pour le moment aucun blessé, du moins de ce que nous savions. Un homme fit son entrée, et même si son visage était dissimulé sous une capuche, je sus d'instinct qu'il s'agissait d'Harry.

— Excusez-nous de vous interrompre, mais nous avons des comptes à régler !

Je jetai un coup d'œil à Gabriel. Il me regardait déjà, blême. Mon cœur se mit à battre un peu plus fort.

— Avec toi, Alice Morìn.

Je sursautai, revenant à la réalité. Harry. Je sortis du rang pour faire face à ce sombre personnage, suivie par Adrien, prêt à me défendre.

— Et de quels problèmes veux-tu discuter ? demandai-je d'une voix claire et forte afin de lui montrer qu'il ne me terrifiait pas le moins du monde.

Il claqua des doigts, magnanime. Plusieurs hommes entrèrent, armés jusqu'aux dents ; la même marque arpentait leurs bras musclés et leur nombre était de loin supérieur à la dernière fois. Je sus d'avance que s'ils décidaient de lancer l'assaut, les survivants se compteraient sur les doigts de la main, s'il y en avait. Jeanne s'approcha à son tour et murmura à mon intention :

— Damien te doit des excuses.

— Pour le moment, j'espère surtout qu'il en aura le temps, fit remarquer Hugo en arrivant lui aussi.

Harry se racla la gorge avant de reprendre :

— Comme vous pouvez le voir, la menace que vous pensiez avoir anéantie, à l'abri des regards et à l'insu de tous, est toujours là. Nous n'avons pas l'intention de rester terrés cette fois-ci.

— Commencez par dévoiler votre visage, plutôt que de gaspiller votre salive dans de si belles paroles, cela me paraîtrait moins lâche, déclara Gabriel.

Le jeune homme venait de nous rejoindre, talonné par Alienor. A l'exception de Mathys et Zara, nous étions tous réunis. Face à la même menace, ironiquement.

— Le moment n'est pas venu de découvrir qui je suis, déclara Harry à l'intention de la foule plus qu'à nous, puisque son identité, nous la connaissions. Rassurez-vous, nous ne sommes pas là pour vous tuer. Oh d'ailleurs, toutes mes excuses pour ta sœur, Alice, nous ne voulions pas lui faire de mal. Et félicitations aux jeunes mariés !

Il jaugea ma réaction d'un œil attentif mais mon visage resta impassible : je ne comptais pas donner satisfaction à ce monstre. Il reprit donc :

— Tu ne nous détruiras pas, Alice. Nous sommes plus forts et plus nombreux que nous ne l'étions. Voilà donc ce que nous te proposons : viens avec nous et nous laisserons la vie sauve à tous ces innocents. Qu'en dis-tu ?

Je serrai les dents, avant de regarder tout autour de moi : des hommes, des femmes, des enfants, qui étaient tous, comme l'avait précisé Harry, des innocents. Les Créatures avaient massacré la famille de Zara sans scrupule, il n'en aurait aucun à tuer les invités d'un mariage. Peu importe la quantité de sang qu'ils devraient faire couler, ils ne s'arrêteraient pas avant d'avoir eu ce qu'ils voulaient. Moi.

Je fis un pas vers le traître, mais quelqu'un attrapa mon bras avec force.

— Tu ne peux pas, Alice. Nul ne sait ce qu'ils te feront subir : tu as tué leur ancien chef et nombre d'entre eux.

Le regard de Gabriel sonda le mien, essayant de me convaincre de ne pas me rendre. Je gravai ses yeux dans ma mémoire, si cela devait être mon dernier souvenir heureux, puis je m'écartai de lui en murmurant :

— En revanche, on sait ce qu'ils feront si je n'y vais pas. Gab… Je refuse que tous ces gens paient pour mon égoïsme.

— L'heure tourne mes amis, alors faites votre choix, s'impatienta Harry.

— Elle ne…

— Je vais venir avec vous.

Jeanne tenta à son tour de m'en dissuader, la voix rauque :

— Gabriel a raison, Alice. Tu ne peux pas faire cela. On a tous besoin de toi, ils ne s'arrêteront pas là, ils reviendront un jour… Et nous avons intérêt à t'avoir dans nos rangs quand le moment viendra.

— J'espère qu'on se retrouvera, murmurai-je simplement.

Mon amie recula d'un pas tremblant, acceptant ma décision malgré tout. Hugo la prit contre lui et me lança un regard d'encouragement. Adrien me supplia du regard, mais je n'étais plus en mesure de décider de quoi que ce soit. Je lançai une œillade meurtrière à Alienor.

— Tu l'auras eu ton beau mariage.

Elle ne répondit rien, baissant simplement les yeux. Regrettait-elle son mensonge de la veille ? Je me retournai, prête à parcourir les quelques mètres qui me sépa-raient d'Harry. Je savais qu'il me serait difficile d'aller jusqu'au bout.

— Je ne peux pas te perdre une seconde fois, Alice Morìn.

La voix de Gabriel me retint un court instant, et lorsque sa main prit la mienne, je me permis de me réfugier dans ses bras. Tout irait bien. Voilà ce que m'inspirait

cette étreinte. J'y retrouvais la même paix à laquelle il m'avait habituée quelques mois plus tôt. Il déposa un baiser dans mes cheveux, tout en me serrant fort contre lui. Je ne pensais plus à rien, ni à personne. Pas à Harry qui m'attendait, ni à Alienor qui devait être morte de jalousie.
— Reste en vie, me supplia-t-il.
— J'espère que tu ne m'en veux pas, surtout.
Je l'entendis sourire lorsqu'il répondit :
— Je ne peux pas t'en vouloir d'être une meilleure personne que moi.
C'était ce que je lui avais dit après le sauvetage de Simon Dignac – le père de Jeanne – dans les bois de Shirin. Je sus alors qu'il comprenait ma décision, qu'elle n'allait rien changer à notre amour. Nous nous retrouverions. Gabriel recula et je fis un pas indécis vers ma destinée.

11

Avec la brutalité qui lui était propre, Harry empoigna mon bras puis fit signe à ses hommes de s'en retourner. Cet idiot empêchait mon sang d'irriguer mes veines, aussi dis-je d'un ton belliqueux :

— Si je me suis rendue, ce n'est pas pour m'enfuir maintenant. Lâche-moi !

Il soupira avec mépris, sans desserrer son étreinte.

— Tu es un trophée de guerre, Alice, et c'est moi qui te ramène. C'est ainsi que l'on marque l'histoire. En étant le héros.

Un rictus bourré de sarcasme m'échappa.

— Au cas où cela t'aurait échappé, tu ne seras jamais un héros. Tu es dans le mauvais camp.

— Ce n'est que ton point de vue, me sermonna-t-il. Mais ce sont les gagnants qui racontent l'histoire, et quelque chose me dit que nous sommes sur la bonne voie. Un jour, tous ces gens verront l'homme que je suis.

Je le regardai sans comprendre. Avec son rôle d'élu, il était déjà un héros aux yeux de tous : pourquoi cela ne lui suffisait-il pas ? Pourquoi fallait-il qu'il se compromette en agissant ainsi et perde toute sa crédibilité ? Toutefois, le moment de réfléchir n'était pas encore venu et il n'hésita pas à me le rappeler. Comme il devait me trouver trop lente, il me donna un coup de pied dans le tibia. Pas un gémissement ne m'échappa et je gardai la tête haute, malgré mes yeux brillants.

— Ne la touche pas ! s'écria Gabriel au loin.

J'eus plus de mal à ne pas me retourner qu'à contenir la douleur due aux coups de Harry. Me retourner, courir jusqu'à lui et ne plus le quitter. Le protéger. Pourtant ce jour-là, c'était en partant que je le protégeais, que j'assurais sa survie et celle de tous ces gens par la même occasion. Je me fis donc une raison.

— S'il continue de nous tenir tête, ton ami risque de ne pas faire long feu, murmura alors mon ravisseur d'un ton menaçant. Si tu le revois, ce dont je doute fortement, apprends-lui à se taire.

Cette fois-ci, je risquai un regard en arrière. *Ne me sauve pas*, susurrai-je du bout des lèvres au neveu du roi. Pourrait-il lire sur elles les mots qu'il n'entendait pas ? S'il se mettait en tête de me secourir, il ne restait plus qu'à espérer que Jeanne et Hugo le retiendraient, afin qu'il sache agir raisonnablement et non aveuglément. Harry m'asséna un autre coup, dans le ventre pour changer.

— Ce n'était pas nécessaire, marmonnai-je de douleur.
— Je sais, répondit-il en souriant.
Autour de nous, des Créatures qui n'aspiraient à aucun autre but que la destruction de l'ordre nous scrutaient, dans l'attente des ordres du chef. Et leur engagement ?
— Tu as promis de ne pas leur faire de mal si je venais, lui rappelai-je, alors agis en héros et tiens parole.
Lui qui tenait tant à en devenir un éclata d'un rire mauvais avant de répliquer :
— Tu es bien trop naïve, Alice… Mais tu as raison, je dois faire preuve d'un peu de clémence face à ton sacrifice. Quelques jours de trêve feront l'affaire.
Quelques jours de trêve. C'était déjà cela de gagné pour mes amis. En revanche, pour se préparer à l'affrontement, il fallait bien plus que cela. L'armée qu'Harry menait ce jour-là était dissuasive, j'en étais certaine, ce qui signifiait qu'il cachait un plus grand nombre d'hommes. Enfin, de Créatures.
Celles-ci disparurent d'ailleurs une à une. Je compris vite qu'elles voyageaient simplement par la force de la pensée, comme la bague me le permettait. *Difficile de savoir où ils me traînent*, pensai-je.
— Où vont-ils ? demandai-je en désespoir de cause.
Harry soupira. S'était-il déjà lassé de moi ?
— Tu poses trop de questions…
Un bruit sourd retentit dans mon crâne et un voile noir se posa sur mes yeux.

Mes paupières s'écartèrent lentement et un écrasant mal de tête s'empara immédiatement de moi. Je voulus toucher mon front à l'endroit où Harry m'avait frappée, mais des liens retenaient fermement mes mains, attachées au piètre lit dans lequel je me trouvais. Au-dessus, le plafond semblait plutôt en mauvais état et des barreaux me gâchaient la vue à gauche.
Je fus tentée d'utiliser mes pouvoirs pour me libérer de mes chaînes, mais je ne sentais plus la bague autour de mon doigt : ils avaient dû me la retirer dès mon arrivée ici. Ils avaient d'ailleurs troqué ma robe rouge par une sorte de chiffon laineux d'une horrible couleur crème, tâchée par endroit.
— Maître, elle s'est réveillée, déclara une voix féminine.
Un homme masqué se pencha vers moi et déclara :
— Faites venir Harry, c'est à lui de s'occuper d'elle.

La jeune femme quitta la cellule, suivie du mystérieux Maître. Pour des raisons évidentes, j'avais cru que le porteur du flambeau était Harry, mais il y avait apparemment renoncé. Ce dernier ne tarda pas à arriver, l'air impatient.

Il ne prononça pas un seul mot et sortit un trousseau de clé qui lui servit à me libérer de mes entraves. Je frottai mes poignets, qui en étaient devenus rouges, et n'auraient sûrement pas tarder à saigner s'il n'était pas venu me détacher.

— Comment te sens-tu ?

Je lui lançai un regard mauvais.

— Parce que cela t'intéresse ?

— Tu as passé trois jours dans un profond sommeil, on a même cru que tu étais morte. J'ai parfois du mal à doser ma force, je n'ai pas encore l'habitude... Alors oui, je me soucie de ton état.

Je m'apprêtais à lui répondre sur l'offensive, mais remarquai de nombreuses cicatrices sur son bras, visiblement fraîches. L'inquiétude me submergea, non pour lui mais pour mes proches qui, je l'espérais, étaient encore en vie à l'extérieur.

— Vous vous êtes battus ? Il y a eu des combats ? Que fais-tu de la trêve que tu nous as promise ?

Il ramena sa cape devant sa peau tuméfiée.

— Quand le travail n'est pas fait correctement, nous en payons les conséquences. Le Maître tenait à te garder en vie, et j'ai bien failli compromettre son plan.

Je me sentis presque désolée pour lui, mais il s'agissait d'un apitoiement irrationnel : il était mon geôlier et nous avait tous trahi. Son choix de camp était fait, et je le jugeais toujours aussi mauvais, comme le démontrait l'emploi de telles pratiques que les châtiments corporels. Le jeune homme s'approcha alors de moi, trop près, et je le repoussai aussitôt en le frappant à l'endroit exact de ses blessures.

— Tu te fais des idées, maugréa-t-il. J'allais simplement vérifier l'état de ta plaie.

La douleur qui déformait les traits de mon ennemi ne me donna aucune satisfaction, au contraire. La culpabilité me rongea encore davantage lorsque des gouttes de sang tombèrent au sol, mais rapidement, ma raison prit le dessus. J'avais agi pour me défendre d'une possible menace, il n'y avait rien de plus naturel dans ma situation. D'autant plus que je connaissais le caractère d'Harry.

— Tu devrais soigner ton bras, tu as des pouvoirs non ? le conseillai-je.

— Ici, on ne s'en sert pas pour guérir, tu t'en rendras vite compte. Les forts survivent, les faibles meurent. C'est pour cette raison que vous ne faites pas le poids face à nous.

Une nouvelle forme de sélection naturelle.
— C'est pour cette raison que j'ai failli mourir ? Vous n'auriez eu qu'à utiliser la magie pour...
Il me fit signe de me taire et rétorqua :
— Si nous avions fait une telle chose, comment aurions-nous su que tu méritais de vivre ? Et puis, tu es vivante, ça veut bien dire que l'usage de la magie n'était pas nécessaire.
D'une certaine manière, la mort paraissait enviable à la captivité, mais cette pensée ne devait pas me gagner. Il me restait des amis dehors, des personnes pour qui me battre.
— Pourrais-je enfin savoir pourquoi je suis ta prisonnière ?
— Tu dramatises trop, soupira-t-il. La durée de ta captivité ne dépend que de toi, ma belle. Quant à la cause de ta présence, cela va me prendre un peu de temps pour te l'expliquer. Avant cela je dois m'assurer que tu es parfaitement rétablie... Je peux ?
Je lui fis signe qu'il avait l'autorisation de s'approcher et il en profita immédiatement. Il retira une sorte de compresse imbibée de sang et observa méticuleusement ma blessure. Je me demandais comment il avait pu faire autant de dégâts simplement en me frappant, alors que son intention n'était pas de me tuer. Cette force incontrôlable confirmait une chose : le royaume entier courait un grave danger. Il sortit une petite fiole de sa poche et m'ordonna de la boire.
— De quoi s'agit-il ? le questionnai-je avec méfiance.
Il leva les yeux au plafond, et rétorqua :
— Je t'ai dit que nous te voulions vivante, alors bois sans crainte. C'est à la fois un anti-douleur et un très bon antiseptique.
Le choix de placer ma confiance ou non en Harry Loaran était un luxe qui ne m'appartenait plus depuis que j'avais fait celui de le suivre. Un bref coup d'œil en sa direction sembla m'indiquer qu'il racontait la vérité. Je lui pris la minuscule bouteille des mains et la portai à mes lèvres.

Avaler jusqu'à la dernière goutte de ce liquide répugnant fut une véritable épreuve, ce qui s'avérait rassurant. Un poison n'avait généralement pas ou peu d'odeur, son but ultime étant la discrétion. Je fis la moue en reposant le flacon à côté de moi, ce qui arracha un sourire moqueur à Harry. Il prit ensuite un bandage propre et l'enroula autour de ma tête avec soin. Je fus surprise qu'un être tel que lui soit

capable de faire preuve de douceur, chacun de ses gestes délicats m'évitant la moindre douleur supplémentaire.
— Je vais te ramener des vêtements convenables.
Il fit attention de refermer la porte derrière lui et je me retrouvai seule, avec pour toute compagnie la fiole vide. Je regardai autour de moi et remarquai une mince ouverture vers le haut, sûrement pour laisser passer l'air dans cet endroit souterrain. Personne n'aurait pu se glisser dedans, mais je tentai tout de même d'escalader le mur pour voir dans quel genre d'endroit je pouvais bien me trouver.
Comme mes pieds étaient nus et que ma tunique ne couvrait pas la totalité de mes jambes et de mes bras, ma peau s'écorcha plusieurs fois sur les mêmes pierres qui me servaient d'appui. Lorsque mon visage put se glisser dehors, je n'en crus pas mes yeux.

Tout était paisible, la nature semblait primer sur toute autre chose et l'eau d'une rivière prenait sa source-là. Si elle traversait cet endroit où Harry me retenait prisonnière, ma porte de sortie était toute trouvée. Je pris une grande inspiration, remplissant mes poumons d'un air de liberté. A mes pieds, pourtant, la captivité m'attendait.

Impatiente de voir Harry franchir la porte de la cellule, je pris la fiole et la serrai dans mon poing. Si elle servit d'abord d'exutoire à ma nervosité, je ne tardai pas à avoir d'autres projets pour elle : sous cette forme, elle était inoffensive mais si je la brisais, ses fragments deviendraient une arme. Pas la plus redoutable, certes, mais la seule qui se trouvait à ma disposition.
Cette minuscule bouteille me glissa malencontreusement des mains et se brisa dès lors qu'elle eut heurté le sol. Si j'avais maintenant de quoi attaquer mon geôlier, un picotement vint ternir ma victoire. Un des morceaux était venu se loger dans ma jambe, et alors que je me penchai pour l'en retirer, la voix de Harry me donna la chair de poule.
— Soit tu es vraiment maladroite, soit tu espérais me tuer… Quoi qu'il en soit, c'est pitoyable de ta part.
Il ouvrit la porte et déposa sans ménagement une robe beige sur ce qui m'avait servi de lit. Il se tourna ensuite vers moi et observa ma nouvelle plaie.
— La bonne nouvelle, c'est que ma potion fera aussi effet sur cela. La mauvaise, c'est que tu risques d'avoir mal.

D'un coup sec, il arracha le verre de ma peau, m'infligeant une douleur vive qui disparut presque aussitôt.
— Assieds-toi un instant, que j'arrête le saignement, m'ordonna-t-il.
Je m'exécutai, et tandis qu'il s'appliquait à me soigner, il me fit des reproches :
— Tu nous fais perdre du temps, Alice, et je n'aime pas vraiment ça.
Il resserra ce bandage-là avec un peu trop de fermeté et je répondis d'une voix rongée par la douleur :
— Je comprends, je ne te ferais plus perdre une seule seconde.
Je n'avais aucune intention de tenir parole, car plus je leur prenais de temps et d'attention, moins ils en consacraient à massacrer le royaume. Du moins l'espérais-je.
— Bien, c'est ce que je voulais entendre. Enfile cette tenue, tu as cinq minutes.
Il se mit de dos, et je restai plantée là, confuse.
— Ne vas-tu pas me laisser seule ?
— D'autres ne se gêneraient pas pour regarder, alors estime-toi heureuse que je ne sois pas de ceux-là et dépêche-toi, répliqua-t-il froidement.
Je ne cherchai pas à discuter, par peur d'aggraver la situation, et défis lentement la tunique miteuse qui me recouvrait pour passer cette nouvelle robe au toucher plus agréable, tout en m'assurant que l'élu déchu ne se retournait pas. Harry avait également laissé une paire de bottes que je m'empressai d'enfiler, ce qui me fit le plus grand bien : j'avais été trop occupée pour m'en rendre compte, mais le froid qui régnait dans ce souterrain me mordait de plus en plus.
— J'ai terminé, nous pouvons y aller.
Il ouvrit la porte et me laissa passer sans me quitter du regard. Il me poussa vers un escalier et fit signe de monter. Les marches étaient petites et la pente raide, ce qui me donna une sensation de vertige. Peut-être à cause du coup qu'il m'avait donné. Je titubai jusqu'à m'écrouler dans les bras de ce même homme.
— La plupart des prisonniers cherchent à fuir, non à se rapprocher de leur geôlier.
— Tu crois que j'ai le choix peut-être ? demandai-je faiblement.
Ma voix faible s'éteignit et je sombrai dans l'inconscience.

12

Mes yeux se rouvrirent sur une pièce bien plus lumineuse et confortable. Un sofa rouge me faisait office de lit et ma tête reposait sur un oreiller brodé de fil d'or. Je clignai plusieurs fois des paupières en me relevant et m'étirai librement. Je tentai de me lever, mais poser le pied par terre fit remonter une douleur vive en moi. Je soulevai les pans de ma robe pour vérifier ma plaie. Le linge blanc qui l'entourait était devenu rouge et les soins d'Harry n'avaient pas totalement arrêté le saignement. Je pris garde à prendre appui sur mon autre jambe et fis une nouvelle tentative, moins chaotique, pour m'approcher de la fenêtre.

— Alice, cela fait plaisir de voir que tu as retrouvé tes forces… Mais tu ne devrais pas les gaspiller à tenter de t'échapper.

Je fermai les yeux un instant, avant de me tourner et d'affronter le regard d'Harry.

— Combien de temps suis-je restée inconsciente ?

— Presque une heure. Maintenant, viens t'asseoir là, m'ordonna-t-il en désignant le divan.

— Je peux encore me tenir debout, protestai-je.

— Ne sois pas idiote, Alice. Tu peines déjà à marcher et ce que je dois t'apprendre pourrait être lourd à porter.

Il me toisa d'un air supérieur tandis que mes jambes tremblantes me ramenèrent vers lui. Une fois assise, il prit place à mes côtés, trop près de moi à mon goût. Il se trouvait pourtant à l'autre bout du canapé.

— Bien, nous y sommes, commença-t-il d'un ton nerveux.

Qu'avait-il à m'apprendre de *lourd à* porter ? Mon expression tourna à l'effRoi lorsque le pire chercha à se frayer un chemin dans mes pensées : quelqu'un était-il mort ? Tué par les soins d'Harry ou de son Maître ?

— Il y a quelques années, tu as assisté sans le savoir à la naissance des Créatures, ou du moins à la création de la potion qui en est à l'origine.

Mon souffle se coupa sous le coup de la surprise, mes poings se serrèrent. Un poids venait de s'écraser sur ma poitrine. Pourquoi me disait-il cela ?

— C'était un soir. Ou plutôt, une nuit. Tu t'es trouvée là où tu n'aurais jamais dû être… Je crois que tu vois de quoi je veux parler, n'est-ce pas ?

Non, non et non. Il utilisait mes souvenirs contre moi : Harry savait des choses sur mon père et son arrestation. Il s'en servait simplement pour me manipuler. Pour me faire croire qu'il disait la vérité.

— Les trois hommes que tu as vus cette nuit-là sont appelés les "Créateurs", Alice. Et tu as reconnu l'un d'eux, qui était particulièrement proche de toi.

Mon père invoquant la magie noire avec ces deux inconnus, la culpabilité dans ses yeux le jour de sa mort… Était-ce…

— C'est impossible, murmurai-je à haute voix.

Il posa sa main sur la mienne, crispée, avec compassion.

— Laisse-moi terminer. Pierre Morìn, ton cher papa, est mort le surlendemain de ce fameux soir, par condamnation, me rappela-t-il, comme si ce détail avait pu m'échapper. Ce qui est… surprenant, c'est qu'ils prétendaient savoir ce pourquoi ils l'ont mis à mort, alors que personne n'avait entendu parler des Créatures avant que Louis Sarre ne boive la potion et ne devienne une menace il y a quelques mois seulement.

Le père de Jeanne avait-il condamné le mien sans aucune raison ? Après tout, s'il avait connu l'ampleur de ce délit, il se serait démené pour retrouver les complices de mon père car il n'était pas suffisamment mauvais pour faire courir un tel danger au royaume entier. Cela rendait les propos d'Harry plausibles, mais comment être certaine qu'il ne mentait pas ? Mon père se montrait toujours gentil, généreux et respectueux envers autrui, humains, sorciers, Daahtor, et toute forme de vie… Ce n'était pas son genre de concocter une potion visant à devenir plus puissant et à anéantir des centaines d'existences. L'élu déchu me tira de mes réflexions en reprenant :

— Louis aurait pu accomplir sa mission jusqu'au bout, mais tu l'as tué, ainsi que toutes les Créatures qu'il avait transformées. Heureusement, le troisième créateur est encore de ce monde et je crois en lui : tu ne pourras jamais le mettre en échec.

— Le Maître, je suppose… A-t-il un nom ?

Son visage se ferma et il garda le silence.

— Je dois parler à cet homme, Harry. Si ce que tu dis est vrai, il a connu mon père et il pourra…

Le jeune homme agrippa alors mon bras et m'interrompit en s'écriant presque :

— Tu ne réalises donc pas ce que je suis en train de te dire, Alice ?

J'en eus immédiatement honte, mais la peur déforma mes traits et une larme de déni coula sur ma joue. *Réaliser*. C'était bien la dernière chose que je souhaitais.

— Ton très cher père est à l'origine des Créatures, tu entends ? Ton père est l'un des nôtres.
Ses mots me brisèrent plus encore que la mort de Pierre Morìn. Cette découverte, si elle était vraie, signifiait qu'il était mort une seconde fois. Non seulement que cette image d'un homme doux et bon n'existait plus, mais aussi qu'elle n'avait jamais existé ailleurs que dans mon esprit.
— Harry, je ne peux pas te croire…
Pour quelle raison cet homme qui m'avait toujours parlé de sacrifice, d'amour, d'amitié, de loyauté, aurait-il été si différent de ce que j'imaginais ? C'était impossible. Ce seul mot emplissait les moindres recoins de mon âme. Harry passa ses doigts dans mes cheveux pour découvrir mon regard peiné mais je me détournai aussitôt de lui : tout ceci était forcément faux, il n'avait pas besoin de me réconforter. Mais si je croyais à un mensonge, pourquoi mon estomac se tordait-il ? Pourquoi mon corps entier refusait-il de ne plus trembler ?
— Je sais que c'est difficile à accepter, mais tu dois me croire. Adrien aussi n'aurait jamais soupçonné son père, et pourtant…
— Il n'était pas mauvais, le coupai-je avec plus de conviction. Mon père était différent de Louis ou du Maître.
Certains détails coïncidaient pourtant : j'avais entendu parler des trois Créateurs auparavant, et cette nuit-là, ils étaient bien trois lorsque je les avais surpris à pratiquer la magie noire. Je fermai les yeux un moment et ceux de mon père, coupables, revinrent me hanter. Il n'y avait qu'une seule manière d'être absolument sûre qu'Harry se montrait sincère.
— Jure-moi que tu dis la vérité. Regarde-moi et jure-le-moi.

Harry se leva du sofa, s'agenouilla, serra mes mains dans les siennes et plongea son regard en moi.
— Je n'ai pas menti. Je peux te jurer, et je te le jure, que ton père est bien un créateur et qu'il a agi en pleine conscience. Je suis sincèrement peiné de voir l'effet que cela te fait, mais pour ce qui va suivre, tout ceci est nécessaire.
Je le dévisageai douloureusement. Il m'avait persuadée : mon père était complice du plus grand crime que le monde ait porté, de mon vivant du moins.
— Tout comme Adrien a dû le faire, c'est à toi de choisir. Ta famille ou tes amis.

Jeanne, Hugo, Adrien, Zara, Mathys, Constance, Gabriel, Mathys… ils étaient une sorte de famille à mes yeux. Mon père, lui, n'était… rien de plus qu'un vieux fantôme.

— Croyais-tu vraiment qu'il suffirait de si peu pour que je trahisse ceux que j'aime ? lui demandai-je, le cœur gonflé de larmes amères.

— Te rends-tu compte qu'il est mort pour cette cause ? Tu ne crois pas qu'il aurait aimé que tu suives son exemple ?

Son exemple. Toute ma vie, mon père avait représenté mon modèle, j'avais suivi ses principes. En une fraction de secondes, le masque était tombé et ses valeurs avaient toutes disparu. Mais pas moi. Je n'étais pas forcée de changer et d'effacer les convictions que j'avais moi-même bâties.

— Alice, m'interpella Harry. Nous allons bientôt entrer en guerre contre les humains et les sorciers qui refuseront de se plier à nos ordres, alors je te conseille d'y réfléchir à deux fois avant de renoncer à te joindre à nous. Nous t'accordons la nuit.

Mon regard se perdit par la fenêtre, derrière laquelle le soleil se couchait lentement. Quelques soirs plus tôt, nous célébrions le mariage de Jeanne et Hugo dans une sérénité totale. Parfois, cette vie trop paisible à leurs côtés m'avait presque lassée, mais je ne soupçonnais pas que notre monde allait à nouveau être bouleversé par des événements plus terrifiants encore que la première fois.

— Tu es liée à notre combat, que tu le veuilles ou non.

Les yeux de Harry plongèrent dans les miens et je sus avec certitude qu'en dépit de ce lien, je ne serais jamais des leurs.

J'étais retournée dans ma cellule depuis quelques heures, condamnée à y rester jusqu'au lendemain matin, moment auquel je leur donnerais ma réponse définitive. Évidemment, ma décision était déjà prise, mais j'ignorais ce qui risquait de m'arriver une fois que j'aurais affirmé devant eux qu'ils étaient bel et bien mes ennemis. La mort ?

Mon cœur se serra et je ramenai sur moi la fine couverture qu'Harry avait eu la clémence de me donner. Être ici, seule et loin de tous ceux que j'aimais, plutôt qu'auprès d'eux me chagrinait : il s'agissait peut-être de ma toute dernière nuit avant de retrouver mon père. En songeant à lui, un frisson de colère me parcourut. Le dégoût qu'il m'inspirait désormais était certainement à l'origine de mon manque d'appétit, raison pour laquelle je n'avais pas touché au maigre repas que m'avait fait porter l'élu déchu. Alors que mon regard morne se posa sur l'écuelle remplie de blé qui traînait par terre, d'innombrables pensées me submergèrent, à tel point que je m'en sentis vide. Mon esprit fatigué ne pouvait plus s'accrocher à la moindre idée plus d'un instant. Gabriel, mon père, les Créatures, le Maître, mes blessures, Gabriel encore… et ce choix que je devais faire. Mes yeux se fermèrent un court instant et mon esprit sembla alors quitter mon corps.

Gabriel était allongé dans un lit, l'air fiévreux, et je m'assis à son chevet en changeant le linge sur son front. Il ouvrit faiblement les yeux et je lui lançai un sourire d'encouragement. Son état semblait s'être amélioré, et j'espérais que cela continuerait dans ce sens. Il murmura avec difficulté :
— Où sommes-nous ?
— En lieu sûr, ne t'en fais pas.
Je jetai un coup d'œil intrigué à sa sacoche.
— Qu'as-tu emmené avec toi ?
Il sourit lentement avant de dire :
— Quelque chose qui te fera plaisir…
Je me levai pour prendre cette mystérieuse surprise, mais il rattrapa mon bras et je me tournai vers lui.
— Pour le mariage…
Un goût amer remonta dans ma gorge, mais ce n'était pas le moment de faire preuve de rancune à son égard alors qu'il venait de me sauver la vie.
— Ce n'est rien, tu m'expliqueras tout quand tu iras mieux, le disculpai-je.
Il se releva un peu et passa une main sur ma joue, sans me quitter des yeux un seul instant.
— Tu as survécu, comme promis.
— Tu devrais savoir que je tiens toujours mes promesses, rétorquai-je en souriant.
— Tu n'auras plus à tenir cette promesse. Je te jure d'être là pour te protéger de tous les dangers qui puissent exister dans ce monde et de tous ceux qui voudraient te faire du mal.

Je rouvris les yeux et aperçus une étoile à travers l'unique trou qui laissait passer l'air dans ma cellule. Que signifiait ce rêve ? Devais-je le considérer comme une prémonition, lui aussi ?
Mon cœur se serra lorsque je me rappelai du lendemain et de ma mort probable. Aucun de ces songes n'avait plus de valeur. La seule issue qu'il me restait pour

échapper à mon sort aurait été d'accepter de rejoindre mes ennemis, ceux qui avaient presque tué celui que j'aimais, m'avaient privé de mon âme et ne cessaient de menacer toutes les personnes auxquelles je tenais dans ce royaume.
Si seulement nous avions pu avoir un espion chez eux, tout comme Harry s'était adroitement mêlé à nous, nous aurions sûrement pu nous préparer à ce retour en force. Peut-être que tout était ma faute. Je n'avais rien fait contre le jeune homme lorsque je l'avais vu dans les jardins et j'étais maladroitement tombée. Mais à ce moment-là, n'était-il pas déjà trop tard ?

Pour mieux réfléchir, il était nécessaire de m'aérer l'esprit, et je me prêtai donc à une nouvelle tentative d'escalade pour atteindre le haut de mon cachot. La forme de mes pieds et des parois se confondaient dans l'obscurité et je dus faire plusieurs tentatives avant de parvenir à mon but, mais cela ne fut pas vain. Je pus finalement profiter d'un brin de liberté et d'un magnifique spectacle : les reflets des arbres dans l'eau, le clair de lune, le bruissement des feuillages au gré du vent, la nature en pleine action… Je ne laissai rien passer outre mon regard. La sensation d'étouffer diminua tandis que mes pensées elles-mêmes s'apaisèrent un instant avant que je n'imagine ce que faisaient mes amis pendant que je me trouvais ici, prisonnière. Ils devaient être réunis, peut-être dans le château de Jeanne, ou bien toujours dans le palais Royal, se demandant sûrement ce qu'il était advenu de moi. Ma disparition datait de quatre jours maintenant et il était possible qu'ils me croient morte. Après tout, quelles chances avais-je d'être encore en vie alors qu'un groupe de monstres sans pitié me détenait ?
Mon imagination vagabonda un instant dans les hautes herbes qui m'entouraient, au-delà de la ligne d'horizon où se trouvaient peut-être mes amis. Je pouvais les voir, au détour d'une montagne ou dans le creux d'une vallée. Ils me souriaient, m'ouvraient leurs bras mais seulement dans mon esprit. Mon corps, lui, se trouvait toujours en équilibre et seul mon visage dépassait dans ce magnifique paysage.

.

13

Harry me tournait autour depuis un moment, impatient que sorte de ma bouche la réponse qu'il attendait tant. Allait-il être déçu d'apprendre que mon avis demeurait inchangé ? Alors que les quelques mots susceptibles de me coûter la vie s'apprêtaient à franchir mes lèvres, il m'interrompit.

— Je connais ta décision, Alice, et elle ne me surprend pas. Tu es une femme droite, tu as de l'honneur… A vrai dire, j'aurais été chagriné que tu abandonnes les tiens.

Il lisait bien en moi : une telle trahison m'aurait hantée à vie. Mes paupières dissimulèrent mon iris et une larme m'échappa tandis que je murmurai :

— Alors tu peux me tuer.

J'entendis un sourire mauvais éclairer son visage.

— Tss-tss. T'ôter la vie te libèrerait, d'une certaine manière.

Mon cœur se serra presque à l'idée de ne pas mourir. La mort était encore préférable à une longue vie en captivité, à prier jour et nuit pour le secours d'un ami qui ne viendrait jamais tandis que mes geôliers décimaient les miens à l'extérieur. Je rouvris les yeux et il me rassura :

— Je te l'ai déjà dit, Alice, et je le répète : le jour où tu ne nous regarderas plus comme des ennemis, tu seras libre.

— Jamais plus je ne serai libre, soupirai-je avec lassitude. Quand bien même j'accepterais d'être des vôtres, tu ne me croirais pas. Alors épargne-nous cette perte de temps et tue-moi maintenant.

Après tout, pourquoi me garder en vie ? J'étais pour eux un danger qu'ils ne pouvaient négliger, me supprimer était particulièrement opportun.

— Ce soir, nous aurons une surprise pour toi. Une des nôtres se chargera de te préparer pour un dîner en compagnie du Maître, de moi-même et de… ce cadeau.

Je fronçai les sourcils, perdue par ses bonnes manières. Elles cachaient à coup sûr une terrible vérité.

— Je t'ai dit que je refusais votre offre, alors pourquoi cela ?

— On ne sait jamais ce qui peut se produire en une journée, Alice. Personne ne peut prétendre connaître l'avenir.

J'en avais pourtant entrevu quelques fragments : mon enfant, mes retrouvailles avec Gabriel et l'épée de celui-ci. J'esquissai un léger sourire : tout n'était peut-être pas si désespéré qu'il y paraissait. La porte du bureau s'ouvrit alors sur l'homme appelé "Maître". Une fois de plus, il semblait décidé à ne pas se dévoiler et portait un capuchon. Harry s'inclina brièvement, avant de relever le menton et de déclarer d'un ton froid :

— Comme je vous l'avais dit, elle refuse.

— Si tu n'as pas su la faire changer d'avis, notre présent de ce soir le pourra peut-être. Il faudrait d'ailleurs que tu ailles t'en occuper immédiatement, je vais passer du temps avec Alice.

L'élu déchu s'exécuta aussitôt, me laissant seule avec cet inconnu qui, lui, semblait me connaître à merveille. Je ne manquai pas de lui faire remarquer cette inégalité avec une voix remplie de ressentiment :

— Vous m'appelez par mon prénom, pourtant je ne connais pas le vôtre. Ne trouvez-vous pas cela injuste de me laisser errer dans le brouillard ? Comment osez-vous me demander de vous faire confiance et d'accepter de devenir comme vous ?

Il fit quelques pas et ceux-ci trahirent une certaine nervosité. Ma présence n'aurait pourtant pas dû l'intimider : après tout, il avait l'avantage, il était à la tête d'une puissante armée et toutes ces Créatures le respectaient.

— Ne parle pas d'injustice. Une injustice, c'est ce dont ton père a été victime.

Si tôt qu'il eut mentionné mon père bien aimé, la cicatrice qui ornait mon cœur s'ouvrit. Pour la première fois depuis longtemps, j'avais l'impression que cet homme ne le disait pas pour me blesser, ni pour compatir, encore moins pour me rabaisser, pour m'insulter ou pour essayer de comprendre. Pour la première fois, quelqu'un d'extérieur à ma famille semblait ressentir une véritable douleur quant à ce souvenir du passé. Dans sa voix, je pouvais entendre une sorte d'appel au secours, une colère qui se mêlait à la souffrance, en bref, un amas d'émotions destructrices qui risquait d'exploser à tout moment.

— Vous le connaissiez bien ?

L'homme se tourna vers moi. Bien qu'aucune partie de son visage ne soit visible, je sus qu'il souriait tristement.

— Pierre Morìn, murmura-t-il. Quel homme ! Doux mais sûr de lui, gentil mais pas faible, ambitieux mais droit... Il était mon meilleur ami depuis l'enfance, il m'a tellement appris. Le plus bon des hommes ne méritait pas de mourir au nom de la cruauté des autres.

Nul n'avait jamais parlé de lui ainsi, avec tant d'émotions, mais il ne devait pas faire partie des fréquentations officielles de mon père. Après tout, leur passe-temps commun consister à créer une espèce vouée à mettre le royaume à feu et à sang.

— Vous étiez avec lui, cette nuit-là ? demandai-je, simplement pour écouter sa version des faits.

Harry m'avait conté la vérité qu'il avait lui-même entendu de cet homme ou de Louis, mais j'allais enfin savoir ce que mon père puis Simon Dignac m'avaient dissimulé sur cette condamnation.

— Évidemment, Alice. Nous étions tous les trois, Louis, Pierre et moi. Dans un si grand moment, comment aurait-il pu en être autrement ? lança-t-il d'un ton grave et théâtral.

Il baissa la tête en signe de recueillement et je compris combien cette cause, cette nuit, mon père, faisaient partie de lui. Il était différent d'Harry, de Louis et de toutes les Créatures qu'il m'avait été donné de rencontrer.

— L'idée que je suis le dernier de ce trio, qu'ils soient bel et bien... morts, m'est insupportable. Il existe des personnes que l'on ne remplace jamais, et c'était le cas de ton père, Alice. Je n'ai jamais accordé autant d'importance à qui que ce soit, me confia-t-il.

Il était peut-être mon ennemi et mon père me décevait profondément mais le Maître avait raison sur un point : Pierre Morin était un homme irremplaçable.

— Je regrette de ne pas m'en être plus rendu compte de son vivant... J'avais encore beaucoup à lui dire avant qu'il ne s'en aille.

Je dévisageai cet individu qui parvenait à me faire revivre ma douleur oubliée tout en la partageant avec moi. Qu'aurait pensé mon père en nous voyant ainsi ? Peut-être aurait-il été heureux que deux personnes chères à son cœur se rencontrent enfin.

— Nous connaissions les risques que nous prenions cette nuit-là, reprit le Maître, alors nous en avions longuement discuté, tu sais... Il m'a demandé de prendre soin de toi s'il lui arrivait quelque chose. Évidemment, je ne pensais pas que le pire se produirait si vite, j'espérais même ne jamais avoir à tenir cette promesse. Excuse-moi de ne pas t'avoir protégée toutes ces années, mais j'ai tout fait pour oublier ton père.

Il n'allait pas m'apprendre ce que c'était de vouloir fuir la peine, l'étouffer et la faire disparaître afin que jamais plus elle ne remonte à la surface. Il s'approcha alors et posa une main sur mon épaule. Un frisson me parcourut tant ce monstre me rappelait mon père et sa douceur.

— Désormais je compte honorer cette promesse et veiller sur la fille de mon ami… tu comprends ?

Je fis non de la tête, reprenant mes esprits.

— Si vous étiez un véritable ami de mon père, vous me laisseriez retrouver ceux que j'aime. J'ai moi aussi beaucoup à leur dire, je ne veux pas attendre qu'il soit trop tard… Vous pouvez l'imaginer.

— Je sais très bien ce que tu ressens, affirma-t-il d'un ton compatissant, mais pour ton bien, tu dois demeurer ici. Là-bas, tu risques de mourir et je ne peux permettre cela.

— Jamais mon père n'aurait permis des massacres tels que vous en projetez. Faites plus que me protéger et cessez tout ceci tant qu'il en est encore temps ! m'emportai-je.

Il s'écarta de moi et je baissai les yeux un instant, le temps de dissimuler une larme traîtresse. Risquer ma vie aux côtés de mes amis était un honneur, la passer auprès de mes ennemis était un long et douloureux suicide.

— Ton père était moins radical, moi-même je n'aurais jamais pensé en arriver là… Mais Louis a pris les rênes, et il a eu raison : nous devons nous battre.

— Pourquoi ? Les gens que vous tuerez sont innocents.

Le poing du Maître se serra alors.

— Nous l'étions aussi, gronda-t-il.

Je ne compris pas ce qu'il voulait dire par là, ni à qui ce "nous" faisait référence. Je n'eus pas le temps de le lui demander car tout autour de moi se confondit et ma vision se brouilla.

14

L'océan nous faisait maintenant face, un vent glacial soufflait sur nous, et même si je n'aurais pas cru cela possible, le bureau d'Harry me manquait déjà. L'ombre masquée de l'homme se tenait à côté de moi, en haut d'une falaise déserte, seuls à observer cette mer agitée en dessous de nous. La noyade effleura mon âme en peine. J'aurais ainsi échappé à cette situation qui me tourmentait et il en aurait été fini de mon existence. Quelques pas seulement m'empêchaient de mettre un terme à tout le désordre dans mon esprit, il n'y avait rien de compliqué. Pourtant, le désir de connaître la raison de ma venue ici et d'en apprendre plus sur mon père se révéla plus fort. Le Maître était le plus à-même de m'éclairer, je n'avais donc pas le droit de gâcher cette opportunité.

— S'il n'était pas mort…

Que serait-il arrivé ? La question resta coincée dans mes entrailles, car Damien y répondit trop vite.

— Nous aurions tous bu la potion, au même moment, et nous aurions fait un coup d'état.

La tristesse qui transparaissait dans chacun de ses mots m'assurait qu'il n'y pensait pas pour la première fois. A quel point rêvait-il d'un monde dans lequel mon père était en vie ?

— Nous voulions prouver que les sorciers n'étaient pas inférieurs aux humains et leur faire payer les abus de la société à notre égard, avec le moins de violence possible. Il n'y aurait pas eu d'armée de Créatures, seulement nous : c'est Louis qui a inventé le principe de transformation et il a jugé que la mort, cela effrayait tout le monde. Ainsi, les sorciers seraient plus puissants, tandis que les humains, eux, perdraient la vie.

— Pourquoi ne faites-vous pas selon le plan initial maintenant que Louis est mort ? Ne répétez pas ses erreurs, essayez de régler ces conflits à l'amiable. La paix est encore possible, et puis, depuis toutes ces années, la place des sorciers au sein de notre Royaume s'est améliorée. Les élus, par exemple, sont respectés par tout le monde, y compris par les humains…

— Les humains ont asservi les Daahtors, ils méprisent les nains et toute forme de vie différente à la leur. Pour le moment nous leur ressemblons suffisamment pour qu'ils nous respectent un tant soit peu, mais ils finiront par changer, à cause de nos pouvoirs. Nous devons prendre les choses en main pour éviter de devenir leurs chiens.

Il faisait erreur : les humains et les sorciers vivaient en harmonie depuis des décennies. Le Maître et ses fidèles représentaient la seule menace à cette entente, aveuglés par la folie et la lubie d'une cause pourtant peu louable. Une pointe de sarcasme dans la voix, je demandai :

— Vous comptez donc tuer tous ceux qui s'opposeront à vous ?

— Je compte devenir Roi et mettre fin à la dynastie des Daemrys. Les humains deviendront nos esclaves, les sorciers seront transformés… Les seuls qui mourront seront ceux qui nous menacent directement.

Mes amis appartenaient tous à cette dernière catégorie, mis à part Zara et Mathys, peut-être. Ils tiendraient plus longtemps que les autres, c'était certain. Celui qui m'inquiétait le plus, sans surprise, était Gabriel de Daemrys dont le nom signait son arrêt de mort. Même s'il capitulait, le Maître le tuerait pour accéder au trône. Ce dernier sembla deviner mes pensées et me demanda d'un air intrigué :

— Parle-moi de ceux que tu appelles tes "amis", j'aimerais en savoir plus sur eux.

Jouer sur mes sentiments était un habile stratagème pour obtenir des renseignements, il fallait le reconnaitre, mais je n'étais pas stupide.

— Je n'ai rien à vous apprendre.

— Je peux déjà les tuer quand bon me semble, alors ce ne sont pas des informations sur eux que je veux. Je souhaite simplement savoir quel genre de personnes tu fréquentes.

Il s'en souciait peut-être à cause de cette promesse qu'il avait faite à mon père, mais je ne pouvais pas lui révéler trop de détails sur ceux que j'aimais. Même s'il prétendait ne pas en avoir l'intention, il pourrait un jour retourner cela contre eux, ou contre moi. Je déclarai simplement :

— Ce sont tous de bonnes personnes, les meilleures que j'ai connues. Comme vous avec mon père.

— Le lien que j'avais avec ton père était bien plus fort, protesta-t-il. Tu ne peux pas comparer les deux.

Je haussai les épaules d'un air détaché.

— Quoi qu'il en soit, ils valent mieux que vous, voilà pourquoi je les choisirai toujours.

Il prit ma main dans la sienne et répondit d'un ton absent :

— Tu as la détermination de ton père, cela ne me surprend pas. Déjà petite, il me disait que tu étais têtue.

Je ravalai mes larmes à l'évocation de tous ces souvenirs qui appartenaient au passé et un grand silence s'installa entre nous. Même le bruit des vagues et le souffle du vent semblaient s'être estompés. Si seulement cela avait été mon père à mes côtés, il aurait pu tenir ma main.

Mais je réalisai vite ce que sa présence aurait impliqué : comme Adrien, j'aurais eu à choisir entre mon père et les miens. Par conséquent, j'aurais dû le regarder mourir. Encore.

Je lâchai la main de ce monstre et m'écroulai sur le sol.

— Ton père a été jeté dans ces eaux, c'est pour cette raison que nous sommes là. Tu peux te recueillir, si tu le souhaites.

Je fermai les yeux, laissant l'air marin pénétrer mes narines, ressentant un brin de paix. Je savais désormais où il était et cela me rassurait presque. Après tant d'années, la condamnation de mon père devenait plus claire, même si elle ne correspondait pas à mes attentes.

— Avez-vous une famille ? demandai-je alors.

Il mit quelques secondes à me répondre.

— J'ai eu ton père. Et une fille aussi, mais cela n'a pas d'importance.

— Où est-elle aujourd'hui ?

Une fois de plus, il me fallut être patiente, et je levai les yeux vers lui comme il ne disait rien.

— Peu importe où elle est… Elle ne sait même pas qui je suis, se décida-t-il finalement à soupirer.

— J'ai une amie comme votre fille, qui ne connaît rien de son père. Il lui manque malgré tout, elle ferait tout pour le connaître…

— Jeanne est comme la fille de Simon Dignac, m'interrompit-il avec colère, ce même homme qui a condamné ton père.

— Elle ne…

Je restai alors perplexe : comment avait-il pu savoir que je parlais de Jeanne ? Ma mère, celle de Jeanne, Jeanne elle-même, Hugo et moi étions les seuls à réellement être au courant qu'elle n'avait jamais rencontré son père… Alors comment cet homme avait-il pu faire un rapprochement entre elle et la description de cette "amie" ?

— J'en sais beaucoup sur Jeanne, m'expliqua-t-il. Je me suis intéressé à son cas après la mort de Pierre...
Jeanne. Elle avait dénoncé mon père, un homme auquel ce monstre à la fois émouvant et terrifiant semblait tenir.
— Elle aussi, vous projetez de la tuer ? m'écriai-je avec stupeur.
Il éclata d'un rire nerveux, avant de rétorquer froidement :
— Non, elle n'y est pour rien. Je lui réserve autre chose.
Je n'étais pas sûre d'être rassurée : et si ce qui attendait mon amie était pire que la mort ? Mes mains nerveuses se perdirent sous le sable froid, trahissant mon envie de disparaître.
— Nous allons rentrer... Cette discussion ne mène nulle part, déclara alors le Maître.
L'un de mes doigts effleura quelque chose et mon regard se posa aussitôt sur un magnifique, mais surtout tranchant, coquillage.
— Puis-je avoir encore une minute pour me recueillir, comme vous me l'aviez dit ?
— Je te l'accorde.
Il s'éloigna de quelques pas et je me fis discrète pour récupérer cette arme. Certainement absorbé par de nombreux souvenirs, il ne me portait plus d'attention. Si son état de distraction s'avérait insuffisant pour que je tente de m'enfuir, j'eus le temps de fourrer le coquillage dans une poche de ma robe, un sourire aux lèvres. *Merci papa.*

Une fois rentrés, le Maître prit congé de moi et m'emmena dans une chambre somptueuse. Avant de quitter la pièce, il précisa qu'une femme m'y rejoindrait afin de m'habiller convenablement pour le fameux dîner. Je n'avais pas manqué de faire remarquer à cet homme étrange que me préparer seule était encore dans mes cordes mais il ne m'avait évidemment pas écoutée. Assise sur un lit qui n'était pas le mien, je regardais par la fenêtre avec tristesse. Des barreaux en métal obstruaient ma vue, m'empêchant d'admirer le déclin du soleil sur le royaume. Mon poing se serra sur la couverture parfaitement lisse et des larmes amères me lacérèrent la gorge, menaçant de dévaler le long de mes joues.
La femme de chambre, qui n'avait rien d'une domestique mais tout d'une guerrière, arriva alors. Elle déposa sans ménagement une robe jaune sur la chaise prévue à cet effet avant de m'ordonner :
— Enfile-la, je me chargerai des détails.

Je reconnus au son de sa voix qu'il s'agissait de la femme qui se trouvait dans ma cellule lorsque je m'étais réveillée la veille et la dévisageai. Ses cheveux roux et ses yeux bleus me rappelèrent Adrien, mais elle semblait n'avoir ni la douceur, ni la gentillesse de mon ami, au contraire.

— Quel est ton nom ? demandai-je.

Si je devais passer du temps ici, il était dans mon intérêt d'essayer de m'adapter et de prendre quelques repères. La Créature ne semblait pas aussi encline que moi à faire connaissance et répliqua froidement :

— Prends ça et va te changer.

Je m'exécutai, et ne tardai pas à disparaître derrière le paravent sans dire un mot. Face à l'impatience de la jeune femme, je décidai de ne pas traîner : après tout, elle devait avoir mieux à faire. Elle était libre. J'eus tout juste le temps de retirer ma robe qu'elle déclara d'une voix vide :

— Tu as tué mon frère, Alice Morìn.

Un frisson parcourut ma peau nue et son ton glaçant me paralysa un moment. Si elle décidait de venger son frère, j'étais à sa merci : rien ne la retenait, sinon la punition que lui ferait subir le Maître pour ma mort. En dépit du caractère immoral de cette méthode, c'était maintenant sur elle que reposait mon salut.

— D'autres ici veulent ta mort, tu peux me croire. Tout le monde se demande pourquoi tu es toujours là, mais le Maître et son apprenti s'obstinent à nous le cacher.

Il prétendait agir pour me protéger, mais le Maître pourrait-il tenir ses guerriers bien longtemps ? J'enfilai maladroitement la tenue qui m'avait été offerte avant de l'ajuster pour qu'elle épouse les courbes de mon corps tremblant.

— Tu as de la chance, je ne suis pas assez stupide pour mettre fin à ta vie, même si l'idée de te voir morte ne me déplairait pas.

Je fis un pas pour sortir de ce qui était indirectement devenu mon refuge et me retrouvai de nouveau en vue de la jeune femme, mais cette fois-ci, apprêtée comme une princesse. Cela sembla presque la répugner et elle s'emporta :

— Tu ne mérites rien de cela !

Je la défiai du regard avant de rétorquer :

— Je n'ai rien demandé. C'est ton chef qui veut cela, pas moi.

De haut en bas puis de bas en haut, elle me toisa de ses magnifiques yeux perçants.

— Tu ne mérites même pas de vivre… Tu as gâché tout ce que tu avais d'extraordinaire en dénonçant ton propre père et aujourd'hui encore, tu es décevante en oubliant qu'il est la meilleure voie à suivre.

Les Créatures pensaient mieux connaître mon propre père que quiconque et ils avaient sûrement raison. Mais cette réalité-là n'effaçait pas la manière dont il s'était révélé à moi et il était à ma portée de choisir comment je me souvenais de lui. A moi de décider quelle était la voie qu'il avait voulue me montrer.

— Vous êtes des monstres, murmurai-je, je préfère encore mourir que de devenir l'une des vôtres.

La jolie rousse me propulsa contre le mur voisin d'un simple geste de la main, animée d'une animosité croissante à mon égard. Elle savait maîtriser sa force car je pus aussitôt me relever et constater que ce choc ne m'avait laissé aucune marque visible. Elle s'avança vers moi et passa ses doigts fins autour de mon cou.

— Tu as pris la vie de mon frère, tu as écourté celle de ton propre père, tu as causé la mort de tant d'autres. Tu crois être dans le camp des gentils, tu crois être une héroïne, mais tu as plus de sang sur les mains que j'en ai !

Son accusation m'ébranla quelques instants, car elle n'avait pas tout à fait tort. Cependant, elle n'avait pas non plus raison.

— Mon camp n'a pas commencé ce conflit : si vous n'aviez pas menacé ma vie et celles de ceux que j'aime, je n'aurais jamais tué personne, protestai-je.

Elle éclata d'un rire cynique et pressa ma gorge un peu plus fort.

— Tu te cherches des excuses, encore et encore. Mais si tu étais réellement quelqu'un de bien, tu aurais trouvé une solution pour que personne ne soit blessé.

— Tu peux te convaincre que ça a été facile, si ça te chante. Mais j'ai fait au mieux : ma mission était de protéger le royaume et je l'ai fait. Sans compter que j'aurais bien aimé te voir, toi, choisir entre perdre les tiens ou détruire le danger.

Elle ne prononça pas un mot et se contenta de me scruter avec rage. M'égosiller à lui répéter que j'avais agi selon ce qui était juste ne servait à rien, car si ses oreilles m'entendaient, son cœur était fermé. La haine et la douleur qu'avait fait naître en elle la perte de son frère l'aveuglaient et il m'était impossible de le lui reprocher : j'avais moi-même haï ma meilleure amie durant des années, la jugeant coupable d'un crime qu'elle n'avait pas réellement commis.

— Je suis sincèrement désolée pour la mort de ton frère, m'excusai-je finalement.

Les vies que j'avais prises ne faisaient pas ma fierté, loin de là. Pourtant, la culpabilité ne m'avait encore jamais tourmentée jusqu'à maintenant, car je ne voyais pas les Créatures comme des êtres humains. Puisqu'ils avaient déjà perdu leur âme, ils n'étaient rien de plus qu'un amas de chair et d'os.

— Les regrets sont inutiles, il ne reviendra pas, me rétorqua la jeune femme.

Des larmes dangereuses menaçaient de trahir sa faiblesse et quelque chose d'humain semblait sur le point de poindre en elle. Elle laissa s'échapper un sanglot et se détourna de moi, trop honteuse pour soutenir mon regard.

— Il y a déjà eu trop de morts inutiles, tes pleurs en sont la preuve. Mon père aussi n'aurait pas dû mourir... Ne vois-tu pas que c'est votre haine qui a détruit tant de choses ? Combien de gens vont-ils encore souffrir pour un combat qui n'est pas le leur ? Il faut que cela cesse immédiatement, déclarai-je.

Elle essuya ses joues humides d'un simple revers de manche avant de me faire de nouveau face, visiblement remise de ses émotions. Mes paroles ne l'avaient pas laissée indifférente cette fois-ci et, durant un court moment, j'eus espoir qu'elle se range de mon côté. Malheureusement, elle se rattrapa juste à temps et répliqua froidement :

— Il est trop tard, Alice Morìn. Nous sommes prêts pour cette guerre et nous la gagnerons.

Je ne pouvais pas l'admettre, mais elle avait raison. Face à eux, nous n'avions jamais eu aucune chance. Malgré mes efforts pour ne rien laisser paraître, elle dut lire un air de défaite dans mes yeux et ne tarda pas à dire d'un ton mauvais :

— Tu ne sortiras jamais d'ici, tu ne sauveras pas les tiens. Tu ne sauras même pas ce qu'il adviendra d'eux...

Ironiquement, je risquais d'être au courant lorsque le neveu du Roi mourrait : ce serait le jour-même où les Créatures célébreraient leur victoire. Mon cœur se serra dans ma poitrine et des larmes invisibles me transpercèrent.

— Conseil d'ennemie : oublie la vie que tu avais avant ou tes souvenirs finiront par te détruire.

Elle ne me laissa pas le temps de répondre et tandis que ses paroles résonnaient dans mon esprit, elle s'approcha de moi pour me parer d'un collier qui s'assortirait parfaitement au reste de ma tenue. Il était impossible d'effacer Gabriel, Jeanne, Hugo ou Adrien de mon cœur, et je ne pourrais jamais faire comme si ma vie entière n'avait pas existé. Quoi que je fasse, je n'oublierais rien, parce que c'était ce que j'étais. A chaque fois que je croiserais mon regard dans un miroir, je me rappellerais la joie, la peine, la colère, la rancœur, ou de l'amour que j'avais

ressenti. Mon corps lui-même se souviendrait des coups qu'il avait reçus, mais aussi de la douceur des lèvres du neveu du Roi sur les miennes.
Si vraiment mes souvenirs devaient me détruire, alors je ne pouvais plus me sauver.

Fatiguée de débattre avec moi, cette étrange femme de chambre me laissa attendre Harry dans son bureau une fois que je fus prête, montant la garde devant la porte. Le mur qui nous séparait lui permettait peut-être de moins me haïr, mais j'en doutais. Cependant, ce même mur m'autorisait à entamer quelques recherches. Mes vertiges disparus et mes blessures cicatrisées, c'était l'occasion rêvée de percer les failles du plan de mes ennemis. J'évaluai la pièce du regard pour décider par quelle partie débuter mes fouilles.
Les tiroirs du bureau me parurent un endroit judicieux, aussi je tirai le premier d'un geste sec. Son contenu me sembla immédiatement inintéressant : il s'agissait d'objets appartenant à Harry, mais aucun d'eux ne s'avérait spécial. Un petit portrait de lui-même s'y trouvait d'ailleurs, ce qui ne m'étonna pas tellement. Il était plutôt sûr de lui, prétentieux et arrogant, le narcissisme se mêlait donc parfaitement à ces trois *qualités*. Je reposai le minuscule cadre avant de passer presque aussitôt à la case suivante, qui se trouva plus à mon goût et dont je sortis une pochette, dans l'espoir que l'un des papiers qu'elle rassemblait serait la réponse à mes recherches.
Mon attention s'arrêta un instant sur une carte du royaume, espérant que notre position y serait inscrite. De nombreux lieux étaient marqués d'une croix rouge, mais celles-ci s'apparentaient plutôt à des batailles. La capitale, Nyreawe, était elle-même surmontée de ce symbole, et le château de Jeanne était détaillé sur le plan, non loin de la grotte. Rien ne semblait indiquer l'endroit où nous nous trouvions, mais j'étais plus ou moins sûre que nous étions toujours dans la région de Shirin. Puisqu'il ne semblait rien y avoir autour de nous, nous devions nous situer dans la partie sauvage, peut-être un peu plus au Nord que la grotte. Ce n'était toutefois que des suggestions, et il ne fallait pas que je m'attarde trop longtemps là-dessus : je pourrais y réfléchir plus tard, mais d'autres choses m'attendaient peut-être dans toute cette paperasse. Un parchemin très ancien attira mon attention, et je le pris avec précaution. Au bas de la page, je reconnus la signature de mon père, et deux autres.
Pierre Morin, Louis Sarre, et Damien de Taknyr.

15

Damien de Taknyr.

Il me fallut relire plusieurs fois ce nom pour m'assurer qu'il était bel et bien inscrit sur le parchemin. Sous mes yeux se trouvait la preuve que l'un des anciens élus, le mentor de Harry, celui en qui nous avions tous confiance, était en fait un partisan des Créatures, et même un de leurs créateurs, au même titre que mon père ou celui d'Adrien. Je restai sous le choc, incapable d'accepter que cela puisse être réel. Depuis le début, il nous avait dupés, avec bien plus d'agilité que son élève. Je comprenais maintenant pourquoi il avait tenu à s'occuper du cas de celui-ci et à ne pas révéler ses agissements à l'Académie : il n'avait jamais eu l'intention de traquer le traître mais celle de l'aider à se cacher.

J'entendis alors des pas dans le couloir et me dépêchai de tout remettre en place, espérant connaître à nouveau la chance de m'introduire ici. La porte s'ouvrit et l'élu déchu pénétra dans la pièce. Il me jeta un regard suspect, puis posa les yeux sur le tiroir que je venais à peine de refermer. Je sus au froncement de ses sourcils que j'avais commis une erreur, et ne pus réprimer mes tremblements lorsqu'il se rapprocha de moi sans dire un mot. Coincée entre son corps et le bureau, nos corps se touchaient presque. Ce rapprochement n'avait rien de plaisant pour moi, mais le jeune homme n'en semblait pas dérangé pour autant. Il déclara finalement avec froideur :
— Je vois que tu te trouves des occupations, Alice.
Je me mordis les lèvres, ne sachant quoi répondre à cela.
— Il serait plus convenable que tu demandes directement mon autorisation si tu souhaites avoir accès à cette pièce. Ce serait plus prudent pour toi…
— Je ne me sens pas vraiment en sécurité ailleurs, puisqu'en dehors de Damien et toi, tout le monde semble vouloir ma mort, dis-je sur la défensive.
Il resta silencieux quelques secondes, certainement le temps pour lui de réaliser que j'étais désormais au courant du vilain secret de son Maître.
— Peu importe la manière dont tu as découvert cela, à l'avenir il faudra que tu apprennes à rester à ta place. Sinon tes rares alliés ici pourraient eux aussi perdre patience et ne plus vouloir te protéger.

— Dans ce cas, j'essaierai de ne pas trop me faire remarquer, répondis-je à mi-voix.
Il passa alors sa main sur ma joue, qui vira aussitôt à un rouge écarlate.
— Tu ne t'en rends jamais compte, mais tout le monde te remarque toujours : ta simple présence suffit à attirer les regards. Pour beaucoup, tu es un mystère, tu es l'élue qui a fui, pour certains, tu es celle qui a détruit les Créatures, et pour d'autres, tu es la fille d'un condamné… Tu es Alice Morìn et tu es magnifique ce soir.
Je laissai s'échapper un rire nerveux, avant de croiser le regard brûlant de cet escroc. N'importe qui aurait succombé à son charme indéniable, mais mon cœur et mon âme appartenaient déjà à un autre. Je baissai les yeux, supportant difficilement cette proximité entre lui et moi, rêvant d'être dans les bras d'un homme qu'il ne serait jamais.
— Nous devons aller dîner, lui rappelai-je pour mettre fin à la discussion.
Il ne sembla pas y prêter attention et releva mon menton.
— Pourquoi être si pressée, Alice ?
Il approcha ses lèvres de mon oreille et murmura :
— Nous pourrions rester ici encore un moment.
Il posa une main sur ma taille, l'autre se baladant sur mes joues et le début de mon cou.
— Lâche-moi, lui ordonnai-je avec fermeté.
Il ne suivit pas ma directive et m'attira au contraire encore plus près de lui. Il voulut m'embrasser, mais j'eus fort heureusement le temps de détourner le visage, échappant ainsi à ce geste dont je ne voulais pas. Du moins, pas avec lui.
J'avais passé des mois à en rêver, en imaginant le jour où je reverrais Gabriel. Et lorsque ce jour était enfin arrivé, nous avions à peine eu le temps de nous enlacer que j'avais dû m'en aller, par la faute de celui qui me tenait contre lui à cet instant précis.
Harry s'écarta enfin de moi, peut-être blessé par mon refus, mais si heurter sa fierté était la seule manière de le tenir éloigné, je ne comptais pas m'en priver. Il ouvrit la porte du bureau, et me fit signe de passer devant. Une fois sortie, je le suivis à travers les nombreux corridors de ce château jusqu'à déboucher dans la fameuse salle à manger.

Le couvert était disposé pour trois personnes, tout semblait parfaitement normal. Je me demandais bien quelle était la surprise que mes hôtes me réservaient, mais

il allait sûrement falloir que je patiente encore un moment pour le savoir. Harry tira une chaise et m'invita à m'asseoir.
— Ne serait-il pas plus poli d'attendre Damien ? demandai-je.
Je n'étais peut-être pas issue de la grande noblesse, mais j'avais tout de même reçu une éducation. Le Maître arriva à ce moment-là, toujours masqué par un sombre capuchon, et j'esquissai un léger sourire de satisfaction.
— Tu peux retirer ça, Damien… Elle a tout découvert, l'informa Harry d'un ton las.
La réaction du mentor fut immédiate : il se débarrassa de cette chose qui recouvrait sa tête pour révéler le visage de cet homme que je connaissais si bien. Avoir résolu ce mystère me rendait heureuse et me désolait à la fois. Sans compter qu'il était étrange de croiser son regard bleu en ces lieux et non plus en tant qu'allié.
— Comment a-t-elle appris qui j'étais ?
— Tu peux t'adresser à moi, Damien, je suis là. Et si tu veux tout savoir, j'ai simplement fait preuve d'intelligence.
Harry me toisa avec amusement avant de rectifier :
— Elle a fouillé dans mon bureau, voilà tout. Mais je doute qu'elle y ait trouvé quoi que ce soit d'autre.
Le Maître lui lança un regard noir et rétorqua :
— C'est déjà bien assez ! Qui l'a laissée entrer en ton absence ?
Harry lui donna aussitôt le nom de la jeune femme. Il connaissait sûrement les conséquences que cela aurait sur elle mais ne devait pas lui accorder beaucoup d'importance. Elle aurait pourtant dû être son alliée.
— Elle recevra la punition qu'elle mérite, déclara Damien d'une voix dénuée de toute émotion.
Il se tourna vers moi et dit d'un ton plus doux, mais non moins menaçant :
— Si quelqu'un d'autre que toi venait à apprendre qui je suis réellement, Alice, je ferai torturer qui j'aurai sous la main : des prisonniers, des innocents, mes propres soldats… Je suis convaincu que ce n'est pas ce que tu souhaites.
Il avait raison sur ce point, et si je sortais un jour de cet endroit, il vaudrait mieux que je garde le silence sur son identité. Pourtant, il était aussi de mon devoir de le dénoncer pour protéger le royaume. Il n'y avait pas de solution à ce dilemme auquel je n'aurais peut-être jamais à faire face : dans l'immédiat, sortir d'ici s'avérait hors de ma portée.
— Bien, mangeons.

Je m'assis lentement sur la chaise qu'Harry m'avait tirée quelques minutes plus tôt, mal à l'aise. L'élu déchu s'installa face à moi, tandis que son mentor trônait à un bout de la table. Une guerrière au teint sombre apporta un potage et je la dévisageai pendant un moment. La couleur de sa peau ne mentait pas, elle venait d'une des régions du Sud, peut-être de Takrin, la plus chaude de tout le royaume. J'avais rarement vu des Taktahn à Shirin, puisque les climats opposés rendaient difficiles les échanges entre ces deux parties du pays. J'avais pourtant déjà côtoyé quelqu'un qui était sûrement des mêmes origines que cette femme, pendant quelques années. Lorsque j'étais plus jeune, à Eawern, notre Maîtresse venait d'un village du Sud, et nous parlait souvent de son ancienne vie là-bas : les légendes, la chaleur, les traditions… Cela m'avait toujours fascinée.

— Irina, apporte-nous aussi du pain s'il te plaît, demanda le Maître.

La concernée hocha la tête avant de sortir pour faire ce qui lui avait été ordonné. Je restai silencieuse, assaillie par de nombreuses questions. Je pensais que les Créatures n'avaient impacté que les habitants des régions nordiques ou du centre, comme Shirin ou Fehnrin, mais je m'étais trompée : si même à Takrin se trouvaient des partisans de nos ennemis, il y en avait probablement partout ailleurs, comme à Jiehrin, Zirin ou encore Nagrin.

— Tu as l'air songeuse, ma chère Alice, me fit remarquer l'ami de mon père.

Je lui lançai un regard froid et ne répondis rien.

— Tu dois certainement être impatiente d'avoir ta surprise.

Ce détail m'avait presque échappé et un sentiment d'appréhension s'abattit sur moi. Qu'allais-je donc découvrir ? Quel était ce cadeau ?

— Au contraire, je m'inquiète à ce sujet.

Les deux hommes échangèrent un regard, une discussion muette qui n'annonçait rien de bon. Je pris une cuillère de soupe et un léger sourire illumina mon visage malgré moi. Je m'en voulus presque aussitôt : comment pouvais-je montrer le moindre signe de bonheur alors que tout le monde était en danger ? La main de Damien se posa soudain sur la mienne et je m'empressai de la retirer, ne voulant pas qu'il prenne trop à cœur son rôle de "parrain".

— Tu as le même sourire que ton père, le sais-tu ?

La confusion se répandit dans mon esprit, et je portais mes doigts à mes lèvres.

— Personne ne m'a jamais parlé de cela.

— Personne ne connaissait ton père aussi bien que moi, pas même ta mère.

Ma mère n'avait jamais été comme mon père, ils étaient bien différents l'un de l'autre. Elle avait peut-être même fini par avoir du mépris pour le côté sauvage de son mari, mais j'étais persuadée que le Maître faisait erreur : elle avait passé une grande partie de sa vie auprès de lui. Elle le connaissait mieux que quiconque.
— Vous avez peut-être gâché votre vie de famille en abandonnant votre fille, mais n'essayez pas de me faire douter de mes parents, répliquai-je avec colère.
— Ne fais pas semblant : tu sais bien que tout n'était pas parfait entre Pierre et Victoria.
Mes sourcils se froncèrent, mais Harry nous interrompit heureusement et je n'eus pas à répondre au Maître.
— Est-ce pour ça que nous sommes ici ? trancha-t-il.
Damien le gratifia d'un regard assassin, mais l'élu déchu ne cilla pas.
— Irina, amenez le prisonnier, ordonna alors le mentor.
Je manquai de m'étouffer avec le potage presque brûlant que j'étais en train d'avaler.

— De qui s'agit-il ? les questionnai-je en toute hâte.
— Patience.
J'étais, hélas, incapable d'en faire preuve : trop de possibilités se bousculaient dans mon esprit et il me fallait de la clarté. La dénommée Irina revint alors, tenant fermement un homme par le bras. Un seul regard fut suffisant pour que je reconnaisse cet individu et que la colère remplisse mon cœur. D'un bond, mon corps quitta la chaise.
— Que fait-il ici ?
— Nous avons mis la main sur lui spécialement pour toi, ma belle, me répondit Harry d'un ton cynique.
La haine que j'avais ressentie quelques mois plus tôt en trouvant cet être abject dans la forêt était revenue, et il fallait à tout prix qu'il sorte de ma vue avant que je ne commette une erreur.
— Crois-tu vraiment que je veuille le voir ? Ce n'est pas un cadeau du tout… Avec votre permission, je vais me retirer dans ma cellule.
Le Maître s'approcha de moi et chercha à m'apaiser :
— Ce qui va suivre pourrait te plaire plus que tu ne l'imagines, alors assieds-toi.

Il prit mon bras avec douceur et pressa mon épaule pour me ramener sur ma chaise. Consciente que j'étais incapable de me contenir face à celui qui avait détruit ma vie quelques années plus tôt, je pris grand soin d'éviter son regard.
— Bien. Il ne nous inspire pas plus d'affection qu'à toi, puisqu'en condamnant Pierre à mort, Simon Dignac nous a montré qu'il était notre ennemi, commença Damien.
Il devait détester cet homme au moins autant que moi, car malgré sa cruauté et son insensibilité, je sentais qu'il n'avait toujours pas pardonné la mort de mon père. Sa manière de poser les yeux sur leur prisonnier révélait beaucoup de ses sentiments.
— Tu ne nous apprécies pas parce que tu nous considères comme une menace, mais nous avons un ennemi commun, Alice.
Je ris nerveusement face à cette piètre tentative de me manipuler.
— Je ne céderai pas.
Même avec des milliers de rivaux communs, me joindre à eux n'aurait pas été une option. Leur combat était loin d'être juste et tous mes amis se trouvaient de l'autre côté.
— Je vois que tu ne comptes pas nous laisser de chance.
— Vous ne savez pas vous arrêter : vous comptez délibérément déclencher une guerre, tout en sachant que la plupart des victimes seront innocentes.
Il détourna le visage, comme honteux.
— La violence est la seule manière de se faire obéir, se justifia-t-il.
Je le dévisageai avant de jeter un coup d'œil à Harry. C'était à cause de cette stupide manière de penser qu'il portait tant de cicatrices sur lui.
— Être aimé par les siens est aussi une très bonne façon de se faire respecter, fis-je remarquer.
Le Maître esquissa un sourire moqueur, comme si ce que je venais juste de dire était une idiotie. Le jeune élu déclara alors d'un ton impatient :
— Alice, si nous sommes ici ce soir, c'est pour que tu puisses enfin te venger de celui qui a pris ta vie.
Je les regardai tour à tour, perplexe.
— Tue-le, m'ordonna Damien en me tendant une épée.
Je pris le pommeau entre mes mains, sans trop réaliser l'ampleur des événements : une multitude de pensées se confondaient dans mon esprit et j'étais désormais dans l'incapacité de les démêler. Je me levai lentement de ma chaise, avant de

marcher d'un pas lourd vers cet homme que je ne pouvais que détester et qui ne m'inspirait aucune pitié.
— Alice, ne fais pas ça, m'implora celui-ci d'un ton suppliant.
Je posai la lame froide contre son cou, prête à reproduire le geste qu'avait exécuté le bourreau le jour où ma vie entière s'était écroulée. Une larme coula le long de ma joue en y repensant, et la main de Harry se posa alors sur mon épaule.
— C'est ce que tu as toujours voulu, Alice.
Je serrai la mâchoire, sachant qu'il n'avait pas tort. Cette vengeance tant attendue se présentait enfin à moi. Pourtant, cela ne me semblait pas juste.
— Depuis que ton père est mort tu as été seule, alors fais-le.
Jeanne. Jeanne connaîtrait la même douleur que moi si je tuais celui qui était comme un père pour elle. Auparavant, sa souffrance m'aurait peut-être laissée indifférente, mais elle était mon amie. Cela comptait bien plus qu'une simple vengeance qui, en somme, serait inutile. Je laissai retomber l'arme à côté de moi, avant de m'écrouler devant cet homme infâme. Accepter de me venger, c'était admettre que j'avais un lien avec les Créatures et que nous avions des buts similaires. C'était me reconnaître comme l'une des leurs, alors qu'ils étaient une menace pour ceux que j'aimais. M'allier avec eux, c'était trahir Zara dont la famille entière s'était fait massacrer par ces monstres. Je préférais encore pardonner l'impardonnable que de laisser tomber mes amis pour une vengeance amère. Après un long silence durant lequel Harry et le Maître se contentèrent de me scruter, je déclarai avec fermeté :
— Je ne le tuerai pas.

Après avoir séché les larmes qui m'avaient échappé, je me relevai fièrement face à mes deux ennemis.
— Vous pensez que les humains méritent de mourir parce qu'ils n'ont jamais cessé de vous juger et de vous rabaisser. Vous désirez vous venger. Si je tue Simon Dignac aujourd'hui, je vous donne raison, j'admets que la vengeance est une forme de justice. En choisissant de pardonner…
— Ce ne sont pas tes belles paroles qui nous feront changer d'avis, rétorqua Harry avec rage.
Nous échangeâmes un regard. Quelle partie de lui se trouvait si brisée qu'il en était arrivé à réfléchir ainsi ? Quel événement de sa vie avait pu causer tant de noirceur ?
— Ramenez le prisonnier dans sa cellule et occupez-vous de lui comme il se doit, ordonna Damien à deux gardes qui étaient arrivés sans que je ne m'en aperçoive.

J'avais noté le ton inquiétant du Maître et m'empressai de l'interroger sur le sort de l'autre vermine.

— Il va simplement recevoir le traitement qu'il mérite, mais ne t'en fais pas : il ne mourra pas. Tu décideras peut-être toi-même de mettre fin à ses souffrances demain matin.

Je soutins le regard pesant de la Créature avec peine, jusqu'à ce qu'il se détourne de moi.

— Irina, raccompagne Alice.

Il donna des clés à la femme qui nous avait servi le repas et celle-ci s'avança vers moi.

— Mihr neehr, Harry, déclara alors le Maître avant de quitter la pièce.

Face à mon incompréhension, le jeune homme m'expliqua :

— Il vient de me dire bonne nuit dans la langue ancienne, rien de plus. Irina, laisse-nous un instant s'il te plaît.

La femme sortit sans dire un mot, m'attendant certainement de pied ferme de l'autre côté du mur. Seule avec l'élu déchu, je me demandais bien quelle allait être la teneur de notre discussion. Il devait se faire tard, mais il ne semblait pas s'en soucier.

— Pourquoi as-tu renoncé à le faire payer ?

Sa question me laissa perplexe.

— Je vous l'ai expliqué… C'était ma manière de vous montrer l'exemple, balbutiai-je.

Il laissa s'échapper un soupir avant de répliquer :

— J'ai vu la colère dans tes yeux, je suis certain que tu as rêvé de lui ôter la vie chaque nuit depuis la mort de ton père, je sais que tu as failli aller au bout des choses. Alors ne prétends pas que tu as agi simplement pour nous prouver quelque chose : tu n'as jamais été quelqu'un de raisonnable, tu agis selon ton cœur et tes émotions, alors il y a une autre raison qui t'a arrêtée.

Il avait vu clair en moi et j'étais prête à lui répondre, mais il continua :

— C'est ton affection pour Jeanne qui t'a rendue si faible. Tu as pensé à elle avant de penser à ce que tu désirais, toi.

— Si tu connaissais une amitié pareille, Harry, tu comprendrais.

Monsieur Dignac avait détruit ma vie et le mal qu'il m'avait fait ne pourrait jamais être effacé, ni oublié. Toutefois, j'étais repartie de zéro et ma souffrance avait fini par s'atténuer. J'avais fait de nouvelles rencontres, j'avais réappris à aimer, et je ne regrettais rien : ni tout l'amour que j'avais donné, ni le pardon que j'avais finalement réussi à accorder.

— Tu viens de ruiner ta vengeance pour une femme qui t'a poignardée dans le dos et tu oses encore prétendre que ce n'est pas de la faiblesse ? Que dirait celle que tu étais avant si elle te voyait ainsi ?

— Jeanne n'a jamais voulu me faire de mal, elle me l'a bien prouvé. Quant à celle que j'ai été, eh bien, elle n'existe plus, alors peu importe ce qui était juste à ses yeux.

Ce n'était pas lui qui me ferait douter de moi. Je fis un pas vers la porte de la salle, mais il me rattrapa fermement par le bras. Je fis volte-face, attendant qu'il parle. Après une courte hésitation, il déclara avec moins de froideur que d'ordinaire :

— Mihr neehr, Alice.

Il desserra son emprise sur moi, et après l'avoir dévisagé avec surprise, j'allai rejoindre la dénommée Irina dans le couloir.

— Tu as de la chance, le Maître t'a accordé une chambre plutôt qu'une cellule… L'autre prisonnier n'a pas cet honneur.

Je relevai les yeux vers la femme qui était occupée à me brosser les cheveux et notai en elle une pointe de douceur, sans compter qu'elle avait insisté pour m'aider à me préparer avant d'aller me coucher. Elle ne faisait preuve d'aucune animosité envers moi et tous ses gestes trahissaient une certaine bienveillance. Du moins, ils en donnaient l'air.

— Pourquoi faites-vous cela ? finis-je par demander. D'où vient toute cette gentillesse dont vous faites preuve à mon égard ?

— Tu dois te sentir seule ici, je n'ai aucune envie d'en rajouter.

Elle alla chercher une chemise de nuit légèrement rosée dans un placard et la déposa derrière le paravent pour moi.

— Je ne suis pas comme tous ces monstres, tu sais.

Je n'aurais pas cru entendre cette phrase de la bouche d'autrui en ces lieux et je relevai la tête vers elle avec étonnement.

— Que voulez-vous dire par là ?

— Ils ont capturé mon fils pour que je me joigne à eux. Je viens de Dodlou, en Zirin, et j'avais la réputation d'être non seulement une puissante magicienne, mais aussi une redoutable guerrière. Ils me voulaient dans leurs rangs alors…

Elle releva sa manche, dévoilant la marque des Créatures. Ils avaient eu ce qu'ils voulaient et cette femme était désormais condamnée à une vie dans laquelle elle ne serait jamais plus entière : son âme lui avait été volée pour le salut de son enfant.
— Où est votre fils maintenant ?
— Romain est ici, lui aussi. Le Maître m'autorise à le voir de temps à autre. Malheureusement, il s'ennuie terriblement : il est prisonnier, comme toi.
Je lui lançai un regard d'encouragement et elle reprit d'un ton compatissant :
— Ta mère doit se faire tellement de soucis pour toi, comme moi pour mon Romain.
Un voile de tristesse se posa sur mes yeux. Je n'avais pas été élevée par une femme, je n'avais jamais reçu aucun amour maternel, comme si je n'avais jamais été que la fille de mon père. Je n'étais pas certaine que ma mère aurait sacrifié son âme pour moi.
—Votre fils a tant de chance de vous avoir.
La voir se soucier de son petit garçon me faisait chaud au cœur, tout en le déchirant. La femme, qui s'était doucement approchée de moi, posa une main sur mon épaule.
— Que s'est-il passé avec ta mère ?
— Je n'ai jamais été assez à ses yeux.
C'était à la mort de mon père que cela m'avait achevée.
— J'ai vu la clémence dont tu as fait preuve ce soir envers cet homme. Entant que mère, je n'aurais pas pu être plus fière de mon enfant.
Je la remerciai du regard et me sentis tout à coup soulagée, libérée du poids de la solitude. J'avais cru être la seule prisonnière, alors qu'en réalité, quelques êtres humains vivaient encore entre ses murs. Après un coup d'œil jeté à la marque qu'elle portait sur le bras, je me rendis compte que j'avais trop hâtivement jugé nos ennemis : tous n'étaient pas comme Harry ou Damien. Certains avaient toujours un cœur en dépit d'avoir une âme ; cette personne qui semblait me comprendre alors que nous venions à peine de nous rencontrer en était la preuve. Une alliée.
— Nous pourrions peut-être trouver un moyen de nous enfuir votre fils, vous et moi, suggérai-je.
Un soupçon de frayeur traversa son regard.
— C'est impossible : nous risquerions de tous mourir. Et puis, j'ignore l'endroit exact où ils gardent mon fils.
Je pris la main d'Irina dans la mienne, les yeux remplis d'espoir.

— Essayez de le découvrir, je me charge de trouver une manière de nous sortir vivants de là.

Elle sembla hésiter, ce qui ne me surprit pas. J'avais été témoin des représailles faites à Harry, pourtant haut placé dans la hiérarchie des Créatures, aussi je n'osais pas imaginer le sort de cette pauvre femme s'ils apprenaient qu'elle m'avait aidée à m'échapper. Alors que j'étais prête à lui dire d'oublier mon plan risqué, elle déclara :

— Bien. Je verrai ce que je peux faire pour le retrouver. J'essaierai de revenir pour te tenir au courant.

Elle jeta alors un coup d'œil inquiet à la porte.

— Ils vont trouver cela étrange si je reste trop longtemps, je devrais te laisser te reposer.

Je hochai la tête, le cœur moins lourd.

— Dormez bien, Irina. J'espère sincèrement que vous et votre fils pourrez un jour vous revoir comme autrefois.

Elle esquissa un léger sourire :

— Bonne nuit, Alice.

Elle s'avança vers la porte mais se retourna vers moi.

— Sache que j'ai retrouvé espoir grâce à toi ce soir… Je te souhaite également de revoir ceux qui te sont chers.

A mon tour, je lui souris, et avant qu'elle ne s'en allât, je demandai :

— Le père de l'enfant… Où est-il ?

Elle prit une grande inspiration.

— Il est mort. C'est de cette manière qu'ils m'ont montré qu'ils n'hésiteraient pas à tuer Romain.

Elle continua d'une voix tremblante, dissimulant ses larmes avec peine :

— Si je venais à perdre mon fils, je n'aurais plus aucune famille. Je ne peux pas supporter l'idée qu'il meure.

— Je vous jure que cela ne se produira pas. Faites-moi confiance.

Elle hocha légèrement la tête, avant de me saluer pour de bon et de quitter la pièce, refermant derrière elle la charmante porte de ma nouvelle cellule aux allures d'une chambre de reine. Je me rendis derrière le paravent pour enfiler ma robe de nuit, espérant pouvoir tenir la promesse que je venais de faire. Je m'étais emportée, sans doute à cause du soulagement d'avoir trouvé une alliée dans ce château hostile, mais la situation était toujours aussi désespérée que le matin même.

Lorsque mon regard se posa sur le miroir, je crus voir une part d'elle en moi. Ma mère et moi n'avions pourtant rien en commun, mais à cet instant précis, mes yeux ne trahissaient qu'un profond désir de fuir. Peut-être était-ce cela qui me donnait l'impression d'être comparable à elle : elle semblait toujours étouffer, elle désirait toujours plus que ce dont elle disposait déjà.
Était-elle réellement indifférente à mon sort ou étais-je trop dure envers elle ? Quoi qu'il en soit, elle était la seule à blâmer pour cela. Je soupirai avant de me glisser dans mon lit pour y trouver un sommeil inatteignable et fermai les yeux, espérant ainsi échapper à mes pensées.

Mais un cri atroce retentit, suivi d'un autre que je crus être le dernier. En réalité, c'était seulement le deuxième que poussa Simon Dignac cette nuit-là.

16

Le cliquetis des clés dans la serrure me réveilla en sursaut et la réalité me revint aussitôt en mémoire. Les cris de Simon Dignac m'avaient tenue éveillée une bonne partie de la nuit et m'avaient fait cauchemarder le temps restant. Je me frottais les yeux, quand Harry entra dans la chambre d'un pas pressé. Je remontai les couvertures sur moi, dérangée par cette intrusion dans mon intimité.
— Tu as bien dormi, j'espère, lança-t-il d'un air détaché.
— Pour ça, il m'aurait fallu une autre berceuse que les gémissements de Monsieur Dignac.
Il ne releva pas ma pique et déclara :
— Tu trouveras tout ce qu'il te faut dans cette chambre : vêtements, maquillage, matériel de toilette et tout ce dont vous, les femmes, avez besoin.
Ce fut mon tour de faire comme si je n'avais rien entendu, un jeu auquel il me battait indéniablement.
— Que comptez-vous me faire faire aujourd'hui ?
Il esquissa un sourire mauvais.
— Le Maître et moi, nous nous sommes montrés patients avec toi et n'avons plus tant de temps à te consacrer. J'espère que tu supportes bien la solitude, ajouta-t-il avec sarcasme.
Il s'apprêtait à repartir mais je le retins en disant :
— Tu es simplement venu me dire cela ?
— J'avais presque oublié… Je voulais savoir si tu souhaitais voir le père de ta très chère Jeanne.
Son regard malveillant me fit hésiter à accepter, pourtant – et comme il venait de me le rappeler – Simon était le père de mon amie. En l'absence de celle-ci, il était de mon devoir de me soucier de lui.
— Laisse-moi une minute ou deux pour m'habiller, puis conduis-moi à lui.
Il me jaugea avec condescendance avant de rétorquer :
— Ce n'est pas toi qui dictes les ordres ici, Alice, garde cela en tête.
Je soutins son regard froid jusqu'à ce qu'il daigne quitter la pièce pour me permettre de me changer. Harry n'avait pas l'air de bonne humeur, lui qui était déjà si sombre dans ses beaux jours. Je pris la robe banale qu'il m'avait donnée quelques jours plus tôt, et en tatai les plis pour retrouver le coquillage que j'avais ramassé

sur la plage : il s'y trouvait encore, mais il lui fallait une meilleure cachette. En analysant chaque recoin de la pièce, je me décidai finalement à le dissimuler sous le poids de mon oreiller. Il ne me restait plus qu'à espérer que personne ne tomberait dessus et que le moment venu, je serais en mesure de l'utiliser. J'enfilai ensuite une robe rose pâle, peut-être trop cérémonieuse pour une journée aussi ordinaire, mais prendre soin de moi était le mieux à faire afin de ne pas sombrer dans la déprime. Après avoir donné un léger coup de brosse à mes cheveux, j'allai rejoindre Harry dans le couloir.

Celui-ci s'était adossé au mur voisin, le regard figé vers le sol de ce long corridor. Je ne le connaissais que très peu, mais sa douleur était perceptible. Je me rappelai alors cette facette effacée de lui, plus fragile et moins impitoyable, que j'avais pu voir quelques fois et j'eus envie de le comprendre. Pourquoi était-il si mauvais ? Pourquoi se fermait-il à toute forme d'amour ? Si un jour je parvenais à en savoir plus sur toutes ces raisons, je pourrais peut-être finalement le sauver de lui-même. Je fis un pas vers lui mais ma présence semblait lui échapper. Je me raclai donc discrètement la gorge pour ne pas le brusquer, ce qui produisit l'effet escompté. Il leva aussitôt le visage vers moi et ses yeux remplis d'une étrange crainte se posèrent sur moi. Que redoutait-il ? Il ne prononça pas le moindre mot et me fit signe de le suivre, m'entraînant d'un pas lourd jusqu'à la salle de torture où se trouvait l'ennemi que je devais secourir. Durant les quelques minutes que dura le trajet, je me risquai à le questionner sur son état taciturne.
— Quelque chose te dérange aujourd'hui ?
Il soupira avec lassitude.
— Pas plus que les autres jours, Alice. Tant que ce royaume ne nous appartiendra pas, je n'aurai pas l'esprit tranquille.
Je haussai les sourcils, persuadée qu'il ne disait pas tout. La souffrance qui l'avait poussé à devenir ce qu'il était refaisait surface, et comprendre ce qu'il ressentait m'intéressait réellement. Mais après tout, il n'avait aucune raison de se confier à moi : nous étions ennemis. Et quand bien même nous nous serions trouvés du même côté, nos caractères n'auraient sans doute pas fait de nous les meilleurs amis du monde. Il poussa une porte et je commençai à me glisser dans l'ouverture, quand il me rattrapa fermement par le bras.
— Es-tu bien sûre de vouloir voir ça ? Il n'est pas... très présentable.
Je me dégageai de l'étreinte trop serrée de l'élu déchu pour répliquer :

— Je pense qu'après tout ce que j'ai vu de ma vie, je suis prête.
Il me dévisagea un court moment, puis baissa les yeux en me laissant passer.
— Comme tu voudras, souffla-t-il.
Il n'avait définitivement pas l'air dans son assiette, mais je n'avais pas le temps de m'en faire pour cela ; certes, son état m'intriguait beaucoup, mais lui ne se souciait pas de ma santé mentale en tant que prisonnière esseulée. Je ne lui devais rien. Je fis donc un pas dans la pièce et poussai un hurlement d'effroi.

Lorsque je vis la dépouille de Simon Dignac sur le sol, je regrettai de ne pas avoir suivi la mise en garde d'Harry. Mes ardeurs fondirent comme neige au soleil face à ce macabre spectacle, et je crus qu'il était mort : son corps mutilé et ensanglanté ressemblait à un cadavre. Je m'approchai de lui d'un pas lent, mes pieds baignant presque dans son sang. L'odeur nauséabonde qui régnait dans la pièce fit naître sur mon visage un air de dégoût, et je ressentis presque immédiatement l'envie de fuir. Ce n'était pas Harry qui me retiendrait, car il ne semblait pas plus enthousiaste que moi à l'idée d'assister à cette scène. Je pris mon courage à deux mains, avant de m'agenouiller aux côtés du prisonnier comme la veille et de tacher la somptueuse robe que je portais d'un rouge sanglant. Je soulevai le visage tuméfié de cet homme pour le poser sur mes genoux et cette vision me donna la nausée : l'un de ses yeux semblait crevé, son nez cassé et sa bouche allégée de quelques dents.
— Simon, vous m'entendez ?
Il poussa un faible gémissement. Je jetai un coup d'œil au reste de son corps. Ses vêtements déchirés étaient presque entièrement devenus écarlates. Je me tournai vers l'élu avec mépris.
— Vous auriez au moins pu le soigner, rien qu'un peu.
— Le but, c'est qu'il souffre, Alice. Ce n'est pas un jeu.
Je soupirai et mes mains se mirent à trembler. De colère ? De panique ?
— Vous ne pouvez pas le laisser ainsi, ses plaies vont s'aggraver et il va…
Mourir.
— C'est ce que nous attendons : la question c'est, combien de temps va-t-il tenir avant de succomber ?
— N'as-tu donc vraiment pas de cœur ? demandai-je d'une voix désespérée.
Il détourna les yeux, l'air blessé. Comme si, pour une fois, mon dédain l'avait atteint. Cela ne l'empêcha pourtant pas de rétorquer.

— Si tu n'avais pas de cœur, Alice, tu ne serais pas dans cette situation. Soit parce que tu nous aurais rejoints depuis longtemps, soit parce que tu ne te serais pas rendue. Tu aurais laissé ces pauvres gens mourir pour toi. Mais tu as un cœur, et c'est pour ça que tu en es là… Et quand je te vois ainsi, je n'ai aucune envie d'être à ta place.

Je m'étais moi-même protégée derrière des barrières durant des années, refusant de pardonner et de donner de l'importance à quelqu'un par peur d'être abandonnée et de souffrir encore. Lorsque le neveu du Roi était arrivé chez moi et que j'avais finalement accepté de le suivre dans sa quête, je me souvenais à quel point j'avais redouté ce changement : n'avoir plus seulement à m'inquiéter de moi, mais aussi des autres. Pourtant, même si cela m'avait souvent mise en danger, je n'avais aucun regret là-dessus. Simon toussota alors, me crachant un peu de sang dessus, et me ramena aussitôt à la réalité.

— Donne-lui des soins, je t'en supplie, Harry. Fais preuve de clémence pour cette fois.

Il soupira, las, et détourna le regard.

— Pourquoi tiens-tu tellement à le sauver ? Oublierais-tu qu'il a tué ton père ?

Mon poing se serra, broyant le bras de l'homme qu'il me fallait aider, et je rétorquai :

— Non, Harry, je n'oublie pas… Je n'oublie pas à quel point ma vie sans lui aurait été plus simple. Mais je n'oublie pas non plus que toute existence est sacrée, y compris la sienne.

Il éclata de rire avant de répliquer :

— La vie de Louis Sarre n'était-elle pas sacrée ? Elle l'était sûrement pour ce très cher Adrien ! Tu aurais vu son regard lorsque…

— Il suffit !

Damien. Ce dernier venait de rentrer dans la pièce, visiblement enclin à me laisser un peu de répit.

— Il sera soigné, puisque tu le désires tant. Vois cela comme un gage de notre amitié à ton égard, Alice.

Je m'apprêtais à lui répondre avec sarcasme quand la main tremblante du père de Jeanne serra faiblement mon bras.

— Alice, s'il te plaît…

— Qu'y a-t-il ? demandai-je avec une douceur qui me dégoûta aussitôt.

Comment pouvais-je lui témoigner une quelconque gentillesse ? En un soupir, mon visage retrouva ses couleurs : je le faisais pour Jeanne. C'était tout ce qui comptait.
— Fais que cela cesse... soupira-t-il finalement. Par pitié.
Des larmes bordaient le coin de ses yeux ternes mais ne coulaient plus et ce qu'il devait ressentir me bouleversa presque. J'avais beau le détester pour de très nombreuses raisons il y avait un point sur lequel il m'avait toujours inspiré une pointe d'admiration : il montrait rarement le moindre signe de faiblesse. Je n'osais donc pas imaginer sa douleur en ce moment même, ni l'effort que cela lui coûtait de dire ces quelques mots ou de tout simplement respirer.
— Laissez-le s'en aller, dis-je à l'intention de Damien et d'Harry. Il n'a rien à faire ici : je suis la seule que vous vouliez, et je vous ai dit que son sort m'indifférait.
— J'ai comme l'impression que son sort t'importe, même si je m'attendais plutôt à ce que tu désires le voir mort. Quoi qu'il en soit, si ce n'est pas toi qui lui fera payer, ce sera moi.
Je croisai le regard épuisé de Monsieur Dignac, qui murmura alors :
— Tue-moi, je t'en supplie...
— Vous allez survivre et retrouver votre fille, je vous en fais la promesse.
Il pleura encore, et me répliqua :
— C'est lui...
Il désigna faiblement le Maître.
— Que voulez-vous dire ? lui demandai-je.
Simon ferma douloureusement les yeux et laissa un nouveau gémissement franchir ses lèvres. Le pauvre homme délirait certainement.
— C'est le seul moyen d'y échapper, souffla-t-il en sanglotant. Je veux mourir, Alice.
Mon cœur se serra. Comment avait-il pu en arriver là ?
— Vous devez vous battre : si vous survivez, vous aurez une chance de revoir Jeanne. Elle mérite que vous vous donniez cette peine, rappelez-vous à quel point vous l'aimez... À quel point elle vous aime. Elle serait dévastée si elle vous perdait.
J'essayais de lui dire ce qu'il avait besoin d'entendre, mais aucune de mes douces paroles ne semblait alléger la moindre de ses souffrances.
— Je ne veux plus souffrir... souffla-t-il.
J'écartai quelques cheveux de son front en sueur, et la voix rauque de Damien s'éleva alors.

— Vas-tu mettre fin à ses souffrances comme il te l'implore, ou sommes-nous contraints de lui apporter des soins ?
— Vous devez être dur de l'oreille, rétorquai-je avec insolence, mais je vais vous le redire : soignez-le.
Il haussa un sourcil et hocha froidement la tête avant d'ordonner à son larbin :
— Harry, raccompagne notre amie à sa chambre.
Était-il prudent de partir sans m'assurer qu'ils tiennent parole ?
— Je veux rester, tentai-je donc de m'imposer.
Le Maître et l'élu échangèrent un bref regard. Ni l'un ni l'autre ne semblait ressentir la moindre émotion face à cette vision funeste ou éprouver le moindre remord.
— Tu peux rester.
Avec cette autorisation du Maître, j'entrepris de relever Simon avec douceur, pour éviter qu'un autre ne le fasse avec moins de précautions.

***

La porte claqua derrière nous et Harry s'avança vers la partie de la pièce réservée à ma toilette. Après des heures passées à tenter d'apaiser les douleurs de Monsieur Dignac, j'étais aussi épuisée que sale. Harry jeta un regard méprisant au pitoyable matériel mis à ma disposition ce qui lui valut une œillade sarcastique de ma part.
— Il va te falloir plus qu'une simple bassine et de l'eau pour faire partir tout ce sang, constata-t-il d'un air détaché.
— Que me proposes-tu de mieux ?
Son regard m'examina des pieds à la tête, pensif.
— Ma baignoire est bien plus perfectionnée, alors…
L'objet de ses pensées n'était donc plus un mystère.
— Je crois que je préfère encore me contenter de ça.
Harry, pour des raisons évidentes, n'allait pas me laisser seule dans ses appartements. Comme il ne cachait pas ses intentions à mon égard, il était dans mon intérêt de ne pas lui donner l'occasion de les exprimer. Ma main se mit alors à me démanger : le sang s'incrustait déjà sur ma peau, promettant d'être difficile à nettoyer.
— Ne sois pas idiote, maugréa-t-il, trahissant soudain une certaine inquiétude.

Ou du moins, un signe qu'il se souciait de moi, ce qui se révélait tristement être la raison de mon refus.

— Sors de cette chambre, Harry. Je me débrouillerai.

Il commença à quitter la pièce et posa la main sur la poignée, avant de s'arrêter net.

— Tu devrais cesser de te torturer et de penser à Jeanne. Tu ne lui dois rien, surtout pas en ce qui concerne son père.

— Jeanne est mon amie, protéger cet homme est de mon devoir.

Toutefois, ce n'était pas l'entière vérité, il y avait plus que cela. Sans trop savoir pourquoi, je me risquai à le laisser l'entrevoir.

— J'aurais aimé que quelqu'un sauve mon père, Harry, lui avouai-je avec plus d'émotion que je ne l'aurais voulu, alors je ne vais pas laisser une innocente perdre le sien ainsi.

Un brin de compassion sembla passer dans son regard, mais il se contenta de hausser les épaules.

— En tout cas, la promesse que tu lui as faite est bidon. Il a peu de chances de revoir sa fille un jour.

Sur ce point-là, nul ne pouvait lui donner tort : Simon et moi ne sortirions sûrement jamais d'ici, du moins pas en vie.

— Tu aurais dû abréger ses souffrances, c'est ainsi qu'aurait agi une véritable amie de Jeanne.

Je savais qu'il se trompait, mais je me surpris à tenir compte de ses paroles. Forcer quelqu'un à vivre alors qu'il souhaitait mourir, était-ce si différent de tuer une personne dont le désir de survivre était encore brûlant ? Il ajouta alors d'un ton plus grave :

— De toute manière, je ne vois pas pourquoi tu te donnes tant de mal : Jeanne et tes amis seront bientôt tous morts.

Cette pensée parcourut mon corps en un frisson et mon cœur se mit à battre plus fort.

— Bon, je m'en vais. Bonne journée, Alice.

Il partit enfin, mais cela ne me fit pas me sentir mieux pour autant. Avec un flot de pensées toutes pires les unes que les autres pour seule compagnie, je n'avais d'autre choix que de les laisser m'emporter. Entre le sort de Simon, le danger que couraient à peu près toutes les personnes qui m'étaient chères, ma solitude et mon désespoir, ma capacité à encaisser était incertaine.

Après un moment de réflexion, je posai la bassine sur le meuble devant le miroir et y fis couler un peu d'eau. Dans le miroir, mon reflet dénonçait une réalité pire que celle de mon imagination : le sang couvrait une partie de mon front et quelques mèches de cheveux y étaient collées tandis que ma robe n'avait plus rien de rose. Je plongeai mes mains dans la bassine et frottai, sans pouvoir détacher mes yeux de ce nuage rouge se mêlant à l'eau. Je me mis à frotter plus fort. Les cris de Simon Dignac me revinrent en mémoire et une larme roula sur ma joue. Plus fort. Ce sang devait à tout prix disparaître. Les marques encore fraîches et à vif sur le corps de mon vieil ennemi se dessinèrent dans mon esprit et mes poings se serrèrent. Ma respiration se fit plus saccadée et je ne tardai pas à perdre l'équilibre, entraînant la bassine dans ma chute. Dans l'incapacité de reprendre mon souffle, ma tête se mit à tourner. Mon heure était-elle venue ?
— Tout ira bien, Alice, murmura une voix masculine tandis que des bras entourèrent ma taille.

17

Harry posa mon visage contre son torse et passa ses doigts sur ma tempe avec douceur. S'il espérait calmer mon souffle rapide et court, cela n'eut aucun effet. Il me serra dans ses bras un moment, avant de caler mon corps contre le mur et de s'en écarter. Il essuya le sol, remplit une nouvelle fois la bassine et prit une éponge avant de revenir près de moi, s'abaissant à mon niveau.

— Tu as de la chance. Misérable comme je suis, je n'ai pas réussi à quitter le pas de ta porte. Quand je t'ai entendue tomber…

Le brouillard qui régnait dans mon esprit m'empêchait presque de discerner ses mots et peut-être le savait-il. Peut-être était-ce pour cette raison qu'il osait se montrer si *misérable* en ma présence.

— Je sais que si tu en avais les moyens, tu ne me laisserais pas t'aider, mais permets-moi au moins de rester jusqu'à ce que tu retrouves un semblant de tes esprits.

Ma tête oscilla faiblement et il me tendit l'éponge, que je récupérai d'une main tremblante autour de laquelle il entoura la sienne. Il guida ainsi mes mouvements maladroits pour laver mon front, mes joues, mon nez, mes lèvres avant de soulever mon menton pour que nos yeux se rencontrent.

— Que t'arrive-t-il donc, Alice Morìn ? Tu as vu pire, tu es plus forte qu'un peu de sang. Ce n'est vraiment pas ton jour, hein ?

Une larme coula malgré moi le long de mon visage, qu'il vint aussitôt essuyer en me réprimandant.

— Ne me donne pas plus de travail.

Il remonta mes manches l'une après l'autre et nettoya mes bras avec autant de soin, puis plongea mes mains dans l'eau, les frottant entre les siennes plus longtemps que nécessaire. Il rinça ensuite l'éponge et me dévisagea avant d'en faire usage.

— Puis-je ? demanda-t-il en désignant mon cou.

Toujours prise de mutisme, je le laissai faire. Ses doigts se posèrent derrière ma nuque, écartant ma chevelure brune, pour en effacer toute trace de sang. Après quelques instants, il se figea, la main posée au-dessus de mes poumons, et son regard chercha encore le mien. Qu'attendait-il ? Craignait-il que je le pense capable de commettre un geste déplacé ? Ou s'apprêtait-il à en commettre un ?

— Ton cœur bat si vite…

Pourtant, je me sentais à peine vivante. Il replaça soudain une mèche de mes cheveux derrière mon oreille, me rappelant l'homme dont la présence me manquait tant. Gabriel. Cet écho de lui sembla me ramener à moi et mes mains cessèrent de trembler.

— Et maintenant, il ralentit, constata même Harry.

J'esquissai un léger sourire et relevai les yeux vers lui, à nouveau consciente de moi-même.

— Je me sens mieux. Tu peux me laisser.

Il fronça les sourcils et détourna le regard, comme blessé.

— Rester ne me dérange pas.

Un rictus nerveux m'échappa.

— Nul besoin de prétendre que mon état te soucie alors que tu attends tout simplement de moi une chose que jamais je ne te donnerai. Tu es un monstre, Harry, tu es l'une des raisons pour lesquelles, *ce n'est pas mon jour.* De douces paroles ou des gestes attentionnés ne me feront pas oublier que tu as vendu ton âme. Tu n'as plus rien d'un homme.

Sa main n'avait pas quitté mon torse et son poing se referma contre ma peau.

— Tu es injuste, Alice. Tu sais pourtant à quel point la douleur peut changer quelqu'un.

— Soit. Mais quelle douleur pousse un être humain à vouloir dominer un vaste royaume en tuant et en ravageant tout sur son passage ? Quelle douleur lui permet de torturer un de ses semblables, de regarder d'autres souffrir et d'en tirer du plaisir ? Quelle douleur justifie cela ?

— Tu ne connais rien de moi, Alice, murmura-t-il, la bouche tremblante. Tu ne m'as pas vu tel que j'étais autrefois.

Il ne paraissait plus en colère, mais apeuré.

— Avant que Damien me prenne sous son aile, reprit-il, j'étais perdu. C'est à lui que je dois tout, il m'a montré le chemin.

— En t'apprenant que la violence résout tout ? demandai-je ironiquement. En te mutilant pour chaque erreur que tu faisais ?

— Au moins, lorsque Damien me frappe, je sais pourquoi. Je sais que je le mérite.

Son poing serré pénétrait presque ma peau, mais je ne dis rien, captivée par ce qu'il me confiait. J'espérais qu'il aille plus loin, et il le fit.

— Peut-être que si mon père avait ressemblé au tien, je serais devenu une bonne personne… Le problème, c'est qu'il était tout l'inverse.

Il s'arrêta un instant, serrant la mâchoire. Par réflexe, ma main se leva pour caresser sa joue.

— De ce que Damien et toi en dîtes, ton père était aimant, attentif aux autres, doux... Le mien n'était tout simplement pas un père, expliqua-t-il douloureusement. Il détestait la magie, il vouait une haine à toutes les Créatures surnaturelles, mais surtout, il était incapable de nous aimer, ma mère et moi. L'apparition de mes pouvoirs n'a rien arrangé, et puisqu'ils étaient tous les deux humains, il était persuadé que ma mère l'avait trompé.

S'il était rare qu'un sorcier naisse de parents humains, ce n'était pas impossible pour autant. Toute personne dotée d'un soupçon d'intelligence le savait.

— C'est à ce moment-là qu'il a commencé à se montrer violent envers nous. Et au fur et à mesure que ma magie se renforçait, ses coups aussi. Quelle ironie que je sois un élu, n'est-ce pas ?

Des larmes bordaient maintenant nos yeux à tous les deux.

— Un soir, il a battu ma mère tellement fort qu'elle serait morte sans l'intervention de mes pouvoirs. C'est le seul moment de mon enfance où je n'ai pas regretté d'en être doté.

Le jeune Harry avait passé son temps à haïr sa part de magie tandis que l'homme qui se tenait devant moi avait sacrifié son âme au profit de cette seule partie de lui.

— J'ai supplié ma mère de partir, mais elle refusait à chaque fois. Elle n'a jamais cherché à nous éloigner de lui. Pourquoi à ton avis ? Parce qu'elle l'aimait.

— Ce n'était pas de l'amour, Harry...

— Peu importe, amour ou non, l'histoire reste la même. Elle nous a tous les deux exposés à la violence de son mari, au résultat de son plus grand tort : avoir épousé un humain stupide, brutal, alcoolique et avoir eu un enfant avec lui.

Comme il mettait de plus en plus de pression dans son poing, je l'entourais de mes doigts fins pour le calmer.

— Tu veux connaître le meilleur dans tout ça ? Il me frappait toujours quand l'envie lui en prenait, même lorsque je m'étais appliqué à remplir toutes mes tâches toute la journée. Et comme je me guérissais à chaque fois qu'il me faisait du mal, il recommençait de plus belle. Jusqu'à ce que j'aie même plus la force de me soigner ! s'emporta-t-il, brûlant de colère, le menton tremblant.

Une larme dévala même sa joue.

— Alors tu vois, ma chère Alice, être humain ne m'a jamais servi. Je le répète, mais sans Damien, je serais encore ce misérable gamin qui ne savait que pleurer. Avec le Maître, mes pouvoirs se sont décuplés et nul ne pourra plus jamais me faire de mal. Et surtout, l'amour ne m'aveuglera pas comme il a aveuglé ma mère.

Mes lèvres s'entrouvrirent, mais son poing quitta ma poitrine pour venir poser un doigt sur ma bouche.

— Inutile de dire que ma mère et moi n'y étions pour rien, car encore une fois, ça ne changera pas l'histoire. Mon père était peut-être le fautif mais nous aurions dû nous défendre.

Les mots rassurants qui me vinrent restèrent coincés dans ma gorge et seul mon regard confus parla.

— Ai-je eu tort de tuer l'enfant qui était en moi ? Je suis convaincu que non. Il était indigne d'être aimé et estimé alors que maintenant je suis important. Je vais marquer l'histoire.

— En blessant des gens ? En les faisant souffrir à leur tour, simplement pour te venger d'un homme qui ne mérite même pas que tu songes à lui ?

— Parfois pour surmonter une peur, il faut l'embrasser. Je l'ai fait et il n'y a aucun retour en arrière.

Alors pourquoi avais-je l'intime conviction qu'à travers cette histoire, il me lançait un appel à l'aide ? Alors que son doigt caressait ma lèvre inférieure, je pris son visage entre mes mains avec fermeté et murmurai :

— Tu peux encore changer, tu as toute une vie pour guérir. Et il y a un bon nombre de choses plus importantes à l'existence que le pouvoir.

Il souffla, amusé, et approcha son nez à quelques millimètres du mien, son souffle froid effleurant ma peau.

— Je ne suis pas Gabriel, ni l'un de tes amis. Je suis bien conscient que faire partie des gentils est loin d'être un gage de bonheur.

— Certes, mais c'est un gage d'honneur.

Il s'écarta de moi, un sourire glacial collé au visage.

— Et encore une fois, voici où t'a conduit l'honneur. Mais si cela peut te réconforter, commença-t-il en se relevant, il y a quelque chose qui pourrait te remonter le moral.

Je lui lançai un regard interrogateur et soupçonneux, priant pour qu'il ne s'agisse pas d'un cadeau tel que Simon Dignac.

— Ce soir est organisé un banquet pour célébrer les Créateurs. En tant que descendante de l'un d'eux, ta présence est indiscutable.

Quelque chose dans sa proposition sonnait faux.

— Si je comprends bien, je n'ai pas le choix... soulignai-je.
Il esquissa une moue contrite et haussa les épaules avec nonchalance.
— Malheureusement non, tu y es plus que conviée. Mais ne t'en fais pas, tout sera à ta convenance : de la bonne nourriture, de la musique... et de la danse.
Je sourcillai, me prenant au jeu du sarcasme.
— Et quel plaisir ce sera d'ouvrir le bal avec toi.
Après un sourire satisfait, il claqua des mains et déclara :
— Bien, je viendrai vous chercher dans vos appartements dans deux heures Madame Morin, tâchez d'être prête.
Il tourna les talons mais s'arrêta pour ajouter d'un ton plus délicat :
— Une des nôtres te fera monter une robe pour l'occasion. Tu ne seras pas déçue...

Et Harry ne risquait pas non plus de l'être : la fameuse robe de soirée de taffetas rouge et noir ne comportait pas de manche et promettait de lui donner la vue qu'il désirait. Je poussai un soupir, exténuée à l'idée de devoir assister à un tel événement à la suite d'une si longue journée et en compagnie des Créatures.
Après avoir enfilé la robe, je tâchai de rassembler mes cheveux en chignon mais mes efforts pour m'appliquer ne suffirent pas à atteindre la perfection habituelle des coiffures de Jeanne. Une vague de nostalgie me submergea et mes mains lâchèrent ma chevelure, qui retomba sur mes épaules nues. Seule devant ce miroir, un bref souvenir d'elle se permit de me rejoindre. Son sourire et ses yeux bleus. Et les yeux de son père entre mes bras, quelques heures plus tôt, qui me suppliait d'abréger ses souffrances. Avais-je eu raison de ne pas l'écouter ? Laissant de côté de piètres tentatives de soigner mon apparence, je regagnai mon lit. Le regard fixé au plafond de cette chambre dans laquelle j'étais retenue prisonnière, je me sentis tout à coup dévorée par une peine immense. Des larmes emplissaient mes yeux, mais je n'avais plus la force de les sécher ou de tenter de les retenir. À quoi bon ?
Je fermai les yeux, espérant ainsi trouver la paix dans un souvenir heureux. Un sourire éclaira mon visage lorsque celui du neveu du Roi se glissa dans mon esprit. Tout l'amour qui m'animait à son égard refit surface, tout comme la dernière fois que nous nous étions vus. Cette fameuse dernière fois avait été si brève qu'elle me donnait un sentiment d'injustice. Qu'avais-je fait pour être séparée de tous ceux qui comptaient pour moi ? Pourquoi n'avais-je pas pu profiter de ces retrouvailles ?
Je serrai le poing, et malgré tout mon amour pour eux, j'en voulus à Jeanne, à Hugo, à Adrien, et même à Gabriel d'être réunis alors que j'étais seule. Depuis

mon arrivée ici, je n'avais eu aucune mauvaise pensée pour eux, je n'avais jamais cessé de souhaiter leur bonheur, mais je me sentais désormais trahie d'être la seule à ne pas y avoir droit. La porte s'ouvrit alors, et je me relevai prestement, essuyant les quelques larmes qui mouillaient mes joues.

— Tu es en avance, maugréai-je à Harry.

Excepté qu'il ne s'agissait pas de lui : Damien se tenait dans l'encadrement de la porte.

— Que fais-tu dans cet état ?

Je me redressai et réajustai ma robe, déjà trop décolletée.

— Vos méthodes ne me laissent pas indifférentes, mais quelle importance ? Vous finirez par tuer Simon, comme vous finirez par m'ôter toute envie de survivre.

Il haussa les épaules.

— Dis-toi que tes amis sont encore en vie, grâce à toi… J'espère qu'ils ne l'oublieront pas trop vite.

Mon cœur se serra. Si je n'existais plus à leurs yeux, je disparaitrais aux yeux du monde.

— Pour eux, tu es peut-être déjà morte.

C'était impossible, n'est-ce pas ? Ils étaient tous têtus et n'allaient pas perdre espoir de me sauver si aisément. Cependant, s'étaient-ils réellement lancés à ma recherche ?

— Gabriel et Alienor ont dû profiter de ton absence, tu ne crois pas ?

Mon regard se tourna vers lui, rempli de colère mais clairvoyant, comprenant enfin ce qu'il prenait plaisir à faire depuis qu'il était entré dans la pièce.

— Vous qui avez connu une amitié sans faille avec mon père, vous devriez savoir qu'un tel lien ne s'efface pas si facilement. Vous pouvez me garder captive pendant encore des semaines, des mois, ou même des années, je leur resterai fidèle.

Il gloussa avec sarcasme, ce qui lui coûta une œillade meurtrière.

— Pardonne-moi, Alice, mais tu n'es pas convaincante. Tu es désespérée et tu leur en veux d'être heureux, même si c'est aussi un soulagement pour toi de les savoir en vie.

Je fronçai les sourcils, surprise et agacée qu'il m'ait si facilement cernée.

— Je ne leur en veux pas, mais cela me semble injuste car une fois de plus, je suis celle qui…

Je m'arrêtai net, réalisant à quel point formuler une telle pensée me rendait égoïste.

— Peu importe, déclarai-je finalement.

Un long silence s'installa alors entre le Maître et moi, durant lequel je parvins enfin à me calmer un peu. Pourtant, ma peine me transperçait toujours le cœur, sans relâche. Si j'avais pendant plusieurs années pu supporter le poids de la solitude sans trop de mal, il m'était désormais presque impossible de le soutenir.

Une tierce personne entra alors dans la pièce, et cette fois-ci, il s'avérait bel et bien être Harry. Il adressa un regard entendu à Damien qui nous laissa aussitôt. Le jeune élu s'appuya contre le chambranle de la porte et me toisa d'un œil intéressé. Décidément. Vêtu d'une chemise rouge surmontée d'un costume noir, il s'accordait parfaitement à ma tenue. Il sortit alors un sachet de sa poche et s'avança vers moi.

— J'ai ceci, pour toi.

Il plaça le petit sac entre mes mains puis attendit avec impatience que je l'ouvre. A l'intérieur se trouvait un ruban rouge surmonté d'une pierre noire, destiné à orner mon cou dénudé.

— Merci, Harry, murmurai-je à mi-voix.

Ses doigts habiles récupérèrent le bijou et il me fit signe de me tourner pour qu'il puisse l'attacher à ma place. Comme plus tôt, il écarta mes cheveux de ma nuque, mais il prit cette fois-ci le risque d'effleurer le haut de mon dos. Il prit ensuite soin d'ajuster la position de la pierre au creux de mes clavicules.

— Ravissante, conclut-il.

**

Harry me guida jusqu'à une grande salle, dont les mesures me parurent semblables à celle dans laquelle s'était tenue le mariage de Gabriel et Aliénor. Qu'en était-il de leur union maintenant ? La main de l'élu déchu se posa sur le haut de ma hanche et me tira de mes réflexions : un grand buffet se tenait dans un coin de la pièce tandis qu'un orchestre se préparait à jouer dans un autre. Aucun de nos convives ne semblait être arrivé et cela ne pressait pas, du moins pas à mon goût.

— Tu vois, Alice, nous ne sommes pas des barbares : nous aussi nous aimons festoyer.

Je m'écartai enfin de lui, respirant un peu, cherchant une distraction qui me fasse oublier la présence du jeune homme. Ce dernier ne comptait pas me faciliter la tâche : il claqua des mains pour attirer l'attention de l'orchestre.

— Un soliste pour ouvrir le bal ?

Les musiciens échangèrent des regards et le violoniste sortit finalement du rang, son arme harmonieuse entre les mains.
— Quand vous serez prêt, Harry.
Celui-ci ne perdit pas de temps et s'inclina devant moi.
— M'accorderiez-vous cette danse ?
Je pouffai, abasourdie.
— J'étais peut-être sonnée aujourd'hui, mais tu restes un adversaire à mes yeux, Harry. Encore une fois, pourquoi prétendre le contraire ?
— Parce que nous passerons tous les deux une meilleure soirée si pendant quelques heures seulement, nous cessons d'être ennemis. En toute honnêteté, qu'avons-nous à y perdre ?
Ma dignité, pensai-je. Pourtant, ma main prit la sienne et il m'attira contre lui, avant d'adresser un signe de la tête à l'instrumentiste qui guiderait nos pas. Lorsque l'archer effleura la première corde, les gestes adroits d'Harry m'entraînèrent dans une danse harmonieuse. Si j'étais misérable à ce jeu-là, il excellait. Paume contre paume, nous nous tournâmes autour un moment, en silence, puis nos corps se rapprochèrent à nouveau, alors que les notes s'envolaient. Mon pied écrasa maladroitement le sien et je ne pus réprimer un sourire. Si Jeanne et Hugo avaient pu me voir, elle se serait moquée et il aurait été désespéré de constater que ses leçons n'avaient servi à rien.
— Voyez vous-mêmes, mes amis, Alice est désormais des nôtres, s'exclama Damien d'un air grandiloquent à la foule de Créatures qui nous observaient.
Depuis quand étaient-ils présents ?

Ma volonté de m'éloigner d'Harry ne suffit pas : il me retint contre lui et murmura quelques mots à mon oreille tandis que Damien invitait les autres à se joindre à nous.
— Je te conseille de ne pas décevoir le Maître. Ce soir, il te veut comme trophée et tu dois en être un.
Il me fit tournoyer et quand nos regards se croisèrent à nouveau, un nouveau dilemme s'imposa à moi. Qui de ces deux hommes était le plus mauvais, au fond ? En un bref pas de danse, je me retrouvai dans les bras d'Harry, mon dos contre son torse, sa main droite sur mon ventre noué, et le fil de mes pensées cessa de se dérouler.

— Gabriel a énormément de chance, susurra-t-il au creux de mon cou, ses lèvres effleurant à peine ma peau.
Un frisson me parcourut et, par chance, le pas de danse suivant nous ramena dans une position moins intime.
— Quel dommage qu'il ne puisse pas être près de moi en ce moment, lançai-je avec amertume.
Un tintement retentit alors, réduisant toute cette animation au silence.

18

Sans surprise, l'homme qui venait de mettre un terme à l'effervescence de la soirée était Damien, dont la moindre parole devenait aussitôt une exigence. Il parcourut la salle d'un regard entendu et confiant, puis me fixa un instant. Je détournai les yeux, mal à l'aise, mais Harry me donna un coup dans les côtes pour me rappeler sa mise en garde.

— Ce soir, nous célébrons l'avènement de notre espèce. Nous le devons au sacrifice de deux de nos créateurs, précisa-t-il d'un air grave. Ma présence parmi vous est une bénédiction, mais nous ne les oublions pas. Louis et Pierre demeurent auprès de vous, vous êtes nos enfants, notre famille. Les perdre, c'est comme perdre deux pères. Alice, tu imagines ce que cela représente ?

Mon poing se serra sur les pans de ma robe, mais je me contentai de sourire.

— Ce soir, nous avons l'occasion de venger la mort de l'un d'eux. Simon Dignac, qui a ordonné sans preuve l'exécution de Pierre est retenu prisonnier ici. Dès qu'Alice nous en aura donné l'ordre, nous lui ferons subir le même sort qu'il a infligé à notre père à tous.

Mes sourcils se froncèrent : croyait-il qu'être entourée d'une foule de Créatures me ferait changer d'avis ?

— Alice, viens nous partager ce que tu as ressenti à la mort de ton père.

Il me fit signe de venir auprès de lui. Face à mes réticences, Harry me trahit et me poussa vers son Maître sans le moindre remord. Une fois à sa hauteur, une grande nervosité s'empara de moi : combien de personnes se trouvaient là ? Je pris une grande inspiration, mais aucun mot ne me vint.

— Comme vous le voyez, même après des années, le deuil n'efface pas la peine, le vide demeure omniprésent, expliqua Damien. C'est ce qu'il se passe lorsque nous, les sorciers, nous laissons faire, lorsque nous choisissons de ne pas nous affirmer…

— Ce qu'il dit est faux, l'interrompis-je tout à coup, me surprenant moi-même.

Les yeux d'Harry se posèrent sur moi, trahissant admiration et effroi. *Arrête-toi*, me suppliait-il du regard.

— Perdre mon père a de loin été l'événement le plus marquant de ma vie, je ne peux le nier. La peine m'a transformée, elle m'a tenue éveillée tant de nuits que je ne les compte plus, mais elle m'a surtout fait grandir. Perdre quelqu'un, c'est réaliser à quel point les gens peuvent nous quitter facilement, rapidement et sans

prévenir. C'est d'abord effrayant, puis un jour… On prend le risque d'éprouver à nouveau de l'attachement, de l'amitié, de l'amour. Je ne dirai jamais que Simon Dignac a agi de façon correcte ou excusable, mais le temps a passé et le besoin de me venger… a disparu.
Le Maître s'écarta de moi et je sentis qu'il n'allait plus tolérer longtemps cette sortie du rang.
— Simon Dignac doit payer, mais pas de sa vie. Après ce qui est arrivé à mon père, je ne pourrai jamais supporter l'idée de punir un homme en lui ôtant toute chance de se racheter, ni en privant sa famille, ses enfants de lui…
— Menteuse ! hurla quelqu'un à l'instant même où une dague vola pour venir se loger dans mon ventre.

***

A l'abri dans une pièce à part, Damien m'aida à m'asseoir sur une chaise et me donna deux fioles, m'expliquant que l'une servait à stopper le saignement tandis que l'autre accélérait la cicatrisation. Visiblement, cette soirée importait plus que leur besoin de prouver la capacité d'un sorcier à survivre sans l'aide de la magie.
— Jeanne doit vraiment compter à tes yeux pour que tu ailles jusqu'à trahir la mémoire de ton père, constata-t-il après un long silence.
Sa pique me transperça de plein fouet, pourtant, elle n'était pas nécessaire. Je m'en voulais déjà bien assez de prendre le parti de Simon Dignac sans qu'il ait besoin d'en rajouter. Si j'avais agi pour le mieux, une part de moi s'indignait de cet acte de "trahison" : j'avais tenu entre mes bras le corps de l'homme qui avait pris la vie de mon père, j'avais tout fait pour alléger ses souffrances, jusqu'à souhaiter qu'il se rétablisse, et je l'avais défendu. J'avais réussi à le sauver, même si ce n'était que pour un jour ou deux, alors que je n'avais rien pu faire d'autre que de regarder mon propre père mourir. Cette pensée me brisa le cœur, une fois encore.
— Tu peux encore te joindre à nous, Alice. Il suffit que nous te rendions la bague pour que tu retrouves tes pouvoirs et que nous puissions te transformer.
Cette fois-ci, il n'y aurait aucune échappatoire pour moi : Hugo m'avait spécifié que les eaux de la Source n'étaient efficaces qu'une seule fois dans la vie d'une personne. En fin de compte, la disparition de mes pouvoirs se révélait sûrement être pour le mieux : ainsi, je deviendrais insignifiante aux yeux de mes ennemis,

mais aussi inutile. Après cette courte réflexion je répondis à Damien avec détermination :
— Je ne suis pas comme vous et j'ai foi en mon père qu'il pardonne ma trahison.
Il soupira, mais si mon entêtement le poussait à bout, une fierté à mon égard naissait en lui. A ses yeux, j'avais hérité cela de mon père, et il semblait tenir à lui presque plus que moi, si cela était possible.
— J'espère qu'un jour tu comprendras que ta place est parmi nous.
Je relevai les yeux vers lui, soutenant son regard froid.
— Pourquoi n'allez-vous pas plutôt vous occuper de votre propre fille ? Elle a plus besoin de vous que moi…
Il esquissa un sourire triste en soupirant :
— Elle ne serait probablement pas fière de moi, et cela la peinerait de me connaître. Si j'étais un autre homme, alors peut-être qu…
— Pourquoi l'avez-vous abandonnée ? Et pourquoi avoir laissé tomber votre femme ?
— Sa mère n'était pas ma femme, elle n'était rien de plus qu'un amour passager…
Je ne suis même pas certain que l'on puisse parler d'amour, entre elle et moi ce… Enfin bref, quoi qu'il en soit, j'ai appris l'existence de ma fille quand elle avait six ans, et il était trop tard pour lui dire la vérité quant à sa naissance : elle avait déjà un autre père, et une vie bien meilleure que celle que j'avais à lui offrir.
— Vous ne pouvez pas savoir à sa place ce qui aurait été le mieux… Ne croyez-vous pas qu'elle mérite de connaître la vérité ?
— Je suis un monstre, Alice. Tu serais la première à le dire, et ma fille penserait exactement comme toi.
Il avait peut-être raison : il était sûrement préférable pour cette pauvre enfant de ne jamais savoir que son véritable père était un traître, une Créature sans pitié. Elle devait être une jeune femme maintenant, et cela risquait de gâcher sa vie entière, de réduire tout son passé à un simple et cruel mensonge.
Je croisai alors les yeux de Damien, et mon regard plongea au fond du sien durant un moment. Ses yeux bleus étaient remplis de regrets, et j'étais certaine que bien qu'il ne l'ait jamais connue, il aimait sincèrement sa fille. Je reconnaissais aussi le poids de la solitude en lui, et cela me donna l'impression d'être proche de lui. Le lien qui l'avait uni à mon père était-il si fort que je me retrouvais désormais moi aussi attachée à cet homme qui était pourtant mon ennemi juré ?

Il me semblait qu'il y avait quelque chose de plus que cela, qu'un détail m'échappait sans que je parvienne à mettre le doigt dessus. Je fronçai légèrement les sourcils, en quête de ce qui rendait cet être abject si familier à mes yeux. Même si nous nous étions brièvement côtoyés en tant qu'élue et mentor, nous n'avions jamais été si proches, aussi je doutais que ce profond sentiment qui me liait à lui provienne de là.
— Dès que je te regarde, Alice, je vois ton père… Même si tu es une femme évidemment, tes émotions et la façon dont tu les exprimes sont similaires aux siennes. Je ne suis pas sûr qu'on puisse en dire autant de ma fille et moi…
Ce fut alors que je compris, et mon cœur se serra une fois de plus dans ma poitrine. Cela me paraissait improbable, pourtant, j'étais étonnée de ne pas m'en être rendue compte plus tôt d'une vérité si évidente.

Lorsque je prononçai à voix haute le nom de sa fille, le regard vitreux du Maître s'éclaira aussitôt, et sa mâchoire se mit à trembler. Cela ne fit que confirmer mon hypothèse et j'accusai le coup avec effroi. Les yeux bleus de Damien dont Jeanne avait hérité se posèrent de nouveau sur moi, et il concéda :
— Je suppose que nous avons quelques points communs, elle et moi…
— Vous en avez plus d'un, croyez-moi, lui avouai-je. Mais vous deviez le savoir, vous la connaissez bien.
La même tignasse blonde et rebelle, les mêmes yeux flamboyants… La seule différence était leur noblesse de cœur. Jeanne en était dotée depuis toujours, tandis que lui, n'en avait aucune.
— Quoi qu'il en soit, il vaudrait mieux que cela reste entre nous, Alice. Jeanne est parfaitement heureuse et je n'aimerais pas venir troubler sa paisible vie, tu comprends ? Et si l'on considère tout le mal que j'ai fait à son pauvre père de substitution, elle risque de ne pas très bien vivre la situation.
Je hochai lentement la tête, incertaine d'être capable de dissimuler un tel secret à ma meilleure amie. La promesse de l'aider à découvrir l'identité de son père me liait à elle, aussi, il me semblait malhonnête de ne rien lui dire… D'un autre côté, lui révéler la vérité ne semblait pas être une meilleure option. Comme il l'avait si bien soulignée, une révélation de la sorte risquait de la détruire et de briser tous les idéaux qu'elle associait à l'image de son père inconnu.
— Je connais tes craintes et c'est pour cela que tu garderas le silence. Je t'ai déjà dit ce qui arriverait si tu venais à divulguer qui je suis réellement.

J'acquiesçai avec plus de conviction cette fois-ci, me demandant tout de même quelle serait la réaction de Jeanne si elle apprenait un jour que cet homme infâme était en réalité le père qu'elle avait toujours cherché. Lorsque notre rêve le plus cher n'est rien de plus qu'un cauchemar, ne vaut-il mieux pas s'en réveiller immédiatement ?

Simon Dignac, quant à lui, risquait de perdre sa place dans le cœur de Jeanne. Pourtant, quand bien même il n'aurait plus été son seul et unique père, elle était attachée à lui comme si elle n'en avait aucun autre, et cela devait rendre Damien vert de jalousie.

— Simon ne vous a pas seulement pris mon père… à vos yeux, il vous a aussi volé votre fille. Vous êtes persuadé que c'est sa faute si vous êtes si seul aujourd'hui.

Finalement, cerner le Maître s'avérait facile. Il me regarda simplement avec dédain et je continuai :

— Mais en ce qui concerne Jeanne, vous êtes entièrement responsable : elle vous idéalise tellement que vous auriez pu ressurgir dans sa vie à n'importe quelle occasion, elle vous aurait accueilli à bras ouvert. Cachez-vous dans cette forteresse si cela vous chante, mais ne blâmez pas les autres pour vos propres erreurs.

Il éclata d'un rire sarcastique.

— La solitude ne me dérange pas, Alice. Et même si ce n'est pas entièrement sa faute pour ma fille, ce qu'il a fait à ton père est impardonnable.

Le contredire là-dessus dépassait mes forces, car derrière mes airs de compassion et de gentillesse, je demeurais incapable d'excuser les actes de Monsieur Dignac. Après tout, il avait condamné l'homme que j'aimais le plus sans aucun motif, certainement pour se venger de quelque chose dont je ne savais rien ; pour quelle autre raison aurait-il agi ainsi ? Il m'expliquerait peut-être tout cela pour me remercier de l'avoir sauvé. S'il survivait.

— La mort de Simon Dignac signifiera que justice aura été rendue, siffla-t-il alors.

— La vengeance et la justice ne se rejoignent pas. Mon père vous estimait sûrement, mais je suis certaine qu'il aurait préféré mourir mille fois plutôt que de voir ce que vous êtes devenu.

**

Un retour à ma chambre et à ma solitude récompensa mon insolence. L'emploi du terme de récompense n'avait rien de sarcastique : ainsi, ni Harry, ni Damien

n'étaient plus sur mon dos et je pus enfin laisser mes émotions me submerger, en particulier face à la nouvelle que l'on venait de m'apprendre. Si le faux père de Jeanne ne m'avait jamais inspiré la moindre affection et que j'avais fini par le détester, le véritable s'avérait pire encore. Comment expliquer que de si mauvaises personnes puissent avoir amené dans ce monde une fille qu'aucun des deux ne méritait ? Je m'approchai de la fenêtre d'un pas lent, laissant mon regard se perdre dans la nature environnante. C'était la seule manière qu'il me restait de quitter cette prison, rien que pour un instant. Rêver de cette étendue d'herbe verte, de la fraîcheur du vent courant sur ma peau, de tout ce qui me manquait tant.
En réalité, une autre issue existait. *C'est le seul moyen d'y échapper... Je veux mourir, Alice.*
Lorsqu'il avait évoqué cette possibilité, j'avais cru que Simon Dignac perdait ses esprits. Mais peut-être était-il tout simplement bien plus lucide que moi ? A quoi bon lutter ? En arrêtant de me battre, de nombreux problèmes se trouveraient résolus ; mon père et moi pourrions enfin nous retrouver, dans un monde meilleur. Mes yeux se posèrent avec hésitation sur mon oreiller, sous lequel se dissimulait mon salut. En moins de temps qu'il n'en faut pour le dire, mon corps se jeta en direction de mon lit et mes mains s'emparèrent du coquillage tranchant ramassé en haut de la falaise. Un sourire ironique se dessina sur mon visage : je l'avais ramené afin de pouvoir combattre et sortir d'ici. Voilà qu'il allait remplir sa mission d'une toute autre manière. Tout ce temps passé à croire qu'il fallait persévérer n'avait servi à rien, il était maintenant clair qu'il valait mieux suivre le courant, me laisser aller et, finalement, cesser de me battre. *Je suis désolée, pensai-je, mais je n'en peux plus. Adieu Jeanne, Hugo, Adrien, Morgane...*
— Adieu Gabriel, murmurai-je à haute voix, une dernière larme dévalant ma joue. Au même moment, une première goutte de sang commença à perler sur ma peau, roulant ensuite de mon poignet gauche sur ma main. La douleur me traversa sans que je parvienne à la ressentir, absorbée par mes pensées. Ma tête se mit peu à peu à tourner, et je me sentis vaciller vers un autre monde. *Papa. J'arrive.*
— Alice, non ! cria la voix de Gabriel.
Probablement une illusion de mon esprit. D'une main tremblante, je collai le côté aiguisé du coquillage sur mon autre bras et le laissai faire son œuvre. Mes yeux se fermèrent, pour ne jamais se rouvrir.

19

Constance, Jeanne, et moi jouions dans la cour, décorant quelques cerfs-volants en chantant à tue-tête les comptines que nous avions apprises à l'école. Dans moins d'une semaine se tiendrait une fête traditionnelle au village et ma mère avait sollicité notre aide pour tout préparer. Proche du maire de la ville – Monsieur Dignac à cette époque – elle prenait beaucoup d'initiatives pour faire vivre la communauté. Dotée d'une grande beauté et d'un charisme incontestable, elle était tout aussi aimée par les habitants que l'était mon père. Elle réussissait tout ce qu'elle entreprenait, y compris ce genre d'événements qui, avec elle, ne décevaient jamais personne.

Constance, du haut de ses quatorze ans, nous impressionnait Jeanne et moi, qui n'en avions que onze, aussi observions nous avec admiration la manière dont notre aînée s'appliquait à dessiner de magnifiques motifs sur le tissu d'un des cerfs-volants qu'elle confectionnait avec soin. Ils seraient destinés aux plus jeunes d'entre nous pour cette journée festive, puis ils seraient lâchés dans les cieux noirs. Je ne me souvenais plus exactement du but de cette tradition, mais c'était un jour de fête, et c'était ce qui comptait le plus.

Deux silhouettes s'approchèrent de nous et je compris vite qu'il s'agissait de ma mère, en compagnie de Monsieur le Maire. Je jetai un coup d'œil à notre travail : depuis le début de la journée, nous avions dû terminer une dizaine de cerfs-volants. Lorsqu'ils furent à ma hauteur, je lançai un sourire fier aux deux arrivants, qui me regardèrent froidement. Je me mordis la lèvre, et une critique fusa déjà de la bouche de ma mère :

— Concentre-toi Alice, tu vois bien que ce que ces gribouillis n'ont rien à voir avec les dessins de ta sœur !

Elle prit une voix plus douce pour complimenter Constance.

— C'est vraiment beau, continue ainsi. Je suis si fière de t'avoir comme fille, ajouta-t-elle en déposant un baiser sur sa chevelure brune.

— C'est parce que je suis plus âgée, maman. Et puis, Alice fait très bien aussi, rétorqua mon aînée pour me défendre.

Je la remerciai du regard avant de me remettre à la tâche. Mon père arriva alors et déclara :

— Je trouve que tu t'appliques beaucoup, Alice, c'est très bien.

Il posa sa main sur mon épaule et fit naître un sourire sincère sur mes lèvres. Le maire, qui se contentait jusqu'ici d'observer sa fille, releva les yeux vers nous, l'air froissé, voire énervé. Comme il n'avait aucune raison de l'être contre moi, je supposai qu'il avait peut-

être eu une dispute avec papa. Je me concentrai pour inscrire une dernière petite fleur rose sur la toile blanche, puis me retournai vers mon père qui lui, souriait jusqu'aux oreilles, les yeux posés sur mon chef d'œuvre.
— Allons le mettre à sécher par là-bas, déclara-t-il d'un ton à la fois doux et autoritaire.
Il m'accompagna jusqu'à un tronc d'arbre sur lequel poser le cerf-volant avant de me rassurer à voix-basse :
— Ne fais pas attention à ce que te dit ta mère.
Je hochai la tête avec conviction, décidée à ne pas lui montrer que cela m'atteignait. Le décevoir sur ce point-là était le dernier de mes désirs. J'aurais même aimé être aussi forte que lui, être capable de tout affronter, mais en dépit de tous mes efforts, je restais moi. Il reprit d'un ton calme :
— Ta mère peut se montrer dure, insensible, parfois injuste, mais je t'assure que derrière cette façade, elle a un cœur.
— Tout le monde a un cœur, papa, avais-je répondu bêtement en posant ma main sur son torse.
Je sentais son cœur battre sous sa chemise. Il s'assit sur le tronc, veillant à ne pas toucher mon œuvre, puis m'attira sur ses genoux.
— C'est vrai, Alice. Tout le monde en a un. Mais certains, comme toi, en ont plus que d'autres. Et lorsqu'ils se heurtent à des êtres moins chaleureux, ils risquent de se blesser. Ton cœur est ce que tu as de plus précieux, Alice, prends en soin.
Je m'écartai de lui, retombai sur mes pieds, et répliquai avec vivacité :
— Tu es bien plus précieux que lui, ou que quoi que ce soit d'autre !
Il m'embrassa alors sur le front.
— J'ai de la chance d'avoir une fille aussi aimable que toi.
Tout autour de moi se brouilla alors et le souvenir s'effaça.

Avec peine, je pris conscience que cela s'était passé près de huit ans auparavant et que mon corps agonisait probablement. Une douleur muette se répandait en moi, effleurant chacun de mes membres, chacun de mes organes, tandis que j'errai dans mon propre esprit, voyageant parmi mes souvenirs. Peut-être était-ce cela, la mort.
Revivre sa vie, en boucle, dans le désordre, se revoir commettre les mêmes erreurs, les mêmes choix. Assister encore et encore à la perte des êtres que nous aimons, impuissants. Je ne pus réfléchir davantage à cette étrange situation car le brouillard se dissipa. Comme dans le souvenir qui m'avait traversée, la prairie s'étendait autour de moi, mais il n'y avait plus rien, ni personne.

Seule. J'étais seule.

Je portais la robe offerte par Harry et du sang recouvrait mes bras, ce qui semblait plus proche de la réalité, mais ce n'était toujours pas réel. Comment serais-je allée là-bas ? Comment pouvais-je encore tenir debout ?

— Te souviens-tu de cet endroit, Alice ?

Je relevai les yeux et reconnus mon père, le dévisageant sans dire un mot. Il n'avait presque pas changé depuis la dernière fois. Après tout, il était mort, il ne pouvait pas vieillir. Je remarquai tout de même une différence subtile : une longue cicatrice trônait à son cou désormais, à l'endroit où sa tête avait été tranchée. La regarder me donna le tournis et je fus forcée de détourner les yeux pour me concentrer sur les siens, toujours aussi exceptionnels.

— C'est ici que tu m'as dit que j'étais bien plus précieux que toute autre chose, me rappela-t-il. Tes mots m'ont beaucoup touché ce jour-là, sans compter que tu étais aussi ce qui comptait le plus dans ma vie.

Tout à coup, je ressentis une drôle de rancune envers lui, songeant qu'il avait tout gâché pour cette histoire de Créatures et m'avait moi aussi menée à ma perte.

— Je ne te suffisais pas, rien ne te suffisait... murmurai-je d'un air absent. Tu voulais juste plus.

Finalement, il ressemblait peut-être à ma mère. Il baissa les yeux, l'air sincèrement désolé, et je m'en voulus d'avoir été si dure. Prête à m'excuser, il m'en empêcha en disant :

— Tu as raison de m'en vouloir, je n'ai pas su profiter de la chance que j'avais. J'étais un homme comblé d'une merveilleuse famille, et ça aurait dû être assez. Je t'assure que tu étais plus importante que mon projet de grandeur. Si j'avais su que cela te mettrait en danger, j'aurais abandonné...

Je haussai les épaules avec tristesse.

— Pourtant nous y voilà.

Il me toisa d'un regard empreint de regret et posa sa main contre ma joue avec douceur.

— J'en suis dépité, si tu savais...

— Peut-être n'as-tu pas à l'être, papa. J'ai tout de même connu le bonheur grâce à... cette aventure.

— Avec Gabriel de Daemrys, par exemple.

Je lui adressai un sourire complice et il me le rendit. Si seulement cela avait pu être réel. Si seulement il avait pu se trouver face à moi.

— *Si seulement tu n'étais pas mort, nous aurions tout partagé, me confiai-je avec amertume. Tu m'aurais accompagnée à l'autel le jour de mon mariage... Mais même le mariage n'aura pas lieu.*
Sa main tomba sur mon épaule pour me réconforter.
— *C'est vrai, Alice, je n'étais pas là pour toi pendant toutes ces années, mais cela a bien prouvé une chose : tu es assez forte pour tout surmonter seule.*
Je serrai la mâchoire et répondis, presque avec colère :
— *Je n'ai jamais voulu être seule. Je n'ai pas choisi d'être forte, j'y étais obligée.*
Il me prit dans ses bras et je fermai les yeux. Son odeur était intacte, la chaleur de son étreinte aussi. Je ne voulais plus être seule. Plus jamais.
— *Si tu avais été faible, tu aurais abandonné il y a bien longtemps.*
— *J'ai abandonné, papa.*
Je baissai les yeux, honteuse. Ma faiblesse avait refait surface sans même me prévenir et je commençais à le regretter.
— *Tout n'est pas encore perdu pour toi, Alice, chuchota-t-il. Tu n'es pas morte, au contraire.*
Il s'écarta de moi et prit mon bras gauche entre ses mains. Le sang s'était estompé, et la plaie semblait même se refermer. Je distinguais avec difficulté des sortes de fils, comme si...
— *Je suis fier de toi, je le serai toujours.*

Un picotement me fit revenir à moi tandis que mes paupières s'ouvrirent. Tout autour de moi était encore flou, mais j'étais bel et bien revenue dans mon corps et surtout, dans la réalité. La douleur me dévorait de nouveau, comme pour me rappeler que j'étais encore en vie.
Je clignai plusieurs fois des yeux pour améliorer ma vue et après quelques minutes, mes efforts portèrent leurs fruits. Je me trouvais dans la chambre d'Harry, dans son lit me semblait-il, tandis qu'il s'était assoupi sur un siège en soie rouge. Je jetai un regard à ma blessure, et sans surprise, je vis qu'il l'avait recousue, sans avoir recours à la magie. Aussi étrange que cela puisse paraître, un sentiment de bien-être m'envahissait, certainement dû à la discussion avec mon père. Il m'avait rappelé à quel point se battre était important et avait ramené la part de moi qui était morte en même temps que lui.
En tentant de me relever sur mes coudes, le froissement des draps réveilla l'élu déchu. Il esquissa un sourire endormi et déclara :

— Je n'aurais jamais cru être aussi heureux de voir quelqu'un bouger...
Il restait mon ennemi, mais l'apaisement qui m'habitait atténuait ma colère.
— Merci de m'avoir sauvée, dis-je avec sincérité. Je ne crois pas vouloir en finir... seulement faire le vide.
Il hocha lentement la tête et un bâillement lui échappa.
— Excuse-moi, je suis resté à ton chevet pendant des heures. Je voulais être là lorsque tu reviendrais.
Je le dévisageai, surprise de cette attention qu'il avait eue à mon égard.
— C'est mieux que d'être seule, je suppose, alors je te remercie une seconde fois.
Il se leva et vint s'asseoir à mes côtés. Il prit même ma main dans la sienne.
— Tu es Alice Morìn et tu as promis à Gabriel de Daemrys de survivre. Alors même si ce n'est pas pour moi que tu te bats, tiens ta promesse.
J'esquissai un sourire triste.
— Le reverrai-je un jour ? J'en doute...
— Tu n'as jamais revu ton père, pourtant tu as toujours tenu à le rendre fier.
Il n'avait pas tort, et par honneur, je devais respecter la promesse faite au neveu du roi. Toutefois, l'intérêt d'Harry pour ma survie m'intriguait.
— Pourquoi ma vie a-t-elle tant d'importance à tes yeux ?
Il me regarda avec intensité et me fit rougir malgré moi.
— Ta vie est bien plus précieuse que tu ne l'imagines.
Il posa sa main sur ma hanche et nos visages se rapprochèrent. Comme il n'avait jamais caché ses intentions, je détournai le regard.
— Excuse-moi, Harry, mais je ne peux pas. Je ne l'ai pas oublié, et je ne peux pas en aimer un autre...
Il soupira et s'écarta légèrement.
— Il ne te mérite pas, tu sais. Il ne t'a jamais donné la place à laquelle tu as droit, il a préféré te blesser toi pour qu'Alienor se sente mieux... Un homme qui t'aime réellement ne t'aurait jamais fait cela.
Cette piètre tentative de me détourner de celui que mon cœur avait choisi m'arracha un soupir.
— Où veux-tu en venir ? Tu me parles d'amour, mais tu n'y connais rien... Et si Gabriel ne me mérite pas, il n'y a aucune chance que toi, tu me mérites.
— Je souligne seulement le fait qu'il ne prêtait pas assez attention à ce que tu ressentais. Il t'a abandonnée, j'espère que tu t'en rends bien compte.

Un grincement attira mon attention et je jetai donc un bref coup d'œil à la porte entrebâillée, par laquelle je crus distinguer une silhouette. La voix de Harry me ramena cependant à notre discussion.
— Il ne vaut pas la peine que tu le défendes, et de toute manière, il finira par mourir, comme toute la lignée des de Daemrys.
— Je ne vous laisserai pas faire, sache-le.
Mon regard fut de nouveau capté par un petit bruit du côté de la porte, et cette fois-ci, ce fut bien plus qu'une simple ombre que je pus voir. C'était lui, pas de doute là-dessus.

20

La question qui me vint fut évidemment la manière dont il était arrivé jusqu'à moi, mais l'occasion de lui demander s'offrirait à moi une fois sortis d'ici. Harry remarqua mon air distrait et il commença à se retourner. Avec une étonnante vivacité, je pris son visage entre mes mains et plongeai mon regard dans le sien.
— Tu as peut-être raison… Peut-être que c'est un homme différent qu'il me faut.
Mon empressement et les soulèvements plus rapides de ma poitrine pouvaient lui apparaître comme les signes d'une passion dévorante, mais ils n'étaient que de l'adrénaline. Il caressa ma joue avec désir et je posai ma main sur son avant-bras, marqué non seulement par le signe des Créatures, mais aussi par de nombreuses cicatrices. Celles-ci me faisaient froid dans le dos.
— Pourquoi ce changement d'avis si soudain ? demanda-t-il d'un air soupçonneux. Cela ne te ressemble pas.
— J'en ai plus qu'assez d'être seule ici, de n'être qu'un second choix à ses yeux… Tout cela m'épuise.
Je me penchai vers lui, à contrecœur, et plaquai mes lèvres contre les siennes. Il ne me restait plus qu'à attendre l'intervention de l'intru, qui mit – à mon goût – trop de temps à le faire. Harry se releva tout en continuant à m'embrasser avec passion, une passion qu'il était seul à ressentir, sa main glissant le long de mon cou jusqu'à…

Son corps s'écroula sur moi de tout son poids. Je poussai un soupir de soulagement avant de croiser le regard de mon sauveur. Y croire était à peine possible, si bien que des larmes de bonheur emplirent mes yeux. Mes lèvres paralysées souriaient difficilement, pourtant, m'étais-je jamais sentie aussi heureuse ?
— Tu en as mis du temps, murmurai-je finalement.
Il pouffa nerveusement de rire, lui aussi sur le point de pleurer.
— Pardonne-moi au moins cela, s'il te plaît.
Il dégagea le corps d'Harry pour que je puisse me relever. Du sang semblait couler du front de ce dernier et je me surpris à espérer que ce ne soit pas trop grave. Gabriel me prit alors dans ses bras avec tendresse et j'enfouis ma tête contre lui

pendant un instant. Après avoir perdu tout espoir de quitter ces lieux un jour, voilà qu'il allait m'en tirer sans attendre.

— Comment as-tu su que j'étais ici ? Comment es-tu entré ?

Il s'écarta de moi, laissant voir l'épée que j'avais retrouvée dans la grotte, désormais accrochée à sa ceinture. Jeanne la lui avait sans nul doute rendue. Un fragment de ma vision me revint en mémoire et me donna un désagréable pressentiment.

— Je t'expliquerai tout quand nous serons en sécurité, s'exclama alors le jeune homme. Commençons par sortir d'ici.

Il prit ma main et m'entraîna prudemment hors de la chambre. Le suivre sans discuter s'avérait tentant, mais il me restait quelques détails à régler.

— Attends.

Je le lâchai pour me précipiter vers le bureau de l'élu déchu et tenter d'y récupérer le parchemin. Par chance, la porte était déverrouillée et quelques secondes suffirent pour m'emparer de l'objet de mes désirs. Un frisson me parcourut à la pensée du châtiment qu'Harry risquait de subir après mon évasion et me fit hésiter à partir. Cela ne dura qu'un court instant car je ne pouvais pas rester dans cette forteresse : je n'y avais pas ma place et ne la trouverais jamais en ces lieux. Je fis donc en sorte de chasser le sort de l'élu déchu de mes pensées et le neveu du roi, qui m'avait discrètement suivie, me demanda à voix basse :

— C'est bon maintenant ?

Non. Simon Dignac se trouvait encore emprisonné, sans oublier cette femme nommée Irina qui avait un fils à sauver et avait promis de m'aider, au risque de payer cher cet acte de trahison.

— Nous devons encore aider de pauvres gens, avouai-je à Gabriel.

Il empoigna mon bras tandis que je m'engageai dans le couloir et gronda :

— Nous n'en avons pas le temps, c'est déjà une chance que nous soyons encore vivants, toi et moi.

— Où est passé votre courage, Gabriel de Daemrys ? le questionnai-je avec ironie.

Il me regarda droit dans les yeux avant de répondre d'un air grave :

— J'ai peur de te perdre une fois de plus, Alice. Ni aujourd'hui, ni jamais plus, je ne veux te faire passer après le reste.

Mes mots avaient peut-être été trop durs, sans compter que le jeune homme n'avait pas totalement tort : dès que nous étions réunis, quelque chose venait nous séparer. Cependant…

— Je ne peux pas les abandonner, Gab. Je sais ce qu'être prisonnier de ces murs implique, et crois-moi, je t'en supplie, il n'existe pas de pire torture.
Il jeta un coup d'œil à mon bras, qui illustrait parfaitement à quel point cette forteresse se révélait nocive.
— Nous aurons beaucoup de choses à nous dire, dès que nous aurons libéré tes amis, céda-t-il enfin.

Je connaissais le chemin qui menait aux cachots et nous y conduisis, Gabriel et moi. C'était là-bas que se trouvait Monsieur Dignac, notre première cible à secourir. Rejoindre Irina était une autre affaire et parvenir jusqu'à elle promettait de constituer la partie la plus risquée de ce plan d'évasion. Comme nous n'avions toujours pas croisé de garde, nous atteignîmes sains et saufs les escaliers délabrés qui menaient à notre objectif. Gabriel marchait à mes côtés, l'air perdu : il ne savait absolument rien de cet endroit, il n'en connaissait ni les dangers, ni les habitants. Ma main entoura la sienne tandis que nous descendîmes vers le souterrain dans lequel s'étaient déroulés les premiers jours de ma captivité.
Une fois parvenus en bas, je lui fis signe de se faire discret et nous nous enfonçâmes plus profondément dans les galeries.
— Eh vous ! Que faites-vous là ?
Un frisson me parcourut l'échine et les doigts de Gabriel se crispèrent autour des miens. Lentement, je fis volte-face, prête à affronter cet ennemi.

21

Irina. Un soupir de soulagement franchit mes lèvres à la vue de mon alliée, mais le neveu du Roi avait déjà sorti son épée et la pointait droit sur elle. Irina le dévisageait d'un air sévère, mécontente de se faire agresser, supposai-je. Je m'interposai donc entre les deux et dis avec calme :

— Gabriel, je te présente Irina, elle n'est pas contre nous. Irina, voici Gabriel, mon…

Il n'existait pas de mot approprié pour nous définir, surtout depuis qu'il avait organisé son mariage avec Alienor. Ma phrase resta en suspens tandis que mon cœur manqua un battement et je repris :

— Puisque nous sommes tous amis, ne vous emportez pas. Nous allons tous nous enfuir aujourd'hui, à condition que vous ne fassiez aucune bêtise.

— Il est venu nous sauver ? demanda la guerrière avec méfiance.

— C'est exact. Ravi de vous rencontrer, répondit Gabriel.

— De même, répondit simplement la concernée.

Ils se serrèrent brièvement la main, mais nous n'avions pas le temps de nous présenter dans les règles de l'art. La Créature se tourna vers moi, un maigre sourire aux lèvres.

— J'ai réussi à trouver l'endroit où ils gardent mon fils et à voler un trousseau. J'attendais de te voir pour que nous en parlions, mais tu m'as devancée. Laisse-moi aller le chercher avant de t'en aller.

— Je vais même faire mieux : Gabriel et toi, faites équipe et occupez-vous de récupérer ton fils. Je me débrouillerai seule et nous nous retrouverons ici quand nous aurons fini.

Ils échangèrent un regard qui me fit hésiter quelques secondes. Était-ce prudent qu'ils se retrouvent seuls tous les deux ? De ce qu'ils dégageaient, ils étaient des personnes rationnelles et pacifiques, il y avait donc peu de risques qu'ils s'entretuent, pensai-je. Sans compter que libérer le petit promettait d'être une tâche plus rude que de secourir Monsieur Dignac, puisqu'Irina semblait être la seule Créature à traîner dans le coin.

— Fais attention à toi, s'il te plaît, me rappela alors Gabriel, à qui notre alliée donna une tenue appropriée pour passer inaperçu dans la forteresse.

J'esquissai un sourire qui se voulait rassurant car sa réticence à m'abandonner ici se ressentait.

— Vous aussi, soyez sur vos gardes et dépêchez-vous. Lorsqu'ils apprendront que je me suis enfuie, nous déplacer sera moins évident.

Ils hochèrent la tête et partirent d'un pas sûr. De mon côté, je fis le vœu qu'ils s'en tirent indemnes, avant de reprendre ma course, de cellule en cellule. De faibles gémissements m'attirèrent un peu plus loin et je me hâtai plus encore, dans l'espoir qu'il ne soit pas trop tard pour Simon Dignac.

Je poussai la grille derrière laquelle gisait le corps meurtri de mon plus vieil ennemi, et si le fait qu'elle ne soit pas verrouillée m'étonna d'abord, je compris vite qu'il n'y en avait pas l'utilité. Simon Dignac se trouvait dans un si piteux état qu'il ne risquait pas de s'échapper tout seul et visiblement, les Créatures étaient assez sûres d'elle pour croire que personne ne lui viendrait en aide. Leur égo surdimensionné ne pouvait pas me déplaire puisque grâce à lui, j'allais parvenir à mes fins. Je posai une main sur le front du père de Jeanne, brûlant.

— Tue-moi, murmura-t-il encore, la gorge sèche.

— Je quitte cet endroit et vous emmène avec moi. Cessez donc de vous apitoyer sur vous-même, levez-vous.

Me montrais-je dure envers lui parce que les circonstances l'exigeaient ou parce que, malgré tout, il restait celui qui avait commandité l'exécution de mon père ?

Simon tenta de se remettre sur pieds, sans succès, et sa tempe retomba mollement contre le sol. Ma capacité à soutenir son poids était loin d'être certaine, mais il fallait lui laisser une chance. Je m'agenouillai à ses côtés et passai maladroitement mes bras autour de lui.

— Appuyez-vous sur moi.

Il prit appui sur mon épaule sans discuter et je me sentis étrangement faible. Probablement à cause de la quantité de sang perdue quelques heures plus tôt. Il était encore possible de me laisser aller, comme Monsieur Dignac, et de tout remettre entre les mains d'un autre. J'en ressentis presque l'envie, mais après une profonde inspiration, je fis un pas vers la sortie du cachot.

— Faites un petit effort s'il vous plaît, le priai-je.

Simon sembla enfin y mettre un peu de volonté, ce qui me soulagea aussitôt. Sortir d'ici avec lui promettait cependant d'être compliqué : en tant que poids mort, il nous mettait tous en danger.

— Où crois-tu aller comme ça ? demanda alors une voix féminine.
Aveuglée par mes efforts physiques pour tirer Monsieur Dignac hors d'ici, l'arrivée de cette ennemie m'avait échappé. Je relevai les yeux vers elle et reconnus la femme aux cheveux flamboyants dont j'avais tué le frère et qui me l'avait reproché à l'occasion d'un dîner organisé par Damien.
— Tu vas remettre cet homme dans sa cellule et me suivre sans faire d'histoire, m'ordonna-t-elle froidement.
Je hochai la tête et fis lentement demi-tour, retournant avec difficulté vers l'endroit d'où je venais, n'ayant ni la force, ni le moindre moyen de m'opposer à elle. L'ombre de la jeune femme et son regard mauvais pesaient sur mon dos, menaçants. Quel sort me réservait-elle ? De la sueur gouttait sur mon front tandis que ma vue devenait trouble, sans que je comprenne vraiment pourquoi. Ce ne fut qu'en jetant un œil à mon avant-bras que je remarquai que ma plaie s'était rouverte. Je me laissai tomber sur le sol, entraînant Simon dans ma chute, et j'entendis la voix enragée de la rousse beugler quelques injures.

Elle attrapa mon acolyte avec violence et le jeta un peu plus loin sans se soucier de son sort, avant de revenir vers moi d'un pas ferme. Elle me toisa avec mépris tandis que la force de me lever me manquait terriblement. Monsieur Dignac gémissait encore, ce qui semblait mettre la Créature en rogne.
— Tu ne vas donc pas la fermer, sombre crétin ?
— Si vous aviez subi ce qu'il a subi, murmurai-je d'un ton vide, vous n'en mèneriez pas large non plus…
Elle poussa d'autres jurons et, à travers le brouillard qui enveloppait mon esprit, je distinguai une pierre à portée de mon bras valide. Si je parvenais à me remettre debout, je pourrais lui asséner un coup, qu'il soit mortel ou non, et la mettre hors d'état de nuire. Incapable de me lever, je refermai toutefois le poing sur la pierre, prête à en faire usage lorsque l'occasion se présenterait à moi.
Ce fut la jeune femme qui me la donna, en attrapant avec force mon membre blessé pour me relever du sol. Un sourire sadique illumina son visage lorsqu'un cri franchit mes lèvres. La douleur était telle que je n'avais pas songé aux conséquences de ce vacarme. Pourtant, je venais sans nul doute d'alerter toute la forteresse de mon évasion. Je pris mon courage à deux mains, et fis une piètre tentative pour assommer mon adversaire, mais celle-ci fut plus rapide que moi, bloquant

mon bras avant même que je ne l'atteigne. Sans ménagement, elle me poussa contre le mur et pressa la pierre contre mon propre cou.
— Tu n'aurais pas dû.
Je pouvais sentir la chaleur me monter aux joues et mes tempes gorgées de sang sur le point d'exploser.
— C'est vous qui n'auriez jamais dû vous en prendre à elle, déclara une voix rassurante.
La lame de Gabriel se posa sur le dos de mon ennemie. La jeune femme relâcha son étreinte et me laissa tomber sur le sol avant de se retourner vers le neveu du roi, sans faire preuve de la moindre inquiétude. Le courage des Créatures était l'une de leurs rares qualités, mais je le trouvais bien dérisoire s'il n'était pas mêlé à la gentillesse et à l'honneur.
— Tu comptes me tuer ? demanda-t-elle d'une voix mielleuse.
— Je n'hésiterai pas.
Je me relevai avec difficulté et jetai un coup d'œil à mon bras, dont l'état ne faisait qu'empirer. Il devenait urgent que nous sortions d'ici, autant pour moi que pour Simon Dignac qui se mourait à petit feu.
— Elle doit périr, intervint alors Irina, qui accompagnait désormais Gabriel. Si nous lui laissons la vie sauve, elle ne se montrera pas aussi clémente envers nous, croyez-moi.
Je hochai faiblement la tête, mais Gabriel, lui, ne semblait pas enclin à passer à l'acte. Son regard était plongé dans celui de notre ennemie et je savais très bien à quel dilemme il faisait face. Il avait tellement de noblesse de cœur qu'il ne se sentait pas la force de tuer quelqu'un, pas ainsi, mais il savait qu'il s'agissait de notre seule issue. Je fis un pas vers lui et posai ma main sur le pommeau de l'épée.
— Laisse-moi le faire pour toi, Gab.
Il recula, me laissant face à la jeune femme qui, cette fois-ci, semblait presque apeurée.
— Je ne veux pas faire cela, mais je n'ai pas le choix. Je te souhaite de trouver la paix, et de rejoindre ton frère dans un monde meilleur.
— Ne parle pas de lui et finissons-en, me reprit-elle le menton levé et l'air fier. Ce ne sont pas tes beaux discours qui me sauveront de la mort.
Mes dernières forces et un brin de courage me suffirent pour enfoncer cette lame froide et tranchante dans sa poitrine. Elle ferma les yeux et une larme coula sur sa joue, tandis qu'un torrent de remords déferla sur moi. Ma main tremblante lâcha

l'épée, qui se fracassa sur le sol, et le neveu du Roi passa son bras sous mes épaules pour me soutenir.

— Je suis désolée... murmurai-je.

Maintenant qu'elle était plongée dans un sommeil éternel, la Créature ne pouvait plus m'entendre. M'excuser ne la ramènerait pas.

— C'est moi qui suis désolé, Alice, je n'ai pas eu la force et c'est pour cette raison que tu as dû le faire, me rappela mon amant avec douceur. Ne t'en veux pas, il n'y avait aucun autre choix.

C'était facile pour lui d'avoir ce discours car, comme il venait de le dire, il n'avait rien eu à faire. Irina s'avança alors vers nous, tenant son enfant dans ses bras. J'esquissai un faible sourire derrière mes larmes amères.

— Il te ressemble beaucoup, vous êtes si beaux...

Elle me remercia avant de dire :

— Je n'aime pas user de mes pouvoirs puisque je les tiens d'eux, mais pour nous transporter dans un endroit sûr, je peux faire une exception.

Gabriel hocha la tête, mais je baissai les yeux vers Simon, inquiète.

— Il est très faible... Ce serait risqué pour lui, non ?

Ce fut à ce moment-là que le neveu du Roi sembla enfin reconnaître cette vermine et qu'il me lança un regard surpris.

— Cela fait partie des choses dont nous devons parler, avouai-je.

Irina s'agenouilla auprès du blessé.

— Il y a peu de chances qu'il survive, mais nous n'avons pas d'autre chance de nous échapper. Nous devons essayer.

— Elle a raison, murmura faiblement le père de Jeanne. Je mourrai quoi qu'il arrive.

Tous paraissaient prêts à essayer et nous fîmes donc un cercle autour du corps de Monsieur Dignac. Irina se concentra pour réussir son tour, mais quelque chose de pointu se planta entre mes omoplates.

La voix froide de Harry retentit entre les murs caverneux du souterrain.

— Tu reviens avec moi.

Gabriel se tourna vers l'élu déchu, l'air particulièrement remonté. Cette colère avait-elle un rapport avec le court et désagréable baiser que nous avions échangé avec Harry ?

— Tu dois être encore plus lâche que je ne le pensais pour t'en prendre à une femme désarmée, et par surprise en plus.

— Je suis simplement plus rusé que vous, se défendit notre ennemi, un sourire aux lèvres, mais c'est certainement trop dur pour toi de l'admettre.

Le neveu du Roi porta la main à sa ceinture, mais celle-ci se referma sur du vide, pour la simple et bonne raison qu'Harry tenait son épée. Il avait dû la ramasser là où je l'avais laissée. Comment avais-je pu être idiote au point de ne pas avoir eu la force de la garder ?

Ma vision, que je croyais plus que jamais être une prémonition, me revint alors en mémoire, et je fis volte-face.

— Gabriel, recule.

C'était désormais sur lui que l'élu déchu pointait le bout de la lame.

— Recule ! répétai-je.

— Tu es déjà blessée Alice, ce combat est le mien.

En proie au désarroi, je me tournai vers Irina, mais celle-ci semblait tout aussi effrayée que moi, serrant son enfant contre elle. Si elle avait préféré ne se sauver que tous les deux, nul n'aurait pu la blâmer. Je lançai un regard suppliant à Harry.

— Ne fais pas cela. Je préfère encore mourir.

Je tenais à peine debout et devais fournir un effort surhumain pour ne pas sombrer dans un profond sommeil, alors en fin de compte, me laisser partir se révélait facile désormais. Pourtant, je n'en avais plus aucune envie, aussi fallait-il qu'il soit sauf.

— Si j'épargne le neveu du roi, que gagnerai-je ?

— Mon respect et ma reconnaissance. C'est là tout ce que j'ai à t'offrir.

L'élu déchu me toisa de ses yeux froids et répliqua :

— Ce n'est pas assez. Tu le sais.

22

L'épée transperça la chair de celui que j'aimais. J'entendis à peine le cri du jeune homme, terrifiée par ce qui pourrait arriver s'il ne recevait pas de soins à temps. Peut-être même était-il déjà trop tard. Je tombai à côté du corps de Gabriel qui venait de s'écrouler et l'embrassai avant de lui rappeler :

— Je n'ai fait que te protéger, ce n'est pas pour que tu meurs aujourd'hui. Tiens bon comme j'ai tenu. Je ne peux pas continuer si toi tu m'abandonnes, je n'en aurai pas la force.

Pas une seconde fois.

— Je sais où aller, murmura faiblement le père de Jeanne.

— Prenez-vous les mains. Vous Monsieur, pensez à ce lieu et je m'occupe du voyage, ordonna Irina avec autorité.

Nous nous exécutâmes si vite que Harry eut à peine le temps de réagir, occupé à jubiler de la blessure infligée au neveu du roi.

— Vous ne pouvez pas…

La fin de sa phrase se perdit dans le vide, car nous étions désormais bien trop loin pour que sa voix nous atteigne.

Mes yeux se rouvrirent sur une sorte de cabane construite d'un bois magnifique et précieux en apparence. Irina fut la première à se relever et à secouer son fils par les épaules pour qu'il ne reste pas au sol. Je suivis leur exemple en titubant, et le petit s'approcha alors de moi, commençant à poser ses mains sur mon bras blessé. Il me fallut quelques secondes pour comprendre ce qu'il faisait, et je finis par me dégager. Il était un très jeune sorcier, mais il devait maîtriser quelques sorts de guérison.

— Je n'en ai pas besoin : ce sont eux qu'il faut sauver.

— Il y a deux chambres, déclara Irina dont le sens de l'observation semblait parfaitement aiguisé. Occupe-toi de Gabriel avec le petit, je me charge d'amener Simon Dignac à son lit. Le petit me rejoindra une fois que ton ami sera hors de danger.

Mes yeux se posèrent sur l'enfant, remplis de doutes. J'espérais qu'il avait des dons assez puissants pour guérir les deux hommes que nous nous étions donnés tant de mal à sauver.

Je fis s'allonger Gabriel dans une des chambres et déposai un léger baiser sur son front avant de me tourner vers l'enfant.

— Te sens-tu capable de le faire ?

Il hocha timidement la tête, et je lui lançai un sourire qui se voulait réconfortant, mais surtout encourageant. Je m'assis ensuite sur le rebord du lit, le regard fixé sur l'homme que j'aimais et qui semblait se trouver aux portes de la mort. *Par pitié, vis.*

— Pourrais-tu retirer son haut, s'il te plaît ? me demanda le petit d'une voix fluette.

Je m'exécutai et ouvris la chemise du neveu du Roi pour que la magie puisse opérer sur la profonde entaille causée par sa propre épée. Ce n'était pas beau à voir, encore moins pour un enfant. Je fus tentée de le faire sortir, mais la survie de l'homme qui comptait le plus à mes yeux dépendait de lui. En voyant les yeux vides du garçon, je pris sa main dans la mienne.

— Tout se passera bien.

Il leva les bras au-dessus de la plaie et prit une grande inspiration, puis commença à guérir Gabriel. Peu à peu, les tissus se recollèrent et l'état du neveu du Roi s'améliora. Ce n'était pas si rapide et efficace que si je m'en étais chargée, mais Romain faisait de son mieux et je ne lui en demandais pas plus. Un seau d'eau qui traînait dans la chambre attira mon attention et je déchirai un morceau de ma manche pour l'humidifier. Je l'appliquai ensuite sur le front de celui que j'aimais, couvert de sueur, et remarquai alors qu'il n'était pas le seul : le petit semblait lui aussi épuisé par l'effort que le sort lui coûtait.

— Tu devrais t'arrêter là et garder un peu de force pour aider Monsieur Dignac. Si tu te sens trop faible, n'hésite pas à te reposer. Je vais m'occuper de Gabriel, mais je te remercie.

Il acquiesça lentement la tête avant de se lever et de quitter la pièce en silence, me laissant seule avec le neveu du roi. Je jetai un regard autour de moi, cherchant quoi que ce soit qui puisse m'aider à soigner le jeune homme sans magie.

J'ouvris l'un des tiroirs de la table de nuit, où se trouvaient seulement quelques mouchoirs en tissu. Même si ce n'était pas cela qui me serait le plus utile, ils pourraient me servir à stopper l'hémorragie le temps que je mette la main sur des herbes médicinales qui, elles, empêcheraient la plaie de s'infecter et accéléreraient le processus de guérison. J'embrassai les lèvres de Gabriel avant de m'écarter du lit en déclarant :

— Je reviens vite avec un remède. Tiens bon.

Il ne pouvait sans doute pas m'entendre, mais ces mots lui parviendraient peut-être, d'une manière ou d'une autre. Je sortis de la chambre d'un pas pressé et alors que ma main se posa sur la poignée de la porte d'entrée, Irina me rattrapa par le bras. Je me retins de gémir, mais mon expression douloureuse sembla me trahir, car la guerrière s'excusa avant de demander :
— Où vas-tu Alice ?
— Ton fils a de grands pouvoirs, mais nous ne pouvons exiger de lui un tel effort. Personne ici ne peut sauver nos amis, du moins pas avec l'intervention de la magie. En revanche je sais créer des potions et des remèdes, il me faut juste de quoi… Laisse-moi sortir chercher ces plantes.
Elle réfléchit un instant et j'attendis sa réponse avec impatience. A chaque seconde passée, la mort gagnait un peu plus nos deux blessés.
— Bien, mais fais attention : les Créatures sont puissantes, et je ne sais pas moi-même tout ce dont elles sont capables.
Je hochai la tête et fis volte-face pour me tourner vers l'extérieur, espérant y trouver ce que je recherchais.

J'avais fait plusieurs fois le tour de la cabane en tâchant de ne pas trop m'en éloigner, mais une trop faible quantité d'herbes bienfaisantes remplissait mes mains. Si mes dosages étaient justes, cela ne suffirait pas à guérir complètement un seul des deux hommes, alors s'il fallait en plus le partager entre eux, cela n'en valait même pas la peine. Je redoublai encore davantage d'attention et fis abstraction de la souffrance qui m'habitait. Comme je n'avais pas que cela à penser, la douleur semblait supportable, mais mon état était loin d'être normal. Sans soins, le risque de finir inconsciente dans un lit me guettait. Il fallait pourtant que je tienne encore un peu. Pour Gabriel.
Des bruits de pas attirèrent alors mon attention et réveillèrent une nouvelle anxiété. Et si nos ennemis nous avaient déjà trouvés ? Malgré mes efforts pour rejeter la peur, elle m'envahissait. Après tout, je n'avais rien pour me défendre en cas de menace et par la même occasion, aucun moyen de protéger les autres. La silhouette d'une personne de petite taille se dessina peu à peu : le fils d'Irina.
— Ma mère veille sur tes amis et elle m'a demandé de venir t'aider maintenant que je suis trop fatigué pour les soigner.
— Tu es vraiment courageux, le félicitai-je. Elle doit être très fière de toi.
— Je l'espère.

Mes yeux s'élevèrent en direction du ciel, comme l'amour de mon propre père et la fierté qu'il avait dit avoir à mon égard me revinrent en tête. La main de l'enfant se glissa dans la mienne avec douceur.
— Ne pleure pas, ils vont s'en sortir.
Je baissai les yeux vers lui : ce n'était pas le moment de penser à ceux qui appartenaient au passé mais celui de sauver les vivants.
— Puisses-tu avoir raison.
Il lâcha ma main et demanda :
— Que devons-nous trouver au juste ?
Je lui montrai le peu d'herbes ramassées et lui expliquai ce qu'il avait besoin de savoir avant de rajouter :
— Cela prendra sûrement plus de temps, mais nous ferions mieux de ne pas nous éloigner l'un de l'autre, tu comprends ?
Il acquiesça et commença immédiatement à chercher, avec autant d'implication que je l'aurais fait. Ce combat n'était pourtant pas le sien, il était bien trop jeune pour cela. Comprenait-il vraiment ce qui était en train de se passer ? Était-il conscient que nos problèmes n'allaient pas s'arranger après avoir sauvé les deux hommes ? J'ignorais même si Irina lui avait expliqué les vraies raisons de leur captivité et s'il était au courant qu'elle était elle-même devenue une Créature.
— Viens voir ! m'appela-t-il.
Je m'avançai vers le petit, qui avait écarté la branche d'un buisson feuillu et me désignait un plan bien rempli de feuilles médicinales. Cela tenait du miracle et nous avions maintenant plus que nécessaire.
— Prenons-en assez pour eux et laissons le reste. D'autres en auront peut-être besoin un jour.
Il m'aida à en ramasser, et voyant que je tremblais de plus en plus, il me demanda :
— Veux-tu que je soigne ton bras ?
— Tu es épuisé, ne te fatigue pas.
Il haussa les épaules.
— Ta blessure est pas mortelle, alors j'ai peut-être encore assez de force. Ça coûte rien d'essayer.
Il semblait vouloir m'aider, mais mon séjour auprès des Créatures m'avait au moins appris l'une de leur bonne valeur.
— Comme tu l'as dit, ce n'est pas mortel, répondis-je calmement. Si j'utilisais la magie, comment saurais-je que je suis assez forte ?

Il me regarda sans comprendre puis se remit au travail sans dire un mot. Peut-être que raisonner ainsi était stupide, peut-être que reprendre l'un des principes de mes ennemis l'était encore plus. Pourtant, porter cette plaie, qui deviendrait une cicatrice, relevait presque de mon devoir. Cette marque serait mienne et témoignerait de ma survie. Je pris toutefois quelques herbes afin de désinfecter et de permettre à la blessure de guérir, car la laisser sans traitement aurait été inconscient.
Une fois que nous eûmes terminé, nous rentrâmes dans la maisonnée pour préparer les pansements de nos deux amis.

Le petit s'appliquait et m'épiait de temps à autre pour s'assurer qu'il procédait correctement. De mon côté, je ne pouvais que l'admirer : au regard de son jeune âge et du piètre matériel dont nous disposions, il avait du mérite. Sa mère arriva alors par-dessus son épaule et déclara en souriant :
— Continue ainsi et tu deviendras un grand guérisseur.
Les voir si proches me toucha, et après m'avoir lancé un regard d'encouragement, Irina dit à mon intention :
— L'état de Simon semble s'aggraver et même si celui de Gabriel a l'air stable, il ne faut pas tarder.
Je jetai un coup d'œil à la table sur laquelle nous travaillions.
— Nous avons bientôt fini... Si Monsieur Dignac en a vraiment besoin, tu peux lui administrer ce qui est déjà prêt.
— Tu sais ce que tu fais, Alice, contrairement à moi, il serait plus prudent que tu t'en charges...
Je jetai un coup d'œil à l'enfant.
— Crois-tu être capable de continuer seul ?
Il hésita un instant avant de m'assurer qu'il y parviendrait, avec davantage de conviction. Je me levai donc de ma chaise, avant de me rendre compte que quelque chose me dérangeait. Si ma colère envers Simon Dignac s'était atténuée au cours des dernières heures, elle s'était surtout accumulée dans mon esprit et m'ôtait toute envie de passer du temps en sa présence. Cependant, comme aucun autre choix ne s'offrait à moi, je pris à contrecœur les potions et les bandages qu'il me fallait avant d'aller le rejoindre. Je refermai derrière moi la porte de la chambre et m'approchai du lit à reculons. La respiration bruyante et étouffée du père de Jeanne me poussa de nouveau à compatir, mais ne suffisait pas à me faire oublier le reste.

— Alice, murmura-t-il.

La nausée. C'était tout ce que cet homme m'inspirait en cet instant précis.

— Je suis venue vous soigner, ne discutez pas.

Je lui fis boire une potion qu'il avala avec difficulté et dont il recracha une grande partie, tout en priant pour que cela n'altère pas l'efficacité des soins. Alors qu'un premier bandage vint recouvrir l'une de ses nombreuses plaies, il agrippa mon bras et s'exclama :

— Je suis tellement désolé pour ton père !

Je m'écartai aussitôt de son lit, le poing tremblant, sentant ma rage ressurgir de plus belle, mêlée à un soupçon de peur. Les excuses de ce vieil ennemi surgissaient du néant et ce dernier semblait presque fou. Son front ruisselant de sueur témoignait peut-être de son esprit brouillé.

— J'aimerais… j'aim… juste que tu me pardonnes, Al… Je t'en supplie, reprit-il.

Il peinait à parler, ce qui n'avait rien de surprenant. Après tout ce qu'il avait subi, il était à peine en état de respirer correctement.

— Le p… poids… de sa mort est devenu trop lourd à porter, me confia-t-il.

Comme si, toutes ces années, il ne l'avait pas été pour moi. Après avoir privé deux filles de leur père, une femme de son époux et un homme de sa vie, comment pouvait-il jouer la carte de la victime ?

— Je ne peux pas alléger le poids de votre culpabilité simplement parce que vous le voulez, rétorquai-je d'une voix ferme. En le condamnant sans raison, vous auriez dû savoir que vous finiriez par regretter.

Il ferma son œil valide, comme opprimé par mes paroles, peut-être trop dures à entendre.

— Je vous ai sauvé parce que je tiens à Jeanne, mais jamais je ne pourrai pardonner ce que vous avez fait à mon père. Jamais.

Il était réellement en train de perdre la tête s'il croyait cela possible.

— J'ai f… fait tellement d'err… d'erreurs… Je ne…

Il toussa alors, crachant un jet de sang. Je m'empressai d'essuyer ses lèvres avec un mouchoir imbibé d'eau.

— Pardonne-moi, susurra-t-il. Pitié.

— Dites-moi pourquoi mon père est mort, répondis-je du tac au tac. J'ai besoin de savoir pour quelle raison vous l'avez condamné alors que vous n'étiez au courant de rien. Que vous a-t-il fait pour mériter de mourir ?

Il garda le silence, ce qui me mit hors de moi. Certes, il éprouvait des regrets alors qu'il n'en ressentait pas auparavant, mais il refusait toujours de me révéler ce que j'avais toujours voulu savoir.
— Dites-moi !
— Je… ne peux pas, j'ai promis de ne ja… jamais parler… répliqua-t-il faiblement.
— Cela restera entre vous et moi, je vous le jure, le pressai-je.
L'identité de son complice m'intriguait, mais ce n'était pas mon but de le découvrir pour le moment.
— Je t… te connais, Alice. Tu… tu serais incapable de garder ton calme… Tu n'imagines p… pas…
— Mon père est mort, j'ai le droit de savoir pourquoi, lui répétai-je encore.
— Cela fera bien… bientôt cinq ans, il est t…temps que tu acceptes.
Je ne pus retenir le geste qui suivit. Mon poing vint s'écraser dans la face de cet homme infect.
— Vous n'êtes personne pour me dire ce que je devrais faire ! C'était peut-être il y a des années, mais j'ai besoin de savoir pourquoi j'en suis arrivée là, j'ai besoin de savoir pour quelle maudite raison je suis Alice Morìn !
Si mon père n'était pas mort, je n'aurais jamais eu à devenir une orpheline solitaire et à quitter le cocon familial. Si mon père n'était pas mort, je serais devenue élue aux côtés de Jeanne. Si mon père n'était pas mort, les Créatures n'auraient jamais échappé à son contrôle et je n'aurais pas eu à faire tant de sacrifices.
— Vous n'avez pas idée de toutes les conséquences que votre acte a eu, non seulement sur ma vie mais aussi sur l'avenir du Royaume entier ! Vous n'êtes qu'un égoïste et cela ferait longtemps que je me serais débarrassée de vous si Jeanne n'était pas votre fille !
La porte s'ouvrit alors et Irina me tira hors de la pièce avec force tandis que je me débattais, folle de rage. Elle m'emmena dans la chambre où se reposait Gabriel, et alors que je m'attendais à une leçon de morale de sa part, elle me prit dans ses bras d'un air maternel pour m'apaiser.
— Reprends-toi, Alice… Ce monde a besoin d'une lumière comme toi pour garder espoir, il ne faut surtout pas que tu deviennes ténèbres.
— J'ai essayé de résister… Mais il a tué mon père, Irina, et…
Elle passa sa main dans mes cheveux, toujours avec douceur, et mon menton tremblant se posa contre son épaule.

— Je sais, je sais. Ce que tu as fait est normal, mais n'oublie pas qui tu es. Cet homme, peu importe à quel point tu le détestes, est le père de ton amie, et tu sais aussi bien que moi que tu ne te pardonnerais pas si tu le tuais alors qu'elle tient à lui.
Je hochai lentement la tête et la mère du petit garçon s'écarta de moi.
— Tu es forte, bien plus forte que ton désir de vengeance. Et tu es plus forte que tu ne le crois.
Elle posa la main sur ma joue.
— Courage mon enfant… Un jour, tout ira mieux.
J'acquiesçai en souriant, essayant de me persuader qu'elle avait raison et que les choses finiraient par s'arranger. Après tout, n'était-ce pas pour cela que je me battais ?
Gabriel laissa s'échapper un soupir douloureux, ce qui lui valut un regard inquiet de ma part. Ce détail n'échappa pas à l'œil attentif d'Irina et elle me désigna les soins déposés par son fils sur la table de chevet.
— Occupe-toi de lui, je vais me charger de l'autre… J'espère simplement avoir ton talent.
— En ce qui concerne Monsieur Dignac, je crois qu'il a plus de chance de survivre si sa vie est entre tes mains.
Une fois de plus, j'avais perdu pied. Le sentiment que cela arrivait régulièrement ces derniers temps, trop régulièrement, m'était désagréable. Que se passait-il pour que je sois incapable de garder mon calme et ma raison ?

Une fois qu'Irina fut sortie, je me précipitai au chevet du neveu du roi, dont le visage semblait déformé par la souffrance. Cela ne lui retirait rien de sa beauté, rien ne l'aurait pu, du moins pas à mes yeux. Ma main se posa sur le front humide du jeune homme, comme pour le guérir. Mes pouvoirs me manquaient plus que jamais, mais maintenant que les Créatures avaient la bague en leur possession, je ne risquais pas de les retrouver.
Gabriel bougea alors faiblement son bras jusqu'au mien et nos doigts s'entrelacèrent, me faisant presque oublier tous les obstacles que nous avions dû surmonter pour en arriver là. J'aurais aimé que ce moment puisse durer éternellement, mais c'était impossible. Sa main retomba le long de son corps, me laissant aussi seule que quelques instants auparavant.

23

Après m'être assurée qu'il s'était seulement endormi, je m'allongeai à ses côtés, comme nous l'aurions fait lors de notre première quête ensemble. Un sourire accroché aux lèvres, la nuit dans le château de Nadaahma me revint en tête. A l'époque, nous ne savions que peu de choses l'un sur l'autre et ignorions tout de l'issue de notre mission. Enfin, de ce que nous pensions être l'issue. En réalité, nous étions loin d'en avoir fini avec les Créatures.

Je glissai ma main dans la sienne en guise de réconfort, mais il n'eut aucune réaction. Comme mort. Cette simple pensée me glaça le sang.

— Si seulement tu pouvais te réveiller, murmurai-je.

Sa faible respiration s'entrecoupa alors. Je me relevai sur mes coudes pour me pencher au-dessus de lui, inquiète. Il fronça les sourcils et, sans même ouvrir les yeux, déclara :

— Tes désirs sont des ordres, Alice.

Je souris légèrement, mais il ne le vit pas.

— Je t'en demande trop, m'excusai-je. Tu dois te reposer.

Il prit une grande inspiration avant de dire avec douleur :

— Je peine à parler, mais t'écouter… t'écouter ne me causerait pas la moindre souffrance, au contraire. Pendant des mois, j'ai rêvé d'entendre ta voix, tu sais.

Il s'arrêta pour récupérer un peu avant de reprendre :

— Raconte-moi toutes les choses que tu n'as pas pu, s'il te plait.

Mes yeux ne le quittaient plus, car je comprenais l'erreur que j'avais faite en le laissant s'en aller. Gabriel était un homme droit et juste. Il ne pouvait qu'être sincère dans ses sentiments et, plus que jamais, je ressentais l'amour qu'il me portait. Comme je ne savais plus quoi lui dire qui ait réellement de sens, mes lèvres se posèrent sur les siennes avec douceur. Il répondit à mon baiser avec ardeur et son corps sembla alors reprendre vie. Il tenta de m'attirer contre lui, mais j'eus un mouvement de recul.

— Il est trop tôt, tes blessures sont encore fraîches.

Il me regarda enfin et voulut répliquer mais je posai un doigt autoritaire sur sa bouche.

— Il y a un temps pour tout. Pour l'instant, c'est celui de guérir.

Il passa sa main sur ma joue et je fermai les yeux, laissant sa douceur m'envelopper.

— On dirait que ce n'est jamais notre moment à nous, se plaignit-il, que nous soyons ensemble ou séparés…

Je repensai à ma vision, à notre vie future et à celle que nous donnerions.

— Un jour, quand nous aurons sauvé le royaume, nous connaîtrons ce moment.

— Et si tu meurs ? Et si je meurs ? Le royaume finira par être sauvé, j'en suis convaincu, mais je commence à me demander quel en sera le prix…

Il me lança un regard poignant avant d'ajouter :

— Je ne sais pas si je voudrais toujours de ce royaume si tu en étais le prix, Alice.

Je pris sa main pour le rassurer.

— Je survis toujours, tu n'as aucun souci à te faire.

Ses doigts parcoururent mon bras blessé, et il me montra la plaie que j'avais à peine eu le temps de soigner.

— Je suis désolé que cela ait été si dur. Comment as-tu pu songer à te donner la mort ?

Je détournai les yeux, honteuse de ma lâcheté, mais d'une main tremblante, il releva mon menton pour me donner confiance.

— J'avais peur de ne jamais vous revoir, j'étais… j'étais effrayée à l'idée de devoir vivre toute ma vie dans la souffrance. Je m'excuse d'avoir été si faible, je ne… J'étais tellement fatiguée.

En témoignaient les cernes qui bordaient mes yeux. Il fit l'effort de se relever pour me prendre dans ses bras. Même si son gémissement muet ne m'échappa pas, je ne le lui fis pas remarquer et le laissai m'étreindre.

— Ce n'est pas ta faute… Mais sache que je n'aurais jamais abandonné, j'aurais tout fait pour te retrouver. Je ne t'aurais pas laissée là-bas, Alice.

Il ne m'avait toujours pas expliqué comment il était arrivé jusqu'à moi et devina aussitôt mon interrogation.

— Sans surprise, c'est Jeanne qui a trouvé la solution, mais il lui a fallu du temps pour que cela fonctionne. On a d'abord essayé un sort de localisation simple, mais une barrière magique brouillait ta position. Elle en a donc utilisé un qui me guiderait à toi dès l'instant où tu prononcerais mon prénom, mais pour le mettre au point, il devait être suffisamment puissant pour briser la barrière de localisation qui entoure le lieu où te gardait Harry. Il nous a fallu beaucoup de temps et de sorciers pour que ça soit efficace. Puis, lorsque tu… as essayé de mettre fin à tes jours, tu as dû me nommer, et je suis apparu à ce moment-là, mais il était trop tard.

— Je t'ai entendu, Gab, mais j'ai cru… J'ai cru que ce n'était que mon imagination, lui confiai-je. Je voulais tellement te voir que j'aurais pu le rêver.

Il me serra contre lui, appuyant certainement sur sa blessure quasi-mortelle. Les herbes faisaient peut-être déjà effet et apaisaient sa douleur, toutefois cela me paraissait encore bien trop tôt.

— J'ai eu si peur que tu meures, Alice. Je ne comprenais pas que tu puisses faire une chose pareille et en même temps, je m'en voulais tellement…

Il toussa avant de reprendre :

— Je ne pouvais rien faire, tu perdais trop de sang… Je savais qu'Harry pourrait t'aider, alors j'ai fait assez de bruit pour l'alerter, puis quand il est arrivé, je me suis caché et j'ai attendu que tu te réveilles.

— Tu m'as sauvée, murmurai-je les larmes aux yeux, songeant à ce qui aurait pu arriver sans sa présence.

Il passa sa main dans mon dos et je m'écartai de lui pour l'embrasser, mais une traînée rouge bordait le coin de ses lèvres. Il se mit à toussoter de plus belle, crachant même un peu de sang.

— Irina ! appelai-je.

J'ouvris la chemise du jeune homme et constatai avec horreur que la plaie n'était pas encore fermée, ou du moins qu'elle s'était rouverte, certainement lorsqu'il s'était levé.

— Tiens bon… Surtout, ne lâche rien !

— Tout ira bien, Alice, répliqua-t-il avec calme.

Si seulement.

Irina ne cessait de faire des allers-retours entre les deux chambres d'un pas pressé. Elle tenait à ce que je reste en dehors de ça, car j'étais, selon elle, trop concernée par le sort de nos blessés. Il fallait dire que je n'avais pas fait de merveilles ce jour-là : j'avais failli tuer Monsieur Dignac parce que j'avais manqué de tact, et l'amour que je partageais avec Gabriel l'avait mis lui aussi en danger.

Le fils d'Irina se mit à bailler, et je lui lançai un sourire compatissant avant de proposer :

— Tu veux venir sur mes genoux ?

Il hocha la tête et vint jusqu'à moi, s'appuyant à la table pour s'installer. Il laissa sa tête tomber contre ma poitrine et ferma les yeux, exténué par les événements qui secouaient sa vie. Pourtant, ce désordre était sûrement préférable au temps qu'il avait passé chez les Créatures. Je ne tardai pas à attendre de légers ronflements et fus contente d'enfin servir à quelque chose.

— Romain a de la chance de te connaître, déclara Irina en passant par là.

— Pourquoi ça ?

Elle hésita avant de dire :

— Tu es une femme admirable et lui n'est qu'un enfant. Cette rencontre va changer sa vie, et je suis certaine qu'il fera tout pour être quelqu'un de bien quoi qu'il arrive.

Il n'était pas le premier garçon que je rencontrais : comment oublier le petit Mathys ? Penser à lui me réchauffa le cœur, car il y avait en lui une part de moi, de mes pouvoirs, qu'il n'oublierait jamais.

— S'il devait m'arriver quelque chose, je sais au moins qu'il ne sera pas seul.

Je relevai les yeux vers elle, surprise.

— Je suis une Créature, je ne suis pas censée être de ton côté... Je suis dans le mauvais camp, même si ce n'est pas de mon fait.

— Chacun d'entre nous te doit la vie, Irina, lui rappelai-je. Tu es des nôtres, peu importe ce que tu es.

Elle haussa les épaules.

— Lorsque je suis devenue Créature, il a fallu que je tue à mon tour pour pouvoir survivre... Tu connais le principe, n'est-ce pas ?

— C'est un cycle sans fin, soufflai-je, lasse.

— J'y ai participé, je ne suis pas quelqu'un de bien. J'aurais dû refuser...

— Ils ont tué ton mari, ils auraient tué ton fils... Tu n'avais pas le choix.

Elle serra le poing, certainement assaillie par la culpabilité.

— Nul ne t'en voudra jamais pour ce que tu as fait, Irina, tu n'as agi ainsi que pour protéger ton enfant, la rassurai-je.

— Penses-tu à la vie que j'ai prise ? J'ai tué quelqu'un, Alice, j'ai arraché son âme à un homme qui avait peut-être lui aussi une famille, je l'ai contraint à subir chaque jour la même torture que moi.

Je baissai les yeux, assimilant peu à peu ce que tout cela impliquait.

— J'ai sauvé mon fils, et ça, je ne le regretterai jamais, mais je ne peux pas supporter le prix que cela m'a coûté... Chaque fois que je vois cette... cette marque sur mon bras, je me souviens que je ne mérite plus de vivre. Je n'ai plus d'âme et j'ai le sang d'un innocent sur les mains. Je ne peux pas me pardonner, je...

Simon Dignac appela alors mon alliée, et après s'être excusée en un regard, elle s'éclipsa dans la chambre de celui-ci.

De nouveau seule avec cet enfant endormi sur mes genoux, je pensai aux vies que j'avais prises : pour la plupart, il s'agissait de Créatures qui n'auraient pas hésité à me tuer si je ne l'avais pas fait. C'était donc assez simple de justifier mes actes.
Pourtant, Irina ne devait pas être la seule à ne pas avoir eu le choix : combien d'innocentes victimes avaient-elles reçu l'ordre de me tuer ? Combien avaient hésité ? Combien avaient accepté pour éviter de voir leur enfant, leur père, leur sœur, mourir ? Combien avaient finalement cédé aux ténèbres sous le poids de leurs remords ?
Le petit se réveilla alors en sursaut, et je remarquai des traces de larmes sous ses yeux qu'il essuya d'un revers de manche. Il me regarda d'un air désespéré, et je dis d'un ton qui se voulait rassurant :
— Il veille sur toi de là-haut, il veillera toujours sur toi. Un jour, cela finira de te hanter, je te le promets.
Il avala sa salive avant de demander d'une voix étouffée par de lourds sanglots :
— Comment tu peux savoir tout ça ?
— J'ai vu mon père mourir, moi aussi. Je sais ce que tu ressens.
Il me dévisagea un moment.
— T'avais quel âge ?
J'esquissai un sourire triste :
— Presque quinze ans, je suppose que je ne suis pas à plaindre.
Il posa sa main sur la mienne et répondit :
— C'est pas l'âge qui compte.
Il soupira et ajouta :
— Les parents devraient être éternels…
J'acquiesçai, espérant que sa mère réalisait à quel point son enfant avait besoin d'elle plus que de n'importe qui. Elle n'était certes pas parfaite, elle avait commis des erreurs, trop lourdes à porter pour elle, mais son petit garçon n'attendait pas d'elle qu'elle ne fasse aucun faux pas. Il voulait simplement qu'elle soit avec lui, et je ne doutais pas de l'amour inconditionnel qu'ils se portaient mutuellement.
— Tu devrais lui rappeler que tu tiens tant à elle, parfois c'est nécessaire de s'ouvrir un peu à l'autre.
— J'veux pas la déranger, elle…

— Crois-moi, il vaut mieux la déranger un peu que de passer ta vie à regretter des mots que tu n'as pas dits.

La concernée revint justement dans la pièce principale de la maisonnée, jetant à son fils unique un regard aimant. Celui-ci se leva et courut jusque dans ses bras, tandis que je me levai de la chaise, la tête lourde à cause de la fatigue.

— Alice, j'ai trouvé la sacoche de Gabriel. J'ai regardé rapidement et il me semble qu'il y a plusieurs choses à l'intérieur qui te sont destinées.

Irina me désigna la porte de la chambre du jeune homme, mais je refusai :

— J'y jetterai un œil lorsqu'il sera réveillé, pour le moment il est préférable que je le laisse récupérer, répondis-je. Je vais sortir un peu, pour prendre l'air.

— Fais bien attention et surtout, ne t'éloigne pas trop.

Je hochai la tête, sans trop savoir si je comptais suivre son conseil comme je l'aurais dû ou si j'allais laisser mes pensées me guider aussi loin qu'il le faudrait.

Il faisait nuit depuis un moment lorsque je poussai de nouveau la porte de la maisonnée et découvris Irina endormie sur une chaise. Son fils, assis par terre, veillait sur sa mère. J'esquissai un sourire et demandai à voix basse :

— Tout s'est bien passé ?

Il hocha la tête avant de me montrer un bol d'un signe de la tête.

— Maman était inquiète pour toi, mais elle t'a laissé un peu de soupe.

Je pris place autour de la table et le remerciai. Il se leva et se rapprocha de moi pour venir murmurer à mon oreille :

— J'ai apporté à manger à tes amis, et le jeune n'a fait que de dire ton nom, je crois qu'il veut te voir !

— Il attendra demain, il doit encore se reposer…

Le petit leva les yeux au ciel, ce qui m'amusa.

— Tu m'as toi-même assuré qu'il valait mieux s'ouvrir que de passer sa vie à regretter des mots qu'on n'a pas dit.

Visiblement, le môme avait bien retenu mon conseil.

— Je sais que tu meurs d'envie de le voir, alors pourquoi t'en priver ?

Après avoir pesé le pour et le contre, j'admis qu'il avait raison et promis de rendre visite au neveu du Roi une fois que j'aurais bu la délicieuse soupe qu'ils avaient préparée.

Le petit m'observa manger, son menton appuyé contre le bois lisse de la table, l'air dubitatif. Peut-être était-il simplement trop fatigué pour se tenir correctement, car

je doutais que sa courte sieste dans mes bras ait suffi. Je pris une dernière gorgée et il s'empressa de me demander :
— T'as terminé ?
Je hochai la tête et me levai, prête à laver mon bol, mais l'enfant me l'arracha presque des mains en disant :
— J'm'en charge, va voir ton amoureux !
— Mon amoureux ? répétai-je d'un ton moqueur.
Il fronça les sourcils.
— Ce n'est pas ce que vous êtes ?
Nous l'avions été et l'étions toujours, d'une certaine manière. Pourtant, il avait failli se marier avec une autre, plus rien n'était donc sûr. Face à mon absence de réponse, le garçon reprit :
— En tout cas, vous allez bien ensemble !
Aurait-il pensé la même chose s'il l'avait vu avec Alienor ? Je chassai cette idée de mon esprit et répliquai :
— Bien, j'y vais puisque tu y tiens tant. N'oublie pas d'aller dormir !
Il acquiesça vivement, puis me poussa vers la chambre en riant doucement.

Je rentrai dans la pièce sans faire de bruit, inquiète de venir troubler le sommeil du jeune homme qui avait tant besoin de ce repos. En m'approchant du lit, je remarquai qu'il avait les yeux ouverts.
— Peux-tu allumer la chandelle, s'il te plait ?
Je cherchai à tâtons les allumettes qui me permettraient d'accéder à sa demande, et un souvenir chaleureux me revint en mémoire. Une boule se forma dans ma gorge et Gabriel, qui prit ma main dans la sienne, sembla s'en rendre compte.
— Te rappelles-tu quand j'avais encore des pouvoirs ?
— Évidemment, ils faisaient partie de toi.
Je m'agenouillai à côté de son lit et passai mes doigts dans ses cheveux, bien plus longs que lors de notre rencontre.
— Parfois sans mes pouvoirs, j'ai l'impression que… Que je ne vaux plus rien. Trouver cette bague qui les a ramenés était un tel soulagement, je me sentais enfin utile. Désormais que je l'ai perdue elle aussi, je crains de ne plus servir à grand-chose.
Il releva mon menton vers lui, afin de me rassurer :

— Tu auras toujours de la valeur à mes yeux, avec ou sans pouvoirs. Tu dois accepter que maintenant, tu seras une simple humaine, comme moi, comme Zara, comme Alienor.

La mention de ce dernier nom me fit l'effet d'un saut d'eau froide qu'il m'aurait jeté au visage, et je réprimai avec difficulté un mouvement de recul.

— Tout est sa faute, murmurai-je.

— Que dis-tu ?

Je me mordis la lèvre.

— C'est à cause d'elle et de son mensonge qu'Harry a réussi à attaquer le palais… Si elle avait été honnête, je n'aurais pas eu à subir tout cela.

— C'est facile de remettre la faute sur elle maintenant, elle ne pouvait pas savoir, les Créatures étaient supposées avoir disparues.

J'attrapai sèchement les allumettes pour enfin éclairer cet endroit sombre tout en soupirant grossièrement.

— Elle voulait me faire passer pour folle simplement par peur de te perdre ! Tout ce qui comptait pour elle, c'était de se marier avec toi pour que jamais plus…

Il posa un doigt sur mes lèvres, et je me rendis compte que je m'étais emportée, au risque de réveiller les autres avec mes cris.

— Alienor n'a jamais eu la place que tu as, et pourtant, je la connais depuis des années. Même si elle aime prétendre le contraire, qu'elle te rabaisse, elle sait que je te choisirais toi. Bien sûr qu'elle voulait t'éloigner de moi, elle savait que je ne la verrai jamais telle que je te vois.

— Ai-je déjà mis le royaume entier en danger à cause de mes sentiments pour toi ? Elle n'a pas d'excuse valable, à moins que sa frustration en soit une.

— Cette nuit où elle a été capturée par les Créatures, tu ne l'avais pas voulu non plus, mais tu étais responsable… C'est la même chose pour elle.

— Tu m'as détestée d'avoir fait un faux pas, mais elle, tu la défends même…

C'était pour cette raison que nous nous étions séparés, et nous en étions toujours rendus au même point. Il déclara avec lassitude :

— Tu demanderas à Jeanne si tu doutes, mais sache que je lui en ai profondément voulu. Et si je ne t'avais pas retrouvée, je ne l'aurais jamais pardonnée. Mais elle est mon amie, et je ne peux pas passer ma vie à lui faire des reproches.

— Je comprends, rétorquai-je froidement.

Ce fut son tour de soupirer. J'étais sur le point de souffler sur la bougie que je venais à peine d'allumer et de tourner les talons pour le laisser seul, mais il me retint en disant :
— Nous nous sommes retrouvés il y a seulement quelques heures, et nous sommes déjà en train de nous disputer.
Il ne semblait pas m'en accuser, au contraire.
— Nous devrions dormir, suggérai-je. La fatigue ne doit pas arranger les choses.
— Je me sens mieux, alors…
Je le dévisageai, intriguée.
— Nous pourrions passer la nuit ensemble.
J'acquiesçai en souriant, oubliant presque les tensions qui habitaient la pièce quelques minutes auparavant. Il me rendit mon sourire et je lui fis remarquer qu'il me manquait une chemise de nuit. Mes vêtements n'avaient d'ailleurs pas très fière allure, puisqu'ils étaient par endroit couverts de sang. Il me montra une commode et m'expliqua :
— Je crois y avoir aperçu des chemises qui seront trop grandes pour toi.
Je le remerciai et allai prendre de quoi me changer dans le tiroir qu'il m'avait indiqué. Je me décidai à prendre un haut de couleur noir qui était, comme prévu, démesuré pour moi.
Mon corps glissa ensuite sous les draps, aux côtés de celui que j'aimais. Pour la première fois depuis un bon moment, je me sentis enfin en sécurité. Après toutes ces nuits passées seule, à craindre pour le lendemain, j'avais complètement oublié ce bien-être.
— J'ai vu les cicatrices sur tes jambes, Alice.
Il ne le savait pas, mais je m'étais infligée la plupart d'entre elles.
— J'ai essayé de m'enfuir par différents moyens et ça ne m'a pas toujours laissée intacte, lui expliquai-je d'un air pensif.
Il se tourna vers moi, se relevant sur son coude, et je lui lançai un regard inquiet.
— Je t'ai dit que j'allais mieux, souffla-t-il.
— Tu n'en fais toujours qu'à ta tête, alors à quoi bon essayer de te raisonner.
Son regard captivait le mien, comme toujours, et j'aurais pu m'y perdre si je n'avais pas fermé les yeux pour l'embrasser. Ce n'était qu'un simple baiser, mais ce simple baiser signifiait tout pour moi. J'avais d'ailleurs la nette impression que pour lui, ce n'était pas rien non plus.

Alors que mon esprit et le sien se confondaient, l'une de ses mains remonta le long de ma jambe jusqu'à mon dos tandis que l'autre s'emmêlait dans mes cheveux. Nos corps se rapprochèrent encore, comme attirés par une force qui nous dépassait.

Son emprise sur moi sembla alors s'atténuer, et je rouvris les yeux, de peur que son état se soit aggravé. A en juger par son air paisible, ce n'était pas le cas et il s'était tout simplement endormi. J'enfouis mon visage contre son torse et tentai à mon tour de le rejoindre au pays des rêves.

***

Levée avant les autres, je fis un brin de toilette parfaitement reposant. Une fois qu'il fut terminé, je cherchai une tenue pour ce nouveau jour qui commençait. Une chemise de couleur paille et un pantalon noir bien trop grand trouvés dans la commode allaient devoir faire l'affaire. Par chance, l'homme à qui appartenait toutes ces affaires avait une ou deux ceintures en sa possession, et j'avais jeté mon dévolu sur la petite. Elle restait malgré tout un peu large et je perçai donc un trou de plus dans son magnifique cuir brun. Il faudrait que son propriétaire me pardonne de me l'être appropriée.

Une fois ma besogne achevée, je passai la ceinture autour de ma taille et observai un résultat des plus satisfaisants. Je jetai un coup d'œil à Gabriel, dont le visage angélique ne trahissait plus aucune douleur. La porte de la maisonnée s'ouvrit alors, et je m'empressai de sortir de la chambre pour m'assurer qu'un intru ne venait pas de se joindre à nous. Pourtant, lorsque j'arrivai dans la pièce principale, tout semblait normal. Romain dormait toujours, la tête écrasée contre la table, le feu crépitait doucement dans l'âtre de la cheminée… Il était évident que personne n'était entré, puisque la seule chose qui aurait dû m'inquiéter, c'était l'absence d'Irina.

24

Après un dernier regard pour l'enfant endormi, je quittai à mon tour la cabane pour rattraper cette alliée indispensable. Comme il venait certainement de pleuvoir, il m'était facile de suivre sa trace. Je me lançai si vite à sa poursuite que je ne tardai pas à l'apercevoir se faufiler dans un buisson, espérant sûrement se cacher jusqu'à ce que nous arrêtions de la chercher. Ce n'était pourtant pas mon intention, et une fois à sa hauteur, je baissai les yeux vers elle, tentant de distinguer son visage parmi les branches feuillues de l'arbuste.

— Je te croyais plus courageuse, tu sais.

Elle songea enfin à se dévoiler.

— Laisse-moi m'en aller, Alice. Crois-moi, je n'ai rien à apporter à mon fils.

Sa peur se lisait dans son regard, sûrement celle de décevoir la seule personne à qui elle tenait encore. Sa frayeur était accompagnée de colère et de tristesse, et je ne pouvais pas lui en vouloir d'agir ainsi : elle ne pensait pas à mal. Pourtant...

— Je te voyais comme une mère exemplaire... Finalement, tu ne vaux pas mieux que la mienne.

Elle me toisa un moment avant de se justifier.

— Je fais cela pour son bien ! Pour le moment il m'aime, il est heureux parce qu'il ne comprend pas qui je suis, ni ce que j'ai fait. Lorsqu'il se rendra compte que je suis un monstre, il sera anéanti.

— Tu n'es pas un monstre... Mais si tu décides d'abandonner ton enfant dans cette cabane, tu en deviendras un.

Elle baissa les yeux, comme honteuse, et je repris :

— Mon père a créé les Créatures. Il est le principal responsable de ce qui est arrivé, c'est à lui que je dois la plupart de mes souffrances... Et pourtant, je lui témoigne toujours le même amour, peu importe ses erreurs.

— Tu peux me faire confiance là-dessus, il est bien plus facile de pardonner un mort que d'accepter les fautes de quelqu'un qui vit encore.

Elle avait peut-être raison.

— Quoi qu'il en soit, si tu pars et qu'il se réveille sans toi, si je dois lui expliquer que sa mère s'est enfuie sans lui, sa colère n'en sera que plus grande.

J'attendis un instant avant d'ajouter :

— Je ne pourrai jamais pardonner à ma mère la manière dont elle m'a traitée, même si cela ne m'a pas causé autant de soucis que les actes de mon père. Je ne peux pas l'excuser, puisqu'elle n'a jamais demandé à l'être, tu comprends ? Alors si aujourd'hui je peux t'empêcher de briser le lien merveilleux que tu partages avec Romain, je compte bien tout faire pour vous garder unis.
Elle hocha lentement la tête et une larme dévala le long de sa joue.
— Ton fils est tout ce qu'il te reste. Vous pourriez repartir de zéro tous les deux, effacer le passé. Ce ne sera pas facile, et il y aura certainement des jours où ta culpabilité sera trop lourde à porter, des jours où son père lui manquera. Mais vous serez là l'un pour l'autre, c'est ainsi que vous pourrez continuer.
— Tes intentions sont nobles, mais tu ne peux pas empêcher la guerre, et ce royaume sera bientôt à feu et à sang. Comment faire mieux dans un monde pareil ?
Je haussai les épaules et répliquai :
— C'est à toi de voir, mais je suis persuadée que tu trouveras comment.
— Je suis une Créature, je ne changerai jamais. Et au cas où cela t'aurait échappé, ceux de mon espèce ne font jamais le bien.
— Tu es la preuve du contraire, Irina.
Ses regrets et ses bonnes intentions en étaient témoins.
— Maintenant reviens avec moi auprès de ton fils. Il a besoin d'une mère qui puisse lui montrer la voie à suivre.
Je fis un pas pour qu'elle comprenne que c'était maintenant ou jamais, que je n'allais pas l'attendre éternellement, mais elle attrapa mon bras.
— Merci, Alice. Je crois que tu m'as empêchée de commettre une énorme erreur.
— Je suis heureuse que tu t'en rendes compte, répondis-je en souriant.
Mes lèvres retombèrent lorsqu'elle m'asséna un violent coup à la tête.

La conscience me revint lorsque de l'eau se mit à perler sur mon visage. Au-dessus de moi, le ciel était couvert de nuages noirs mais il faisait encore jour. J'esquissai un mouvement pour me relever, mais un mal de tête écrasant fit immédiatement surface, me décourageant de tenter quoi que ce soit. Mon cerveau, embrumé par la douleur, n'arrivait pas à comprendre pour quelle raison Irina avait agi ainsi, ni lesquels de mes propos l'avaient décidée à s'en aller pour de bon. La pluie empira alors, virant presque à la grêle me semblait-il. Il était grand temps de s'abriter, mais surtout de rentrer pour m'assurer que chacun se portait bien, particulièrement l'enfant qu'Irina nous avait laissé sur le dos.

— Tu ne voulais pas qu'il ait une mère meurtrière, mais que lui donnes-tu de mieux ?
Je hurlais face au vent, aussi pitoyable cela soit-il.
— Je ne suis pas une héroïne non plus ! Je ne suis pas un modèle à suivre !
Qu'allais-je apprendre à ce gamin ? J'étais bien trop jeune pour être "mère", et j'étais surtout trop Alice Morin pour avoir le temps de m'occuper d'un enfant à plein temps.
Trempée, je fis une nouvelle tentative pour me remettre debout, et cette fois-ci, elle porta ses fruits. Il ne me restait plus qu'à retrouver le chemin jusqu'à la maisonnée, sans prêter garde à mes vertiges. Je pris appui contre l'arbre le plus proche, le temps d'avoir les idées claires, et remarquai quelques mots gravés dans le bois. *Occupe-toi de lui.* Mes yeux se fermèrent. Étais-je en colère contre cette femme d'avoir abandonné son enfant ou étais-je simplement déçue d'elle et de moi-même ? Elle n'était pas à la hauteur de sa tâche de mère tandis que je ne m'étais pas montrée assez convaincante pour la faire changer d'avis.

Mettre un pied devant l'autre se révélait être une véritable épreuve. J'étais encore bien assommée, et il me semblait réapprendre à marcher. Comme lorsque je n'étais qu'une petite fille et que mon père me demandait de venir jusqu'à lui. Je perdis l'équilibre et m'écroulai sur le sol, comme à l'époque. La seule différence, c'était que mon père ne se trouvait plus près de moi pour me dire de me relever.

Lorsque je poussai la porte d'entrée, Romain fondit sur moi avec force et me serra dans ses bras. Je me mis à genoux et le pris contre mon cœur, consciente qu'une mauvaise nouvelle allait bientôt briser le sien. Une bourrasque entra dans la cabane, renversant un pot qui traînait là, et je m'empressai de m'écarter de l'enfant pour fermer la porte et éviter ainsi d'éventuels dégâts supplémentaires.
— Maman n'est pas avec toi ?
Je m'agenouillai une nouvelle fois face à lui, prenant ses mains dans les miennes. Il en dégagea une qu'il posa sur ma tempe et demanda :
— Quelqu'un t'a fait du mal ?
La douleur s'atténua rapidement et je compris qu'il avait usé de ses pouvoirs sur moi sans mon autorisation. Lui en vouloir dépassait cependant mes forces, et ce n'était pas le moment de lui faire des reproches qu'ils ne méritaient pas.

— Tu as un grand cœur, Romain. Quand j'avais ton âge, mon père m'a dit que c'était la chose la plus précieuse que j'avais, et que je ne devais surtout pas le perdre…
Je posai la main sur sa poitrine et continuai :
— Je lui ai répondu que c'était lui, le plus important. Maintenant, je me dis qu'il avait peut-être raison, avoir un cœur dans un monde tel que celui-ci, c'est la seule chose qui puisse nous sauver. Peu importe ce que les gens te font, peu importe la peine que tu ressens, tu ne dois jamais abandonner. Et si un jour tu ne sais pas quoi faire, c'est lui que tu dois écouter.
Il baissa les yeux vers son propre cœur et posa sa main sur la mienne en acquiesçant.

L'enfant n'avait pas cessé de pleurer depuis qu'il avait appris la mauvaise nouvelle. J'avais cru briser simplement son cœur en le lui disant, pourtant, le voir ainsi me faisait tout autant de mal. Il n'avait rien demandé, il n'était qu'un enfant, il avait déjà perdu son père et il venait de perdre sa mère.
— T'es sûre qu'elle reviendra pas ? me demanda une fois encore le petit garçon entre deux sanglots.
— Je n'en sais rien. Quoi qu'il en soit, que tu la revois un jour ou non, promets-moi de ne pas abandonner, d'accord ?
Ses mains agrippèrent ma chemise de plus belle tandis qu'il me fit cette promesse. Elle ressemblait beaucoup à celle faite à mon père avant sa mort, bien que pour ma part, il était certain que nous ne nous reverrions jamais. Je m'écartai de Romain pour lui donner un mouchoir qu'il utilisa aussitôt, avant de revenir se blottir contre moi, les yeux secs.
— Toi, tu vas pas m'abandonner, hein ?
J'hésitai un instant à lui répondre, incapable de savoir ce qu'il adviendrait de moi dans les semaines à venir. Pourtant, en l'absence de sa mère, c'était à moi de le rassurer et je dis d'un ton modéré :
— Tant que j'en aurais le choix, je ne te laisserai pas seul. Je ne serai jamais ta mère, Romain, mais j'essaierai d'être à la hauteur.
— Tu ne pourrais pas être pire que celle qui m'a abandonnée… murmura-t-il avec colère.
Sa tristesse avait mué en rancune, et rien ne pouvait changer cela. J'entendis alors un bruit de parquet. Lorsque je relevai la tête, Gabriel se trouvait dans

l'encadrement de la porte de sa chambre, l'air d'avoir bien récupéré. Il regarda aux quatre coins de la pièce, cherchant sûrement où pouvait bien se trouver la mère du petit. Je voulus lui faire signe de ne rien dire pour ne pas blesser l'enfant, mais ce fut le garçon lui-même qui expliqua :
— Elle est partie. Et elle reviendra pas.
Le neveu du Roi sembla étonné et devait avoir certainement beaucoup de questions à poser à ce sujet, mais nous n'avions pas le temps de discuter. Il fallait avant tout que nous réfléchissions à la manière de combler l'absence de la guerrière.
— Plus personne n'a de pouvoirs ici, du moins personne qui puisse les utiliser : Monsieur Dignac est à peine vivant et Romain est bien trop jeune. Et puis, Irina était la seule qui pouvait nous faire voyager d'un endroit à l'autre…
— Où sommes-nous exactement ? m'interrogea Gabriel.
Je haussai les épaules.
— Je dirais que nous sommes quelque part dans la forêt de Shirin, mais je n'en suis même pas certaine. Il nous faudrait des jours, peut-être même des semaines de marche pour parvenir jusqu'au château de Jeanne, et d'ici là, les Créatures auront tout loisir de reprendre le royaume. Nous devons trouver une solution pour rentrer rapidement chez nous…
Je remarquai le regard attristé de Romain, à qui je venais maladroitement de rappeler qu'il n'avait plus vraiment de chez lui. Je posai la main sur son épaule et repris :
— Nous avons besoin d'un miracle si nous voulons…
— Tu n'as toujours pas regardé dans mon sac ? m'interrompit alors celui que j'aimais.
Je fronçai les sourcils, surprise de cette question qui sortait de notre sujet, et répondis d'un ton anxieux :
— Non, j'attendais que tu te réveilles… Pourquoi ?
— J'ai…
Il me paraissait hésitant. Que se trouvait-il dans cette fameuse sacoche ? Il alla la récupérer et revint près de moi et de l'enfant en deux temps, trois mouvements.
— Tu ne vas sûrement pas comprendre pour quelle raison je ne t'en ai pas parlé plus tôt, mais Jeanne m'avait demandé de ne pas…
— De quoi parles-tu ?
Un élan de colère montait en moi, même sans savoir ce que renfermait l'objet qu'il tenait entre ses mains.

— Jeanne voulait que je la lui rapporte pour qu'elle se renseigne à son sujet, elle craignait qu'elle soit dangereuse pour toi et tenait à ne te la rendre que lorsque nous serions certains qu'elle ne te ferait pas de mal…
— Tu as la bague ? demandai-je d'un ton vide.
Il hocha positivement la tête mais c'était inutile. Maintenant que j'avais pris conscience qu'elle était si proche de moi, je sentais la force qui émanait d'elle.
— Depuis quand ?
— Pendant qu'Harry s'occupait de te soigner, j'en ai profité pour la lui reprendre… J'en avais discuté avec Jeanne et nous étions tous les deux d'accord pour dire qu'il ne fallait pas la laisser aux mains des Créatures. Nous étions aussi inquiets de ne pas en savoir plus au sujet de cet objet et des conséquences…
Je fermai les yeux pour tenter de me calmer et ne pas élever la voix, en vain.
— Veux-tu que je te dise quelles sont les conséquences quand je n'ai pas la bague ? m'emportai-je. Harry gagne, je perds. Simon et toi manquez de mourir, et je ne peux rien faire pour vous sauver. Peut-être que si j'avais eu cette foutue bague, j'aurais pu retenir sa mère ! m'écriai-je en désignant le petit. Si tu ne me la rends pas, nous pourrions ne jamais rentrer chez nous. Alors je te laisse décider ce qui est vraiment dangereux.
Il sortit l'anneau de son sac lentement et me le tendit d'une main tremblante. Je m'apprêtai à la récupérer mais il referma le poing juste à temps.
— Fais attention, s'il te plaît.
— Je sais ce que je fais, et je peux t'assurer qu'il n'y a aucun danger.
Il déposa le petit bout de métal au creux de ma paume et je ne tardai pas à le remettre à mon doigt avec la certitude que tous nos problèmes seraient bientôt résolus.

La première fois que je l'avais utilisée, je m'étais évanouie, mais cette fois-là fut différente. Je ressentis simplement un léger vertige et titubai tandis que la magie recommençait à couler dans mes veines. Le neveu du Roi passa ses bras autour de moi et me prit contre lui le temps que ma tête se calme. Je posai la main contre sa blessure, ne voulant plus attendre une minute pour apaiser ses maux, mais il me repoussa doucement.
— Je me sens mieux, mais ce n'est pas le cas de Simon Dignac. Tu ferais mieux de t'en occuper, si tu t'en sens capable.

Je hochai la tête et il m'accompagna jusqu'à la chambre de l'homme. Celui-ci fermait les yeux, mais je doutais qu'il soit au pays des rêves, car je ne lisais pas la moindre trace de paix sur son visage. Je m'installai près de lui et entrepris à contrecœur de le sauver de la mort qui le guettait.

Je sentis ma magie se déverser sur ses plaies sans retenue, mais pourtant, rien ne se produisit. Ni en bien, ni en mal. Je jetai un regard inquiet à Gabriel qui semblait tout aussi déboussolé que moi. Pour m'assurer que je ne me faisais pas d'illusion quant au retour de mes pouvoirs, je fis apparaître une boule de lumière dans la pièce et le sort fonctionna parfaitement, sous les yeux captivés du neveu du roi. Il se tourna vers moi et m'adressa un sourire flamboyant. Je le lui rendis à demi, hésitant encore à lui en vouloir de m'avoir caché la bague pendant ces quelques heures où j'aurais pu le perdre.

— Sais-tu pourquoi tu n'arrives pas à le soigner ? me questionna alors le jeune homme avec curiosité.

Je posai la main sur le front fiévreux de mon ancien ennemi, qui en était toujours un d'une certaine manière, et je haussai faiblement les épaules.

— Il ne saigne plus, pourtant il ne guérit pas, que ce soit à l'aide de la magie ou des plantes… Rien ne semble avoir d'effet sur lui.

— Je ne mérite pas de vivre, Alice.

Les yeux de cet homme à qui son état donnait l'air d'un vieillard venaient de se rouvrir et semblaient pourtant perdus dans le vide.

— Tu as dit toi-même que je n'aurais jamais dû condamner ton père… Et tu avais raison… Tu avais aussi raison quand tu as déclaré que tu ne pourras jamais me pardonner. Je n'ai pas le droit d'implorer ton pardon. Tout est ma faute… J'ai fait preuve d'égoïsme.

Faire le choix d'exécuter un père de famille, un mari, un homme au cœur noble, n'avait rien d'égoïste à mes yeux : c'était simplement être quelqu'un de mauvais.

Je ne lui fis pas remarquer mon désaccord et j'attendis qu'il dise autre chose, ce qu'il ne tarda pas à faire :

— Si tu découvres la vérité, ne lui en veux pas trop s'il te plaît… C'est moi qui suis allé trop loin, elle n'y était pas pour grand-chose là-dedans.

— De qui parlez-vous ? demandai-je avec lassitude.

Une larme dévala de sa joue et il répondit simplement :

— Si tu dois le savoir, tu l'apprendras un jour… Et je peux… je peux t'assurer que tu préféreras le jour où tu n'en savais rien.

Je me retins de faire preuve de violence cette fois-ci, consciente que je ne devais pas faire un seul faux pas : la moindre blessure risquait de le tuer.

— Tu as de nouveau des pouvoirs, alors ramène-moi jusqu'à Jeanne, j'aimerais la voir avant de mourir.

— Alors c'est la mort que vous attendez ? C'est pour cela que mes pouvoirs n'ont aucun effet ?

Il acquiesça avec peine, et je sentis une rancœur amère naître dans ma poitrine. Il me faisait presque pitié désormais, si bien que j'aurais aimé pouvoir lui donner ce qu'il désirait tant : accomplir ma vengeance le libérerait de cette vie dont il ne voulait plus. Pourtant, commettre un tel acte était au-dessus de mes capacités, et ce n'était pas seulement parce que Jeanne était mon amie, c'était aussi parce que je devais être un exemple meilleur que celui de sa véritable mère pour l'enfant dont j'avais la responsabilité.

— Bien. Je vais exaucer votre vœu et vous conduire à Jeanne. Romain, Gabriel, nous rentrons, déclarai-je d'un ton autoritaire.

— Le problème, c'est que Jeanne a protégé le château : nous ne pourrons jamais nous y téléporter directement, m'informa le jeune homme.

Je soupirai, avant de lui demander :

— Comment te sens-tu ?

— Capable de tout pour rentrer chez nous.

Il n'aurait sûrement pas besoin de tout, seulement de son dos et de ses épaules. Si nous ne pouvions pas nous rendre en un voyage jusqu'à la demeure de l'élue, je savais exactement où je pouvais nous emmener pour que la route soit ensuite assez courte et supportable pour finir à pied sans que Monsieur Dignac ne meurt.

— J'espère que tu ne verras aucun inconvénient à porter notre ami sur ton dos de la grotte jusqu'au château, dis-je à l'intention de mon amant.

Cela ne serait pas très difficile pour lui : il était un homme fort et ce qui restait du père de Jeanne se trouvait dans un piteux état. Il ne devait plus peser beaucoup, et ce qui serait réellement délicat allait être de ne pas le blesser davantage.

Romain, qui s'était absenté dans la pièce principale, revint alors, un sac de provision à la main et un air fier sur le visage :

— J'ai ce qu'il nous faut !

La grotte me parut encore plus sombre que les dernières fois où j'y étais venue et je m'empressai de faire renaître un peu de lumière dans ces lieux obscurs avant de déclarer :
— Ne traînons pas ici.
Je pris un ton plus doux pour parler au petit et ajoutai :
— Donne-moi la main et reste près de moi.
— Je préférerais être dans tes bras…
Les yeux noirs de l'enfant me regardaient avec espoir. Je décidai donc de me comporter comme n'importe quelle mère l'aurait fait, excepté la mienne.
— C'est bon ? me demanda Gabriel une fois que le garçon fut blotti contre moi.
Je hochai la tête et nous commençâmes à marcher vers la sortie, éclairés par la lumière que nous procurait ma magie. Nous n'avions pas intérêt à croiser d'ennemis ici, car aucun de nous n'était prêt pour se battre : un enfant, un blessé, et les deux seuls capables de se défendre les portaient. Je pressai le pas tout en m'assurant que je n'allais pas trop vite pour le neveu du roi, sur qui reposait le plus grand poids. Une fois dehors, nous échangeâmes un regard d'encouragement dont nous avions tous les deux besoin. Si un dieu existait quelque part dans ce monde, je priais qu'il veille sur nos pas.
— Comment est cette Jeanne ? me questionna l'enfant d'une voix timide.
Je souris à la mention de son nom.
— Elle est quelqu'un de très bien, je la connais depuis l'enfance. Ce n'a pas toujours été facile entre elle et moi, mais…
— Il y a quelques mois, elle ne pouvait même pas supporter de parler d'elle, commenta le neveu du roi.
Je laissai s'échapper un soupir en repensant à ce temps où mon passé définissait tout de moi. Beaucoup avait changé depuis.
— Je suis sûre que tu vas l'adorer, ajoutai-je à l'intention du petit.
Gabriel s'arrêta net et me fit signe de me taire.
— On se met à terre, murmura-t-il.

25

En une fraction de seconde, nous nous exécutâmes.
— Tu crois qu'les Créatures nous ont retrouvés ? me questionna le petit garçon d'un ton affolé.
— S'ils nous cherchaient, ça ferait longtemps qu'ils auraient réussi.
Un groupe de trois personnes passa au loin. D'ici, nous ne pouvions pas les atteindre mais la marque se dessinait clairement sur au moins l'un des hommes, et entre eux se tenaient une femme. Elle semblait porter des entraves, et je jetai un regard horrifié au neveu du roi. Si nous ne l'aidions pas, elle risquait de mourir entre les mains de nos ennemis. Or, il était certain qu'elle n'aurait pas droit à une mort douce.
— Romain, tu restes là et tu ne bouges pas.
— Alice, non, m'ordonna Gabriel.
Je pris une inspiration avant d'esquisser un mouvement pour me lever et m'éloigner suffisamment de mes amis pour qu'ils ne soient pas repérés si les choses venaient à mal tourner. Un poignard vint aussitôt se planter dans l'arbre le plus proche de moi, et bien que mon premier réflexe fut de m'en écarter, je compris vite qu'il ne provenait pas de mes ennemis : les miens venaient de me procurer une arme plutôt tranchante, qui n'attendait plus que d'être arrachée de l'arbre. En prenant garde de rester discrète, je me faufilai jusqu'à mes ennemis.
— Vous cherchez quelque chose ? demandai-je avec assurance.
Ils firent volte-face et poussèrent leur magnifique prisonnière un peu plus loin.
— Cours ! criai-je à son intention.
L'un des hommes lui tira aussitôt une flèche dans la jambe et elle laissa s'échapper un gémissement. Quelque chose siffla à côté de moi, et je n'eus pas le temps de comprendre ce qu'il se passait : l'un de mes adversaires s'écroula, avec en plein cœur un poignard identique à celui que j'avais entre les mains. Le survivant se jeta sur moi et me projeta contre un tronc d'arbre avec une telle force que je sentis mes os se briser. Cela devenait presque habituel et il suffisait d'user de la magie pour les réparer, mais la lame aiguisée de la Créature se posa sous ma gorge et détourna un instant mon attention.
— J'aimerais beaucoup te tuer, Alice Morìn.
— Mon nom me précède à ce que je vois.

Un rire silencieux transperça son masque d'indifférence.
— Il vient surtout de te sauver la vie, tu sais sûrement que le Maître te veut vivante.
— Loin de moi l'intention de gâcher tes plans, mais je ne rentre pas avec toi.
Je lui donnai un puissant coup de genoux dans le tibia et il perdit l'équilibre. Cette courte conversation m'avait donné le temps de me soigner et je pus me relever sans ressentir aucune douleur. Cela ne dura pas longtemps car il ne tarda pas à revenir à la charge, nous poussant tous les deux contre le sol. Je me dépêchai de passer au-dessus de lui tant que je le pouvais encore et cette fois-ci, ce fut à mon tour de poser mon poignard contre sa gorge. Ma main tremblait, ce que mon ennemi ne tarda pas à remarquer.
— Vas-tu me tuer ? Ou bien, n'en auras-tu pas le courage ?
Le courage ne me manquait pas lorsqu'il s'agissait de tuer une personne menaçante pour ceux que j'aimais, pourtant, je me surpris à hésiter.
— Là-bas, dans les buissons, il y a un enfant pour qui je suis un exemple. S'il me voit tuer un homme, je ne suis pas sûre d'être celle qu'il voudrait que je sois.
Mon adversaire esquissa un sourire moqueur.
— Que penserait ta famille si elle voyait ce que tu es devenu ? lui demandai-je d'un ton acerbe. Un monstre sans pitié qui en sert un autre !
Son air narquois s'effaça aussitôt et j'ajoutai :
— A leur place, j'aurais honte de toi...
Il se releva avec force, me renversant de nouveau sur le sol et me contraignant à passer en dessous. Il en profita d'ailleurs pour me priver de mon arme et me menaça avec.
— Tu ne sais rien de ma famille !
Son regard et le mien se croisèrent, et quelque chose changea dans son attitude. Sa colère s'était légèrement apaisée, et il déclara :
— Tu as les mêmes yeux que mon Emilie...
Je ne savais pas de qui il pouvait s'agir, puisqu'elle pouvait tout aussi bien être sa femme que sa fille. Des larmes commencèrent à rouler sur ses joues et il reposa le poignard, qui n'avait finalement été d'aucune utilité.
— Nous allions nous marier elle et moi, quand...
Il se stoppa net, et je remarquai alors qu'une corde rêche avait été passée autour de son cou. La prisonnière se tenait derrière lui et n'avait pas l'air décidée à le laisser prendre la moindre respiration.
— Lâche-le maintenant ! lui hurlai-je.

Elle ne m'écouta pas et je me relevai en vitesse pour l'empêcher d'aller au bout des choses, pointant la dague sur elle. Tout en continuant ce qu'elle faisait, elle me dévisagea et dit :
— Tu n'as pas idée de ce que j'ai subi à cause d'eux ! Ce n'est que justice.
— Non, ce n'est qu'une vengeance ! Laisse-le en paix, je crois qu'il a aussi eu son lot de souffrance.
Elle esquissa un sourire froid et arbora un petit air victorieux. Malheureusement, je compris vite pourquoi : lorsqu'elle lâcha enfin son morceau de corde, le corps de la Créature sans vie retomba sur le sol.

J'avançais d'un pas pressé, contrariée par ce qui était arrivé dans la forêt et suivie de mes compagnons de route. Gabriel portait toujours Monsieur Dignac sur son dos, Romain se débrouillait comme il le pouvait et la prisonnière à l'esprit vengeur s'était jointe à nous. Dire que cela ne me ravissait pas était un euphémisme, car je l'avais définitivement prise en grippe lorsqu'elle avait mis fin aux jours d'un homme que j'aurais pu aider.
— Je suis capable de voir l'avenir vous savez ? se vanta alors l'ancienne captive.
— C'est un don vraiment intéressant, commenta le neveu du roi.
Il buvait ses mots et je ne pus m'empêcher de lever les yeux au ciel à leur insu.
— Vous devez avoir de nombreuses prétendantes au palais, n'est-ce pas ? J'ose à peine imaginer combien de femmes vous courent après...
Elle gloussa encore et je sentis mon poing se serrer malgré moi. Je n'aurais jamais cru cela possible un jour, mais cette jeune fille me semblait pire qu'Alienor, et ce n'était pas peu dire.
— Peu importe, je n'ai d'yeux que pour une seule femme, lui rétorqua le jeune homme, sans doute conscient de mon changement d'humeur.
Son regard pesait sur ma nuque, et celui de l'intrus s'y ajouta. Elle déclara froidement :
— Tu es promise à un destin funeste, Alice, et il en sera ainsi quoi que tu fasses... tu dois payer pour les actes de ton père.
Je frissonnai, comprenant qu'elle connaissait la vérité au sujet du rôle qu'il avait joué dans la création de ces monstres. Si elle savait cela, peut-être le reste était-il vrai, peut-être étais-je moi aussi condamnée. Je me tournai vers Gabriel pour l'éclairer, mais il n'avait pas l'air surpris.

— Je suis au courant pour ton père... Adrien le savait depuis longtemps, et il nous a fait part de ses suppositions au sujet de ta capture.

Le jeune sorcier l'avait sûrement appris dans la lettre de son propre père et ne m'en avait pas parlé par peur de me blesser. La même raison m'empêchait de me confier à Jeanne sur la véritable identité de Damien.

— Bien. Qui est au courant ? demandai-je pour m'assurer que la nouvelle n'avait pas fait le tour du royaume.

— Jeanne, Hugo, Adrien, moi... et Alienor.

Il avait prononcé le dernier mot avec une certaine nervosité qui s'avérait justifiée, puisque je ne tardai pas à le gratifier d'un regard froid.

— J'espère que l'envie de détruire ma vie ne lui viendra pas en tête cette fois, le raillai-je.

La voyante nous observait tour à tour.

— Tu n'auras pas besoin d'elle pour que le passé te rattrape.

— Il suffit de toutes ces sottises, ordonna Gabriel. Reprenons la route.

Il fit un pas vers moi et posa sa main sur mon dos, comme pour me donner la force d'avancer. C'était pourtant lui qui avait depuis plusieurs heures une sorte de cadavre à supporter. Notre marche reprit à un rythme soutenu, bien que les paroles de la voyante hantent chacun de nos esprits. La petite main de Romain se glissa doucement dans la mienne, et lorsque je baissai les yeux vers lui, il me lança un sourire amical avant de dire :

— Si toi tu dois payer pour les actes de ton père, tu crois que je...

— Ta mère n'a rien fait de comparable. Et si un jour quelqu'un veut se venger d'elle en se servant de toi, je ne les laisserai pas faire.

Il s'accrocha à mon bras un peu plus fort.

— Tu es si gentille avec moi... me fit-il remarquer.

— Tu es sous ma responsabilité, et j'ai promis de veiller sur toi comme sur mon propre enfant.

Je commençais même à ressentir un lien naître entre lui et moi, aussi étrange que cela puisse paraître.

— As-tu fait cette promesse à ma mère ?

— Non. À moi-même.

26

Nous pouvions enfin apercevoir le château de Jeanne, quelques mètres au-devant de nous, et j'esquissai un sourire de soulagement à l'idée d'être enfin chez moi. Le petit garçon s'était endormi dans mes bras et je le tirai de son sommeil avec enthousiasme pour lui montrer que nous avions atteint notre but. Ses yeux endormis ne tardèrent pas à s'écarquiller face à la magnificence qui émanait de la demeure de mon amie.
— On va vraiment vivre là-bas ?
— Nous y serons en sécurité, et tu y resteras aussi longtemps qu'il le faudra.
La voyante me dépassa et demanda d'un air intéressé :
— Pensez-vous que je puisse me joindre à vous ?
Je me tournai vers elle et dis d'un ton froid :
— Nous ne sommes pas des tueurs là-bas.
— Ce n'est pas parce que tu croyais pouvoir sauver ce monstre que tu aurais réussi. Il aurait agi de la même manière s'il avait été à ma place…
— Parfois, les monstres ont simplement besoin qu'on leur rappelle qu'ils n'en ont pas toujours été. Si tu m'en avais laissé le temps…
Elle gloussa doucement.
— Je croyais que tu étais quelqu'un de bien, mais en réalité tu sympathises avec l'ennemi.
— Je n'ai pas besoin de ton approbation pour être quelqu'un de bien. Et selon moi, être le gentil de l'histoire ce n'est pas sauver uniquement les siens, mais aussi ceux qui se sont perdus.
Nous arrivâmes alors à l'endroit où la barrière de Jeanne commençait et je me tournais vers Gabriel. Celui-ci posa sa main sur la paRoi invisible qui ondula légèrement d'une couleur bleutée.
— Maintenant nous devons attendre qu'elle vienne.
Je jetai un coup d'œil à Monsieur Dignac dont l'état ne s'était toujours pas arrangé. Rien de surprenant à cela, car même s'il valait mieux pour sa fille qu'il se reprenne, je doutais que l'envie de vivre ne lui revienne. La silhouette de mon amie se dessina alors à l'entrée de sa demeure et un sourire éclaira son visage. Elle n'attendit pas un instant de plus pour courir à notre rencontre tout en faisant tomber le sort qui nous empêchait de nous approcher. Je fis un pas vers elle, tenant toujours Romain

dans mes bras, et elle fondit sur moi avec la force d'une tornade. Ses yeux bleus n'exprimaient aucune douleur, et je m'en voulus d'apporter tant de malheur.

— Je suis si heureuse de vous revoir en vie ! Nous étions si inquiets…

Je lui lançai un regard souriant avant de dire :

— Je te présente Romain, il est sous ma protection.

Elle le dévisagea avec étonnement avant de répondre en riant :

— Je me doutais que bien des choses auraient changé quand tu reviendrais, mais je ne pensais pas que tu deviendrais mère si vite ! Je sens que nous avons beaucoup de choses à nous dire.

Il me semblait évident qu'il y avait beaucoup à raconter à tout le monde, mais c'était à elle que je devais faire les révélations les plus dures. Elle se tourna ensuite vers la voyante et lui demanda :

— Et toi, qui es-tu ?

— Louise Detrain, enchantée de faire votre connaissance. Je suis dotée de la capacité de voir l'avenir, aussi je devrais vous être utile.

Mon amie échangea un regard avec moi et comprit aussitôt que je n'avais aucune envie qu'elle ne se joigne à nous. La jeune fille que nous avions sauvée se tourna vers le neveu du Roi et dit d'une voix pitoyable :

— De plus, j'ai peur de ne plus être en sécurité à cause des Créatures… Si elles me capturaient encore…

— Prenons-la avec nous, proposa immédiatement Gabriel. Elle a été prisonnière, elle sait peut-être des…

— Devrais-je te rappeler que j'ai été moi aussi leur captive pendant tout ce temps ? Nous n'avons pas besoin d'elle.

Les yeux de Jeanne passaient sans arrêt de Gabriel à moi, certainement perdue, en proie à un surplus d'information. Le fait qu'elle n'ait pas encore remarqué la présence de son père me surprenait d'ailleurs. C'était pourtant compréhensible : ces jours de tortures et de souffrance avaient bien changé cet homme autrefois inébranlable. Lorsqu'elle se rendrait compte de qui il était, elle risquait d'être profondément atteinte, mais pour le moment, la question était de savoir si cette Louise allait rester avec nous.

— Alice, on ne peut pas la laisser seule dans cette forêt. Elle risque de mourir ou de se faire tuer, me rappela Gabriel.

Je sentais toute leur attention sur moi, et aussi toutes leurs attentes. Ils voulaient que j'agisse comme d'ordinaire, que je mette ma rancune de côté, la pardonne et l'accepte. C'était également le moment d'être un exemple pour le petit garçon, comme je m'efforçais de l'être depuis quelques heures. Laisser cette pauvre fille dehors ruinerait tous mes efforts. J'étais sur le point de consentir lorsqu'un cri vint déchirer mes oreilles. Elle venait de le reconnaître. Jeanne venait de comprendre.

Le corps de son père : allongé dans l'herbe ; ses genoux : sur le sol ; ma main : posée sur son épaule. Louise était partie chercher les autres pour les prévenir du drame tandis que Gabriel tenait la main de Romain, non loin de nous. La poitrine de l'assassin de mon père se soulevait de plus en plus lentement et sa main relâchait peu à peu son emprise sur celle de Jeanne.
— Jeanne, murmura-t-il.
Elle ravala ses sanglots et répondit :
— Oui, père ?
— Fais mieux que moi. Reste la femme forte que tu es et que tu as toujours été.
Il releva faiblement le bras pour caresser la joue de l'enfant qu'il avait élevée et confessa :
— Tu méritais mieux que moi…
— Ne parle pas au passé ! Tu vas vivre, tu m'entends ?
Elle le souleva entre ses bras tout en veillant à ne pas lui faire de mal et approcha son visage du sien pour l'embrasser sur le front avec tendresse.
— Je vais mourir, Jeanne. Je vais mourir et c'est tout ce que je mérite.
Je sentis des larmes poindre dans mon regard aussi et levai les yeux vers le ciel gris qui s'étendait à perte de vue au-dessus de nous, hésitant à lui accorder le pardon dont il avait tant besoin avant son dernier voyage. Il me regarda justement avec tristesse et murmura :
— Ton père serait fier de toi, Alice.
J'esquissai un sourire triste qui fut rapidement noyé sous un torrent de douleur. Ce moment relevait de l'inimaginable.
— Je suis désolé, s'excusa-t-il encore.
Incapable de lui donner la bonne réponse, celle qui l'aurait laissé dans la paix, je répondis simplement :
— C'est à mon père que revient le droit de vous pardonner, pas à moi.
Ma peine m'avait toujours aveuglée, égoïstement, au point de me faire oublier que mon père avait lui aussi tout perdu le jour de l'exécution. Il n'avait pas eu le temps de réaliser tous ses rêves, de vivre toute sa vie, et il était mort, injustement.

— Si vous…

Ma voix fut aussitôt étouffée par mes pleurs et j'eus du mal à terminer ma phrase.

— Si vous voyez mon père dans l'au-delà, dites-lui que je l'aime et qu'il me manque énormément. Dites-lui que je l'aime.

Les bras du neveu du Roi m'enlacèrent contre lui, et même si j'aurais aimé me laisser aller entre ses mains, il me fallait garder la face. Ce jour-là, ce n'était plus à moi de porter la perte de mon père, et je devais être là pour mon amie même si elle, n'avait pas su l'être quand j'en avais eu le plus besoin.

— Adieu, mon enfant.

Toute forme de vie quitta le corps de Simon Dignac tandis que Jeanne le serrait de toutes ses forces contre elle, le suppliant de revenir. Je tombai à genoux à ses côtés, impuissante face à l'ampleur de sa douleur.

— Je suis désolée, Jeanne… J'ai tout fait pour le sauver, mais cela n'a pas suffi et il ne voulait plus vivre.

Elle me regarda avec douleur puis reposa les yeux sur le cadavre de son père.

— Ce n'est pas ta faute… Ce sont ces monstres qui lui ont fait cela.

Sans le savoir, elle parlait là de son véritable père, et je ne pus me résoudre à lui révéler la vérité. Il faudrait d'abord qu'elle se sente mieux, car elle était loin d'être prête à encaisser tant de choses à la fois. Je passai mes bras autour d'elle, et elle laissa son visage retomber contre moi.

Des silhouettes se dessinèrent alors autour de nous et je devinai à travers mes larmes que nos amis étaient enfin venus nous accueillir. Louise avait mis du temps à les prévenir, sûrement parce qu'elle ne connaissait pas le château.

— Que se passe-t-il ici ? s'écria Hugo.

Gabriel attendit un moment avant de prendre la parole et de répondre d'un ton calme qui trahissait tout de même une légère émotion :

— Simon était lui aussi prisonnier des Créatures et nous avons pu le sauver… Malheureusement, il n'a pas tenu le coup.

Un détail attira mon attention : Adrien ne me quittait pas des yeux. Que me voulait-il ? Le mentor se rapprocha alors de Jeanne et posa une main sur son épaule.

— Lève-toi maintenant. Nous devons l'enterrer comme il se doit, déclara-t-il d'un ton ferme.

Mon amie, que j'avais toujours connue ainsi, s'exécuta lentement, laissant à regret ce corps qui l'avait bercée retomber sur le sol.

La robe noire que je portais et qui avait été créée pour de telles occasions se révélait tristement être d'un très bel effet sur moi. Sourire à mon reflet s'avérait malgré tout impossible, et ce n'était pas tant la mort de Monsieur Dignac qui m'attristait que la peine de Jeanne. Je redoutais aussi le moment de lui annoncer que je n'avais pas seulement retrouvé son père adoptif dans la forteresse, mais aussi celui qu'elle avait attendu toute sa vie.

Je passai un collier autour de mon cou et tentai sans grand succès de l'attacher, plus par manque d'attention que par maladresse. Gabriel entra alors dans la pièce sans faire de bruit et demanda d'une voix trop paisible en comparaison à toute la tension qui m'habitait :

— Aurais-tu besoin d'aide ?

Je hochai la tête et il s'approcha de moi d'un pas lent.

— Quelque chose te tracasse encore ?

Il referma les maillons de la chaîne et je répondis :

— Pour être honnête, je n'ai pas qu'une seule raison de m'inquiéter.

Il posa l'une de ses mains sur mon ventre et remit mes cheveux dans mon dos de l'autre, avec toute la tendresse dont il avait toujours su faire preuve.

— Nous pouvons en parler, si tu en as besoin.

J'en avais évidemment besoin, mais il m'était interdit de lui parler de Damien, ni du lien spécial qu'il partageait avec Jeanne : j'avais donné ma parole à ce monstre de ne rien dire à ce sujet. Même si le dénoncer serait un jour inévitable, je me complaisais à le garder pour moi. La menace qu'il m'avait faite me revenait souvent en tête. *Si quelqu'un d'autre que toi venait à apprendre qui je suis réellement, Alice, je ferai torturer qui j'aurais sous la main : des prisonniers, des innocents, mes propres soldats... Je suis convaincu que ce n'est pas ce que tu souhaites.*

— Tu sais que je suis là pour toi, Alice... Peu importe ce que tu as traversé durant ta captivité, je suis prêt à écouter.

Je pris sa main dans la mienne, heureuse de pouvoir encore le faire.

— Le plus important n'est pas ce que j'y ai vécu mais ce que j'y ai appris. Tu dois savoir qu'ils veulent ta mort, celle de ton oncle et de toute personne ayant du sang royal dans les veines.

Il s'écarta lentement de moi, les sourcils froncés.

— Tu es certaine de cela ?

— Absolument. S'ils vous attrapaient, vous n'en ressortiriez pas vivants, aucun de vous et sûrement pas toi : tu es le seul héritier du trône.

C'était d'ailleurs une chance qu'ils n'aient pas pu mettre la main sur lui depuis tout ce temps, et peut-être était-ce à moi qu'il la devait. En me rendant aux Créatures, j'avais permis une courte trêve et leur avais causé bien des soucis. J'avais été une excellente diversion sans même le vouloir, mais avec ma liberté retrouvée, nos ennemis n'allaient plus se retenir, au contraire.

— Tu as tort, Alice.

Je le dévisageai avec surprise et il s'empressa de s'expliquer :

— C'est ta sœur qui court le plus grand danger.

Cette réponse ne me rendit que plus confuse, et il allait devoir se montrer plus clair.

— Constance n'a rien à voir avec la lignée des Daemrys.

— Tu te trompes. C'est elle qui porte le véritable héritier.

Je restai paralysée, comprenant que l'enfant qu'elle avait dit porter allait très bien, mais aussi qu'il s'agissait du prince de notre royaume. Du fils de mon Roi. Gabriel me lança un regard compréhensif et dit :

— Quand mon oncle me l'a annoncé, j'étais comme toi, très surpris. Il m'a fait promettre de ne rien dire, mais comme tu es de la famille…

Plusieurs questions me vinrent en tête et je n'eus pas le temps de décider laquelle était la plus importante que mes lèvres se mirent à bouger d'elles-mêmes :

— Que compte faire le Roi ? Constance est une femme fière, elle ne supporterait pas d'élever son enfant sans qu'il soit reconnu par…

— Il veut épouser ta sœur, au diable les traditions.

J'esquissai un sourire de soulagement.

— C'est déjà ça de gagné… Mais nous devons nous assurer de sa sécurité, les Créatures vont sûrement s'en prendre à elle.

— Je ne pense pas qu'ils sachent que Constance et mon oncle…

— Il ne l'a dit à personne d'autre que toi ?

Il m'assura que oui, et je me sentis un peu mieux. Ils étaient probablement plus discrets que Jeanne et Hugo. Toutefois, je ne pouvais m'empêcher de craindre que Damien ait réussi à obtenir les confessions du Roi, car celui-ci avait toujours sa place à la cour.

— Nous devons trouver un moyen de les protéger, déclarai-je.

— Ils se sont rendus dans la résidence secondaire de mon oncle, et elle est parfaitement sûre, tu n'as pas à t'en faire. Personne ne sait qu'ils y sont, et l'enchantement qui empêche les intrus d'y pénétrer est bien élaboré : seuls les membres de sang royal ou de celui de Constance peuvent le voir et traverser... cette barrière magique.

— Alors si ce sort fonctionne correctement, les seuls qui puissent y aller sont tes parents, ma mère, toi et moi ?

— Ce sortilège est infaillible, ne t'en fais pas. Tout ira bien pour eux, me rassura-t-il.

J'acquiesçai avant de dire en souriant :

— Je vais avoir un neveu !

J'osais à peine imaginer la fierté qu'aurait éprouvé mon père.

— Et moi un cousin, compléta le neveu du roi, amusé.

Il n'y avait visiblement pas que notre amour qui nous liait, et peut-être que nos âmes elles-mêmes avaient été faites pour se rencontrer. Si c'était le cas, alors la mort ne pourrait jamais nous séparer. Je m'écartai de lui et le questionnai :

— Cela doit te paraître étrange... Depuis tout petit, tu as été élevé dans l'optique qu'un jour peut-être tu deviendrais le Roi, et voilà que mon neveu vient te prendre ta place.

Il rit nerveusement et répliqua :

— Être Roi ne m'a jamais vraiment intéressé et croiser ton chemin n'a fait que confirmer ce désintérêt. La vie que j'imagine pour nous deux serait bien plus simple.

Je souris en réalisant que je n'étais pas la seule à me projeter dans le futur, lorsque tous ces combats seraient terminés.

— Ton neveu est le fils du Roi ? demanda alors une voix étonnée.

Je fis volte-face et découvris Louise, plantée sur le seuil de la porte, l'air atrocement surprise. Je me mordis la lèvre et rétorquai :

— Depuis combien de temps es-tu là ? Pourquoi nous écoutes-tu ?

L'existence d'un nouvel héritier était supposée rester secrète, et nous venions de tout mettre en péril à cause de cette maudite voyante qui ne cessait d'apparaître aux pires moments.

— J'étais venue vous dire que tout le monde vous attendait pour la... cérémonie. Jeanne a besoin de toi, Alice, alors tu devrais faire un peu plus attention à elle.

Elle posa les yeux sur le neveu du Roi et reprit d'un ton mielleux :

— Je pourrai m'occuper de Gabriel en ton absence.

Je lui lançai un regard froid, consciente qu'il était inutile de répondre à cette pique. Je ne me posais qu'une seule et unique question : pourquoi lui avais-je sauvé la vie ? De toute évidence, j'allais le regretter jusqu'à ma mort. Je quittai la pièce, la bousculant accidentellement, et à peine sortie dans le couloir, une personne que je n'appréciais pas davantage me tomba dessus. Ma gorge se noua, mais la jeune femme ne me laissa pas le temps de l'esquiver.

— Je suis contente que tu ailles bien Alice, sincèrement.

Il me fallut une profonde inspiration pour lui répondre.

— Ce n'est pas grâce à toi… Mais ce n'est pas le sujet aujourd'hui.

Alienor hocha la tête et repartit vers le jardin, où devaient s'impatienter les autres. Après un regard en arrière, je la suivis. Je doutais que nous ayons réellement quelque chose à nous dire, et plus les instants passaient, moins je me sentais à l'aise en sa présence.

— Crois-tu qu'un jour on cessera de se détester ? me questionna-t-elle d'un ton intéressé.

— Alienor… Tu es la personne la plus égoïste que j'aie rencontrée et tu m'as mise en danger par tes mensonges. Pourtant, quand j'étais captive des Créatures, je te comptais parmi ceux que je retrouverais à mon retour. Le fait que je ne t'apprécie pas ne signifie pas que je te déteste nécessairement.

Elle me lança un regard surpris et je m'empressai de modérer mes propos pour éviter qu'elle ne s'imagine des choses :

— Ce que je veux dire c'est que malgré nos différends tu fais partie de cette famille qui s'est construite lors de notre quête, et tu y as ta place, au même titre que Jeanne ou qui que ce soit d'autre.

— Tu aurais pu dire que nous étions dans le même camp, si tu avais voulu faire plus court.

Un rire nerveux m'échappa devant sa manie de toujours me prendre de haut. C'était cependant la première fois qu'elle ne se montrait pas vraiment hautaine, mais tout simplement désagréable. Elle poussa la porte du château et me fit signe de passer la première, après quoi je la remerciai poliment. Être à l'air libre me donna l'occasion de respirer, et j'en oubliai un instant ce pourquoi nous étions sorties dans les jardins. Au loin, Hugo, Adrien et Jeanne se tenaient autour d'un trou de la taille d'un homme et attendaient que nous soyons tous présents pour que nos adieux avec le défunt puissent se faire dans les règles de l'art.

— Tu dois être Alienor, n'est-ce pas ?

Je me tournai vers les deux jeunes femmes qui m'insupportaient le plus, et celles-ci se dévisageaient déjà avec méfiance. Je me demandais bien laquelle allait mordre en première, et ce fut finalement Louise qui le fit.
— Je présume que ce ne doit pas être facile de perdre son meilleur ami pour une inconnue… Mais rassure-toi, j'ai eu des visions à ton sujet : un grand destin t'attend aux côtés d'un grand homme.
La curiosité de la petite bourgeoise fut immédiatement piquée, et elle était sur le point d'assaillir sa nouvelle amie de questions quand Gabriel posa la main sur mon épaule et déclara :
— Nous les faisons attendre depuis une éternité, alors hâtons-nous.
Il me poussa vers ce qui serait bientôt la tombe de mon plus vieil ennemi, et l'austérité de ce moment me fit renoncer à lui demander si cette voyante lui avait fait des révélations sur son propre avenir.

— Que son âme puisse reposer éternellement dans la paix et l'amour, débita Jeanne d'une traite, certainement par peur de s'écrouler avant d'être parvenue à la fin de sa phrase.
— Que son âme repose dans la paix et l'amour, répétai-je avec les autres, comme il le fallait selon les coutumes religieuses du royaume.
Mon père n'avait jamais eu droit à une telle cérémonie, et ce n'était pas la première fois que cela me paraissait injuste. Pourtant, maintenant que je savais que son corps avait été jeté dans la mer, cela me dérangeait moins. Au contraire, il me semblait presque que cet enterrement lui convenait mieux : il était le genre d'homme à ne pas se cacher, le genre d'homme qui avait besoin d'être libre, et ce n'était pas sous la terre qu'il le serait.
— Adieu, papa… déclara Jeanne, clôturant ainsi la cérémonie.
Louise ne tarda pas à s'écarter de nous et je lui fus reconnaissante d'avoir cette charmante attention. La main de Gabriel se glissa dans la mienne, et je sentis qu'il voulait me faire savoir d'une manière muette qu'il était toujours là. Il voulait que je me confie à lui, que je me laisse un peu aller. Il attendait de moi que je sois réelle avec lui et que je n'essaie pas de prétendre d'aller bien si ce n'était pas le cas, mais mes confessions allaient devoir attendre. Loin de moi l'idée de le repousser, simplement j'avais une affaire plus importante à régler avant.
— J'aimerais parler seule à seule avec Jeanne, lui murmurai-je discrètement à l'oreille.

— Vous devez avoir des choses à vous dire, intervint Hugo qui m'avait entendue. Venez, vous autres !

Après avoir présenté une fois de plus leurs plus sincères condoléances à mon amie, ils partirent tous en direction de la bâtisse dans laquelle je n'allais pas tarder à retourner moi aussi. Il ne resta bientôt plus qu'elle et moi, ainsi qu'un lourd silence qui semblait prendre de plus en plus de place.

— Je croyais qu'il y avait quelque chose dont tu souhaitais parler, déclara alors la jeune élue d'un ton absent.

— Je veux savoir comment tu te sens, je veux savoir si tu tiens le coup…

— Bien sûr Alice, il le faudra bien, me coupa-t-elle presque froidement. Ne t'en fais pas pour moi, je vais simplement faire comme si je ne ressentais rien, comme je l'ai malheureusement fait lors de l'exécution de ton père. C'est certainement à cause de cette réaction que je t'ai alors perdue.

Un poids alourdit mon cœur à ces mots.

— Je t'ai rejetée pour les erreurs de ton père, alors ne t'en veux pas de ne pas m'avoir soutenue quand j'étais au plus mal. Ton aide, je n'en voulais pas.

— J'aurais davantage dû te dire que j'étais désolée. J'aurais dû rester à ton chevet pendant tes nuits sans sommeil. Aujourd'hui je comprends tes sentiments et je me sens coupable de ne pas m'être rendue compte plus tôt de l'importance de la blessure que tu portais ce jour-là. Cette cicatrice ne t'a d'ailleurs jamais réellement quittée…

— Je vais bien maintenant, la rassurai-je.

Elle se retourna vers moi et baissa les yeux, honteuse de soutenir mon regard.

— Si j'avais été là et que je ne t'avais pas abandonnée, ta souffrance aurait été moins lourde à porter, et peut-être qu'alors, tu te serais un jour remise de ce drame.

Je ne pouvais nier que m'en remettre réellement s'avérait impossible, j'en étais consciente. Le terrible sentiment d'avoir été abandonnée par tout le monde du jour au lendemain et l'effort que cela m'avait coûté de continuer à respirer me hantaient encore, après toutes ces années. Et si j'étais désormais capable de vivre avec, j'avais connu cette douleur assez longtemps pour savoir qu'elle ne risquait pas de disparaître.

— On aurait pu faire mieux toutes les deux Jeanne, dis-je avec sincérité, mais ce n'est plus le passé qui importe aujourd'hui. Sans compter que ce n'était pas notre faute.

Elle me regarda avec incompréhension et je m'empressai de lui expliquer ma pensée :

— Les fautifs étaient nos pères. Le mien n'était de toute évidence pas aussi bien que je le croyais, et le tien a commis un crime impardonnable. Nous n'étions que des enfants, nous avons chacune suivi ce qui nous semblait juste, et cela nous a séparées. Maintenant nous sommes réunies, et nous ne devons plus songer au mal que nous nous sommes faites l'une à l'autre… Nous devrions plutôt nous concentrer sur l'avenir, et toujours garder en tête que nous ne sommes pas le résultat des erreurs de nos pères : nous sommes là pour mieux faire.

Elle hocha lentement la tête et sécha ses larmes d'un bref revers de manche.

— Nous n'avons pas le temps de pleurer les morts : nous avons beaucoup à faire pour sauver ce royaume.

Elle fit un pas vers le château mais je ne la suivis pas, confrontée à la révélation que j'hésitais tant à lui faire. Si je mourais au cours de notre quête et que je n'avais pas l'occasion de lui apprendre la véritable identité de son père, elle risquait de ne jamais la connaître. Mais peut-être était-ce mieux ainsi.

— Tout va bien, Alice ?

Je relevai les yeux vers elle, et celle-ci m'attendait, la tête haute.

— Jeanne… Il faut que je te confie quelque chose.

Mes lèvres tremblantes furent incapables de prononcer un mot de plus.

— Tu peux tout me dire, m'affirma-t-elle d'un ton affectueux.

Je craignais qu'elle ne me déteste pour cette révélation, mais je me lançai d'un ton hésitant :

— Si tu étais la fille d'un de ceux à cause de qui le royaume est en péril aujourd'hui, serais-tu capable de le lui pardonner ? Comment te sentirais-tu vis à vis de lui ?

Étonnée, je vis un sourire compatissant naître sur son visage. Elle posa la main sur mon épaule et rétorqua :

— C'est normal que tu lui en veuilles, Alice… Si j'étais à ta place, je réagirais de la même manière.

C'est plus facile de pardonner un mort qu'un vivant. C'était certainement pour cette raison que je ne tenais pas rigueur à mon père pour ses actes, mais je n'étais pas sûre que ce serait le cas de Jeanne. Même si elle venait d'enterrer l'homme qui l'avait élevée, celui qui avait insufflé de l'air dans ses poumons était encore bien vivant.

***

Le soleil se couchait par la fenêtre du salon dans lequel Jeanne nous avait accueillis lors de notre première visite ici. Rien, pourtant, ne semblait comparable. À l'époque, nous n'en savions que très peu sur nos ennemis et nous les avions à peine affrontés, Zara et Mathys étaient encore auprès de nous, Adrien venait tout juste de se joindre à notre cause et Hugo n'existait pas à nos yeux.

— Je suis épuisé, Alice, articula difficilement Romain entre deux bâillements. Puis-je aller dormir ?

Je le pris dans mes bras comme une mère l'aurait sûrement fait et répondis :

— Bien-sûr, tu mérites une bonne nuit de sommeil. Si tu as besoin, tu sais où me trouver.

Il m'embrassa brièvement sur la joue puis descendit du sofa en toute hâte.

— Tu es bien énergique pour un petit garçon qui veut dormir, lui fis-je remarquer.

— Plus je me fatigue, mieux je dors, répliqua-t-il en haussant les épaules.

— Allez, au lit.

Il quitta la pièce en courant et j'hésitai à le suivre pour l'accompagner jusqu'à sa chambre. N'était-ce pas le travail d'un parent de border son enfant et de lui chanter une comptine ou bien de lui raconter une histoire ? Alors que je remettais intérieurement en cause mes qualités de parents, Adrien me demanda d'un ton moqueur :

— Qu'est-ce que cela fait d'être mère ? Tu m'as l'air bien investie dans ton rôle...

Je souris légèrement avant de lui rétorquer avec sérieux :

— Si je ne m'occupe pas de lui, qui le fera ? Peut-être que je suis ridicule de m'efforcer d'être une bonne mère alors même que je n'en suis pas une, mais je préfère faire de mon mieux que de laisser un enfant grandir sans aucun parent.

Hugo laissa alors tomber le livre qu'il avait entre les mains. Je lui lançai un regard compatissant en me rappelant le passé qui était le sien.

— Ce que tu fais n'a rien de stupide Alice, au contraire. Beaucoup d'enfants seraient heureux d'être à la place de ce gamin.

Jeanne prit la main de son époux dans la sienne.

— Ce n'est pas le moment de penser à tout cela, nous aurons tout le temps d'en reparler lorsque nous aurons définitivement éradiquer ces monstres. Maintenant que Louise est avec nous, ses visions pourraient nous être utiles pour prévoir les actions de nos ennemis... Cela fait longtemps que Zara est partie, alors elle pourra prendre sa chambre.

Je jetai un regard à celui qui avait tant aimé la jeune femme. Ses yeux lançaient des éclairs, visiblement en direction de Jeanne. Adrien ? En colère contre elle ? Ces deux-là m'avaient toujours semblé inséparables...

— Serais-tu en train de songer à remplacer Zara ? demanda-t-il avec sarcasme.

— Jeanne n'a jamais dit cela, calme-toi, lui ordonna le mentor avec une pointe de compassion dans la voix.

— Zara ne reviendra sûrement pas, et c'est ta faute, Adrien, alors laisse-moi décider de ce qui se passe dans ma demeure, répliqua mon amie d'un ton glacial.

Je devinai sans peine que la mort de son père l'épuisait et qu'elle ne pensait pas les mots qu'elle venait de dire. Elle les regretterait sûrement lorsqu'elle se sentirait mieux, mais il serait trop tard.

Face à elle, se tenait le Adrien inconsolable auquel l'ancienne servante avait renoncé. Mon cœur se serra et je me levai pour m'interposer entre les deux, au cas où les choses tourneraient mal.

— Peut-être que nous devrions tous aller dormir, proposai-je, nous continuerons à réfléchir demain.

— Pourquoi tiens-tu tellement à arrêter de parler ? Aurais-tu des choses à cacher ? me demanda Louise d'une voix narquoise.

Je me tournai vers elle, prête à rétorquer, mais ce fut Hugo qui prit ma défense.

— Alice a raison : nous avons tous besoin d'une bonne nuit de sommeil.

Gabriel hocha la tête et vint se poster à côté de moi.

— Bien, capitula la voyante avant de quitter le salon pour aller prendre sa place dans la chambre laissée vacante par notre amie.

Hugo entraîna Jeanne vers leurs appartements, passant tendrement son bras autour de sa taille après nous avoir chaleureusement souhaité de bien nous reposer.

Je lançai un regard de soutien à Adrien qui ne s'était visiblement pas remis de la réplique de Jeanne, et pour qui je ressentais une infinie compassion.

— Elle ne reviendra pas... Et c'est à cause de moi.

Même après tout ce temps, il était encore possible de percevoir son cœur brisé dans le son de sa voix et dans l'éclat terne de son regard.

— Ne dis pas une telle chose, rétorquai-je.

Il releva ses yeux vitreux vers moi.

— Peux-tu me promettre qu'elle va revenir ?

Je songeai un instant à lui jurer cela et à tout mettre en œuvre pour retrouver la jeune femme. Pourtant, nous avions déjà bien assez de choses dont nous devions nous occuper, sans compter qu'il nous fallait respecter la volonté de Zara : nous ne pouvions la forcer à rentrer. Après un moment d'hésitation, je répondis d'un ton vide :

— Non. Je ne peux pas.

Après un dernier soupir, le jeune sorcier sortit du salon en me bousculant maladroitement, mais je ne le lui fis pas remarquer, jugeant que nous étions tous plus ou moins hors de nous ce soir-là. Alienor se leva de son fauteuil et nous regarda tour à tour avant de dire :

— Passez une agréable nuit.

Je ne parvins pas vraiment à déterminer si elle était sincère ou ironique, mais je répondis tout de même :

— Repose-toi bien.

Elle enlaça Gabriel de manière amicale, puis quitta la pièce. Il ne restait donc plus que le neveu du Roi et moi, éclairés par une faible bougie. Je repensai aux tensions de cette soirée et aux prédictions de cette maudite voyante. Le jeune homme prit la dernière chandelle et s'avança vers la porte, attendant que je le suive.

— Tu ne montes pas ? me demanda-t-il.

— Si, bien-sûr. Je me demandais simplement…

Il s'approcha de moi et je me décidai à lui poser mes questions :

— Louise t'a-t-elle fait des prédictions ? Ne trouves-tu pas qu'elle n'a pas l'air si honnête qu'elle voudrait nous le faire croire ?

Il posa sa main sur mon épaule et répondit avec douceur :

— Elle m'a dit quelque chose, en effet. Quant aux doutes que tu as sur elle, ils sont probablement infondés : même Jeanne et Adrien sont méconnaissables, et comme tu l'as dit, c'est à cause de la fatigue.

Je ne relevai pas sa remise en question de mes soupçons et me préoccupai davantage du début de sa déclaration :

— Quelle était sa prémonition te concernant ?

Il me lança un regard hésitant, et je m'empressai de lui rappeler qu'il pouvait se confier à moi.

— Elle m'a dit que tu finirais par partir, et que cette fois-ci tu ne reviendrais pas, m'avoua-t-il avec une légère amertume dans la voix.

Je baissai les yeux, coupable de l'avoir abandonné, mais il releva mon menton pour que je me souvienne qu'il m'avait pardonnée. Que nous nous étions tous les deux pardonnés.
— Crois-tu qu'elle dise la vérité ?
Je lus un brin de culpabilité en lui lorsqu'il me répondit :
— Tu l'as déjà fait une fois...
Il me pensait capable de recommencer. J'étais partagée entre la déception qu'il ne me fasse plus entièrement confiance, et la compréhension de sa peur.
— Peux-tu me promettre que tu ne me quitteras plus, Alice ?
— Me croirais-tu seulement ? Tu as foi en une fille que tu viens de rencontrer, mais tu doutes de moi.
Il se mordit la lèvre et répliqua d'un ton qui se voulait apaisant :
— Cette Louise voit l'avenir, évidemment que cela me rend confus... Ne l'as-tu pas crue lorsqu'elle t'a dit que tu étais promise à un sombre destin ?
Mes yeux se posèrent sur lui avec dégoût.
— Si tu acceptes de croire que je finirais par partir, c'est que tu acceptes aussi de croire que je ne peux échapper à mon soi-disant sort funeste.
Je fis volte-face et quittai à mon tour la pièce, talonnée par le neveu du roi. J'avais l'impression qu'il me condamnait à n'être qu'une marionnette entre les mains d'un avenir peu prometteur. J'étais pourtant persuadée que j'étais plus que cela, que je méritais mieux.
— Je n'ai pas voulu dire cela, Alice... Je voulais juste dire que ses paroles ne me laissent pas indifférent. Fais-moi confiance, je souhaite plus que tout au monde que rien de tout cela ne soit réel.
Je montai les escaliers de marbre sans dire un mot, et mon silence s'éternisa jusqu'à ce que j'entre dans sa chambre, hésitant encore à passer la nuit ici.
— Reste Alice, s'il te plaît.
Avec une chemise de nuit tirée d'un tiroir de Jeanne, j'allai me changer derrière le paravent. Il était encore temps de quitter la pièce et de laisser ces tensions s'installer entre nous. En agissant ainsi, je redeviendrais la part solitaire de moi, celle qui ne savait pas pardonner et qui refusait d'être blessée. Celle qui préférait n'avoir rien que de tout avoir, mais de risquer de le perdre. Je revêtis ma tenue de nuit parfaitement repassée et accordée aux draps blancs dans lesquels j'allais probablement dormir. Lorsque je fus enfin prête, j'allai m'asseoir sur le lit, dévisageant ce jeune

homme que je connaissais si bien mais qui m'apparaissait presque comme un étranger.

— Tout va bien entre nous, déclara-t-il comme s'il était le seul à pouvoir en décider.

— Ce n'est pas parce que l'on s'aime tous les deux que…

— C'est le problème avec toi : même quand tout va pour le mieux, tu t'imagines que nous ne sommes pas faits pour être ensemble, tu crois savoir mieux que moi ce qui est bon pour moi, et tu n'as pas écouté ce que j'en pensais quand tu m'as dit que nous n'en valions pas la peine. C'est pour cette raison qu'il m'est difficile de te faire confiance.

Je relevai les yeux vers lui, et il ne semblait pas vouloir me blesser ; pour cause, il l'était. Il reprit presque aussitôt :

— Ce n'est pas de tes sentiments dont je doute, je sais que tu m'aimes et que tu es prête à donner ta vie pour sauver la mienne même si je ne t'en demande pas tant. Ce qui me fait peur, c'est simplement que tu finisses à nouveau par penser que je serais mieux avec une autre et que tu me rejettes encore une fois.

Je ne pouvais rien faire de plus que de lui demander pardon, mais il me défendit de le faire en déclarant d'un ton sans réponse :

— Nous avions tous les deux nos torts, n'est-ce pas ?

Je hochai lentement la tête et il ajouta :

— Alors ne t'excuse pas et contente-toi de ne plus jamais me faire cela.

J'étais sur le point de répliquer quelque chose mais il me coupa de nouveau :

— Je m'engage moi aussi à travailler sur… mes points faibles.

Ses "points faibles" n'étaient rien d'autre que son amitié avec Alienor et sa manie de toujours la faire passer avant le reste, mais ce défaut paraissait mineur à côté des miens.

— Si tu n'as rien à ajouter, pouvons-nous considérer cette dispute comme réglée ?

J'hésitai à acquiescer, car une question me taraudait encore l'esprit. Je savais pertinemment qu'en allant au bout de ma curiosité, la discussion risquait de ne pas aller en s'arrangeant, au contraire.

— Alice ? répéta-t-il.

Je revins dans l'instant présent et demandai d'une traite :

— Pourquoi étais-tu prêt à l'épouser ? Cela ne faisait que quelques mois que nous nous étions séparés…

Il s'assit sur le lit face à moi, prenant mes mains dans les siennes pour m'apaiser. J'espérais que ce n'était qu'une simple précaution et qu'il n'y avait pas de réelles raisons qui puissent me pousser hors de moi.

— Je t'ai écrit tous les jours, et tu ne m'as jamais répondu, alors je pensais que tu ne voulais plus entendre parler de moi… J'ai tout de même continué mes lettres parce que j'avais besoin de me raccrocher à toi, c'était comme si d'une certaine manière… tu étais toujours là.

Je m'en voulais de ne pas avoir lu ses missives, mais à chaque fois que j'en avais reçu une, il m'avait semblé bon de ne pas le faire car comme il l'avait dit, j'aurais eu le sentiment de m'accrocher.

— Alienor m'a alors confiée que sa famille avait de lourds problèmes financiers et que la situation chez elle était de plus en plus difficile à vivre… Se marier, c'était leur assurer un avenir meilleur. J'ai voulu lui rendre service, tu comprends ?

— Par amitié pour elle, tu aurais tiré un trait sur ton amour pour moi ?

Le lui reprocher était injuste et puéril de ma part, sachant que je lui avais dit de m'oublier et de continuer sa vie comme si nous ne nous étions jamais connus.

— Oui, Alice. J'étais complètement désespéré et si je ne pouvais pas être heureux, je voulais qu'elle au moins, elle le soit. Je ne pensais pas te revoir un jour.

Il prit mon corps inerte contre lui.

— Sois sûre que s'il y a un jour eu plus que de l'amitié entre elle et moi, ce n'a jamais été comparable à ce que je ressentais et ressens toujours à ton égard.

— Elle doit beaucoup t'en vouloir d'avoir changé d'avis quant au mariage…

Il n'y avait pas que moi que le comportement du neveu du Roi avait pu blesser. Alienor avait beau être souvent la priorité de celui-ci, il était de plus en plus évident que son affection pour elle n'égalerait jamais son amour à mon égard. J'aurais presque pu me reprocher d'avoir fait partie de leur vie, car sans moi, ils auraient probablement eu un bel avenir ensemble.

Je sentis les bras de Gabriel autour de moi et ma culpabilité s'effaça presque. Mon droit au bonheur valait autant que le leur, sans compter que je n'avais jamais demandé à les rencontrer : ils étaient venus me trouver.

— Tu sais, Alice, pendant que tu étais chez les Créatures, j'étais tellement remonté contre elle qu'elle m'a fait de nombreuses confessions en espérant ainsi se faire pardonner. J'ai appris que tu avais passé ton temps à me chercher au château, j'ai appris que tu m'avais écrit une lettre… Elle s'en est débarrassée, évidemment.

Je repris contenance et serrai à mon tour le corps de l'homme que j'aimais contre le mien, fermant un instant les yeux.

— Elle m'a aussi révélé que sa famille n'avait pas réellement de soucis avec l'argent comme ils l'avaient prétendu, et elle m'avait menti sous la pression de ses parents pour accéder au trône.

— Je suis désolée, je sais que tu as souvent eu le sentiment que l'on ne s'intéressait à toi que pour ton titre et rien d'autre. Découvrir que même Alienor était capable de se servir de toi a dû être très douloureux.

Je le sentis hocher la tête et il déclara :

— Je ne crois pas qu'elle ait eu le choix. Son père sait se montrer assez… convaincant.

Je compris sans peine ce qu'il voulait dire par là et fus soudainement éprise de compassion pour cette femme que je n'avais jamais beaucoup appréciée. Sa vie de petite bourgeoise n'était peut-être pas aussi parfaite que je l'avais toujours pensé.

— Cela n'excuse pas toutes ses autres erreurs et son attitude envers toi, mais dans le cas de notre mariage, elle ne pensait pas à mal… Je connais cette fille, et je sais qu'elle ne voulait pas me forcer à l'épouser, même si elle espérait que son rêve deviendrait un jour réalité.

Elle voulait juste qu'il l'aime, et après tout, il était normal qu'elle attende quelque chose en retour de ses sentiments pour lui. Si nous n'avions jamais pu nous entendre elle et moi, c'était sûrement à cause de ces mêmes émotions : nous n'avions pas pu nous empêcher de nous jalouser l'une et l'autre.

— Son rêve ne se réalisera jamais, Alice. C'est toi que j'aime…

Je l'embrassai avant qu'il ne dise quoi que ce soit de plus. Peut-être par peur que ce moment ne soit gâché par une tournure maladroite ou peut-être par pure envie. Il me retourna mon baiser avant de dire :

— Peu importe ce que Louise a dit, tu as raison. J'ai foi en toi, Alice Morìn.

Il recommença à me couvrir de baisers, quand tout à coup, quelqu'un toqua à la porte.

27

Une silhouette fluette se faufila par la porte. Romain, reconnaissable à sa petite taille, grimpa sur le lit pour se joindre à notre discussion.
— Il y a des monstres sous mon lit, déclara-t-il simplement.
J'échangeai un regard amusé avec Gabriel, avant de ramener le petit garçon près de moi pour qu'il pose son front contre mon épaule.
— Les monstres…
…*n'existent pas*. L'horreur de ces derniers jours me mit au défi d'achever ma phrase. Et puis, lui mentir était inutile, il connaissait lui-même la réalité.
— Il n'y a pas de monstres *dans ce château*.
J'avais intentionnellement insisté sur ces trois derniers mots. Cela n'apaisa pourtant pas les craintes du petit, qui se plaignit de plus belle.
— Il y avait des murmures et j'en avais même des frissons, regarde, m'interpela-t-il en me montrant ses bras couverts de chair de poule.
Je fronçai les sourcils, étonnée.
— Romain, tu es bien sûr que ça venait de sous ton lit ?
— Absolument.
— As-tu regardé ?
Il hocha la tête tout en m'assurant qu'autrement, il ne m'aurait pas dérangée, ce qui donnait un certain poids à ses propos. Malgré tout, il restait un enfant, il était donc normal que les ténèbres l'effraient.
— Tu sais, ajouta-t-il, je me suis trompé de chambre en venant te chercher. J'suis entré dans celle d'un de tes amis, et je peux te dire qu'il ronfle fort !
Il devait s'agir d'Adrien, car il n'avait pas mentionné la présence d'une femme à ses côtés et que Jeanne n'avait jamais émis la moindre plainte quant aux ronflements de son époux.
— J'ai essayé de siffler pour qu'il arrête, mais il n'y avait rien à faire alors j'ai abandonné et je suis venu ici.
— Bien. Il est tard et tu dois te reposer. Moi aussi, d'ailleurs. Viens, je vais te raccompagner jusqu'à ta chambre.
J'enfilai une robe de chambre en soie avant de sortir de la pièce d'un pas léger pour éviter que le château entier ne se réveille. Le petit garçon glissa sa main dans la mienne, l'air apeuré. Sûrement l'était-il. Et il n'avait pas tout à fait tort : l'air

portait en lui quelque chose d'étrange et de dérangeant. Ou peut-être cette illusion s'était-elle frayé un chemin dans mon esprit à cause des craintes de l'enfant. Je le conduisis jusqu'à la porte de sa chambre, mais comme je m'apprêtais à lui souhaiter une bonne nuit, il s'accrocha à mon bras et me supplia de rester jusqu'à ce qu'il s'endorme.

Traverser la journée passée m'avait épuisée et une seule pensée m'obsédait. Retourner me coucher auprès du neveu du roi. Pourtant, j'avais à répondre aux besoins de ce pauvre garçon aux dépens des miens, aussi je consentis à lui tenir compagnie encore un peu. Une fois que je l'eus bordé, il murmura :

— Je les entends encore, pas toi ?

A force de tendre l'oreille, il me sembla effectivement percevoir des murmures en dessous de son lit. J'y jetai aussitôt un coup d'œil pour m'assurer que ce n'était rien de plus que mon imagination : seule une couche de poussière couvrait le plancher.

— La fatigue nous joue des tours, dors tranquille, le rassurai-je. Tu en as besoin.

Il acquiesça et ferma les yeux tout en fredonnant un air calme. Certainement celui d'une berceuse que lui chantait sa mère. En quelques minutes, l'esprit de l'enfant s'envola vers de nouveaux rêves.

Lorsque je fermai la porte, la lourdeur de l'air s'abattit de nouveau sur moi et renforça mon intuition que quelque chose allait de travers. Il n'existait qu'une seule manière d'être rassurée pour de bon : descendre d'un étage. Si ces murmures ne venaient pas directement de la chambre, ils provenaient forcément de plus bas. Sur la pointe des pieds, je pris les escaliers, espérant ne rien trouver d'anormal à l'arrivée. Le marbre froid me gelait les orteils et l'air frais se glissait sous le tissu de la robe de chambre, qui était, de toute évidence, plus belle qu'utile. Je suivis mon instinct jusqu'à la pièce qui devait se trouver juste en dessous de la chambre du petit. Une lumière rouge émanait de la porte à peine entrouverte. Je m'en approchai d'un pas tremblant, sans trop savoir s'il s'agissait du froid ou de la peur. Quoi qu'il en soit, il était hors de question que cet endroit si sûr se révèle aussi dangereux que la forteresse des Créatures. A cette simple idée, ma poitrine se crispa.

En jetant un coup d'œil par le maigre entrebâillement de la porte, je reconnus la chevelure flamboyante de la voyante. Cette dernière se tenait dos à moi et murmurait quelques mots dans une langue ancienne, toujours les mêmes, mais ils étaient incompréhensibles. Ma tête se mit à tourner et je revis mon père, Damien et Louis

Sarre durant la fameuse nuit. Celle où je les avais surpris. Les deux situations se ressemblaient sous de nombreux aspects. J'étais là où je n'aurais pas dû être, mais aussi là où elle non plus n'aurait jamais dû se trouver. Je fis abstraction du passé pour me recentrer sur le présent.

La jeune femme avait allumé un feu dans une sorte de coupelle et dans l'ignorance de qu'elle manigançait, il était difficile de déterminer le mieux à faire : la laisser continuer au risque que cela nous retombe dessus, ou l'arrêter et me mettre en danger immédiatement. Elle n'était rien de ce qu'elle prétendait, c'était maintenant une certitude, mais il nous restait à découvrir qui elle était réellement et ce dont elle était capable. Je fis volte-face, prête à aller chercher Jeanne, mais quelqu'un se tenait déjà à l'autre bout du couloir.

Je m'empressai de rejoindre Alienor pour l'entraîner dans la cuisine du château. Elle me suivit sans résistance, ayant sûrement compris que quelque chose ne tournait pas rond. Une fois la porte close, elle demanda :
— Tu as vu ce qu'il se passait ?
Je hochai la tête.
— Louise n'est pas ce qu'elle semble être.
— Je m'en doutais, commenta la petite bourgeoise.
Je lui lançai un regard surpris et elle se hâta de m'expliquer :
— Elle m'a parlé de toi en prétendant comprendre la difficulté de ma situation. Elle a insisté pour me dire qu'elle me soutiendrait.
— Il n'y a rien de suspect là-dedans, objectai-je en haussant un sourcil. Elle est peut-être un peu indiscrète, mais…
— Ce n'est pas tout, Alice. J'avais la nette impression qu'elle essayait de me monter contre toi. Elle m'a dit que si tu venais à disparaître définitivement, alors j'aurais Gabriel.
Elle me regarda avec une certaine jalousie qui s'atténua légèrement lorsqu'elle ajouta :
— Mais tu le rends plus heureux que je ne le pourrai jamais, et c'est tout ce que je veux pour lui. Je t'assure, je ne suis pas du tout d'accord avec elle.
Elle esquissa alors un sourire presque amical.
— Même morte, Gab t'aimerait encore.
Je laissai s'échapper un rire nerveux. Mon funeste destin, ma mort, mon triste sort… Depuis que cette voyante était entrée dans ma vie, je n'entendais plus que

ces mots au sujet de mon avenir. Un avenir qui se rapprochait de moi, inexorablement. La voix d'Alienor me rappela à la réalité.

— Sincèrement, Alice, tu sais que je serais la première à adhérer à de tels propos, mais là, c'est… étrange. Elle n'est pas quelqu'un de bien, au contraire, je suis certaine que tu as vu comme nous sommes tous devenus agressifs à son arrivée.

— Elle sépare les amis et rassemble les ennemis, on dirait, rétorquai-je avec sarcasme.

Je n'aurais jamais cru qu'Alienor et moi, nous puissions nous tenir si proche l'une de l'autre sans nous entredéchirer, et surtout, partager des convictions plutôt que de nous contredire.

— Quoi qu'il en soit, nous devons découvrir ce qu'elle prépare, déclara Alienor d'un ton sérieux.

— Elle utilise la magie noire et exécute un rituel que je ne connais pas, lui avouai-je.

— Ne devrions-nous pas l'arrêter ? Je n'ai pas très envie qu'elle nous tue dans notre sommeil…

— Si elle est une sorcière, elle doit avoir des dons puissants alors je ne sais pas si nous devons nous y risquer.

— La laisser faire ne me semble pas être une solution non plus.

Sur ce point-là, je lui donnai raison, et nous étions face à un dilemme auquel aucune de nous n'avait la réponse. À une autre époque, pas si loin qu'il n'y paraissait, nous aurions pourtant tenté par tous les moyens d'avoir raison. Cette petite compétition semblait finie, mais si ce n'était qu'une trêve, alors j'espérais qu'elle durerait.

— Tu as la bague, et il y a plein de couteaux dans cette cuisine. On entre, et on lui pose nos questions. Si elle tente quelque chose, je sais viser et tu sais te défendre…

Je la regardai un instant avec appréhension.

— Nous ferons le poids, Alice, nous n'avons pas le choix.

Pour la première fois, son regard bleu ne me faisait pas me sentir inférieure. Il me donnait confiance.

De retour au seuil de la fameuse porte derrière laquelle se trouvait la voyante, je jetai un rapide coup d'œil à Alienor. Elle était armée de deux lames parfaitement aiguisées, tandis que la bague ornait mon index. Une fois encore, j'espérais qu'elle décuple mes pouvoirs. Je fis mon entrée, essayant de ne rien laisser paraître de mes

angoisses, tandis que mon alliée resta en retrait, pour jouer la carte d'une attaque surprise.
— Que fais-tu ? demandai-je froidement.
La voyante ne sembla pas m'entendre et n'esquissa pas le moindre geste. Acharnée sur son étrange rituel, elle semblait hermétique au monde extérieur, et je m'avançai donc vers elle d'un pas qui se faisait de plus en plus hésitant. Ma main effleura son épaule avec douceur pour ne pas la brusquer, mais elle n'eut aucune réaction.
— Louise !
Alienor s'approcha furtivement elle aussi, et une fois à ma hauteur, elle posa l'une des dagues contre le dos de la jeune femme, prête à passer à l'acte. Maintenant que la situation ne pouvait plus nous échapper, je regardai avec plus d'attention l'attitude de la voyante. Elle avait les deux mains collées à la table, et un liquide rouge en dépassait. Je devinai facilement qu'elle avait elle-même entaillé ses paumes, ce qui était assez fréquent lors de tels enchantements. Derrière ses paupières closes, ses yeux bougeaient pourtant. Ses lèvres murmuraient toujours des mots inconnus et je tentai de les retenir : si je n'étais pas capable de les comprendre, Jeanne ou Hugo le pourraient peut-être.
Comme elle n'avait toujours pas remarqué notre présence, je jetai un œil au matériel posé devant elle : une carte du royaume dont le seul repère était une tache de sang, au nord-est d'ici. Alienor se tourna vers moi, le regard rempli d'interrogations auxquelles je n'étais pas certaine de pouvoir répondre.
— Je crois que son âme a quitté son corps, murmurai-je simplement.
Mon doigt désigna la marque.
— Elle doit être là.
Mon alliée s'intéressa à ce détail et répliqua :
— Il n'y a rien d'autre que la forêt dans cette partie de Shirin. Qu'irait-elle faire là-bas ?
Je serrai la mâchoire : tout ceci n'étaient que des suppositions. Sans idée de la manière dont elle procédait, il m'était difficile de savoir ce qu'elle pouvait faire. Il y avait peut-être une façon pour moi de le découvrir.
— Je dois y aller aussi, déclarai-je.
La petite bourgeoise esquissa un geste de recul.
— Tu connais cette forme de magie ?
— Non.

Il y avait certainement quelques précautions à prendre avant d'entreprendre une telle chose que de scinder son âme et son corps, mais je devais savoir ce qui se tramait dans notre dos.

— Si tu y vas, tu seras comme elle, Alice, et j'ignore comment te ramener à toi.

Il était vrai qu'entrer quelque part plan de sortie était toujours risqué, voire stupide, mais nous n'avions pas vraiment le temps d'y réfléchir. La petite bourgeoise posa sa main sur mon épaule et ajouta :

— Si tu ne reviens pas, cela n'aura servi à rien car nous ne saurons jamais ce qu'elle faisait. Nous t'aurons perdue pour rien, et ce n'est pas envisageable. Tu ne sais rien de cet enchantement, alors…

— Peu importe, je trouverai une solution. Je reviendrai, c'est promis.

Je relevai les yeux vers elle et lus une certaine crainte sur son visage. Pourquoi était-ce maintenant qu'elle s'inquiétait à mon sujet alors qu'elle m'avait souhaité de disparaître à maintes reprises ?

— Bon courage, alors, murmura-t-elle.

Je pris la dague utilisée par Louise et posai la lame contre la paume d'une de mes mains. Mes yeux se fermèrent et une légère appréhension s'empara de moi. Si je faisais une erreur en y allant ? Si je ne revenais pas, comme le craignait Alienor, qu'adviendrait-il de moi ?

— Tu n'es pas obligée, Alice. Personne ne te force à le faire.

Une nouvelle voix se fit alors entendre :

— Inutile de te donner tant de mal, ma chère élue déchue, tu ne verrais rien en agissant ainsi.

Je jetai un regard haineux à Louise, qui était revenue à elle. Elle voulut reculer mais dû sentir le couteau qu'Alienor pointait toujours sur elle, car elle s'arrêta. La jeune femme leva les yeux au ciel, feignant l'exaspération.

— Vous vous demandez ce que je faisais, c'est cela ?

— Quelle perspicacité ! la railla mon amie.

Quelques mois plus tôt, ce sarcasme m'était destiné, songeai-je, amusée.

— Je tentais simplement de voir l'avenir et de percer les secrets des Créatures, soupira Louise. Le fait que vous soyez réunies ce soir démontre bien qu'avoir un ennemi commun rassemble même les rivaux les plus anciens, alors arrêtez de m'épier et de critiquer mes méthodes : nous agissons contre le même danger.

— Certes, mais nous ne tolérons pas la magie noire, le meurtre ou quoi que ce soit qui ait un lien avec ces monstres.

Mon ressentiment à son égard pour la Créature qu'elle avait tuée ne s'atténuait pas et sa connaissance de telles pratiques ne me laissait pas indifférente. Elle cachait forcément quelque chose, et après avoir échangé un regard avec mon ancienne rivale, je sus qu'elle aussi doutait encore de cette femme étrange.

— Alice, ma chère Alice, tu n'es pas très bien placée pour parler de meurtre et de magie noire : ton propre père l'utilisait, et toi, tu as tué des gens aussi.

— Je n'avais pas d'autre choix que de les tuer, au contraire de toi, qui ne tue que par vengeance.

Je n'avais pas achevé Simon Dignac en dépit de ma rancune, et c'était pour moi la preuve que je n'étais pas aussi mauvaise qu'elle.

— Le choix, on l'a toujours, même si tu préférerais pouvoir te rassurer en te disant que tu l'as fait pour te protéger.

— J'ai mes propres convictions, rétorquai-je.

Elle haussa les sourcils, agacée.

— Quoi qu'il en soit, pourquoi m'espionnez-vous ? Vous me croyez si indigne de votre confiance ?

— Tu dérangeais Romain, il a senti que quelque chose d'anormal se produisait ici même…

— C'est ce marmot que tu traînes avec toi ? J'espère qu'il ne sera pas trop peiné quand…

— Il suffit, l'interrompit Alienor. Puisque tu prétends être occupée à *percer le secret des Créatures*, dis-nous tout, quels sont-ils ?

Louise baissa les yeux, l'air de chercher ses mots. Vraisemblablement, elle devait plutôt réfléchir à sa réponse car il était de plus en plus évident qu'elle mentait.

— Je sais comment te sauver Alice, mais quand je vois la manière dont tu me traites, je ne sais pas si j'ai réellement envie de te le dire…

— Me sauver de quoi ? m'emportai-je. De ce funeste sort que tu m'as promis ? Je n'y crois pas, alors cesse de nous duper et parle !

— Je vous ai déjà répondu. Dois-je vous rappeler qu'une voyante ne voit pas ce qu'elle veut mais ce que le hasard a décidé de lui montrer ? Ce n'est pas ma faute si je n'ai rien appris de plus…

Je ne pouvais pas prouver qu'elle se jouait de nous, car mes connaissances dans le domaine des prédilections étaient limitées.

— Si vous voulez bien me laisser, je vais dormir, déclara-t-elle avec sarcasme tout en faisant une révérence ridicule.

Alienor et moi restâmes plantées face à cette table, souillée par le sang de la jeune femme, puis mon amie s'empara de la carte.
— Demain j'essaierai d'en savoir plus sur l'endroit indiqué. Pour ce qui est de ce soir, nous ferions mieux d'aller nous reposer aussi.
Je hochai la tête.
— Nous finirons par découvrir ce qu'elle manigance, me promit-elle d'une voix convaincue.
Il ne restait qu'à espérer que nous n'allions pas le découvrir trop tard, sans quoi notre manque d'efficacité risquait de nous coûter cher. Mon alliée commença à sortir à son tour, mais s'arrêta avant d'ajouter :
— Quant à ta mort prochaine, ne t'en fais pas trop... Je suis prête à parier qu'elle ne le dit que pour te distraire.

***

La main de Gabriel passa sur ma joue avec douceur, puis il m'embrassa à l'improvu. En regagnant mes appartements, je l'avais trouvé éveillé, bien au chaud sous les couvertures. Je lui rendis son baiser, puis il me demanda :
— Qu'as-tu fait pour être si longue ?
— Tu es inquiet que je sois allée voir quelqu'un d'autre ?
Il posa de nouveau ses lèvres contre les miennes, avec plus d'insistance cette fois.
— Je te fais confiance, Alice.
Sa voix faiblissait au fil des mots et trahissait sa fatigue. Était-ce le moment d'aborder le sujet Louise et ses agissements suspects ? Peut-être pas. Nous n'étions que tous les deux, le monde entier avait disparu et ce genre de moment se faisait de plus en plus rare. L'urgence de la situation me faisait pourtant hésiter, mais lorsqu'il m'attira entre ses bras, je décidai d'attendre le lendemain.
— Serais-tu préoccupée ?
Je croisai son regard bleu dans la nuit et répliquai en souriant :
— Je ne pense qu'à toi, Gabriel. Et peut-être un peu à nous.
Il me sourit à son tour, et nos bouches se rencontrèrent de nouveau. Une larme coula lentement sur ma joue, sans que je parvienne à déterminer son origine. Le bonheur d'être dans ses bras en cet instant précis, le désir de ne plus jamais être séparée de lui, ou bien la douleur, celle de savoir que j'allais peut-être devoir dire

adieu à cette vie, la peur de ne plus jamais le revoir. Je le serrai de plus belle contre moi, laissant s'échapper toutes mes émotions hors de moi.
— Il me tarde d'avoir enfin sauvé ce royaume, Alice. Quand tout cela sera fini...
— Il n'y aura pas de fin, le coupai-je. Ce sera tout simplement le début d'une nouvelle histoire.
Il passa sa main dans mon dos et je fermai les yeux.
— Notre histoire n'aura pas de fin alors.
— Jamais, murmurai-je à son oreille.
Mon visage disparut contre son cou, priant pour que ce soit la vérité.

La lumière du jour effleura ma peau et j'ouvris lentement les yeux. Le bras de Gabriel était toujours autour de ma taille et je l'embrassai sur le coin des lèvres pour le tirer de son sommeil. Il esquissa un léger sourire et murmura d'un ton endormi :
— Je voudrais me réveiller tous les matins à tes côtés...
J'étais sur le point de répondre quelque chose de rassurant quant à cela, mais les événements de la veille se révélèrent à mon esprit endormi. Mon expression blême ne laissa pas le neveu du Roi indifférent, et il me demanda expressément ce qui n'allait pas.
— Hier soir, j'ai surpris Louise qui utilisait la magie noire avec Alienor...
— Alienor pratique la magie noire ? m'interrogea-t-il d'un air surpris, voire moqueur.
— Non, je voulais dire qu'elle était avec moi...
Il fronça les sourcils, l'air d'autant plus étonné.
— Alienor et toi, vous avez réussi à vous entendre ?
Je hochai vivement la tête, et face au regard amusé du jeune homme, je lui lançai un oreiller qu'il dégagea d'un simple geste de la main.
— Je suis heureux de l'apprendre, sincèrement.
Ce rapprochement était certainement dû à la présence de Louise et à une prise de conscience dont nous avions chacune étaient victimes. Gabriel en serait probablement le plus comblé, puisque c'était ce qu'il avait toujours voulu : dès les premiers jours, il avait tenté de créer un lien d'amitié entre son odieuse amie et moi. En vain.
Celle-ci arriva d'ailleurs dans la pièce, claquant la porte derrière elle. Je fus surprise de ce manque de délicatesse de sa part, sans compter qu'elle n'avait pas pris la

peine de soigner sa coiffure ou même de s'habiller convenablement. Ce dernier détail ne ressemblait pas du tout à la Alienor que je connaissais.

— Excusez-moi de vous déranger de si bon matin, mais nous avons un problème.

Je hochai la tête et dis :

— C'était justement de cela que je lui parlais.

— C'est bien pire que ce que tu imagines, Alice, me coupa-t-elle. La tâche sur la carte s'est effacée, mais j'ai eu le temps de comprendre ce qu'il y avait aux alentours. Comme je te l'avais dit, il n'y a que de la nature là-bas.

— Alors quel est notre souci ?

— Cet endroit se trouve dans le périmètre où pourrait aussi se trouver la forteresse des Créatures. Ce n'est qu'une supposition évidemment, mais si…

— Attendez… Vous croyez qu'elle collabore avec nos ennemis ? s'étonna alors Gabriel.

— C'est presque une certitude désormais, répondit Alienor.

Cette traîtresse était sûrement allée communiquer des informations aux Créatures la nuit dernière. Qu'avait-elle à leur apprendre de nouveau ? Après tout, Harry et Damien nous connaissaient suffisamment pour ne pas avoir à user d'un espion. Je relevai alors les yeux vers le neveu du roi, terrifiée par l'idée qui m'avait traversé l'esprit.

— Elle sait pour l'héritier. Elle leur a peut-être dit !

Le jeune homme attrapa mon bras avec brutalité.

— Elle essayait peut-être simplement de les espionner, calme-toi.

— Je ne prendrai pas le risque, Gab. Dis-moi où se cache le Roi et allons le prévenir.

Nous quittâmes aussitôt la pièce, laissant derrière nous une Alienor complètement déboussolée. Une fois dans le bureau de Jeanne, Gabriel se pencha sur la magnifique carte qui servait de sous-main à l'élue, me désignant un coin isolé de la région de Jiehrin.

— Est-ce suffisamment précis ?

— Décris-moi le lieu s'il te plaît.

Il s'empressa de me parler de la résidence secrète du Roi et de ma sœur dans les moindres détails, et je fermai les yeux pour la dessiner dans mon esprit. Main dans la main, nous partîmes pour un nouveau voyage.

28

Nous fûmes violemment projetés contre le parquet en chêne que j'avais visualisé, sans doute dans l'un des salons de ce palais qui, bien que secondaire, ne manquait pas de luxe. Pourtant, cet endroit me semblait familier : tout dans cette pièce me rappelait ma sœur, du choix des couloirs à l'ambiance mystique qui y régnait. Une fenêtre aux rideaux violets nous permettait de voir une petite cour à l'extérieur, dans laquelle se tenaient quelques bancs en marbre, un chevalet, un jeu d'échecs et une petite mare.
— Voici un salon que mon oncle a fait édifier spécialement pour ta sœur, m'informa alors le neveu du roi.
La tentation d'observer ces lieux pour mieux connaître Constance était forte, mais nous n'en avions pas le temps. Gabriel se hâta d'ouvrir la porte de cette charmante petite pièce et nous disparûmes dans les corridors de cette demeure. Ceux-ci n'avaient rien à voir avec la bibliothèque qui me faisait me sentir chez moi.
— Ils vivent seuls ici ? demandai-je.
— Il y a deux serviteurs avec eux, une cuisinière et un valet, mais nous pouvons leur faire confiance, ne t'en fais pas.
Je hochai la tête, et une femme un peu ronde arriva justement, l'air souriante.
— Monsieur De Daemrys, vous êtes le bienvenu au château, déclara-t-elle en s'inclinant devant Gabriel avant de se tourner vers moi.
Elle me dévisagea d'un regard heureux et ajouta :
— Comme vous êtes ici, vous devez être de la famille de Madame Morìn. Laissez-moi deviner… Vous êtes sa petite sœur, Alice ?
— C'est bien moi. Enchantée de vous rencontrer.
Elle me répondit par un nouveau sourire et Gabriel posa alors sa main sur mon dos.
— Alice n'est pas seulement la sœur de Constance, c'est aussi ma future épouse.
Je lançai un coup d'œil étonnée au neveu du Roi et il répliqua aussitôt :
— Nous avons dit pour toujours, n'est-ce pas ?
— Je suppose que oui, répondis-je d'un air perturbé qui fit rire la domestique.
Elle manqua de s'excuser de son attitude, mais Gabriel lui fit signe que ce n'était pas la peine et me présenta cette femme qui me paraissait d'une infinie tendresse :

— Voici Mathilde, elle a été ma nourrice quand je n'étais encore qu'un enfant. C'est même elle qui a aidé ma mère durant l'accouchement, alors Constance est entre de bonnes mains.
Je remerciai aussitôt la servante, qui sembla rougir légèrement.
— Maintenant que nous sommes présentées, je peux vous emmener voir les deux tourtereaux.
Gabriel fronça les sourcils et Mathilde ajouta :
— Ne leur dites pas que je les appelle ainsi, ça risquerait de ne pas leur plaire.
Nous suivîmes d'un pas pressé cette femme d'un certain âge, dont l'épanouissement ici crevait les yeux. Si nous en avions eu le temps, j'aurais aimé lui poser plus de questions sur l'enfance de Gabriel, sur ses liens difficiles avec ses parents. Malheureusement, cela devrait attendre. Nous ne tardâmes pas à arriver dans le jardin que j'avais aperçu de la fenêtre, et ceux que nous cherchions étaient là, assis paisiblement sur l'un des bancs. Nous nous approchâmes lentement et je remarquai, un sourire aux lèvres, qu'ils s'étaient endormis. Sur le chevalet se trouvait une magnifique toile : je reconnus le visage de ma sœur, dont la beauté n'était pas atténuée par les coups de pinceau.
— Mon oncle est un véritable artiste, en plus d'être Roi, me glissa Gabriel à l'oreille.
Mon regard admiratif resta accroché au portrait de Constance durant quelques instants.
— Alice ?
Des bras fins m'enlacèrent avec force et entourèrent ma taille : ma sœur en chair et en os venait de me tomber dessus, désormais réveillée. Son visage se camoufla au creux de mon cou tandis qu'elle murmura :
— Je suis si heureuse de te savoir en vie.
— Moi aussi. Ton état le jour du mariage m'a fait si peur, lui avouai-je.
Elle s'écarta et je pus enfin me tourner vers elle, la regarder dans les yeux.
— L'enfant et moi allons bien, c'est tout ce qui compte.
Le Roi se leva du banc à son tour et nous salua, mais Gabriel ne lui laissa pas le temps de poser la moindre question.
— Nous aurions aimé vous rendre visite pour d'autres raisons, malheureusement ce n'est pas une bonne nouvelle qui nous amène ici.
— Que veux-tu dire ? demanda Constance, déjà inquiète.

Dans quel état d'appréhension se trouvait-elle à l'idée de porter l'héritier du trône, sur qui tant reposait et contre qui de nombreux complots promettaient d'être menés ?

— Comme nous le soupçonnions, le projet des Créatures est de prendre le contrôle du royaume et donc d'anéantir la lignée des Daemrys. Alice me l'a dit, pensant que je courais le plus grand risque car j'étais le seul héritier. Je lui ai donc parlé de vous... et de l'enfant.

Constance jeta un regard tendre à son ventre et lissa les plis de sa robe, laissant apparaître son ventre légèrement arrondi.

— Les Créatures ne savent rien de mon héritier. Tu es toujours en danger, Gabriel, lança le Roi à son neveu, l'air soucieux.

— Et je le serai toujours, mon oncle, jusqu'à ce que nos ennemis ne soient plus qu'un mauvais souvenir. Ce qui nous inquiète Alice et moi, c'est qu'une de nos amis a entendu notre conversation à notre insu...

Constance fronça les sourcils, réalisant la gravité de la situation, puis ferma les yeux avant de s'écrouler sur le banc. Le Roi passa son bras sous les épaules de la jeune femme et l'aida à se relever doucement.

— Tout va bien, mon amour.

— J'ai mal...

Elle serra la mâchoire et quelques larmes coulèrent le long de son magnifique visage. Je pris sa main dans la mienne, le cœur battant, et elle tenta de me lancer un sourire rassurant. J'échangeai un regard avec la domestique, mais elle-même semblait plongée dans l'incompréhension.

— J'ai l'impression que l'enfant va arriver, murmura ma sœur avec douleur.

— C'est impossible, il est bien trop tôt, fit remarquer la servante.

— Surtout, respire, conseillai-je à mon aînée.

Gabriel, en retrait, n'osait plus dire un mot.

— Que s'est-il passé avec votre amie ? tonna la voix grave du Roi.

Soudainement prise d'assurance, je pris la parole et répondis à mon souverain :

— Nous l'avions sauvée des mains des Créatures, aussi nous n'avions aucun doute sur elle. Pourtant, la nuit dernière je crois l'avoir surprise occupée à communiquer avec eux... Elle leur a sûrement dit que Constance et vous...

Je ne terminai pas ma phrase, jugeant qu'il était inutile d'ajouter quoi que ce soit.

— Nous serons en sécurité ici... Tant que l'héritier ne sera pas né, il nous sera plus facile d'assurer sa protection. Nous avons encore le temps de nous préparer.

Puisse-t-il avoir raison, pensai-je.
— Sire, regardez ! s'écria alors Mathilda.
Des cris d'effRoi retentirent : le ventre de ma sœur avait doublé, peut-être même triplé, de volume. Alors qu'elle était loin du terme quelques minutes plus tôt, celui-ci semblait maintenant approcher de très près.
— Comment est-ce possible ?
Chercher en moi une réponse à l'interrogation du Roi ne me mena qu'à une seule certitude, la plus évidente. Il y avait un soupçon de magie là-dedans. Il n'était pas naturel que de telles choses se produisent, pour la simple et bonne raison qu'il n'existait aucune méthode capable d'accélérer ou d'altérer une grossesse. Cela provenait donc forcément de nos ennemis, et un sentiment de colère s'empara de moi.
— Il faut la ramener à l'intérieur, elle va accoucher.
Les deux hommes entreprirent tant bien que mal de la déplacer, mais ils furent arrêtés par la fidèle, et tout à coup intimidante, femme de chambre.
— Il est trop tard, le travail est déjà bien avancé… Allongez-la sur le sol, nous allons faire de notre mieux.
Nous devions avoir foi en cette servante. Selon les dires de Gabriel, elle s'y connaissait bien dans ce domaine et avait déjà aidé d'autres femmes à donner la vie. Paralysée par l'angoisse, je sentis à peine les doigts de Gabriel glisser entre les miens. Mon esprit réfléchissait à toute vitesse pour tenter de comprendre quel sort pouvait bien avoir été lancé sur ma sœur et son enfant. La réponse se trouvait peut-être dans la vaste bibliothèque de la jeune femme et il fallait que nous en ayons le cœur net. Je fis un pas vers la demeure, mais sa voix apeurée me rappela :
— Je veux que tu sois avec moi, Alice, je t'en prie. Juste cette fois, oublions le reste, et soyons comme avant : l'une avec l'autre.
En un hochement de tête, je vins m'agenouiller à ses côtés, face au Roi. Elle prit ma main avec faiblesse.
— Je suis avec toi, Constance.
Elle me sourit une dernière fois avant de hurler.

La jeune mère poussa un léger soupir, ses yeux se fermèrent et ses membres se relâchèrent. Son compagnon la secoua par le bras, criant son nom, mais il n'eut aucune réponse. Comme il paniquait, Gabriel s'approcha de lui pour le calmer. Mes yeux vides se posèrent sur ceux de ma sœur, fermés. La nausée me vint à la seule pensée qu'elle puisse être… morte. Si elle ne revenait pas rapidement à elle,

mon cœur risquait de s'arrêter lui aussi. Mes lèvres s'entrouvrirent pour susurrer le prénom de ma sœur, mais aucun son n'en sortit. Elle n'avait pas le droit de s'en aller, de me laisser, de laisser... l'enfant. La sage-femme improvisée me le tendait. Visiblement, le Roi ne se trouvait pas confronté à la même accalmie que moi, mais plutôt à un chaos incontrôlable et ne pouvait donc pas prendre son propre bébé dans ses bras tremblants.
— Occupe-toi du petit. Nous autres, nous devons nous charger de Constance.
Alors que la peur de faire face au deuil de ma sœur me submergeait, je pris le nourrisson contre moi, et ses yeux remplis de vie me transpercèrent. Ils ressemblaient tant à ceux de mon père que mon cœur fit un bond. Si jamais il ne verrait sa descendance, je savais combien il en aurait été fier. Après un dernier regard pour la jeune mère, j'entrai dans le château pour laver et habiller l'enfant. Le petit garçon recommença évidemment à hurler et me donna le sentiment d'être impuissante. Comment l'apaiser, le rassurer et faire taire ses larmes ?

Une fois l'enfant propre, je l'enveloppai dans un linge blanc qui n'était certainement pas assez distingué pour une personne de son rang, mais à mes yeux il n'avait rien de l'héritier d'un si grand royaume, ni d'un membre de la dynastie des Daemrys. Il n'était qu'un bébé, mon neveu, le petit-fils de mon père. Un Morìn.
— Bienvenue dans la famille, petit prince... Ta vie sera longue et belle, je m'en assurerai.
— Je n'en suis pas si sûr, Alice, s'éleva alors une voix froide derrière moi.
Un homme inconnu se trouvait là. A en juger par ses vêtements, il s'agissait du valet dont m'avait parlé Gabriel. Malgré tout, j'avais la nette impression de connaître cette personne. Les traits de cet étranger se déformèrent alors, jusqu'à retrouver ceux d'un autre. La musculature de l'intrus doubla et ses habits, désormais trop serrés, lui donnaient un air plus ridicule que menaçant. Je serrai tout de même le nourrisson contre moi, priant pour être à la hauteur de ma tâche.
— C'est un plaisir de te revoir.
Un sourire froid assombrit mon visage.
— Je suppose qu'il est inutile de te rappeler que ce plaisir n'est pas partagé, Harry.

29

Mon meilleur ennemi se mesurait à moi, encore, mais pour la toute première fois, une chance de le vaincre se profilait à l'horizon. La bague autour de mon doigt me donnait particulièrement confiance en mes capacités. Grâce à elle, nous étions désormais à forces égales.
— Et si tu te rendais, chercha-t-il à négocier. Te blesser me ferait beaucoup de peine.
— Et te laisser tuer un innocent ?
Il me lança un regard de défi, prêt à exhiber ses pouvoirs surnaturels, avant de brièvement poser les yeux sur le bébé. Pas le moindre éclair de tendresse ne sembla les traverser. Un simple geste de la main d'Harry suffit à ce qu'une étagère manque de se renverser sur nous, mais je l'esquivai juste à temps, me préparant à invoquer la magie s'il le fallait. L'élu déchu pencha la tête, me toisant de haut, et me rappela d'une voix sans merci :
— Tu le sais, il doit mourir. Il est de leur lignée, comme ton cher Gabriel.
Louise était bel et bien une traîtresse. Je me demandais désormais quelle était l'ampleur de sa félonie, mais le moment était mal choisi pour y songer. Pour gagner un peu de temps, je lançai :
— L'homme dont tu as pris l'apparence, lui, il n'avait rien demandé...
— Aujourd'hui, grâce à votre indiscrétion, j'ai l'occasion d'abattre trois pions en un tour : le Roi, son fils et son neveu, tous dans le même château, préoccupés par la survie d'une simple femme. Alors peu importe combien d'innocents il m'aurait fallu tuer, la fin justifie les moyens. Que tu ne l'aies toujours pas compris m'étonne.
— Il y a des choses que je n'ai pas envie de comprendre, Harry.
Il sourit froidement avant de répondre :
— Dommage, tu es pourtant une femme intelligente.
Il haussa les sourcils et ajouta d'un ton moqueur :
— Toutefois, nous t'avons dupée deux fois : moi dans le passé, aujourd'hui Louise. A l'avenir, écoute ton instinct.
— Comment as-tu pu t'infiltrer ici ? demandai-je sans relever sa pique.
— Louise savait tout, elle vous a entendu dire où se trouvait cette résidence. Je n'ai eu qu'à attendre que ce stupide serviteur sorte pour m'emparer de son corps et

entrer… Eh oui, grande nouvelle, nos pouvoirs grandissent au point de pouvoir tromper les sorts des sorciers normaux.

Pour la première fois, les pouvoirs des Créatures m'effrayèrent réellement. Tromper des humains ou des sorciers était possible, peut-être même facile. Mais tromper un sort ? C'était d'un tout autre niveau.

— Si tu en as fini avec tes charmantes questions, peut-on en venir à la partie qui m'intéresse ? Donne-moi ce bébé, tout de suite !

Harry n'essayait plus de marchander, il ne demandait plus. Il exigeait. Mais moi, je n'étais plus sa prisonnière et toute faiblesse m'avait quittée.

— Je suis un sujet du Roi, donc un sujet de cet enfant, déclamai-je avec gravité. Je lui dois allégeance et protection.

— Ce royaume n'a jamais voulu de toi, Alice. Ils t'ont rejetée, jugée, simplement parce que tu as refusé d'être une élue, donc je ne pense pas que les intérêts du royaume t'importent tant que ça en fin de compte. Pourquoi t'obstines-tu à sauver cette dynastie qui ne peut que s'écrouler, en fin de compte ?

Toutes les dynasties déclinaient un jour ou l'autre, il avait raison, mais l'heure des Daemrys n'était pas encore venue.

— Ce n'est pas qu'une dynastie, Harry. Il s'agit surtout de ma famille : Gabriel, ma sœur, ce garçon…

Il me toisa de haut en bas et éclata d'un rire froid.

— Tu es si sentimentale… Les gens se remplacent avec le temps.

J'étais bien placée pour savoir que non.

— Pas tout le monde, Harry. Il y a des souvenirs inoubliables, des instants de bonheur que rien ne ramènera jamais. Je refuse de perdre qui que ce soit, j'ai eu mon lot de souffrance.

Il leva les yeux au ciel.

— Crois-tu que personne n'a jamais autant souffert que toi ? Tu peux t'en convaincre, mais c'est faux. Chacun porte son fardeau, peu importe son poids.

Mes épaules ne pouvaient plus porter ce fardeau, encore moins celui laissé par la mort d'un être cher. A nouveau ressentir le vide et le manque, alors que je commençais justement à le combler, s'avérait au-dessus de mes forces.

— Tu m'as confié que tu avais plus appris de la haine que de l'amour, je m'en souviens, tentai-je de le prendre par les émotions.

Son regard changea alors, et en un éclair, il passa de la fureur à une infinie tristesse.

— Ce n'est pas parce que je t'ai raconté mon histoire que tu peux prétendre la comprendre. Tu ne l'as pas vécue.

Si en cet instant, il n'avait pas menacé mon neveu et futur Roi, j'aurais presque pu compatir envers lui. Presque.

— Je ne serais jamais comme ma mère, Alice. Elle était trop faible pour sauver sa peau et faire ce qu'il fallait. Pas moi. Je ne reculerai devant rien pour obtenir ce que je veux.

Il se voilait la face et se persuadait que sa mère ne méritait que du mépris, mais au fond, même un homme tel que lui ne pouvait dénigrer la femme qui lui avait donné la vie.

— Quand ma mère est partie, il a fallu que mon père prenne plus de responsabilités. Cette vermine s'est enrichie, et il m'a confié à un orphelinat. Ce n'était pas mieux là-bas, crois-moi. Je n'ai jamais pu échapper à la violence, que ce soit celle de mon père, des précepteurs, ou même la mienne.

Mon cœur manqua un battement, mes lèvres tremblèrent lorsque je pus à peine murmurer :

— Il est temps d'arrêter cette violence, n'est-ce pas ce que tu veux au fond ?

Il me dévisagea, étonné.

— Pourquoi m'arrêter alors que je vais gagner ? Ce que je veux c'est le contrôle, le pouvoir, la magie.

La porte s'ouvrit alors à la volée.

— Constance est réveillée, elle veut...

Gabriel fixa l'élu déchu du regard. Une grande surprise se lisait sur la moindre expression de son visage mais il ne fit aucun geste de recul, sûrement par fierté. Son annonce resta en suspens et il ne me révéla donc pas quelle était la volonté de ma sœur, mais je savais désormais qu'au terme de cette énième bataille, je la trouverais vivante. Sans attendre, je mis le petit garçon dans les bras de l'ancien héritier.

— Tiens mon neveu, le temps que...

— Arthur. Son nom est Arthur.

J'esquissai un léger sourire et posai les yeux sur cet enfant que le hasard promettait à un grand destin. En cet instant, tout ce qui comptait, c'était de mettre les deux hommes à l'abri. Pour cela, il fallait me risquer à un sortilège ambitieux mais que la bague me permettrait peut-être d'accomplir. Dans mon esprit se formula la pensée suivante. *Gabriel et l'enfant de retour dans le jardin.* En moins de temps qu'il n'en aurait fallu pour le dire, cela se produisit, devant les yeux stupéfaits d'Harry.

— A nous deux, maintenant.

Il releva son regard froid vers moi, les lèvres légèrement écartées, puis il leva la main. Aussitôt, l'air vint à me manquer, mais cette privation ne me fit pas perdre la face : comme il s'agissait d'un des sorts de prédilection des Créatures, j'en avais l'habitude. La bague me conféra même le pouvoir de lui rendre la pareille. Le jeune homme fronça les sourcils et s'avança vers moi de quelques pas. Une fois encore, je l'imitai afin de lui prouver que nous étions tous deux de taille à gagner ce conflit.

— Alice...

Mon sort se renforça et son visage rougit de plus belle, tandis que mes tempes menaçaient d'exploser. Soudain, à travers la vitre, une pierre vola tout droit dans la sienne. Un cri m'échappa tandis que l'élu déchu tituba, jusqu'à tomber à genoux devant moi, son expression blême couverte de sang. Je tournai lentement la tête vers la vitre brisée : Mathilde, la nourrice de Gabriel, se tenait de l'autre côté, essoufflée et horrifiée. Ses mains propres étaient indirectement tachées du sang de notre ennemi. Mes lèvres s'ouvrirent pour la remercier, mais l'avant-bras tremblant d'Harry s'éleva doucement et d'un mouvement vif où il tourna son poignet, il tordit à distance le cou de la pauvre femme. Un second cri sortit de ma bouche et j'eus un geste de recul.

— Tu es un monstre, Harry !

Son corps cessa de se tenir et il s'écroula sur le côté de sa blessure, une larme dévalant sa joue et se mêlant au sang. Ses lèvres me susurrèrent de ne pas le laisser mourir ici, et peut-être l'aurais-je écouté quelques instants plus tôt, avant qu'il ne tue la dénommée Mathilde. Mais il était désormais trop tard pour implorer ma pitié. Après lui avoir adressé un dernier regard, je tournai les talons pour partir à la recherche des autres.

Parvenir jusqu'à eux fut aisé, puisqu'ils m'attendaient toujours dans le jardin, ma sœur tenant son fils entre ses bras et le dévisageant d'un amour maternel dont je fus presque jalouse. S'il était aussi facile d'aimer son enfant sans même le connaître, pourquoi ma mère n'avait-elle jamais pu me donner cette affection ? Cette pensée disparut rapidement de mon esprit, car il fallait plutôt songer à un plan pour les mettre en sûreté. Cette résidence secondaire supposée rester secrète n'était plus un endroit pour eux, et le château de Jeanne n'allait pas le rester longtemps.

— Ton ancienne maison ? proposa Gabriel.

Je fis non de la tête : les Créatures allaient certainement y penser eux aussi. Nous devions nous montrer assez malins pour les devancer et nous n'avions que peu de temps avant qu'Harry parvienne jusqu'à nous.

— La cabane dans la forêt, là où nous nous sommes réfugiés la dernière fois ! s'exclama le neveu du Roi.

Mon regard s'illumina.

— Ils ne doivent pas en soupçonner l'existence, allons-y sur le champ.

Constance et le Roi étaient prêts à me suivre, mais Gabriel ne se montrait pas aussi enthousiaste, bien qu'il soit celui qui ait donné l'idée.

— Nous ne pouvons pas abandonner Alienor, Hugo, et tous les autres, me fit-il remarquer à juste titre. Si Louise est au château ils sont en danger, et ils sont…

— Notre famille, terminai-je.

Ces retrouvailles avec ma sœur et la naissance prématurée de mon neveu ne m'avaient pas fait perdre de vue cette toute autre famille et les devoirs que j'avais envers elle. Je jetai un coup d'œil au fragile enfant que ma sœur tenait contre elle.

— Nous les emmenons d'abord, et immédiatement après, nous retournons chez Jeanne pour aider les autres.

Ils approuvèrent tous d'un bref hochement de tête, mais Constance demanda, inquiète :

— Où se trouve la nourrice ?

Je baissai les yeux, honteuse de ne pas avoir pu la sauver, et ils comprirent sans qu'aucun mot ne soit prononcé. La main du Roi Charles se posa sur mon dos pour me réconforter, nos deux autres acolytes visiblement trop secoués pour remarquer ma peine, dérisoire à côté de la leur.

— Nous pleurerons nos pertes une fois que nous serons tous saufs, déclara-t-il d'une voix posée et grave. Allons-y, Alice, vous pouvez le faire.

L'arrivée à la cabane me donna une légère nausée mais je me repris aussitôt : nous n'avions pas le temps pour cela. Après avoir donné quelques instructions aux jeunes parents quant à cet endroit et ses alentours, je m'apprêtais à repartir en compagnie de Gabriel mais leur demandai, soudain inquiète :

— Saurez-vous vous défendre en cas d'attaque ?

— Je l'espère, répondit ma sœur. Charles est un bon combattant, je suis une sorcière très douée, mais…
Je lançai un regard à celui que j'aimais.
— Reste avec eux, je vais prêter main forte aux autres.
Il prit fermement ma main dans la sienne.
— Tu as besoin de moi là-bas, on ignore ce qui nous y attend.
Justement, pensai-je. Courir le risque de le perdre là-bas ne m'enchantait pas.
— Peut-être que tout va bien, Gab, prétendis-je en tâchant de me donner un air convaincant.
— Tu sais comme moi que ce n'est pas le cas. Y aller seule serait de la folie…
Je souris, les yeux brillants de larmes, tandis que ma main retomba le long de mon corps.
— Je ne te demande pas ton avis.
Et je disparus, seule cette fois-ci.

Laisser Gabriel avec les autres était non seulement stratégique au cas où notre cachette serait découverte, mais me permettait surtout de me faire moins de souci une fois au château de Jeanne.

Un vacarme infernal me percuta lorsque j'apparus au beau milieu du salon de mon amie : autour de moi, cinq Créatures mettaient sa demeure sens dessus dessous. J'avais de toute évidence bien mal choisi mon point d'arrivée, mais aucun de mes ennemis ne semblait avoir remarqué ma présence, trop occupés à semer le chaos. Si je réussissais à me sortir de ce traquenard, je pourrais retrouver les autres et m'assurer de leur état à tous, en particulier celui de Romain. Je fis un pas discret vers la sortie, et ce fut un véritable succès pour moi.
Une fois que je fus dans le couloir, je m'arrêtai pour réfléchir quelques instants à l'endroit où mes amis avaient bien pu se réfugier. Une silhouette se dessina alors en haut des escaliers et je reconnus Adrien. Je m'empressai d'aller le rejoindre, et il murmura :
— Bien que Jeanne n'ait pas pu maintenir la barrière, elle sent toujours l'arrivée des autres… Nous avons donc su que tu étais arrivée, heureusement. Nous sommes sur le point de nous en aller grâce au Daahtor d'Hugo, alors viens.
Miraculeusement, ils avaient réussi à ne pas être repérés par les Créatures. Je pouvais respirer. Ma poitrine se relâcha et je suivis le rouquin d'un pas presque léger.

— Tout le monde se porte bien ? le questionnai-je tout de même.
— Alienor a été blessée, mais elle guérira. Ne t'en fais pas.
Le jeune sorcier me conduisit à une sorte de mansarde dans laquelle étaient entassés chacun de mes amis. Je ne pus m'empêcher de sourire en les voyant tous sains et saufs, mais la voix de la petite bourgeoise me railla presque affectueusement :
— Tu as un très joli sourire Alice, mais nous n'avons pas le temps de l'admirer. Tu pourras nous le faire voir quand on sera tous sortis d'ici.
Son bras avait l'air dans un piteux état et Hugo ordonna alors à son petit-être de nous emmener en lieu sûr.
— Laisse-moi lui indiquer une bonne adresse, déclarai-je.
Le mentor hocha la tête et je murmurai l'endroit où il devait nous envoyer à son oreille, évitant ainsi de révéler notre repaire à nos ennemis par inadvertance. Le Daahtor s'exécuta, créant un vortex au centre de la pièce. Adrien prit Alienor contre lui et fut le premier à quitter le château. Romain se jeta dans mes bras et je le serrai un instant contre moi.
— Va avec les autres, maintenant. Nous nous retrouverons bientôt.
Il se montra obéissant et après un regard tendre, il entra à son tour dans le portail. Hugo prit la main de Jeanne, mais celle-ci s'arrêta alors et déclara d'une voix vide :
— Un homme vient d'arriver, il porte une capuche.
Un frisson me parcourut et je murmurai :
— Le Maître…
A ses mots, Jeanne se dégagea brutalement de son époux, le poussant malencontreusement dans le vortex créé par le petit-être. Elle me bouscula par la même occasion, mais je parvins à me raccrocher à une poutre. Ma bague n'eut pas la même chance et fut absorbée. Pour la récupérer, je n'avais nul autre choix que de m'engouffrer à mon tour dans le portail.
— Que fais-tu ? Nous devons nous en aller ! m'écriai-je en voyant mon amie se diriger vers la porte du grenier.
Elle se tourna vers moi d'un air déterminé.
— Fais ce que tu veux, Alice, mais moi je ne partirai pas d'ici avant d'avoir vengé mon père.
Je jetai un regard en arrière : notre unique moyen de retour n'allait pas tarder à se refermer. C'était la seule issue pour nous, mais je savais pertinemment que ce n'était plus une option pour la jeune élue. Sa soi-disant vengeance occupait tout

son esprit. Une fois hors de l'attraction du portail, j'attrapai mon amie par le bras et tentai tout de même de la persuader :
— Notre famille nous attend de l'autre côté, Jeanne. Si on n'y va pas maintenant, nous risquons de les perdre pour un long moment…
Et revivre cela ne me donnait pas la moindre envie.
— J'ai déjà perdu ma famille, rétorqua-t-elle d'une voix vide. Mon père est mort, Alice. Mort !
Ses paroles me percutèrent, mais pas autant que la détresse qui les animait.
— Je n'ai plus ma bague, si je reste, je meurs. Je ne ferai pas le poids face à autant d'ennemis.
— Alors pars, me lança-t-elle tout en se dégageant de mon emprise.
Elle posa la main sur la poignée de la porte et je compris qu'aucun argument ne pouvait plus la raisonner. Malheureusement, je l'aimais beaucoup trop pour la laisser se tromper seule, aussi je me retournai une dernière fois vers le portail, le cœur lourd de peine.

Le vortex se dissipa derrière moi et je chassai une larme traîtresse d'un revers de la manche avant de suivre Jeanne qui s'avançait d'un pas décidé vers celui qu'elle tenait responsable de la mort de son père adoptif. Elle devait savoir où il se trouvait, car ses mouvements ne laissaient paraître aucune hésitation. Elle remarqua ma présence à ses côtés et demanda froidement :
— Tu es encore là ?
Je me mordis la lèvre, consciente que rester se révélait être une grave erreur. C'était malgré tout la meilleure chose à faire et je le savais.
— Je ne t'aurais jamais abandonnée, Jeanne. Tu es ma meilleure amie.
Elle me lança un regard presque surpris, puis son ton se radoucit lorsqu'elle me répondit :
— Excuse-moi, c'est difficile en ce moment, tout me dépasse.
Elle jeta des coups d'œil inquiets autour d'elle et ajouta :
— Tu es en danger à cause de moi…
Elle semblait sincèrement s'en vouloir, mais pas au point de renoncer à son but.
— C'était ma décision, ne t'en veux pas, la rassurai-je. Il était encore temps pour moi de partir.
— Non, tu n'aurais jamais pu, me corrigea-t-elle. Tu t'inquiètes tellement pour les autres que tu es incapable de laisser qui que ce soit seul.

D'une certaine manière, elle avait indéniablement raison. J'étais ainsi faite, et dès l'instant où elle s'était mise en danger, je n'avais plus eu le choix.
— Ce qui compte c'est que nous sommes toutes les deux maintenant, comme nous aurions toujours dû l'être.
Ces derniers mois où j'avais pu retrouver une vie normale avec elle et Hugo me manquaient presque. Même s'ils avaient parfois été marqués par la nostalgie de l'aventure et le sentiment de solitude, mon bonheur n'avait jamais été si paisible. Une ombre se dessina soudain face à nous, et comme lorsque Jeanne avait annoncé son arrivée quelques instants plus tôt, mon corps se mit à trembler. J'eus du mal à ne pas faire un pas en arrière, mais Jeanne déclara alors avec une assurance qui me redonna un peu de courage :
— Je vous défends de faire le moindre geste. Vous risqueriez de le regretter.
Je sentis les yeux perçants de Damien se poser sur moi malgré la cape qui nous empêchait de voir son visage, et après un court moment de silence, il répliqua :
— Vu le ton que tu prends et la colère que je lis dans ton regard, tu dois m'en vouloir pour la mort de Simon Dignac.
Jeanne cilla, peut-être au son reconnaissable de la voix de Damien. Mais avait-elle fait le rapprochement ?
— Bien évidemment, cracha mon amie avec rage.
Je devinai le sourire froid de cet homme immonde sous son masque, mais je ne m'attendais pas le moins du monde à ce qu'il avança ensuite :
— Alors, Alice ne t'a rien dit ?
Jeanne se tourna vers moi et m'interrogea de ses yeux bleus. Le Maître ne me laissa pas le temps de m'expliquer et il s'empressa de se présenter dans les règles :
— Bienvenue auprès de ton véritable père, ma fille.
Je remarquai alors qu'une silhouette se rapprochait de nous par derrière et mis la main sur un couteau que j'avais ramassé un peu plus tôt. Une fois qu'il fut assez près de moi, je me retournai et lui tranchai la gorge de sang-froid, n'ayant nul autre choix.
— Allons-y, Jeanne, murmurai-je.
Celle-ci avait le regard figé sur son père, et je me sentis tout à coup impuissante. Si elle ne m'aidait pas à nous enfuir, j'étais coincée.
— Tu aurais dû réfléchir, ma chère Alice. Tuer l'un des nôtres alors que tu vas bientôt revenir parmi nous est la meilleure manière de te faire encore davantage d'ennemis dans nos rangs.

— Nous sommes déjà ennemis, rétorquai-je froidement. Nous l'avons toujours été.

D'autres hommes arrivèrent derrière lui, prêts à nous arrêter si nous tentions de nous échapper. C'était pourtant inutile, car quelque chose me disait que Jeanne n'avait plus du tout l'intention de fuir, bien au contraire. Je les laissai donc me passer des menottes sans résistance, tandis que mon amie eut droit à un meilleur traitement que moi. Le Maître la prit par le bras, puis ordonna :

— Allez à la forteresse avec l'élue déchue… Je me charge de Jeanne.

— Vous ne pouvez pas !

Être séparée d'elle et retrouver l'enfer que j'avais connu chez ces monstres n'était pas envisageable. Je me débattis sauvagement, dans l'espoir de me soustraire à mes adversaires, mais il était déjà trop tard. Je savais d'avance où je me trouverais quand mes yeux se rouvriraient, et peut-être était-ce pour cette raison que je les gardai fermés plus longtemps que nécessaire.

30

Une douleur vive s'empara de moi et me fit regretter le coup de pied donné à la grille de ma prison. Les quelques jours de liberté qui m'avaient été accordés me laissaient un goût amer sur la langue, mais surtout, ils me manquaient déjà : depuis plusieurs heures, j'avais pour seule compagnie les rats immondes de ces souterrains.

Damien s'occupait sûrement de Jeanne, comme il avait tenté de le faire avec moi, pour la rallier à leur cause. Il n'allait pas hésiter à utiliser la fragilité de sa fille : son bouleversement au sujet de cette rencontre avec le père dont elle avait toujours rêvé, qui était aussi une confrontation avec l'assassin de son père adoptif. Il ne me revenait plus de la soutenir dans cette épreuve, alors qu'il s'agissait justement de la raison qui m'avait poussée à rester. Et même si je ne l'avais jamais souhaité, il me semblait avoir toujours su que les choses se termineraient ainsi.

Toutefois, je pouvais m'estimer heureuse : durant ma sortie de captivité, j'avais eu la chance de revoir presque toutes les personnes qui comptaient à mes yeux et même l'honneur de faire la connaissance de mon neveu. Plus incroyable encore que cela, Alienor et moi avions entamé une réconciliation. L'avoir en tant qu'alliée plutôt que rivale s'avérait apaisant et toutes mes raisons de lui en vouloir m'importaient peu désormais.

Voilà pourquoi je ne ressentais pas les effets de la solitude comme lors de ma dernière capture : un amas de souvenirs heureux remplissait ma tête. Il ne me restait plus qu'à évincer les côtés moins attrayants de ces derniers jours, comme la mort de Simon Dignac ou la révélation à nos ennemis de l'existence du prince héritier. Un homme arriva alors, et je le reconnus aussitôt. Une discussion avec lui ne me tentait pas le moins du monde et à en croire l'expression de son visage, il n'en était pas ravi non plus. Était-ce parce que, malgré mon état de captivité, il avait été vaincu à la résidence royale ? Ou parce que j'avais délibérément renoncé à lui apporter les soins qu'il m'avait réclamés ?

— Tu croyais t'être débarrassée de moi, mais comme tu le vois, il en faudrait bien plus, déclara-t-il avec prétention.

Peut-être n'avait-il pas péri, mais nous n'avions pas perdu la bataille pour autant : toute la famille royale était en sécurité, et rien ne comptait plus que cela. Ma

présence dans cette cellule n'était pas due à une erreur ou à une faille dans mon plan, cela avait été mon propre choix. Je pouvais donc me considérer comme la gagnante de cette manche. Lorsqu'il vit la victoire dans mon regard, il rétorqua :
— Si tu meurs, tout cela n'aura servi à rien.
Je lui lançai un sourire froid.
— Vous n'allez pas me tuer : vous l'auriez déjà fait.
Ils en avaient déjà eu l'occasion, mais j'étais encore là.
— Et quand bien même je mourrais, ce serait avec honneur, ajoutai-je à l'intention de cet être impitoyable pour lui rappeler que son égoïsme dépassait largement le mien.
— Ne prétends pas que tu choisirais de donner ta propre vie pour sauver ce royaume.
— Pas pour sauver ce royaume, c'est vrai… Mais pour sauver ceux qui me sont chers, je le ferais sans hésiter.
Il rit nerveusement et ne me laissa pas savoir le fond de sa pensée. N'étais-je à ses yeux rien de plus qu'une fille rêveuse, ou éprouvait-il tout de même un semblant d'admiration à mon égard ? La manière dont ses yeux se posèrent ensuite sur moi ne m'aida pas à trouver de réponse, et après un moment de silence, il déclara d'une voix dénuée d'émotion :
— Ils ont de la chance de t'avoir, Alice… Tout le monde n'a pas un sens du sacrifice aussi développé que le tien.
— C'est parce qu'ils ne sont pas n'importe qui non plus.
Il détourna le regard et répondit d'un ton las :
— Trêve de bavardages inutiles… J'ai d'autres occupations ailleurs.
Je le regardai s'éloigner silencieusement et la solitude prit de nouveau sa place. Mon cœur se serra et mon corps se recroquevilla dans l'un des coins de ma cellule. Les bras autour de mes jambes, mon regard se posa sur le maigre trou qui laissait passer la lueur du dehors. Le jour était en train de se coucher et la tentation de sombrer dans un sommeil profond pour enfin m'échapper de ces murs eut raison de moi.

***

La nuit s'acheva pour la douzième fois depuis la dernière visite de Harry et comme chaque matin, mes yeux refusèrent de s'ouvrir avant un moment. Cet isolement constant me pesait un peu plus chaque jour. L'unique personne que je voyais était l'homme muet qui m'apportait mes repas, et nous n'avions donc jamais échangé un seul mot, ni même un regard.

Malgré ma condition de captive, je n'étais pas à plaindre : je n'avais pas maigri, mon hygiène était plus que correcte et je n'avais subi aucune blessure. L'absence de douleur me faisait parfois me demander si j'étais bien en vie, mais le pire était certainement le manque de couleur, de nature, de joie ou de quoi que ce soit qui aurait eu le pouvoir de me rendre le sourire. Par moment, j'avais même l'impression d'oublier l'odeur des fleurs, la sensation de l'air sur ma peau, le son d'une voix humaine, ou encore la lumière aveuglante du soleil.

J'avais toujours l'occasion de voyager, mais seulement dans mon propre esprit. Je ne m'en lassais pourtant pas, voguant parmi mes souvenirs les plus heureux, mais aussi les plus durs, et ressentant toujours mes émotions avec la même intensité. Il m'arrivait aussi de laisser place à mon imagination pour me rappeler les moments que je n'avais pas encore vécus mais que je m'efforçais de croire possibles un jour.

Lorsque je n'avais plus la force ni de me souvenir ni de rêver, il ne me restait qu'à compter les heures passées grâce à la lumière qui s'infiltrait dans ma cellule. De temps à autre, je cherchais un moyen de sortir d'ici, tout en sachant qu'il n'en existait aucun. Car quand bien même je parviendrais à m'évader, je n'avais pratiquement aucune chance de retrouver mon chemin : la seule chose que je savais sur la position de cette forteresse était son emplacement approximatif que j'avais lu sur une carte abîmée.

Je fermai un instant les yeux, priant comme tous les jours pour que les autres se portent bien. Ils veillaient sûrement les uns sur les autres et s'ils restaient suffisamment discrets, ils pourraient survivre encore quelque temps. Pourtant, il faudrait que le Roi retourne à la cour et qu'il dirige son armée pour repousser les Créatures… Constance le suivrait certainement et confierait peut-être son fils à Alienor. Quant à Gabriel, je n'arrivais pas à savoir ce qu'il déciderait de faire : rejoindre son oncle à ses risques et périls, ou nous chercher, Jeanne et moi, avec Hugo et Adrien ? Quoi qu'il puisse choisir, j'espérais que ce serait la solution qui le garderait en vie.

Je ramenai mes jambes contre ma poitrine, dissimulant mon visage contre mon corps, comme si cela avait le pouvoir de m'empêcher d'imaginer le pire. Cela,

pourtant, ne suffisait pas pour me débarrasser de mes inquiétudes. Au contraire, je n'y pensais que davantage.
Un bruit de pas attira soudain mon attention car il ne ressemblait pas à celui du muet. A force de tendre l'oreille, je compris qu'il y avait deux arrivants. Un faible espoir naquit même en moi : j'attendais la venue de Jeanne depuis la première minute passée dans cette cellule, et il n'y avait qu'elle que je désirais voir apparaître face à moi.

Je ne fus pas déçue, et un sourire chancelant se dessina sur mes lèvres. Elle était splendide. Et cela me dérangeait presque. La grille de ma cage s'ouvrit pour laisser entrer la jeune femme, tandis que le père de celle-ci se tenait à l'extérieur, l'air pressé. Elle eut à peine le temps d'ouvrir la bouche que je la pris dans mes bras, mais elle me rendit mon étreinte avec moins d'enthousiasme. Mais peut-être en faisais-je trop. Elle s'écarta de moi et déclara :
— Heureuse de te savoir en pleine santé, Alice.
Elle me regardait dans les yeux, pourtant, elle ne semblait plus capable de lire dedans. Ne voyait-elle pas l'enfer dans lequel se noyait mon esprit ?
— Je me sentirais mieux si je n'étais pas prisonnière. N'es-tu pas d'accord ?
— Je ne suis pas leur captive et mon père m'a dit que toi non plus.
Mon père. Un frisson de dégoût me parcourut l'échine et me fit presque regretter le temps où Simon Dignac était son père. Pour la ramener à la réalité, je lui désignai d'un geste de la main ce qui se trouvait autour de nous, étonnée que cela ait pu lui échapper, et la dévisageai avec incompréhension.
— C'est ta faute si tu n'as pas le privilège d'avoir tes propres appartements.
Mon regard dévia légèrement sur le Maître, que je tenais responsable de ce changement chez mon amie. Il se contenta de me gratifier d'un sourire satisfait, comme je comprenais peu à peu ce qu'il était parvenu à faire.
— Ne me dis pas que tu es de leur côté maintenant, la suppliai-je. Ne me dis pas que tu as fait ça ! m'écriai-je d'une voix où la colère se mêlait au désespoir.
Sans lui laisser le temps de répondre, je relevai sa manche pour avoir la preuve que le pire ne s'était pas produit. Je me sentis libérée d'un poids lorsque le tissu de sa robe révéla une peau vierge, dénuée de marque. Elle eut un brusque mouvement de recul et nous nous scrutâmes sans nous comprendre.
— Enfin, Alice ! Comment peux-tu douter si facilement de moi ? Est-ce pour cela que tu m'as caché la vérité sur mon père ?

Son ton était rempli de rancœur et je balbutiai :

— J'ai foi en toi, plus qu'en n'importe qui, ce n'est pas…

— J'ai enfin retrouvé mon père, c'est tout ce dont j'ai toujours rêvé ! Ne pourrais-tu pas être heureuse pour moi et me laisser rattraper le temps perdu ?

Je reculai d'un pas. Ma foi en elle était intacte quelques minutes plus tôt, je n'avais pas menti, mais elle venait à l'instant de semer le doute en moi. Celle qui se tenait face à moi était-elle une amie ? Une ennemie ? Ou peut-être les deux ?

— Jeanne, nous n'avons que peu de temps pour vaincre nos ennemis, alors nous n'en avons malheureusement pas pour autre chose. Je sais combien il est tentant de retrouver ton père, j'aurais moi-même pu devenir une Créature pour ramener le mien, mais j'y ai renoncé. Parce que le présent compte bien plus que mon passé.

Je me souvenais parfaitement de ce moment passé dans mon propre esprit, confrontée aux diverses options que j'avais, et malgré cette voix qui me répétait que je pouvais faire revenir mon père grâce au pouvoir des eaux, je n'avais pas perdu de vue la réalité. J'avais choisi de récupérer mon âme et de mettre de côté mes espoirs de revoir un jour celui dont j'avais toujours eu besoin.

— Ton père n'aurait-il pas voulu que tu continues son travail ? me demanda Jeanne, l'air sincèrement intéressée.

— S'il avait vu les choses aujourd'hui, je ne suis pas certaine qu'il aurait accepté tout ce mal, répliquai-je en essayant d'avoir l'air sûre de moi.

Au fond, ce que mon père aurait aimé que je fasse n'avait pas d'importance : il n'était plus là et ne le serait plus jamais. Ce qui comptait à mes yeux était de rester fidèle aux principes et aux valeurs qu'il m'avait enseignés, même s'il était de plus en plus évident que ce n'était que de belles paroles pour lui.

— Mon père à moi est là et veut que je le suive, déclara-t-elle tout à coup, comme pour justifier ses actes.

— Tu ne penses tout de même pas à…

— Crois-tu que ce soit une si mauvaise chose ?

Je levai les yeux au ciel, bien que je ne puisse malheureusement pas le voir, et soupirai, exaspérée par cette conversation. Cette simple question me paraissait si naïve qu'il me semblait impossible qu'elle sorte des lèvres de celle qui si longtemps avait été ma meilleure amie.

— Jeanne, sincèrement, comment as-tu pu en arriver là ? Tu es une femme extrêmement forte, et celle que je connais ne se conduirait jamais ainsi. Tout ça n'a aucun sens, cette discussion…

— Pourquoi cela ?
Je restai bouche bée face à cette interrogation dont la réponse me paraissait claire, sans comprendre pourquoi tout était devenu aussi flou pour elle.
— Ces Créatures…
Je m'interrompis en pensant à Irina, à l'homme que Louise avait assassiné, et me rappelai que parmi eux, tous n'étaient pas fondamentalement mauvais. Peut-être même y avait-il dans leur rang plus de bonnes personnes que nous pouvions l'imaginer. Je repris en me corrigeant :
— La cause pour laquelle Damien et Harry ont fondé cette armée est mauvaise, voilà pourquoi devenir l'un des leurs n'est pas une solution, Jeanne. Ce n'en sera jamais une. Crois-moi, ils ne t'ont pas montré leur véritable visage, sinon tu ne serais pas en train d'hésiter à te joindre à eux… Je sais qui tu es, et je sais que tu ne cautionnerais pas une seule des horreurs qu'ils commettent.
Elle baissa les yeux et j'eus enfin l'impression d'avoir touché un point sensible. Pourtant, lorsqu'elle releva la tête vers moi, elle répondit simplement :
— Il y a des morts dans toutes les guerres… Le mal n'est qu'une question de point de vue.
Je ris nerveusement tout en la dévisageant. Elle avait le même visage, le même regard perçant, la même voix, et pourtant, j'avais le sentiment de parler à une étrangère. Le moindre mot sorti de sa bouche semblait provenir d'un autre. De Damien. D'Harry. Mais pas d'elle.
— Je pensais qu'il te faudrait plus de temps pour oublier nos valeurs, lui reprochai-je amèrement. Dis-moi, penses-tu à Hugo ?
Elle ne répliqua rien, et je continuai sur ma lancée :
— Il ne nous trahira jamais, il ne se rendra jamais, alors ils le tueront, peu importe ce que tu ressens pour lui. Cela n'a donc aucune importance pour toi ?
Il me semblait inconcevable qu'elle ait pu perdre jusqu'à son amour pour le mentor ; je craignais toutefois la réponse qu'elle donnerait à cet ultimatum.
— Je… Je ne… balbutia-t-elle.
Elle n'y avait pas pensé et se trouvait prise au dépourvu. Elle n'était pourtant pas la seule à rester sans voix, car cela m'étonnait aussi que le sort de son époux ne l'ait pas inquiétée une seule fois.
— Il ne t'aurait jamais abandonnée, Jeanne. Tu ne peux pas lui faire une telle chose !
Elle détourna le visage et se mordit la lèvre.

— Je ne t'aurais pas abandonnée non plus, murmurai-je à mi-voix. Je ne t'ai pas abandonnée...
... alors que j'aurais pu me trouver avec les miens et en possession de la bague, loin de cet endroit maudit.
— Je suis désolée, me répondit-elle simplement.
Mon cœur se recroquevilla au fond de ma poitrine, comme pour essayer de s'échapper, de ronger sa cage et ne plus ressentir aucune douleur.
— Il est trop tôt pour prendre une décision, il faut que j'y réfléchisse. Je reviendrai lorsque mon choix sera fait.
Je pris sa main sans oser affronter son regard étranger et murmurai en versant une larme :
— Ce que tu décideras de faire changera de nombreuses choses. Mais sois sûre que cela n'effacera rien de l'amitié que je te porte.
Elle esquissa un sourire triste avant de sortir de ma cellule d'un pas lent et de s'en aller aux côtés de son père. Une fois qu'elle fut de dos, je ne pus me résoudre à la quitter des yeux et ils restèrent fixés sur elle jusqu'à ce qu'enfin, elle sorte de ma vue. Je restai quelques minutes de plus sans bouger, le regard perdu dans le vide, à l'endroit exact où elle avait disparu.
Ce que je ressentais ne m'était pas inconnu, et je savais très bien pourquoi. Perdre quelqu'un que j'aimais au-delà de toute raison, être contrainte de lâcher la main d'une personne que je ne reverrais probablement jamais, la regarder partir toujours plus loin de moi, toutes ces choses m'avaient déjà bouleversée par le passé. Mon père. Jeanne. Qui serait le prochain ?

31

Mes mains étaient occupées à tresser entre eux des brins de paille, ma tempe collée aux pierres rêches de ma cellule lorsqu'une lueur éclaira le bout du corridor. Quelqu'un arrivait. Je posai mon œuvre d'art sur le côté et tendis le cou pour mieux voir cet individu. Une silhouette féminine dissimulée sous une cape s'avança jusqu'à la grille, ses doigts enroulèrent les barreaux. Les mèches blondes qui dépassaient du capuchon me redonnèrent espoir.
— Jeanne, c'est toi ?
Elle acquiesça et consentit à enlever sa capuche d'un geste hésitant. Je me relevai pour lui faire face, prenant ses poignets entre mes mains.
— J'étais impatiente que tu reviennes ! J'ai l'impression que ça fait des mois...
— Deux semaines, me rectifia-t-elle. Cela fait deux semaines.
Un soupir quitta ma poitrine et mon souffle se coupa quelques secondes.
— Deux semaines, répétai-je, tristement ahurie.
Elle me dévisagea de ses yeux bleus, trahissant une certaine froideur à mon égard, mais aussi un soupçon d'inquiétude.
— Pourquoi être venue, Jeanne ? finis-je par la questionner.
— Parce que tu es mon amie, et que tu me manques.
Un rictus nerveux m'échappa et je détournai le regard.
— Qui y a-t-il ?
— Quatorze jours, c'est un peu long pour descendre d'un étage, tu ne trouves pas ? Pourquoi avoir tant attendu ?
Elle souffla et s'écarta des barreaux pour faire quelques pas, comme perdue dans ses pensées. Des pensées dont, il fallait bien l'admettre, j'ignorais tout.
— Mon père refuse de me laisser te voir seule, et jusqu'ici je n'ai pas osé lui désobéir. Mais je devais m'assurer que tu te portais bien.
Jeanne, adulte, mariée contre les lois à son mentor, craignait de contourner l'autorité de son père ? Je peinais à y croire.
— Sais-tu comment vont les autres ? lui demandai-je par curiosité.
Elle se rapprocha à nouveau de moi, le poing serré autour des pans de sa cape.
— Ils ne les ont pas retrouvés, si telle est ta question. Je ne leur ai pas révélé l'endroit où ils sont réfugiés, Alice. J'aurais pu le faire, mais non. N'est-ce pas un gage de notre amitié ?

— C'est un signe que tu as tenu à nous et que tu es humaine. Mais si tu étais encore notre amie, tu me ferais sortir d'ici et tu t'enfuirais avec moi.
— Tu es égoïste, Alice ! Mon père est quelqu'un de bien, ce n'est pas si facile de choisir.
J'eus un geste de recul, qui sembla la blesser. Pourtant, je refusais de m'en vouloir. *Quelqu'un de bien* ? Comment pouvait-elle croire cela ?
— Je ne suis pas égoïste, au contraire. Je pense à la peine que notre absence cause à nos amis. Toi, tu n'y songes même pas, tu préfères tenir compagnie à ton *père* qui a tué celui qui t'a élevé ! Comment peux-tu faire ça à Simon ? Simon Dignac, ton *père*, lui aussi. Tu t'en souviens de lui, au moins ?
Sa mâchoire se déforma de douleur et je sentis tout à coup l'air me manquait. De toute évidence, la main levée de mon ancienne amie y était pour quelque chose : pour la toute première fois, elle employait la magie pour me nuire.
— Tu peux... m'empêcher de, de dire... la, la vérité, suffoquai-je, mais ça ne la changera pas. Damien reste... Il, il reste le Maître.
Elle renforça la pression sur mes voies respiratoires et leva fièrement le menton.
— Peu importe, il est mon père. J'ai besoin d'un père, Alice, murmura-t-elle, presque suppliante.
— Et moi, c'est de ma meilleure amie dont j'ai besoin, lui avouai-je, les larmes aux yeux à cause de la privation d'oxygène.
L'avais-je perdue pour de bon ? La vie nous avait-elle réunies, des années après la mort de mon père, simplement pour nous déchirer de la sorte ?
— Je suis toujours ta meilleure amie et je suis là, n'est-ce pas assez pour toi ? Après tout, nous sommes peut-être à l'écart du monde, mais nous sommes ensemble.
— Tu es l'une des personnes qui comptent le plus à mes yeux, Jeanne. Mais je ne peux pas me passer de tous ceux que j'aime pour rester à tes côtés. Je ne le ferais pas non plus pour Gabriel ou pour Adrien, je tiens à chacun de vous et n'abandonnerai personne pour un autre.
— Alors je ne te suffis pas ? Savoir que j'ai enfin retrouvé mon père ne te réjouis pas ?
Je ravalai ma salive, dépitée.
— Non, ça ne me réjouit pas, lui avouai-je.
— Bien. Comme tu voudras. Reste dans ta cellule. Mais ne viens pas dire que je ne t'ai pas tendue la main ! me cracha-t-elle au visage.

***

Après m'être assoupie pendant quelques heures durant lesquelles je n'avais pourtant pas réussi à trouver la paix, je revins à moi en sursaut. Il me semblait avoir entendu le cliquetis des clés dans la serrure, et je compris que ce n'était pas qu'une impression lorsque je vis deux silhouettes se tenir face à moi. La semi-obscurité qui régnait dans la cellule m'empêchait de bien distinguer leurs visages ou leurs bras, mais j'avais l'intuition qu'il s'agissait de Créatures. C'était même assez logique puisque je me trouvais ici chez eux, mais cela me surprenait tout de même car mis à part Damien et Harry, les autres venaient très rarement.

— Tu es bien Alice Morin ? demanda l'un des deux hommes d'une voix froide.

Je hochai lentement la tête, et l'autre m'ordonna :

— Debout.

Me relever prit quelques secondes qui parurent de trop pour mes deux visiteurs. Je retirai un brin de paille de mes cheveux et époussetai ma robe tandis qu'un de leurs acolytes arriva :

— L'exécution est en cours, c'est le moment ou jamais !

Ils échangèrent des regards entendus, et je demandai :

— Que me voulez-vous ?

Pour toute réponse, ils me poussèrent vers la sortie sans dire un mot. Quelque chose dans les regards inquiets qu'ils ne cessaient de lancer autour d'eux me disait qu'ils n'agissaient pas sous les ordres du Maître.

— Qui êtes-vous ?

— Tais-toi ou nous allons tous nous faire prendre… murmura l'un d'eux. Tu veux sortir d'ici, oui ou non ?

Il n'avait pas tort, et je pris une courte inspiration avant de les suivre d'un pas un peu plus décidé. Je repensai alors à ce qu'ils avaient dit quelques minutes plus tôt, et une question se posa soudain à moi.

— Vous avez parlé d'une exécution… Qui ?

— Tu ne comprends donc pas lorsque je te dis d'être silencieuse ?

— Répondez et je vous promets de ne plus dire un mot.

Il soupira en levant les yeux au ciel, mais consentit toutefois à accéder à ma demande.

— C'est une femme des régions du Sud, il paraît qu'elle a commis un acte de trahison envers le Maître. Elle doit en payer le prix.

Irina. Je m'arrêtai net, incapable de faire le moindre mouvement.
— Combien de temps lui reste-t-il ? Où est-elle ? Nous devons aller la sauver !
— Son sort n'a aucune importance, elle n'a que ce qu'elle mérite.
Je fronçai les sourcils.
— Vous m'aidez à m'enfuir, vous risquez de connaître la même punition. Aidez-moi à la retrouver, puis nous pourrons tous nous en aller !
— Tu ne sais rien, Alice. Nous sommes en train de rendre un service au Maître, nous ne recevrons aucun châtiment.
S'ils ne comptaient pas m'aider à m'enfuir, qu'attendaient-ils de moi ? Je fis demi-tour, mais l'un de mes ravisseurs me rattrapa par le bras avec fermeté.
— Tu n'iras pas là-bas.
— Accompagnez-moi, puis je vous suivrai. C'est une promesse.
Il échangea quelques mots avec ses acolytes dans une langue inconnue, puis il m'entraîna d'un pas vif vers les étages supérieurs.

Nous nous arrêtâmes dans une sorte de dortoir, certainement là où se reposaient certains de mes ennemis. Celui qui m'avait fait sortir de ma prison me posa une longue cape sur les épaules, remontant le capuchon sur mes cheveux, puis il me tira ensuite vers une porte, et une lumière aveuglante en émana lorsqu'il l'ouvrit. Je fis un pas en arrière, mais il ne me laissa pas une seconde pour m'habituer à cette clarté exacerbée et me poussa vers le monde extérieur. Il se baissa au sol et plongea ses mains dans la boue avant de m'en recouvrir le visage. Je fis la moue et il déclara d'un ton moqueur :
— Après tous les actes que tu as commis, tu ne devrais pas être effrayée par si peu.
Je ne répondis rien, et regardai autour de moi. La nature était florissante, abondante, merveilleuse. Il n'y avait plus aucune grille, plus de Maître, plus de limite. Si je me mettais à courir de toutes mes forces, j'avais peut-être une maigre chance d'échapper à ceux qui voulaient me garder auprès d'eux. Malheureusement, si je me débarrassais de l'homme qui m'avait entraînée jusqu'ici, je perdrais tout moyen de retrouver Irina. Je le suivis donc à contrecœur, et après des secondes qui me parurent des heures, nous arrivâmes face à une vaste prairie. Quelques mètres plus loin se tenait une foule de Créatures, toutes rassemblées autour de ce qui aurait pu être considéré comme une arène dans laquelle se trouvait non seulement celle qui avait été mon alliée, mais aussi l'impitoyable Harry. J'aperçus Jeanne, un peu plus loin, toujours aux côtés de son père qui la tenait tendrement par le bras.

Le regard hésitant de la jeune femme me prouvait qu'elle n'avait pas totalement changé, mais elle restait pourtant passive face à ce qui était en train de se produire.

— Laissez-moi parler à la fille là-bas.

— La nouvelle protégée du Maître ? Elle a fait le bon choix, contrairement à toi.

Je fis la sourde oreille, me mordis la lèvre, puis jetai un coup d'œil à Irina. Dans mon esprit, c'était le visage de son fils que je voyais, et si je ne faisais rien, je pouvais être sûre qu'il reviendrait me hanter.

— Cette femme a un enfant. Je ne peux pas la laisser mourir ici.

— Nous avons tous perdu des gens. Même ceux que tu as tués comptaient pour quelqu'un…

Je m'apprêtai à répliquer, mais il reprit :

— Quant à elle, elle s'est livrée elle-même : laisse-la mourir pour se délivrer.

Je relevai les yeux vers lui, éberluée.

— Vous voulez dire qu'elle a choisi de se rendre ?

Il hocha positivement la tête, et je fus confrontée à la même situation que celle de Monsieur Dignac lorsqu'il m'avait suppliée de mettre fin à ses jours. J'avais alors refusé, et il s'était finalement laissé mourir. Malgré tous mes efforts, je n'avais pas pu le sauver, mais il n'était peut-être pas encore trop tard pour la mère du petit Romain. Je voulus faire un pas pour la rejoindre, mais mon nouvel "allié" me retint aussitôt.

— S'ils te voient ici, ils te remettront immédiatement dans ta jolie cage, alors je ne ferais pas ça si j'étais toi.

— Elle était mon amie, je ne…

— Tu es fatigante à vouloir porter secours à tout le monde, y compris à ceux qui ne t'ont rien demandé ! Pitié, arrête de te mêler des affaires qui ne te regardent pas.

Le problème c'était que quand bien même j'aurais voulu écouter son conseil, cette histoire-là me concernait moi aussi.

Harry ramassa alors son épée et fit signe à la femme de s'armer elle aussi, mais elle n'exécuta pas le moindre geste. Elle ne se battait pas, elle ne se battait plus. Cela se lisait dans son air résigné, son menton fièrement relevé.

Elle se condamnait elle-même à la défaite qui entraînerait sa mort. Je fermai les yeux un instant et les rouvris juste à temps pour la voir se mettre à genoux devant son adversaire, sans pour autant baisser les yeux. Celui-ci me sembla alors déçu et il déclara d'ailleurs d'une voix forte :

— On m'avait vanté tes capacités au combat, mais tu n'es décidément plus aussi puissante que tu l'as été… Cela me rappelle notre très chère Alice Morìn.

Mon esprit se remplit d'une colère froide, mais j'attendis qu'il poursuive son discours dégradant.

— Ce doit être aux côtés de ces gens faibles que tu as perdu ton courage.

— Je ne veux plus tuer personne. Et je ne veux plus de cette marque, répliqua alors Irina d'un ton déterminé.

En entendant ces quelques mots, je compris qu'il fallait m'incliner face à son choix : je me serais moi-même laissée mourir si je n'avais pas pu m'ôter cette trace infâme. Après un regard de dégoût pour celle qui les avait trahis, Harry posa la lame aiguisée de son épée sur la gorge de celle-ci.

— Irina, tu as délibérément enfreint nos lois en aidant Alice Morìn, Simon Dignac et Gabriel de Daemrys à s'évader. Tu es donc condamné au châtiment irréversible qu'est la condamnation à mort.

Je sentis une larme dévaler ma joue, ce qui n'échappa pas à l'homme qui se tenait à mes côtés. Il m'attira contre lui, cachant mon visage contre ses vêtements pour que je n'aie pas à assister de nouveau à un tel crime.

— C'est difficile, n'est-ce pas ?

— Oui, soufflai-je simplement avec peine.

Le bruit tranchant de l'arme puis le bruit sourd du cadavre s'écroulant sur le sol me déchirèrent les tympans et je m'accrochai de plus belle à mon ravisseur.

— Pleure en silence, si les autres te remarquent, nous sommes morts.

Je m'écartai lentement de l'homme pour regarder ces monstres autour de moi, acclamant tout ce sang versé inutilement.

— Beaucoup aimeraient que ce soit toi, murmura mon acolyte en me désignant le cadavre d'Irina.

Un frisson me parcourut l'échine et je croisai alors le regard de Jeanne. Le même que le jour où j'avais perdu mon père et où elle m'avait abandonnée. Nos corps si proches, nos cœurs si loin. J'eus une fois encore envie de disparaître, mais c'était impossible : j'étais là et j'étais Alice Morìn, avec tout ce que cela impliquait. Quoi que je fasse, cela ne changerait jamais.

Les Créatures quittèrent rapidement le lieu de l'exécution, à commencer par Damien, Harry et Jeanne. Celle-ci ne semblait pas m'avoir dénoncée, ou peut-être ne m'avait-elle pas reconnue ? Je m'avançai d'un pas chancelant vers le milieu de cette arène désormais déserte, et la seule trace qui restait encore de ce massacre était une traînée de sang à l'endroit où la mère de Romain avait poussé son dernier souffle. Je ne tardai pas à tomber à genoux à mon tour, et bien que mon cœur soit déchiré, aucune larme ne coula sur ma joue.

— Je sais ce que tu ressens : tu as tellement pleuré que tu en es désormais incapable, déclara mon ravisseur d'une voix presque compatissante. C'est ce qui m'est arrivé... lorsque tu as tué mon père.

Je fermai les yeux, me rappelant qu'il n'était pas le premier à me tenir ce genre de discours.

— Tu blâmes les Créatures, mais tu ne vaux pas mieux.

Tout était clair maintenant.

— Tu veux te venger, n'est-ce pas ? C'est pour cette raison que tu m'as aidée à sortir. Là-bas, ils ne veulent pas me tuer, mais toi, tu en meurs d'envie.

— Je ne suis pas le seul...

Une dizaine de silhouettes apparurent peu à peu autour de nous, certainement les autres hommes à avoir participé à mon évasion.

— J'ai tué tant de gens ? demandai-je avec sarcasme.

— Peut-être moins, ou peut-être plus encore. Certains le font par vengeance personnelle, mais d'autres te tiennent responsable de la mort du Premier Maître... Aucun de nous ne comprend pourquoi le Maître tient tellement à te maintenir en vie. C'est sûrement par faiblesse parce que tu es la fille de son ami, aussi en t'exécutant nous lui rendons un grand service.

Je savais pourtant que Damien ne voyait pas les choses ainsi et qu'il m'attribuait une grande valeur. Si ce n'était pas mes amis qui s'en chargeaient, ce serait lui qui vengerait ma mort. Sans compter que Jeanne entrait désormais dans l'équation et que malgré son changement étrange de comportement, elle tenait encore à moi. Si ma mort servait à la faire réagir et à regagner le côté le plus juste, alors elle n'était pas vaine.

— Nous avons décidé de te mettre à l'épreuve, même si tu n'as aucune chance. Tu affronteras chacun de nous dans un combat à main nue. La magie est évidemment interdite, mais je ne crois pas qu'il soit nécessaire de te le rappeler.

Un coup d'œil à mes ennemis, tous parfaitement préparés pour se battre, fut suffisant pour comprendre que je ne faisais le poids face à aucun d'eux. Je m'écroulerais en un rien de temps et ils auraient leur victoire.

— Voici ton premier adversaire.

Je me relevai lentement du sol et croisai le regard sans pitié de la Créature que j'étais sur le point d'affronter.

— Faites vite, s'il vous plaît, lui demandai-je d'un ton suppliant.

Un rictus mauvais franchit ses lèvres et je fis un pas en arrière.

— Laissez-la tranquille.

Mes yeux se posèrent à toute vitesse sur un troisième homme qui s'était rapproché de nous sans que je m'en aperçoive, et je mis quelques secondes à le reconnaître. Mais comme en était témoin la marque gravée dans son cou, il s'agissait bien de l'homme que j'avais voulu épargner dans la forêt. Je constatai en souriant que Louise n'avait pas réussi à en venir à bout, et je fus tentée de lui poser des questions, mais il me fit signe de ne rien dire.

— Ramenez-la dans sa cellule, sur le champ.

— Pour qui te prends-tu ? Nous n'avons aucun ordre à recevoir de toi…

Mon allié tira son épée de son fourreau et je m'écriai :

— Je ne vaux pas la peine que tu te sacrifies pour moi !

Je ne voulais pas qu'une personne de plus meure en essayant de me sauver d'un sort auquel je ne pourrais jamais échapper.

— Je n'ai pas pu sauver mon Emilie, mais je peux te sauver toi, alors je vais le faire.

Il avait déjà mentionné ce nom lors de notre première rencontre et avait évoqué une ressemblance frappante entre elle et moi, ce qui avait certainement causé son envie de me protéger aujourd'hui.

— Si tu veux vraiment m'aider, tue-moi. Si tu te bats, ils te tueront, et alors nous serons tous les deux morts pour rien. Si quelqu'un doit mourir, ce sera moi, personne d'autre.

Il me dévisagea, puis s'approcha de moi et me prit dans ses bras. Il me serra contre lui, et je savais parfaitement ce qu'il était en train d'imaginer. Sa gentillesse à mon égard me poussa à le laisser rêver un moment.

— Emilie aurait voulu que vous soyez heureux, j'en suis certaine…

— Elle était une femme bien, tu sais. Comme toi.

Sa voix remplie d'émotion me traversa de plein fouet, et je l'étreignis à mon tour. S'il était le dernier à qui je puisse parler, je ne devais pas perdre ma chance.

— Si un jour vous en avez l'occasion, dites à…
Soudain, une lame transperça mon ventre et celui de mon allié, faisant d'une pierre deux coups. Un jet de sang sortit de ma bouche, et je m'accrochai de toutes mes forces à l'homme face à moi, lui-même mourant.

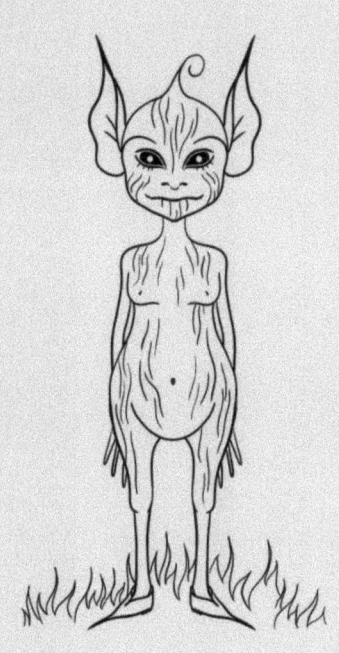

32

Mes jambes se dérobèrent sous mon poids et mes yeux ne quittèrent plus l'homme qui avait tenté de me sauver la vie. Mes efforts pour qu'il s'en sorte n'avaient mené à rien, nous étions désormais tous les deux aux portes de la mort. Son regard embué de larmes me donna le courage d'être plus forte, et je tentai de refouler la douleur qui me déchirait les entrailles.

Ma vue commençait déjà à se brouiller lorsque j'entendis alors des bruits de pas, et quelqu'un déclara d'une voix essoufflée :

— Quelqu'un a donné l'alerte, le Maître ne doit pas savoir !

Il y eut un court moment de silence pendant lequel ils réfléchirent sûrement à une solution, et l'un des hommes suggéra :

— Débarrassons-nous des corps. Dans la forêt sauvage, ils finiront par mourir, peut-être même qu'une bête finira le travail.

Celui qui se comportait comme le chef de toute cette opération donna son accord, et je sentis alors que l'on me transportait, incapable de me débattre. Mon sort semblait désormais scellé, comme l'avait prédit cette satanée voyante. Sur toute la ligne, elle avait eu raison, un point sur lequel je ne pouvais que la détester. Mais il y en avait d'autres.

Car sans elle, les Créatures n'auraient jamais appris pour ma sœur et son enfant.

Sans elle, Jeanne ne serait probablement pas devenue aussi confuse.

Sans elle, je ne serais pas morte.

***

Beaucoup disent que la mort est un voyage dont on ne revient jamais. Je l'avais toujours cru aussi, même s'il eut parfois été préférable qu'il en soit autrement. Ces pensées m'habitaient alors que, pendant de longues minutes, je ne ressentais plus rien d'autre que cette douleur froide dans mon ventre. J'y devenais de plus en plus indifférente au fur et à mesure, mais cela me faisait davantage souffrir lorsque la souffrance était moindre.

Les Créatures avaient déposé mon corps dans une clairière perdue au milieu de nulle part, et je distinguais à peine l'environnement aux alentours ou la respiration bruyante, bien que faible de mon allié. Le silence ne tarda pourtant pas à envahir

ce petit bout de forêt, et j'eus l'impression de ne jamais m'être sentie si seule. J'entendis pourtant un bruissement à proximité, mais il n'était plus dans mes capacités de faire le moindre geste ou de prononcer le moindre mot pour alerter cet intrus. Encore fallait-il qu'il s'agisse de quelqu'un : il y avait autant de chance que ce ne soit rien de plus qu'un rongeur ou un autre animal du genre. Il me sembla pourtant percevoir un pas très léger se rapprocher de moi, mais je ne savais plus si je pouvais me fier à mes impressions : j'étais de plus en plus fatiguée et je ne pensais qu'à être secourue, aussi il était probable que je prenne mes désirs pour des réalités.
— Que faire ? murmura une minuscule voix.
Je me forçai à entrouvrir les yeux, simplement pour faire savoir à cet inconnu que je vivais encore. Ma vue était si floue que je ne distinguais rien de plus qu'un immense ciel bleu. Une ombre apparut alors sur ce magnifique fond, et je devinai un visage bienveillant au-dessus de moi. Mes lèvres tremblèrent en vain et aucun son ne s'en échappa.
— Je vous ramène chez ma Maîtresse, elle va vous guérir.
Une larme coula sur ma joue, comprenant qu'il allait me falloir encore un peu de temps avant de recevoir des soins dignes de ce nom, et mon sauveur se tourna vers le cadavre qui reposait non loin de moi.
— J'espère que vous ne vous êtes pas entretués… La Maîtresse n'aime pas les assassins.
Je voulus le rassurer, lui promettre que je n'étais pas quelqu'un de mauvais, mais ma gorge était si sèche qu'elle ne laissait pas sortir un seul mot.
— L'autre est mort… Et elle est faible. Le voyage risque de la tuer.
Avec des chances de survie si infimes, il fallait qu'il ose prendre le risque de m'emmener là où il pourrait me soigner. Lui faire savoir que j'étais prête à partir avec lui m'était impossible, je priai donc pour qu'il comprenne que, s'il voulait me sauver, il n'avait pas d'autre choix. Mais le souhaitait-il réellement ? Il ne me connaissait pas plus que je ne le connaissais, et peut-être avait-il mieux à faire que de s'occuper d'une fille qui était déjà à moitié morte. Je le vis alors bouger, et une lumière violette particulièrement puissante m'éblouit la vue avant de m'absorber.

***

Une douleur lancinante me traversa et mes yeux s'ouvrirent aussitôt. La souffrance disparut aussi vite qu'elle était venue et je me levai sans attendre d'un lit inconnu, repoussant les magnifiques draps blancs sur le sol. Je voulus jeter un coup d'œil à la blessure qui avait manqué de me coûter la vie, mais je constatai simplement un changement dans la tenue que je portais : une jolie robe blanche, particulièrement légère. La partie qui était supposée couvrir mon ventre n'était faite que d'une dentelle transparente, tout comme le bas et les manches. Cela me permettait au moins de voir que toute cicatrice avait disparu, et se mêlait à mon soulagement un sentiment d'incompréhension.

Qui m'avait porté secours ?

Où me trouvais-je ?

Quel était l'accoutrement à la fois beau et étrange que j'avais sur le dos ?

Une douce brise passa alors par la fenêtre ouverte de la pièce dans laquelle je m'étais réveillée, et j'aperçus justement une cape, blanche elle aussi, qui traînait là. Comme elle ne servait à personne, je la drappai sur mes épaules pour me protéger du froid mordant et fis un pas vers le rebord de la vitre.

Le paysage qui s'étendait face à moi me rendit presque aussitôt malade. Il était de toute beauté, indéniablement. Pourtant, il m'oppressait.

La fenêtre donnait sur une vaste cour intérieure joliment fleurie mais qui manquait affreusement de naturel. Sans compter qu'aucune véritable sortie vers le monde extérieur ne se dessinait sous mes yeux. Les murs blancs qui entouraient ces jardins semblèrent alors se refermer sur moi, et je tombais à genoux, fermant les yeux pour ne plus devoir supporter ce terrible spectacle.

— Relève-toi donc. Tu as survécu, ce n'est pas pour t'écrouler maintenant.

Je relevai le visage vers celle qui avait prononcé ces mots. C'était une très belle femme d'une grande taille et d'une silhouette svelte, aux longs cheveux noirs et aux yeux d'un bleu particulièrement froid. Absolument tout chez elle respirait la perfection. Elle portait une robe similaire à la mienne, sinon que sa couleur s'accordait à celle de son regard.

— Bienvenue chez toi. Je te présente Herys, le Daahtor qui t'a trouvée dans les bois de Shirin.

Un petit-être sortit de derrière les pans de la robe de cette femme intimidante, et je me rappelai les paroles qu'il avait prononcées avant de me transporter ici : il avait parlé de sa "Maîtresse", dont je venais visiblement de faire la connaissance.

— Merci à toi, Herys. Je te serai à jamais reconnaissante.

Il sembla gêné, et après un regard et une révérence pour la tierce personne qui se trouvait avec nous, il disparut sans dire un mot de plus.

— Il n'y a qu'un seul être qui mérite d'être remercié dans ce monde.
Joignant le geste à la parole, elle me désigna un portrait représentant un homme illuminé d'une lueur aveuglante, et je n'eus aucun mal à comprendre de quoi il s'agissait.
— Thod… murmurai-je.
Je m'étais donc retrouvée chez une fidèle de celui que la plupart dans ce royaume considéraient comme étant notre Dieu. Le même en lequel Zara croyait, et en lequel je n'avais jamais eu aucune foi, surtout depuis la mort de mon cher père. Je me retins de faire le moindre commentaire, de peur de froisser mon hôte.
— Remercie-le, puis lève-toi et suis-moi.
Je soutins le regard de cette femme autoritaire un instant, puis consentis sans trop réfléchir à lui obéir.
— Je vous remercie, déclarai-je d'un ton peu convaincu.
Je n'attendis pas une seconde de plus pour quitter le sol et faire face à la Maîtresse de mon sauveur.
— Bien. Qui es-tu ?
— Où suis-je ? répondis-je du tac au tac.
Elle me lança un coup d'œil pincé.
— Je pose les questions. Ensuite, je t'expliquerai.
Je, je, je. Elle ne semblait pas beaucoup se préoccuper de moi, mais c'était peut-être mieux ainsi : si elle ne savait pas qui j'étais, elle ne pourrait ni me trahir, ni risquer sa vie pour m'aider. Il me suffirait de la remercier mille fois avant de lui annoncer mon départ et d'aller retrouver mes amis. Je ne les avais pas vus depuis une éternité, et il me tardait de les revoir. Le visage de Gabriel revint me hanter un instant, mais la voix calculatrice de mon hôte me tira de mes rêveries :
— Ton nom ?
Je baissai les yeux, cherchant qui j'étais, et elle ajouta :
— Inutile de me mentir : je t'ai administré un sérum qui me permettra de deviner le moindre de tes mensonges.
Cette femme se montrait décidément très méfiante à mon égard. Qui sauvait un mourant tout en craignant qu'il lui mente par la suite ? Avait-elle peur de mes intentions ou étaient-ce des siennes dont il fallait me méfier ? Malgré tout, je décidai de jouer carte sur table.

— Il vaudrait mieux pour vous que vous ne sachiez pas qui je suis réellement. Ceux qui m'aident finissent toujours par mourir, et je ne voudrais pas que vous connaissiez le même sort. Ne posez pas de question, et appelez-moi Irina.

Elle posa une main amicale sur mon épaule.

— Tu peux me dire ton vrai nom, car ici, tu es définitivement en sécurité.

Je jetai un regard suspicieux autour de moi. Même dotés d'une apparence forte, ces murs ne pouvaient résister à un assaut des Créatures.

— En êtes-vous bien sûre ? la questionnai-je donc.

Elle hocha la tête avec assurance.

— Alice. Alice Morìn.

L'expression de son visage ne laissa rien paraître qui aurait pu me permettre de déceler chez elle une quelconque crainte.

— Je n'ai jamais entendu parler de toi ici.

Je fronçai légèrement les sourcils, mais je n'eus pas le temps de la questionner sur ce "ici", car elle m'assaillit presque immédiatement de nouvelles interrogations :

— Que s'est-il passé dans cette forêt ?

— J'étais prisonnière, et on a décidé de m'exécuter. Ils n'ont pas eu le temps d'aller au bout, alors ils ont jeté mon corps aux bêtes… Par chance, votre ami Herys m'a trouvée.

— Ce n'était pas de la chance, mais tout simplement le commandement de Thod.

Je doutais qu'une force divine y soit pour quelque chose dans toute cette histoire, car depuis des semaines, c'était en enfer que j'avais l'impression de vivre.

— On m'a dit que tu n'étais pas seule, observa-t-elle en me jaugeant d'un air calculateur.

— Il était déjà mort quand Herys est arrivé. Il a voulu me sauver, mais…

Des larmes se mirent à couler d'elles-mêmes le long de mes joues, comme les souvenirs des morts de ce gentilhomme et d'Irina me revenaient en tête. Mon crâne semblait sur le point d'exploser, mais je ne tardai pas à reprendre mes esprits : j'avais prétendu aller bien une grande partie de ma vie alors que j'étais morte de l'intérieur, il fallait continuer. Je ne devais pas non plus oublier le bonheur qui m'attendait au dehors, une fois que j'en aurais fini avec ces monstres et ces massacres.

— Il te faudra du temps pour oublier tes souffrances, mais Thod saura les alléger pour toi.

Je me retins de pousser un soupir ou de laisser s'échapper un rire sarcastique. Leur Dieu n'en avait jamais rien eu à faire de moi, et il n'allait pas commencer à se soucier de ma douleur ce jour-là.

— As-tu déjà tué, Alice ?

Je croisai le regard intéressé de cette femme dont je ne savais rien.

— Je ne peux même pas compter le nombre de vies que j'ai prises.

Elle esquissa un sourire pincé avant de me rassurer :

— Tes péchés te seront pardonnés, un jour. Je sens en toi un grand désir de rédemption.

J'étais forcée de reconnaître qu'elle avait raison : je cherchais à expier mes crimes, bien qu'ils aient été commis dans un but de protection et de défense seulement. Mais elle faisait aussi fausse route : ce n'était pas le pardon d'un être divin et invisible dont j'avais besoin pour me sentir mieux. Ceux qui auraient pu me l'accorder étaient déjà morts, par ma propre faute.

— Excuse-moi pour toutes ces questions, mais je dois avouer que tu m'intrigues. Tes cicatrices parlent, mais le plus étonnant sont tes cauchemars… Tu es restée endormie plusieurs jours avant de revenir à toi, et tu n'as cessé d'appeler ton père et… une dénommée Jeanne. Tu disais également que tu étais désolée, et bien d'autres choses encore, cela te rend d'ailleurs assez facile à cerner pour moi.

Je ne savais plus quoi penser, partagée entre la surprise – celle d'avoir passé des jours entiers dans l'inconscience – et la colère – celle qu'une inconnue ait pu deviner des détails de ma vie que je ne lui aurais sûrement jamais révélés de moi-même. Comme elle devait ressentir mon malaise, elle s'empressa de dire :

— Pour être égales, je vais te parler un peu de moi en retour.

Ce n'était qu'un maigre lot de consolation, assez inutile, car tout ce qui m'intéressait était de quitter cet endroit pour rejoindre les miens.

— Je me nomme Ariane, et je vis ici depuis mon plus jeune âge. J'ai actuellement cinquante ans…

— Vous me paraissez pourtant bien plus jeune, lui fis-je remarquer.

Un sourire fier se dessina sur ses lèvres et elle m'expliqua :

— Je possède de nombreux pouvoirs, et par la grâce de Thod, j'ai droit à une longévité supérieure au commun des mortels. Mon corps vieillit donc bien moins vite que la normale.

C'était un euphémisme, puisque je lui aurais donné une vingtaine d'années de moins. Elle s'avança alors d'un pas décidé vers la porte de la chambre, me faisant

signe de la suivre, ce que je m'empressai de faire pour éviter d'impatienter cette charmante Ariane.
— Nous sommes ici à Thodrin, dans le Grand Sanctuaire de Saahnan.
Je m'arrêtai net, regardant partout autour de moi avec surprise. La raison de toute cette lumière, de ces étranges tenues et de la présence de tableaux divins était donc simple : je me trouvais dans le principal lieu saint du Royaume.
— Si tu as survécu, Alice, c'est par la puissance de Thod et son infinie bonté. J'ai laissé ton corps baigner une nuit entière dans les eaux sacrées, et grâce à la miséricorde de notre Dieu bien aimé, la vie t'a été rendue.
J'avais déjà entendu parler de ces fameuses eaux qui ressemblaient à celles qui prenaient source sous l'académie, et dont les propriétés bien que différentes étaient particulièrement puissantes.
— Je vous suis vraiment reconnaissante de m'avoir permis d'accéder à ce sanctuaire et de m'avoir sauvée, mais…
— Nul besoin de mots, tu auras maintes occasions de nous témoigner ta gratitude.
Nous reprîmes notre marche à travers les couloirs de ce lieu sacré, et je déclarai :
— Je pense que sauver ce Royaume est le plus beau geste que je puisse faire, et je vous jure d'y parvenir. C'est ainsi que je compte vous remercier.
Elle me fit signe d'entrer par une petite porte, et je m'exécutai.
— Les mortels mourront si telle est la volonté de Thod, et toi, tu resteras donc ici, loin de tous les conflits que tu as pu connaître.
À ses mots, elle referma la porte d'un geste sec et je répliquai:
— J'entends trouver par moi-même la rédemption.
— Tu t'égares si tu crois que te battre est une forme de "rédemption". Je suis là pour te remettre sur le droit chemin.
— Sauf mon respect, vous ne comprenez pas. Si je reste ici, vous finirez par mourir comme tout le monde. Il n'y aura plus de Dieu, plus de prêtresse, plus de femmes, plus d'hommes, plus d'enfants, plus d'amour…
— Tu es bien trop dramatique.
Elle ne réalisait pas la gravité de la situation, peut-être à force d'avoir passé son temps entre ces murs à vénérer un dieu factice. Elle s'avança vers une armoire et en sortit une magnifique robe bleu nuit, semblable à celles que nous portions déjà.
— Nous allons procéder à la cérémonie qui te permettra de rester ici et de devenir novice, tu vas donc devoir revêtir ces vêtements ainsi que ces bijoux, fit-elle en

désignant de nombreux colliers, bracelets et boucles d'oreilles, tout aussi éblouissants les uns que les autres.

Je restai un moment bouche bée, mais me repris presque aussitôt.

— Je ne peux pas devenir novice : je dois vraiment m'en aller. Laissez-moi retourner à ma chambre, rendez-moi mes anciens habits et conduisez-moi à la sortie.

Elle souffla, amusée. Pourtant, cette jovialité n'avait rien de rassurant. Elle s'approcha de moi et caressa ma joue de sa main froide.

— Tu es si lente. Si lente à comprendre que tu n'as pas le choix.

Je relevai les yeux vers elle, sans prendre la peine de dissimuler ma colère et ma détermination. Elle pensait pouvoir me faire peur, elle croyait être la première à me retenir contre mon gré, mais elle se trompait. Si me voir trembler face à elle était son but, je ne comptais pas lui donner satisfaction.

— Tu dois la vie à Thod, reprit-elle, alors tu resteras ici jusqu'à ta mort.

— Si votre Thod a épargné ma vie, ce n'est pas pour que je la passe prisonnière de lui. S'il est vraiment un dieu, il me connaît, il sait que je ne supporterais pas de regarder ceux que j'aime mourir dehors alors que je suis là à ne rien faire ! Thod ne...

Elle me gifla d'une main ferme, et je baissai immédiatement les yeux. Ils restèrent un instant grand ouvert, figés en direction du sol. Ma conviction qu'elle ne pouvait pas m'intimider venait de fondre comme neige au soleil. Ses doigts longs et fins soulevèrent mon menton pour me forcer à affronter son regard glacial.

— La prochaine fois que tu abaisseras nos croyances et notre Dieu à un mensonge, tu le regretteras.

— Qu'attendez-vous de moi ? demandai-je malgré moi d'une voix enrouée de larmes.

— Que tu deviennes une prêtresse et que tu consacres ta vie à prier Thod. C'est aussi simple que cela.

Je la dévisageai avec résilience, mais elle me dominait de sa hauteur. Elle me dominait sur tous les plans. Elle dut sentir mes entrailles se contracter en moi et esquissa un sourire satisfait.

— Sois prête dans une heure. Tâche de bien faire, tu as tout ce qu'il te faut à ta disposition. Quelqu'un viendra te chercher, et t'expliquera le rituel, ne t'inquiète pas.

Elle s'apprêtait à partir mais je l'interpelai une dernière fois, tentant le tout pour le tout.

— C'est ainsi que vous traitez vos prisonniers ? C'est ça le merveilleux message de Thod ?

Mes yeux n'étaient plus embués de larmes mais de haine.

— Tu étais presque morte, et pourtant te voilà dans ce sanctuaire, Alice. Tu n'es pas prisonnière, tu es un miracle que je tiens à garder près de moi. Thod t'a choisie.

Je laissai s'échapper un rire nerveux, mais elle reprit d'un ton sérieux :

— Ce n'est pas à prendre à la légère, jeune fille : je compte faire de toi la prochaine Grande Prêtresse.

Je restai bouche bée et elle continua donc :

— Je ne serai pas éternelle, il faudra bien quelqu'un pour prendre ma place. J'ai compris par la force des écritures et des messages de notre Dieu qu'il voulait que ce soit toi.

Je n'étais pas sûre de grand-chose en matière de religion, mais un destin de prêtresse et moi n'allions certainement pas de pair. Il n'y avait donc que trois options : elle se trompait dans l'interprétation des signes de Thod, il lui mentait, ou bien il n'existait pas.

— Je ne pourrais pas, je ne pourrais jamais, murmurai-je.

Elle me lança un regard interrogateur.

— Servir un Dieu qui n'a sûrement rien de réel et entraîner les autres à croire en lui, ce n'est pas fait pour une fille comme moi.

Pour la seconde fois, elle voulut abattre sa main sur ma joue, mais je la bloquai juste à temps, attrapant son poignet, avant de reprendre :

— Je suis Alice Morin, l'élue qui a fui, dis-je presque avec fierté. Les grandes responsabilités et moi ne faisons pas bon ménage, alors ne placez pas vos espoirs en moi et faites-moi quitter cette prison !

Elle dégagea sa main avec prudence pour la poser sur mon épaule, et rétorqua d'une voix maternelle à m'en donner la nausée :

— Je sais ce que tu ressens, mon enfant. Moi aussi je craignais de ne pas être à la hauteur.

— Non, vous ne comprenez pas… Je ne crois pas en lui, en me forçant à rester, vous mettez vos précieuses croyances en danger !

Elle soupira de lassitude, et me dévisagea avec condescendance.

— La seule qui ne comprend pas dans cette pièce, c'est toi. Nous allons procéder au Rituel de Pacification et retarder la cérémonie à demain.

— Le Rituel de Pacification ?

Un sourire mauvais se dessina sur ses lèvres fines et elle répondit simplement :
— La meilleure manière de faire taire les personnes telles que toi.
Elle quitta la pièce, en prenant soin de verrouiller la porte, mais ne me laissa pas la moindre instruction. Je me trouvais désormais seule au milieu de robes, de bijoux et de parfums inutiles, puisque la cérémonie d'entrée au sanctuaire devait attendre. Un bon millier de possibilités me venaient à l'esprit en ce qui concernait la nature de ce Rituel de Pacification, toutes aussi effrayantes les unes que les autres. Me couperait-elle la langue pour m'empêcher de protester à l'avenir ? Ou les jambes, pour me tenir en place ? Je laissai mon corps tomber sur le sol particulièrement froid de cette salle d'habillement, et un frisson me parcourut le dos. Dans cette cellule, même Harry commençait à me manquer.
Certes, j'avais échappé aux Créatures et cela aurait dû me rendre heureuse et reconnaissante. Mais à quel prix ?
J'étais désormais encore plus loin des miens, à l'autre bout du Royaume, aux mains d'une folle fanatique, forcée de croire en un idéal qui n'était pas le mien. Peu importe l'opinion de cette Ariane et sa procédure de pacification, je savais que la foi ne me trouverait pas.

Le temps s'écoulait lentement et pour m'occuper, je jouais avec une broche en or, incrustée de cristaux. Elle valait certainement beaucoup, plus que tout ce que je pourrais un jour m'offrir. Si j'avais été un peu plus matérialiste, cela m'aurait peut-être donné une raison de rester. Profiter d'une vie aisée sans jamais m'inquiéter, posséder de belles robes et de beaux accessoires. Manger à ma faim tous les jours. Cependant, le prix était trop élevé : j'estimais plus ma liberté que toute la richesse du royaume. Un cliquetis des clés dans la serrure me fit alors relever la tête.

Sans ménagement, deux hommes me prirent par les bras. Je pris soin de ne pas ciller et de cacher ma douleur derrière un regard froid, ce qui s'avéra plutôt simple. Être contrainte, emprisonnée et aussi libérée, devenait presque habituel. Cette fois-ci, pour la dernière partie, il allait falloir compter sur mes propres moyens, car personne ne viendrait me sauver ici : l'enchantement que Gabriel avait utilisé pour venir à moi la première fois n'était probablement pas suffisamment puissant pour traverser les murs d'un sanctuaire.

Nous traversâmes de nombreux corridors d'un pas pressé, malgré mes difficultés à suivre ce rythme effréné. Ce ne pouvait pas être dû à mon combat contre les Créatures, puisque j'en étais parfaitement remise et qu'il avait eu lieu quelques jours plus tôt selon Ariane, aussi je soupçonnais ma captivité chez ces monstres de m'avoir rendue moins endurante. J'avais passé une bonne partie de mon temps assise, ou à faire les cents pas dans ma cellule, et ce changement d'air brutal semblait requérir de nombreux efforts. Je fus donc particulièrement soulagée lorsque nous arrivâmes enfin devant une nouvelle petite porte en bois. Ils ne devaient pas l'ouvrir fréquemment, car elle grinça désagréablement lorsque l'un des deux hommes la poussa avant de m'entraîner à l'intérieur, où Ariane et une autre femme m'attendaient d'un air impatient.

— Cela faisait un moment que nous n'avions pas eu à faire cela.

Elle en semblait d'ailleurs réjouie, ce qui provoqua chez moi une légère incompréhension. Je n'eus guère le temps de me poser la moindre question car l'assistante de la Grande Prêtresse s'avança vers moi, une coupe à la main.

— Bois sans crainte. Après cela, tout ira bien.

Tout ira bien. Ces trois mots me poursuivaient depuis toujours et me hantaient presque. Tout le monde me les avait dits au moins une fois, j'en étais certaine, mais nul n'avait pu les rendre réels. Je me sentais une nouvelle fois au bord des larmes, tourmentée par les fantômes de mon passé, et pour ne plus y songer, je demandai :

— Quelle est cette potion ?

— Elle te fera perdre tes réticences, c'est tout ce que tu as réellement besoin de savoir.

Je jetai un coup d'œil méfiant au liquide limpide qui remplissait la coupe, sans comprendre comment il pourrait faire naître en quelqu'un une foi jusqu'ici inexistante. A n'en pas douter, ce filtre était loin d'être inoffensif, peut-être même issu de la magie noire. Ariane se tourna soudain vers une vieille étagère et prit un objet entre ses mains. Je fus prise d'horreur lorsqu'elle revint vers nous et nous montra ce qu'elle avait désormais en sa possession.

33

Ariane tendit ce qui ressemblait à un fouet à l'un des deux gardiens qui m'avaient emmenée là, et lui lança pour tout ordre un regard éloquent. Je n'étais pas assez faible pour les supplier de ne pas me faire de mal, mais je n'étais pas certaine d'être suffisamment forte pour endurer cette souffrance. Je tentai de me raisonner en me disant que j'avais connu pire que cela, mais leur cruauté m'effrayait plus encore que celle des Créatures.

— Tu peux boire, Alice. Ainsi, nous n'aurons pas à en arriver là.

Ma fierté prenait toujours le pas sur mon effroi, aussi répliquai-je avec ironie :

— Puisque nous y sommes, ne nous arrêtons pas en si bon chemin.

Elle sourit légèrement, mais la courbe de ses lèvres me glaça le sang.

— J'aime beaucoup ton sarcasme, je dois l'avouer, et j'aurais préféré ne pas t'infliger cela. Mais tout sera vite fini, alors qu'importe.

Elle s'écarta lentement de moi, imitée par son assistante et par l'homme qui ne tenait pas l'arme de ma torture. Celui qui était resté derrière moi me donna un coup dans les jambes, m'obligeant ainsi à me mettre à genoux devant lui. Je sentis le contact de ses mains froides sur ma nuque avant qu'il n'arrache entièrement les vêtements qui me recouvraient. Par pudeur, je retins sur ma poitrine le devant de cette tenue – si légère qu'elle ne m'aurait protégée d'aucun coup – avant de fermer les yeux, me répétant intérieurement de ne pas hurler et de rester forte.

La douleur me traversait de part et d'autre, et même si je connaissais ma chance d'être toujours en vie, j'aurais aimé ne plus l'être. Je me trouvais toujours dans la sombre et petite pièce où cette prêtresse infâme m'avait condamnée à pire que ce que m'avait fait endurer les Créatures en plusieurs semaines. L'assistant d'Ariane s'occupait d'arranger l'état de mon dos si endolori qu'il en était devenu insensible, tandis que mes larmes avaient séché sur mes joues. Je n'avais pourtant rien oublié de ce qui s'était produit, à n'en plus savoir ce qui me détruisait le plus : la souffrance qu'il m'en restait ou le souvenir insupportable de ces longues minutes où mes propres cris m'avaient déchiré les tympans. Je n'avais rien pu faire pour les retenir, je n'avais rien pu faire pour qu'ils cessent. *L'impuissance.* Je détestais toujours autant ce sentiment.

Mon corps avait fini par s'écrouler sur le sol, et mes tortionnaires l'avaient interprété comme un symbole de capitulation. Pourtant, l'intention de boire cette maudite potion ne m'avait pas gagnée entre-temps. En acceptant, je rendais cette résistance inutile, et avoir souffert cet enfer pour rien était insoutenable.
— J'ai terminé, déclara alors la voix grave de l'assistante.
Elle rajusta mes vêtements comme elle le put, mais ils ne ressemblaient plus à rien, sinon à des lambeaux qui couvraient tout juste ce qu'il fallait.
— Bien. Maintenant, Alice, à toi de nous dire ce qui va arriver, me lança Ariane.
Mon regard las croisa le sien, qui semblait bien plus déterminé que le mien.
— Vais-je devoir recommencer avec cette méthode barbare, ou daignes-tu enfin boire cette potion ?
J'esquissai un sourire peu convaincant.
— Vous allez être forcée de continuer, encore et encore. Je ne suis pas de ceux qui abdiquent, vous le comprendrez vite.
— Et toi, tu comprendras vite qu'il ne faut pas jouer avec moi à qui se fatiguera le premier… Je ne renonce jamais.
Ces derniers mots avaient été prononcés d'un ton particulièrement menaçant, mais je n'allais pas me laisser impressionner par les grands airs de la Grande Prêtresse.
— Nous avons donc un problème, car moi non plus, je ne recule devant rien, sifflai-je.
Elle ne répondit rien et me montra simplement la coupe.
— Crois-moi, tu n'as rien à craindre et tout à gagner.
Un rire sarcastique m'échappa.
— Votre comportement, vos méthodes et vos intentions quant à moi me feraient plutôt penser qu'au contraire, j'ai beaucoup à y perdre.
— Ta misérable vie représente tant que cela pour toi ? Fais-moi confiance, tout ira mieux quand tu auras bu ce breuvage.
— Ma vie, si misérable soit-elle, est mienne et je la vivrai avec jusqu'à mon dernier souffle. Je veux en reprendre le cours, même si cela implique d'endurer mille souffrances pour y parvenir.
— Tu es déterminée, sûre de toi… Ce sont des qualités appréciables pour une future Grande Prêtresse. Thod ne s'est pas trompé, même si je dois admettre que tu es plutôt belliqueuse.

Je soupirai, exaspérée. Il lui semblait impossible de laisser son Dieu en dehors de tout cela, et il fallait toujours qu'elle en revienne à lui.

— Thod ne m'a pas appelée pour que je demeure ici à prier en vain. Il m'a ramenée chez les vivants pour que j'accomplisse ma mission ! Écoutez-moi ! Des tas de gens mourront si je n'arrête pas les Créatures.

— Les mœurs du Royaume n'atteignent pas Saahnan. Et cesse d'être aussi imbue de ta personne, l'avenir de Daemrys ne repose pas sur tes épaules, alors bois, il est temps que tu oublies tout cela.

J'étais sur le point de répliquer, mais je m'interrompis, réalisant ce que contenait en réalité la coupe. Ce n'était pas une potion qui m'inculquerait la foi. C'était pire que cela…

— Vous voulez effacer mes souvenirs, murmurai-je.

Ma mémoire était tout ce qu'il me restait de ceux que j'aimais et de moi-même. Survivre sans aucune trace de celle que j'avais été, ce n'était pas réellement survivre. Bien-sûr, si je buvais, je n'aurais que faire de ces regrets puisque je n'en garderais pas le moindre souvenir, mais je ne voulais pas faire cela à Gabriel, ni à qui que ce soit. Mon cœur se serrait un peu plus à chaque minute, réalisant quelles seraient les conséquences si j'acceptais de boire cette potion. Ce serait ma délivrance, mais aussi ma prison. Alice Morìn n'existerait plus, du moins nulle part ailleurs que dans la mémoire des autres.

— Vous ne pouvez pas me faire une telle chose.

— Je le peux, détrompe-toi. Je finirais d'ailleurs par y arriver, peu importe le mal que tu te donneras, tu finiras par craquer. Alors je te laisse le choix : ma victoire est-elle pour aujourd'hui ou pour dans dix longues années de souffrance ?

Je poussai un long soupir, ce qui donna un sourire de satisfaction à la belle Ariane.

— Si tu décides de boire, il ne faudra plus résister, cela risquerait de te tuer pour de bon.

Je pris la coupe d'un geste sûr et la portai à ma bouche, sous le regard suffisant de la prêtresse. Quelle fut sa déception lorsqu'au dernier instant, mon poignet s'abaissa pour répandre sur le sol tous ses efforts pour me priver de souvenirs.

— Je choisis les dix longues années.

34

Combien de temps s'était-il écoulé depuis mon arrivée au sanctuaire ? Pendant combien d'heures, voire de jours, avais-je subi les coups de mes tortionnaires ? Combien de fois Ariane m'avait-elle vivement conseillée de céder, pour finalement se retrouver face à la même conclusion ? Mais surtout, combien de temps encore tiendrais-je ? Tant de questions dont je n'ignorais les réponses. Alors que depuis quelques minutes, la prêtresse et ses sbires me laissaient du répit, celle-ci s'empara d'une éponge pour essuyer mon front ruisselant de sueur, et peut-être de sang. Mon dos me brûlait tant que je ne ressentais plus rien d'autre, pas même le froid. Mon regard perdu ne se releva même pas à l'approche d'Ariane.
— Tu m'as montré ton courage et ta détermination, Alice. Maintenant, montre-moi ton intelligence en acceptant la réalité. Céder est la seule issue.
Ma mâchoire se serra sous le coup de la colère, mais une larme coula sur ma joue. Parce qu'elle avait raison. Mon corps tremblait déjà de toute part et mon esprit ne tarderait pas à se fissurer lui aussi. Refuser de boire me conduirait inexorablement à la folie. Accepter ne me paraissait pourtant pas envisageable : je ne serais plus moi-même, cela reviendrait à abandonner tous ceux qui comptaient pour et sur moi. J'avais cru échapper à la mort, mais en réalité, la Alice Morìn que j'étais serait perdue quoi que je choisisse de faire. Seul mon corps survivrait à cette journée.
— J'ai l'impression que tu commences enfin à m'écouter, se félicita Ariane en me voyant hésiter.
Ma bouche s'ouvrit légèrement, mais la voix me manquait : mes cordes vocales s'étaient sûrement rompues à force de hurler. La Grande Prêtresse – qui n'avait rien de grand à mes yeux – se détourna un instant de moi et remis la coupe, à nouveau remplie, entre mes mains. Je vis mon reflet dans le liquide, le désespoir dans mon regard et la douleur dans l'expression figée de mon visage. Pendant un court instant, je me demandai même si je n'étais pas déjà morte.
— Bois, Alice, susurra mon ennemie à mon oreille. Et rappelle-toi, ne résiste pas ou tu mourras.
Elle m'adressa un sourire d'encouragement qui en rajouta à ma nausée. J'approchai sans entrain la coupe de mes lèvres, et après une dernière pensée pour ceux que j'aimais, je fermai les yeux et pris une gorgée de cette potion sucrée et douce qui laissait pourtant un goût des plus amers dans ma bouche.

D'abord, ce fut le vide. Le néant. Pas seulement autour de moi, mais aussi à l'intérieur. Comme si d'un seul coup, l'entièreté de mes émotions s'étaient volatilisées. Ni l'apaisement, ni la peur ne m'effleuraient. Puis un instant plus tard, tout me revint et le poids du passé retomba sur mes épaules fragiles. Alors que je me débattais avec mes souvenirs, un homme s'avança au cœur des ténèbres qui m'entouraient. Sans surprise, je reconnus le son de sa voix lorsqu'il murmura mon prénom avec douceur, mais demandai tout de même avec lassitude :
— Papa ?
La silhouette hocha la tête, me rassurant par la même occasion : fidèle à lui-même, mon père se trouvait tapi au fond de mon esprit. Sa présence calma d'ailleurs l'agitation et la confusion qui y régnaient. Sa main serra mes doigts, comme lorsque je n'étais qu'une enfant et que la mienne tenait dans sa paume.
— Tu n'as pas le droit de m'oublier, mon enfant, gronda-t-il. Encore moins d'oublier celle que tu es.
— Je cours à ma perte, papa. Quoi que je fasse...
— Bats-toi, me coupa-t-il d'un ton abrupt. Abandonner n'est pas digne d'une Morin.
L'obscurité m'empêchait de distinguer les traits de son visage, mais même sans lumière, mon âme les voyait. Son expression déterminée, son regard d'ambre et son sourire effacé mais apaisant. Je lui fis la promesse de lutter, puis il m'expliqua d'un ton pressé :
— Tu peux survivre sans perdre la mémoire.
— Je peux résister à la potion ? Sans mourir ?
Il acquiesça et, avec autorité, il m'ordonna de ne plus l'interrompre avant de continuer :
— Bien, ouvre tes oreilles. Avant tout, si jamais tu oubliais malgré tes efforts, il serait possible que la mémoire te revienne si tu rencontrais une expérience que tu as déjà vécue ou qu'un détail te provoquait un choc émotionnel. Malheureusement, je doute qu'on puisse se fier à cette solution. Il va donc falloir que tu essaies de combattre la potion. Pour ça, tu dois trouver un souvenir particulièrement marquant et t'y réfugier.
— Tu veux dire, le revivre une seconde fois ?
— C'est cela. Toutefois ne te méprends pas : s'il suffisait que ce soit si simple, cette potion ne serait pas si redoutable. Beaucoup choisissent mal leur souvenir et finissent par se réveiller en oubliant.
Je sentis l'inquiétude m'envahir, essayant de rassembler en moi les éléments qui faisaient de moi celle que j'étais et qui me permettraient de ne pas me perdre.
— Quel est la pire chose que tu aies vécu ?

Je relevai les yeux vers lui, croisant son regard d'ambre.
— Vivre sans toi chaque jour a été et reste la pire épreuve qu'il m'ait fallu affronter.
Je me rappelai la chaleur de la cheminée, l'odeur de la soupe, le bruit et l'agitation qui régnait dans notre maison, le bonheur que nous partagions.
— Alice, murmura-t-il.
— J'essaie de me répéter qu'il faut arrêter de penser, arrêter de pleurer, que je dois me montrer forte, mais je n'y arrive jamais. Je finis toujours par m'écrouler.
Il prit mon menton tremblant dans sa main et ancra son sourire dans mon regard.
— Tu es peut-être brisée, mais cela ne signifie pas que tu es faible. Au contraire.
Il esquissa un sourire avant d'ajouter :
— Je suis fier de toi.
— J'aimerais l'être autant que toi, répliquai-je.
Il m'assura que je pouvais l'être, tout en me prenant contre lui d'une douceur paternelle.
— Ma mort te hante, Alice, mais je ne pense pas que cela te définisse contrairement à ce que tu crois.
— Tu es la raison pour laquelle je suis devenue celle que je suis.
— Depuis cinq ans tu avances seule, et tu veux me faire croire que tout ce que tu as fait dépend de moi, ton père défunt ?
— Tu m'as tant appris ! C'est toi qui m'as enseigné mes plus grandes valeurs, c'est toi que j'ai toujours voulu rendre fier. Même lorsque tu n'étais plus là, tu me guidais encore.
Il s'éloigna de moi, un sourire heureux accroché aux lèvres et dit simplement :
— La prochaine fois que tu te souviendras de moi, ne pleure pas, au contraire. Ferme simplement les yeux et remercie la nature de nous avoir accordé quelques années de bonheur, même si elles n'étaient suffisantes ni pour toi, ni pour moi.
— Promis, papa.
Il disparut peu à peu et je me retrouvai seule, dans ce vide immense. J'aurais pourtant aimé que quelqu'un soit là pour m'aider à choisir le fameux morceau de ma mémoire qui sauverait tous les autres. Un lourd mal de crâne s'abattit alors sur moi, et pendant une fraction de secondes, je ne me souvins de rien. Qui étais-je ? Que faisais-je là ? Pourquoi mon cœur était-il à la fois si douloureux et apaisé ? La mémoire me revint rapidement, et je me mis à trembler en comprenant que si je ne réussissais pas, cela pourrait être définitif. Je n'avais aucun mot pour décrire toute l'horreur que je ressentais, mais elle me donna la force de m'impliquer encore davantage dans mes recherches.

Je repensais à tous les moments marquants que j'avais traversés, mais il y en avait tant que je n'arrivais pas à me décider sur l'un d'eux en particulier, et il était bien trop difficile de me résumer en un seul souvenir.
Il y avait bien la mort de mon père, mais il m'avait dit lui-même que ce ne serait pas forcément la meilleure solution. Plutôt que de penser au mal, il fallait peut-être que je me concentre sur le bonheur que j'avais connu, car il me définissait tout autant que ma peine. Je pris une grande inspiration, et esquissai un léger sourire.

— Bienvenue à Saahnan, Alice. Comment te sens-tu ? déclara une mélodieuse voix féminine.
Je me relevai sur mes coudes, l'esprit ailleurs et demandai :
— Qui êtes-vous ? Qui est cette Alice ?

35

Les lèvres de mon interlocutrice se déformèrent en un rictus satisfait et son regard glacial me transperça. Cependant, il m'était interdit de la laisser entrevoir ma peur : si elle dirigeait un tel sanctuaire d'une main de fer et qu'elle avait réussi à en rester Maître, son intelligence et sa ruse n'étaient pas à sous-estimer. Un seul faux pas pouvait me trahir. Mais même si la prudence était le mot d'ordre, je me trouvais désormais en bonne posture. Si elle ne me percevait plus comme une menace mais comme une bête docile, elle cesserait de se soucier de moi.

— Ton nom est Alice Morìn, m'expliqua Ariane d'une voix maternelle. Tu es venue à Saahnan pour oublier ton passé.

Mes sourcils se froncèrent, mon regard chercha à la fuir et se perdit dans le vide.

— Pourquoi désirais-je une telle chose ? la questionnai-je, faussement confuse. Ça n'a aucun sens !

Elle posa une main sur mon épaule et je manquai de tressaillir. Fort heureusement, elle dût l'interpréter comme une réaction naturelle et non comme le signe que la moindre parcelle de mon corps se remémorait ce qu'elle m'avait fait subir.

— Crois-moi, tu avais de bonnes raisons. Te les rappeler serait aussi inutile que douloureux.

Je lui lançai un regard suppliant mais elle désapprouva d'un hochement négatif de la tête.

— Comment vais-je faire sans souvenirs ? Je n'ai plus personne, je ne suis personne !

Un brin de fierté m'anima un instant, car le désespoir dans ma voix n'aurait pu sonner plus vrai. Mais après la fierté vint la réalisation et avec elle la tristesse. Mon masque faillit tomber face à la cruelle prêtresse, mais après une grande inspiration, je me repris.

— Je serai là pour toi, Alice. Et tout le monde ici sera heureux de t'accueillir.

— Vous feriez vraiment cela pour moi ? m'extasiai-je. Je dois rêver...

Elle passa une main dans mes cheveux, se voulant rassurante. Pourtant tous ses gestes de réconfort me terrifiaient intérieurement, et il me fallait consentir à un effort colossal pour ne pas fuir loin de cette femme atroce.

— Vous avez dit... Saahnan ? Je ne me souviens plus vraiment de...

— Laisse-moi t'expliquer : nous nous trouvons dans le plus grand sanctuaire du Royaume, où nous rendons grâce à notre Dieu bien aimé.
Je hochai lentement la tête pour paraître plus perdue que je ne l'étais, et à en juger par l'expression jubilatoire d'Ariane, mon jeu se tenait. Continuer ainsi était ma seule chance de sortir un jour de cet endroit immonde.
— Tu dois être affamée, je vais te montrer le réfectoire, m'invita-t-elle.
Mon estomac criait peut-être famine, mais l'idée d'avaler le moindre aliment me répugnait.
— Tu pourras y rencontrer d'autres novices, reprit Ariane sans remarquer mon malaise. Ensuite, nous procéderons au rituel d'intégration à la communauté.
— Si vite ? Il est encore tôt, ne trouvez-vous pas ? Je ne suis pas à la hauteur…
— Ne t'en fais pas, c'est ainsi que nous fonctionnons : nous t'accueillons d'abord, tu fais tes preuves ensuite. Je sais d'avance que tu ne nous décevras pas.
Je lui rendis son sourire et elle posa sur moi un regard plus que confiant. Les commissures de mes lèvres se relevèrent avec plus de sincérité lorsqu'une toute autre pensée m'effleura : elle n'allait pas être déçue. Je comptais bien lui montrer qui était Alice Morin.

Nous descendîmes de somptueux escaliers avant de débarquer dans une vaste salle à manger où se tenaient cinq tables, toutes aussi longues les unes que les autres.
— La table la plus à gauche regroupe les Prêtresses les plus importantes, m'expliqua Ariane avec assurance. La chaise vide au bout est la mienne.
L'une des *Prêtresses les plus importantes* la salua de loin avec un profond respect. L'égo surdimensionné de la Grande Prêtresse provenait sûrement de l'adoration et de la soumission que tous ici semblaient lui témoigner. Comme si elle le méritait. Cette femme qui prêchait le bien était loin d'être aussi pure qu'elle le prétendait. En regardant tous les visages heureux des personnes présentes, je sentis mon cœur se serrer dans ma poitrine : combien d'entre eux étaient-ils ici de leur plein gré ? Combien de gens ici avaient tout oublié de leur vie passée ? Certains parmi eux étaient-ils dans mon cas, ayant réussi à passer outre le Rituel de Pacification, mais toujours prisonniers de ce maudit sanctuaire ? La voix de la Grande Prêtresse me tira de mes interrogations muettes et me présenta la suite des tablées :
— Voilà les Gardiens.

Au milieu des fameux Gardiens se trouvaient les deux hommes qui avaient participé à mon Rituel de Pacification, et les apercevoir, même de loin, me fit frissonner. Ils me gratifièrent d'ailleurs d'un sourire répugnant que je dus leur rendre.
— Les Daahtors et les serviteurs sont installés là-bas, au fond. Les deux tables du milieu sont pour les novices et les invités. Une place est justement libre, suis-moi.
Elle s'avança vers un siège vide et le tira pour moi tout en m'introduisant auprès de mes nouvelles congénères.
— Veuillez accueillir Alice. Elle est nouvelle et un peu perdue, alors soyez patientes et aidez-la.
Je leur adressai un sourire qu'elles me rendirent avec une bienveillance palpable. Elles n'avaient pas l'air aussi mauvaises que leur Grande Prêtresse adorée. Une fois assise, je me trouvai face à un véritable festin, plus impressionnant encore que tous ceux que j'avais connus, y compris à la cour du Roi. D'une main tremblante, je me servis, tâchant d'en mettre le moins possible dans mon assiette, et une de mes nouvelles camarades me demanda :
— D'où viens-tu, Alice ?
Je lui donnai un regard vide pour toute réponse, et une autre vint à mon secours :
— Laisse-la tranquille, Emma, elle ne doit pas avoir les idées claires ! Nous étions toutes ainsi au début.
Celle qui venait de prendre ma défense se présenta en me tendant une main chaleureuse.
— Je m'appelle Alice aussi. Alice Mihrys.
— Enchantée, répondis-je en lui serrant la main.
— Moi c'est Emma Durand, ravie de te rencontrer ! déclara avec enthousiasme celle qui m'avait abordée la première.
J'avais remarqué que son nom de famille ne m'était pas inconnu. Durand... Alienor.
– Ne connaîtrais-tu pas...
Je m'interrompis juste à temps, réalisant que tout souvenir d'Alienor était censé s'être dissipé dans mon esprit. Je pris une gorgée d'eau et m'excusai, confuse.
— Ne faites pas attention, j'allais m'égarer. Parlez-moi de vous et de cet endroit.
Les deux jeunes filles s'empressèrent de me raconter leur quotidien d'un ton enjoué, bien que plus calme pour la dénommée Alice. Je les écoutais d'une oreille attentive et leurs histoires m'émouvaient de plus en plus : le bonheur qu'elles connaissaient ici n'était bouleversé d'aucun tourment. Cela pouvait sembler très beau,

mais n'en était pas moins un mensonge, puisqu'avant d'être ici, elles avaient eu une autre vie. Une vie effacée par le Rituel de Pacification.

A plusieurs reprises lors du repas, je me surpris à sourire avec sincérité à ces deux inconnues et à leurs plaisanteries. Je me perdis presque dans la futilité du moment, mais quelqu'un me frôla maladroitement et renversa sur ma robe un bol encore rempli. D'un geste rapide, mon corps se redressa et mon regard se leva vers celle qui était à l'origine de cet accident. Mes yeux manquèrent de s'écarquiller et ma mâchoire de se décoller, surprise par cet heureux hasard. Une larme dévala le long ma joue et mon cœur fit un bond hors de ma poitrine. Immobile, les yeux plongés dans ceux de la jeune fille, je n'y lus pas la même surprise, ni la même émotion. Une simple gêne, tout au plus, et mes espoirs fondirent comme neige au soleil.
— Je m'excuse ! Tu es la nouvelle, n'est-ce pas ? Aline, ou Alice ?
Ma gorge se noua, comprenant tristement pourquoi elle ne m'accordait pas la moindre attention. Ou du moins, une attention différente.
— Zara, murmurai-je.
— Que dis-tu ?
L'ancienne servante me dévisageait, les sourcils froncés, ayant sans nul doute perçu une sorte de tension entre nous. Je me repris et répondis d'une voix sûre :
— Je suis Alice Morin. Heureuse de… faire ta connaissance.
Elle esquissa l'un de ses sourires débordants de bienveillance, et je le lui rendis avec sincérité. Au moins, elle ne semblait pas avoir perdu la gentillesse qui la caractérisait autrefois.
— Viens avec moi, je vais t'aider à nettoyer tout ça.
Je hochai la tête, comptant bien saisir l'occasion de lui rafraîchir la mémoire et de la ramener à elle. Je doutais qu'elle approuve le Rituel de Pacification et certainement l'aurait-elle dénoncé si elle s'était trouvée dans son état normal.
Elle m'entraîna dans de petits couloirs, qui me rappelèrent à leur tour notre rencontre. Nous nous étions tout de suite entendues, et une réelle affection s'était imposée entre nous. Presque comme maintenant, où elle avait l'impression de croiser mon chemin pour la première fois. Nous arrivâmes dans une chambre où se trouvaient trois lits et elle déclara :
— Il se pourrait que tu nous rejoignes dans cette chambre après le rituel, une des couches est libre.
Je la remerciai de m'en informer, puis elle m'apporta une tenue propre.

— Elle est un peu délavée, excuse-moi.

J'eus un pas de recul, percutée par la similarité de cette seconde rencontre avec la première. Il me devenait même difficile de croire à une coïncidence, mais il n'y avait pourtant aucune autre explication.

— Cela me conviendra parfaitement, ne t'en fais.

Elle se détourna, le temps pour moi de revêtir cette robe, une épreuve qui se révéla plus dure que prévu, sûrement à cause de mes mains tremblantes et du sentiment étrange qui m'habitait. Me tenir si proche de celle que j'avais connue, et pourtant si loin, me troublait trop pour pouvoir réfléchir posément. Il m'avait toujours paru évident que Zara risquait moins que nos autres amis vis-à-vis des Créatures, si bien que je n'avais jamais soupçonné qu'elle disparaîtrait avant les autres, de la plus horrible des manières. Sa présence ici soulevait d'autres questions. Où se trouvait le petit Mathys ? Zara elle-même connaissait-elle la réponse ? Avait-elle pu oublier son petit frère, lui qu'elle chérissait plus que tout ?

— Tu as fini ? demanda-t-elle, coupant le flux de mes pensées.

Il me fallut quelques instants pour me remettre d'aplomb, mais je trouvai finalement la force de lui répondre que oui, j'avais fini. Elle se retourna vers moi, un sourire indescriptible aux lèvres. Celui-ci s'effaça lorsqu'elle se rendit compte que je la dévisageais.

— As-tu des souvenirs de ta vie, avant que tu n'arrives ici ? osai-je la questionner.

Elle sembla hésiter un court moment, me laissant entrevoir un maigre espoir qu'elle balaya aussitôt en bafouillant :

— Très peu. Je sais simplement que je suis Zara et que ma vocation se trouve dans ce sanctuaire.

Mes jambes se dérobèrent sous moi, certainement accablée par l'émotion, et celle qui n'avait de Zara plus que le nom s'empressa de me soutenir. Elle m'aida à m'asseoir sur le bord d'un des lits et se mordit la lèvre.

— Et toi ?

— Aucun. Je ne me souvenais même plus de mon propre nom.

Elle s'excusa d'un ton étrange, puis me regarda comme l'aurait fait la jeune femme qui avait fait partie de ma vie, réveillant un brin de nostalgie qui sommeillait au fond de ma poitrine.

— Nous devrions aller retrouver les autres, déclara-t-elle d'une voix confuse.

J'acquiesçai à contre-cœur et commençai à avancer vers la porte lorsqu'elle me rattrapa par le bras.

— N'as-tu pas le sentiment étrange que nous nous connaissons ? Je... Je l'ai senti dès l'instant où nos regards se sont croisés dans la salle-à-manger...
Bouchée bée, partagée entre la joie et la surprise, je restai muette. Mon ancienne amie s'impatienta et s'excusa :
— Peu importe, ne fais pas attention. Allons-y.
Je la suivis lentement, me retenant de lui avouer toute la vérité. Si la retrouver était bel et bien mon plus cher désir, je n'en redoutais pas moins l'effet que lui ferait le retour de ses souvenirs. Les siens étant particulièrement douloureux, recouvrer la mémoire n'était peut-être pas son souhait. Et prendre le risque de détruire l'unique personne qu'il me restait pour le moment m'était insupportable.

36

Depuis mon arrivée au sanctuaire, mes yeux se détachaient rarement de Zara. Il n'y avait qu'en elle que mon regard voyait encore de la beauté, même si l'air épanoui sur son visage me paraissait à la fois désarmant et répugnant. Fidèle à la bienveillance de son caractère, elle passait son temps à aider les plus jeunes à comprendre le sens de la religion, et à plusieurs reprises, je me surpris à l'écouter raconter ces sornettes.

Nous partagions la même chambre, mais nous ne parlions qu'occasionnellement, tantôt prises par les interminables prières qui rythmaient désormais notre train de vie, tantôt trop fatiguées pour tenir une discussion. C'était certainement mieux ainsi : elle reconstruisait sa vie, sans son frère, sans moi, et nul n'avait le droit de la priver de cette délivrance.

Ma cérémonie d'introduction avait encore été retardée, de quelques jours cette fois-ci, et je n'allais pas m'en plaindre. Si tout se déroulait comme prévu, elle aurait lieu dans deux nuits, mais je priais sans relâche pour que la malchance vienne de nouveau contraindre les plans d'Ariane.

Le rituel d'adoration toucha à sa fin pour la troisième fois de la journée. Le soupir de soulagement qui m'échappa me coûta quelques regards de travers et une mise en garde d'une assistante au visage strict. Je me relevai et m'inclinai respectueusement face à l'autel, en parfaite harmonie avec le reste des fidèles, avant de pouvoir enfin quitter cette immense salle, bien trop sainte pour moi. Nous avions droit à une pause, comme toujours, et je m'avançai vers Emma et Alice. Elles m'avaient beaucoup aidée à m'intégrer parmi les autres, et une amitié se tissait peu à peu entre nous. Je savais pourtant que je devais m'en aller le plus tôt possible et que, à un moment ou un autre, les abandonner serait nécessaire.

— Ariane m'a dit qu'elle allait m'envoyer à Shirin, il paraît qu'il y a de moins en moins de croyants là-bas et elle trouve que je serais parfaite pour redynamiser la région ! s'exclama alors la jeune Emma.

Alice lui lança un regard triste et dit :

— Quand vas-tu nous quitter ?

— D'ici la fin du mois, annonça-t-elle avec enthousiasme. J'ai si hâte !

Celle qui portait le même prénom que moi ne semblait pas aussi impatiente du départ prochain de son amie, et je partageais sa mélancolie. Ce n'était pas exactement pour les mêmes raisons, bien que je tienne moi aussi à Emma. Son départ m'inquiétait, car si elles semblaient l'ignorer, je savais pour ma part que la région était dangereuse : et si elle mourait ? Et si elle se faisait transformer ?
— Je pourrais partir à ta place, non ? suggérai-je. Je rêve de découvrir de nouveaux horizons.
Mes amies m'entourèrent de leurs bras et me rassurèrent :
— Tu es notre amie aussi, cela nous peinerait tout autant d'être séparées de toi ! Tu n'as pas à te sacrifier pour nous.
Je les remerciai, forçant mes lèvres à feindre un sourire que j'aurais voulu sincère mais qui ne pouvait l'être.

Je patientais dans le bureau de la Grande Prêtresse, impatiente de la voir franchir la porte pour lui demander d'être à mon tour envoyée en mission à travers le Royaume. Les minutes filaient, mais elle ne venait pas, certainement occupée à donner des leçons de morales à des gamines bien meilleures qu'elle ne le serait jamais. Après m'être assurée que personne ne me voyait, je fis un pas vers ce qui ressemblait à un trône et m'assis dessus pour tenter de mieux comprendre l'étrange personnage que jouait Ariane.
C'était peut-être à force de passer des heures sur ce somptueux fauteuil qu'elle s'était crue supérieure à toute autre forme de vie et capable de prêcher un message d'amour qu'elle ne comprenait même pas. Ou bien, il était possible qu'elle ait toujours été ainsi, autoritaire et intimidante. Un frisson me parcourut et je fis disparaître cette femme horrible de mon esprit.
Je fermai les yeux un instant, imaginant comment serait le fils de Constance lorsqu'il accéderait au pouvoir et qu'il se tiendrait sur un trône semblable à celui-là, une lourde couronne sur la tête. Mon neveu serait-il capable de diriger en mêlant la force à la douleur, en créant des lois justes et en restant humble ? Ou finirait-il comme l'odieuse Grande Prêtresse ?
— Que fais-tu, Alice ? me demanda Zara d'un ton surpris.
La porte était encore entrouverte et tout en revenant à la réalité, je devinai qu'elle venait certainement d'arriver. Sa poitrine se soulevait d'ailleurs en arythmie, son souffle était court.

— J'ai rendez-vous avec la Grande Prêtresse, répondis-je du tac au tac, je voudrais lui demander de...

— Je sais ce que tu veux, et ce n'est pas une bonne idée. Elle comprendrait immédiatement.

La jeune femme m'attrapa sévèrement par le bras et me fit quitter la pièce d'un pas pressé.

— T'asseoir là-dessus était un sacrilège, et tu l'aurais payé cher si un autre que moi t'avais vue.

Même agacée, son ton restait plus inquiet qu'en colère.

— Zara, tu as dit qu'elle comprendrait. Mais que comprendrait-elle au juste ?

J'avais la drôle d'impression d'avoir affaire à mon amie. Celle qui existait avant le sanctuaire, qui n'avait pas tout oublié de sa famille et des êtres qu'elle chérissait. Cette situation, bien qu'improbable, me réjouissait. La jeune femme ne me répondit rien et m'entraîna dans la cour intérieure du Sanctuaire sans jamais ralentir. Elle avait l'air de fuir quelqu'un ou quelque chose, et c'était bien le cas. Elle m'attira derrière une haie bien taillée et me regarda droit dans les yeux l'air grave.

— Alice, je tiens beaucoup à toi et j'aimerais que tu puisses faire ce que tu désires. Si je le pouvais, je t'aiderais même. Malheureusement, il faut parfois se résigner.

Je ne prêtais que peu d'attention à ce qu'elle me disait, trop heureuse pour me soucier de quoi que ce soit d'autre que de cette amitié retrouvée. *Enfin.*

— Je ne vois pas de quoi tu parles, fis-je pour m'assurer une dernière fois qu'elle avait bien recouvré la mémoire.

Elle me donna un coup dans les côtes et soupira avec lassitude :

— Ne fais pas l'idiote, tu me comprends très bien. Je suis même sûre que tu sais tout depuis le début.

Elle prononça ces derniers mots avec une légère amertume. Je lui devais des excuses pour ne lui avoir rien avoué, mais je n'avais pas le cœur à demander pardon pour si peu, alors que les choses semblaient enfin rentrer dans l'ordre. Mes yeux se remplirent de larmes. De bonheur.

— Zara ? C'est vraiment toi ?

Pour toute réponse, elle esquissa un sourire triste et m'étreignit entre ses bras. Je me sentis submergée d'affection et de soulagement, tandis que la jeune femme se laissa aller à déverser quelques sanglots sur mon épaule.

— Je suis désolée Alice, sincèrement.

Je m'écartai d'elle et lui lançai un regard interrogateur. Pour la première fois depuis mon arrivée, je me sentais réellement heureuse. Elle n'avait donc pas de quoi s'excuser, bien au contraire.

— Nous ne partirons jamais d'ici, ni toi, ni moi, m'expliqua-t-elle, épuisée.

Ses yeux brillants ne mentaient pas, le tremblement de ses lèvres non plus. Nous étions piégées.

***

Notre conversation cessa lorsqu'une femme surgit derrière nous. Il ne pouvait s'agir que d'Ariane ou de l'une de ses sbires, ce qui signifiait que nous allions devoir assumer notre manquement à l'un des rituels quotidiens.

— Vous croyez être dispensées de prière ? Dois-je vous rappeler que votre mission est d'assurer le bien-être de ce Royaume ?

Il était difficile de voir en quoi rester assise pour s'adresser à quelqu'un qui ne répondait jamais pouvait constituer une aide au pays, mais j'étais certainement la seule ici à me rendre compte de l'absurdité de la chose.

— Suivez-moi maintenant : pour vous faire pardonner, vous passerez la nuit dans la chapelle. Ariane, les prêtresses, et moi tenons à entendre vos chants jusqu'au petit matin !

Je m'exécutai, sans autre choix que de me plier face à ces tyrans, mais en traînant volontairement du pied. Rien ne pressait de commencer cette longue nuit d'adoration durant laquelle nous ne pourrions rien faire sinon louer un Dieu injuste. Pour me faire accélérer le pas, notre accompagnatrice me donna un coup sec dans le tibia. Je me retins difficilement de lui rendre la pareille, comme chaque jour depuis mon arrivée ici. Autrefois, je pouvais souvent retourner les coups que l'on m'infligeait à l'agresseur, même si je ne le faisais pas systématiquement. Désormais, le droit de résister m'avait été enlevé, et cela me rendait malade.

Zara me fit signe de garder mon calme, ce que je m'efforçai de faire jusqu'à ce que nous nous retrouvions enfermées à double-tour dans la salle de prière. Une fois que nous fûmes seules, j'ouvris les lèvres pour partager mon mécontentement à mon amie, mais elle me fit signe de me taire.

— Nous discuterons de tout cela plus tard, je te le promets. Maintenant, prions.

Je hochai la tête à contre-cœur, me rappelant que la jeune femme n'avait rien perdu de sa foi infaillible, et me gardai de lui faire remarquer que nous aurions tout le temps de prier jusqu'au lendemain matin.

A genoux devant l'autel, les mains jointes, elle chanta d'une voix mélodieuse les chants que les Prêtresses nous avaient enseignés. Après une courte hésitation, je pris place à ses côtés. Nous chantions les mêmes paroles, mais le rendu différait. Le timbre, le son, l'émotion... Il n'y avait rien de comparable, par ma faute : je manquais cruellement de foi.

Pour penser à autre chose, je me replongeai dans la conversation que nous avions eue avant que la Prêtresse ne nous punisse.

— *Nous ne partirons jamais d'ici, ni toi, ni moi.*
J'avais regardé mon amie pendant quelques instants, sans oser dire quoi que ce soit, terrifiée à l'idée qu'elle me confirme une seconde fois que nous n'avions aucune chance de nous enfuir de cette prison dorée. Elle faisait forcément erreur.
— *J'aimerais te mentir, te dire que tout cela n'est que temporaire, mais il n'y a aucune issue.*
Ma gorge se noua, mon cœur se serra, et mon âme sembla mourir.
— *Comment peux-tu être si catégorique ?*
— *J'avais perdu la mémoire, Alice, mais je me suis habituée aux coutumes... J'ai même gagné la confiance d'Ariane, c'est pourquoi je sais qu'il n'y a que deux manières de quitter le sanctuaire : la mort est la première, la seconde est inatteignable.*
— *La Zara que je connais m'a toujours conseillé de garder espoir, alors il faut essayer, ou le Royaume périra avec tous ceux que nous aimons.*
Les aimait-elle toujours autant que je les aimais, après tant de temps passé à ne plus en avoir l'ombre d'un souvenir ?
— *Alice, il n'y a aucune porte, aucune fenêtre qui donne sur l'extérieur. Notre seule liberté est cette cour ridicule.*
Sur ce point, elle ne se trompait pas : ce minuscule jardin rempli d'arbres parvenait à me faire manquer d'air.
— *Et depuis quand écoutes-tu mes conseils ? ajouta-t-elle d'un ton taquin.*
Ma grimace face à cette pique l'amusa, mais je repris vite mon sérieux et le fil initial de notre conversation.
— *Et cette seconde solution dont tu as parlé ?*
— *J'ai précisé qu'elle se trouvait hors d'atteinte.*

Je lui lançai un regard insistant et elle consentit à développer :
— Pour sortir d'ici, il existe un portail magique, comme ceux des Daahtors. Il envoie ceux qui le traversent au-delà de l'enceinte, mais il n'est ouvert que la nuit et se situe dans les appartements privés de la Grande Prêtresse. L'utiliser serait du suicide : la porte est gardée du matin au soir et du soir au matin, sans compter qu'Ariane a une connexion avec lui qui l'avertirait immédiatement de notre fuite. Et crois-moi, il vaut mieux avoir cette femme comme amie plutôt qu'ennemie.
Il était inutile de me rappeler cela, j'en avais suffisamment fait les frais pour ne jamais oublier ce qu'il m'en avait coûté de lui tenir tête. Mais Zara avait-elle seulement idée de l'horreur que son amie Ariane m'avait fait subir ? J'en doutais sincèrement, à en juger par l'admiration qu'elle lui vouait et la relation privilégiée qu'elles entretenaient. Toutefois, ce détail jouait à notre avantage.
— Tu as sa confiance, lui rappelai-je alors. Nous devrions pouvoir nous en servir.
Elle soupira et répliqua, sur la réserve :
— Ce n'est pas si facile, et puis…
Elle hésita à poursuivre mais son honnêteté eut raison d'elle.
— Je me plais ici, Alice. Partir, trahir la Grande Prêtresse… Je n'en ai aucune envie.
Ce qu'elle ressentait à l'idée de quitter ce paradis, qui était pour moi un enfer, s'avérait compréhensible, et nul ne pouvait la contraindre à voir le mal là où elle n'en percevait pas.
— Mais toute cette paix n'est qu'un mensonge, Zara, tentai-je de la raisonner malgré tout. Il y a tellement plus…
— J'aimais ce mensonge, tu sais, me coupa-t-elle. Je l'aime toujours d'ailleurs.
Elle me dévisagea avec une infinie tristesse qui me fit aussitôt me sentir responsable.
— Tout était bien plus facile lorsque j'avais oublié ce qui me pèse à nouveau. Mais quand je t'ai vue, je me suis immédiatement rappelée de Mathys, de la mort de mes parents et de ma sœur, et de nos combats contre les Créatures.
Elle cilla lorsqu'elle aborda la mort de ses parents et une larme silencieuse coula même sur sa joue, mais sa douleur paraissait plus lointaine qu'auparavant. Plus froide. Sans réfléchir, ma main se posa sur son épaule et des excuses franchirent mes lèvres.
— Tout est fini désormais, répondit-elle simplement. J'ai vengé ma famille, et j'ai cette vie paisible ici.
Je baissai les yeux au sol, avant de les relever vers elle et de déclarer :

— Ils n'ont pas été vengés… Les Créatures sont revenues, plus puissantes encore que la dernière fois, et j'ai été leur captive avant d'être amenée ici. Ariane refuse de me laisser partir, parce que je suis soi-disant la future Grande Prêtresse.
Les yeux de mon amie s'écarquillèrent à cette mention.
— C'est un grand privilège, tu sais.
— Cela ne concerne pas que moi : peut-être as-tu réussi à te détacher des autres parce que tu n'as plus pensé à eux depuis des mois, mais je ne peux pas. Ils sont toujours chers à mon cœur, comme tu l'es aussi. Je ne veux plus perdre personne, et c'est mon devoir de protéger les miens.
Elle n'était pas stupide ou bornée comme Ariane, aussi je savais qu'elle finirait par comprendre la gravité de la situation, peu importe le temps que cela lui prendrait. Et j'étais prête à patienter, car en dépit de nos opinions divergentes, je lui témoignais toujours le même respect et la même affection.
— Mathys ne te manque-t-il pas ? lui demandai-je d'un ton qui se voulait doux mais qui avait tout de même une sonorité tranchante.
— Bien sûr qu'il me manque.
Mais je lisais dans son regard que cela ne suffisait pas à lui donner envie de partir. Il me restait cependant une carte en main, et celle-ci promettait de la toucher encore davantage, même s'il me fallait consentir à un effort démesuré pour en parler.
— Zara, sais-tu ce qu'Ariane m'a fait subir pour que me faire perdre la mémoire ?
Elle détourna les yeux, sourcils froncés. Peut-être craignait-elle la vérité et que, malgré ses efforts pour ne pas la voir, elle la redoutait.
— Tu me connais Zara, je n'aurais jamais cédé. Je tiens à mes souvenirs au moins autant qu'ils me blessent. Et il n'y a pas trente-six-mille manières de forcer quelqu'un à boire une potion.
Son visage se déforma légèrement de douleur et elle parla d'une voix rauque lorsqu'elle tenta de plaisanter :
— Te pincer le nez pour te forcer à ouvrir la bouche ?
Elle rit timidement et s'étouffa presque avec les larmes qui remontaient dans sa gorge.
— Elle n'a pas touché à mes narines, soufflai-je avec soulagement. Mais passe ta main sur mon dos et tu comprendras.
L'ancienne servante n'osa pas me regarder et se contenta de venir derrière moi, d'ouvrir légèrement ma robe, d'y glisser ses doigts… de pousser un bref cri d'effroi. Elle referma la tunique malgré ses tremblements puis me fit tourner sur moi-même. Ses yeux plongèrent dans les miens avec gravité, et des mots manquèrent de franchir ses lèvres, sans succès.

Elle fondit en larmes contre moi, ses bras autour de ma taille, prenant soin de ne pas toucher les cicatrices sous mes vêtements. J'entourai la jeune femme des miens, le menton posé sur son épaule.
— Cela n'aurait jamais dû arriver, Alice, sanglota-t-elle. Thod est un message d'amour et de paix. Jamais je n'aurais cru Ariane capable d'une telle atrocité.
La rassurer me dépassait pour le moment, aussi répondis-je simplement :
— C'est à cause de cette cruauté que nous devons partir ensemble, Zara, retrouver notre vraie famille.
Elle me serra un peu plus fort contre elle, encore ébranlée par la nouvelle qu'elle venait d'apprendre.
— Cela ne change pas le fait qu'il n'y a aucune échappatoire, au contraire. Cela confirme que tenter de s'évader serait du suicide.
Certes, nous mesurer à Ariane se révélait terrifiant, mais passer nos vies auprès d'elle ne l'était-il pas davantage ? Si notre liberté était la récompense à une telle souffrance, n'en valait-elle pas la peine ?
— Mais je peux te proposer un autre type... d'évasion.
Pour répondre à mon regard interrogateur, elle ne tarda pas à s'expliquer :
— On trouve de nombreuses plantes dans le bureau d'Ariane. L'une d'elle est capable d'envoyer ton esprit dans un autre endroit, ou auprès d'une autre personne. Elle l'utilise principalement pour retrouver les fuyards ou pour surveiller ses ennemis, ce qui peut s'avérer vraiment très utile. Malheureusement, cela ne permet pas aux autres de te voir ou de t'entendre.
— Nous pourrions au moins nous assurer qu'ils se portent bien...
Un craquement retentit alors un peu plus loin.

C'était à ce moment-là que la Prêtresse était arrivée et que nous avions été forcées d'interrompre notre discussion, à mon grand désarroi. Nous étions désormais coincées dans la chapelle, au milieu de bougies à moitié fondues, à chanter sans relâche. Mes yeux étaient pourtant de plus en plus lourds, et mes lèvres peinaient à articuler. Ce n'était pas plus mal ainsi, puisque même prononcés correctement, je doutais que ces mots aient réellement un sens.
Je devais pourtant me donner la peine de mener à bien ma punition, car ce n'était pas opportun pour moi de me faire remarquer après tous mes efforts pour faire partie du lot. Je m'étirai légèrement puis repris de plus belle cette louange interminable.

***

Les heures qui avaient suivi la nuit d'adoration avaient été particulièrement difficiles : non-autorisées à nous reposer dans nos chambres, nous avions dû participer activement à tous les rituels du lendemain. Notre punition n'avait pas échappé aux autres novices, qui nous adressèrent des regards en biais tout au long de la journée. Même Emma et Alice prirent soin de m'éviter le plus possible.

Ce fut seulement à la nuit tombée que je pus enfin m'écrouler sur mon lit, la tête bourdonnante de chants religieux et de belles paroles. Je fermai les yeux, mais ne tardai pas à les rouvrir par peur de succomber à la fatigue, ce qui n'était pas dans mon intérêt. En effet, j'allais devoir mettre mon sommeil de côté, ce qui était un mal pour un bien : Zara était allée voir Ariane, dans le but de ramener quelques échantillons des plantes dont elle m'avait parlé. Il me fallait donc rester éveillée jusqu'au retour de la jeune femme, puis il nous suffirait de respirer un peu du parfum de la fleur pour être transportées auprès de nos amis. Nos corps tomberaient endormis tandis que nos esprits resteraient quelques heures à l'autre bout du Royaume.

Notre troisième camarade de chambre, souffrante, se trouvait à l'infirmerie et nous laissait donc le champ libre pour passer la nuit loin d'ici sans éveiller les soupçons de qui que ce soit. Toute cette chance aurait presque pu me faire penser que le destin nous était enfin favorable, mais je n'étais pas dupe. Le vent finirait par tourner, et tout redeviendrait difficile, comme cela l'avait toujours été. Je me levai de mon lit et fis quelques pas, jugeant que c'était pour moi la meilleure manière d'échapper à l'épuisement qui me guettait. J'ouvris la fenêtre de la chambre, malgré le froid mordant qu'il faisait dehors, et mon regard se perdit dans l'obscurité. On ne distinguait rien autour, sinon quelques lumières venant des autres pièces du sanctuaire. Ma vie s'arrêtait à ces murs de briques. J'esquissai un sourire pour me rassurer : grâce à l'aide de Zara, j'allais pouvoir m'extirper de là, même si ce n'était que pour quelques heures. Gabriel se trouvait certainement à l'autre bout du royaume, sous le même ciel. Il s'y trouvait.

Il va bien, il est en vie, songeai-je. J'avais besoin de m'en convaincre, effrayée de ne pas le retrouver. Des paroles qu'ils m'avaient dites me revinrent alors en tête, et elles me semblèrent plus véridiques que jamais. *Je ne sais pas si je voudrais toujours de ce royaume si tu en étais le prix, Alice.* J'étais certaine qu'il en serait de même pour

moi, s'il était celui qui mourait en œuvrant pour le bien de ce royaume. Je m'étais montrée réticente à son égard, j'avais voulu éviter de m'attacher, mais n'avais jamais pu tenir la moindre de mes résolutions. Je jetai un regard vers le ciel, et joignis mes mains avec sincérité pour la première fois. *Protégez-le jusqu'à ce que je sorte d'ici.* La porte s'ouvrit sur Zara, qui s'esclaffa :
— Alice Morin qui se met à prier, j'aurais vraiment tout vu ! Je peux mourir en paix.
Je lui lançai un sourire fatigué et elle passa un bras autour de ma taille, posant son visage contre mon épaule. Elle semblait moins confuse que lors de nos précédentes discussions, plus enthousiaste, comme libérée de toute souffrance. Ou du moins, allégée.
— Finalement, être sauvée par Ariane a eu de bonnes conséquences, d'une part je suis en vie, et d'une autre, je t'ai retrouvée, soupirai-je en souriant.
Mon amie fronça les sourcils, probablement parce qu'elle ne connaissait pas l'histoire qui m'avait conduite ici. Je lui expliquai donc point par point tous les événements qui s'étaient produits depuis son départ, et l'enchaînement de tous mes geôliers.
— Si je comprends bien, Ariane n'y est pour rien dans ta survie, me corrigea-t-elle au terme de mon récit. Hérys t'a donné l'opportunité d'être sauvée par les eaux de Saahnan et celles-ci ont guéri tes blessures, Ariane n'a fait que te plonger dedans.
Je hochai la tête. Plonger dans les eaux de Saahnan, il n'avait suffi que de cela pour tout arranger. Cette pensée me trotta en tête un instant, puis je relevai mes yeux, brillants de bonheur, vers la jeune femme.
— Je sais que c'est beaucoup te demander, Zara, que tu te sens sûrement chez toi ici, mais j'ai peut-être trouvé une autre porte de sortie. Nous pourrions rejoindre les autres, réellement les rejoindre.
Elle me lança un regard surpris et inquisiteur, dans l'attente de plus amples explications.
— La source de Saahnan se trouve ici et c'est pour cette raison que la force de ses propriétés y est décuplée, tout comme celle de l'académie d'Aghem. Mais si je me souviens bien, certains cours d'eau ont en eux une infime partie de ces eaux magiques. Cela signifie que…
— Qu'il existe une voie vers l'extérieur, compléta-t-elle, un sourire aux lèvres. Oh, Alice, ce serait merveilleux, mais il est fort probable que pour rejoindre le dehors, nous devions rester en apnée bien trop longtemps.

Mon poing se crispa, car elle soulevait un point intéressant. Le trou par lequel s'écoulait les flots de la source se trouvait forcément au fond du point d'eau, un endroit où nous ne trouverions pas d'oxygène.

— Alice, en fait… Si les eaux de Saahnan guérissent les gens qui s'y trouvent, nous ne pourrons pas nous y noyer. Quand bien même nous serions au bord de la mort, la magie des eaux nous ramènerait, tu ne crois pas ?

Les muscles de mes mains se détendirent à cette nouvelle et mon visage se remplit d'espoir : cela se tenait. C'était même une évidence. Si les eaux d'Aghem accordaient un vœu non sans contrepartie, le propre des eaux de Saahnan, c'était qu'elles se révélaient purement bénéfiques.

— Nous devons essayer, Zara, qu'en penses-tu ?

Elle acquiesça simplement, avant de me serrer dans ses bras.

— Tu crains que je me sente ici chez moi et que tu me forces à partir, mais mon amie, comment pourrais-je me sentir chez moi auprès d'une femme qui t'a fait tant de mal et alors que je me souviens de notre famille qui nous attend à l'extérieur ? Grâce à toi, j'ai une raison de rentrer et une issue. Je n'ai plus à me convaincre que rester est la seule possibilité, je n'ai plus à m'y résoudre.

Nous nous écartâmes l'une de l'autre et elle m'adressa un sourire chaleureux.

— Je suis si heureuse d'entendre ces mots de ta bouche.

Son regard rêveur se perdit un instant dans le mien.

— Quand je m'imagine tous les revoir, seul un grand bonheur m'envahit. Pardonne-moi, je m'égare, mais je me sens revivre. Cette vie au sanctuaire était belle, mais tu avais raison. Ce n'était qu'un mensonge, mes souvenirs, notre famille, tout ça fait de moi celle que je suis. La Zara que tu connais, souriante, optimiste, proche de son frère…

Elle essuya une larme.

— Je veux rentrer à la maison. Je veux…

Elle ravala sa fierté et termina :

— Je veux dire à Adrien que je le pardonne et que nous pouvons tout reprendre du début.

— S'il pouvait t'entendre…

Elle me donna un coup de coude.

— Ce n'est plus qu'une question de jours avant que nous ne soyons à la maison !

Je souris, comprenant que j'avais bel et bien retrouvé la Zara que je connaissais, et pour de bon cette fois : son enthousiasme et sa joie de vivre, sa détermination et son implication, toutes ses qualités qui m'avaient manqué ces derniers temps. Elle était là pour moi, j'étais là pour elle, et si nous étions tous les deux, les barreaux de notre prison n'allaient pas faire long feu.

— Faisons nos affaires, partons dès ce soir, lançai-je tout en me précipitant vers la grande armoire.

Mon amie me retint par le bras pour me désigner un minuscule bouquet de fleurs, posé sur mon lit et s'avança vers lui d'un pas décidé, m'entraînant avec elle.

— Nous ne savons pas combien de temps cela nous prendra de rentrer, mais les eaux ne vont pas disparaître, Alice. Alors pourquoi n'irions-nous pas voir nos amis avant d'entamer un long périple ?

Mon regard hésitant ne parvint pas à ébranler sa conviction. Après tout, il n'y avait pas de mal à simplement revoir nos amis, même si ce n'était que pour quelques instants. Cela nous permettrait au moins de connaître leur localisation.

— Je te laisse l'honneur de partir en première, m'invita Zara d'une voix qui se voulait théâtrale.

Je pris les plantes en main sans trop réfléchir, avant de m'allonger et de les porter près de mon visage.

— Pense à ceux que tu veux voir, et surtout à rien d'autre. Je te rejoindrai rapidement.

Après un hochement de tête, je pris une grande inspiration pour inhaler le parfum magique de ces fleurs. Mon esprit et mon corps se scindèrent lentement, mais ce ne fut pas douloureux. Au contraire, ne plus avoir à porter toutes ces cicatrices allégeait mon fardeau habituel. J'imaginai le visage de Gabriel, jusqu'à ce qu'il devienne réel et que le jeune homme se tienne enfin face à moi.

37

Lorsque mon esprit ouvrit enfin les yeux, un sourire éclaira mon visage et un grand sentiment d'apaisement m'envahit : Gabriel se trouvait là, en un seul morceau, adossé au mur de la cabane qui nous servait souvent de refuge. Mon soulagement fut pourtant de courte durée, puisque je remarquai presque aussitôt ses traits figés et son regard bleu désabusé. Je ne l'avais jamais vu ainsi. Mon bras fantomatique traversa son corps en voulant le toucher pour le réconforter, sans éveiller aucune réaction chez lui. Après avoir poussé un bref soupir et machinalement séché les traces des larmes qui avaient coulé plus tôt, il rentra dans la maisonnée. Je l'y suivis et constatai avec soulagement que Constance était assise au coin du feu, son fils contre elle, et que Romain tournait les pages d'un carnet de dessin appartenant peut-être au roi, prêt à les reproduire sur une feuille volante. Ma sœur lui dit d'un ton affectueux :
— Alice sera très fière de retrouver un artiste en herbe quand elle reviendra.
— Si elle revient, fit remarquer Gabriel d'une voix terne. Dois-je vous rappeler les dires de Jeanne ?
Adrien, qui était assis dans un autre coin de la pièce, se leva aussitôt.
— Les Créatures lui ont dit qu'elle était morte, mais ils n'ont pas retrouvé le corps, lui remémora-t-il. Il est fort probable qu'elle ait survécu. Dois-je te rappeler que nous parlons d'Alice Morìn ? Tu la connais bien, elle n'abandonne jamais.
Le neveu du Roi se renfrogna.
— Même les personnes fortes finissent par succomber. Peut-être que le jour d'Alice était arrivé et qu'elle n'a rien pu y faire.
Ses yeux bleus autrefois si vifs paraissaient morts, vides et dénués de toute émotion, sinon une infinie tristesse.
— Alice est pas morte ! s'écria Romain en jetant le carnet au sol.
Des larmes de colère embuaient les yeux de l'enfant ; cette scène me brisait le cœur. Le petit ne tarda pas à se réfugier dans sa chambre, et je ne pus que me sentir responsable de la souffrance qu'il ressentait. La souffrance qu'ils ressentaient tous. Chacun gérait ma disparition à sa manière, et même s'ils me touchaient énormément, j'aurais voulu être capable d'apaiser leur rancœur, leur peine ou leur désespoir. Deux femmes entrèrent alors dans la cabane, jetant un froid démesuré sur tous les résidents de la maison. Jeanne et Alienor. Le regard inquisiteur que le

neveu du Roi lança à son amie n'échappa pas à mon attention. Celle-ci déclara d'un ton sincèrement désolé :
— Toujours aucune nouvelle d'elle. Nous repartirons dans deux jours pour la chercher, mais nous sommes fatiguées, nous avons besoin de repos.
— Vous ne devriez pas gaspiller vos forces à chercher quelqu'un qui est déjà mort, marmonna Gabriel.
Il tâchait, à sa manière, de ne pas se faire de faux espoirs et d'éviter de tomber de haut dans le cas où mon décès s'avérerait une réalité. Qui aurait pu l'en blâmer ? Lorsque les deux blondes étaient entrées, j'avais senti qu'il s'attendait à de bonnes nouvelles en dépit de ses efforts pour prétendre le contraire. Constance demanda alors :
— Avez-vous pu en apprendre davantage sur Hugo et Charles ?
Assimiler le prénom Charles au Roi était difficile, certainement parce que je n'en avais jamais eu l'habitude.
— Nous avons pu aller les voir brièvement. Ils se portent bien.
Alienor lança un regard compatissant à Jeanne qui ajouta d'un ton vide :
— Hugo a refusé de me parler. Il dit que tout est ma faute, je ne peux pas lui donner tort. Je suis tellement désolée, Gabriel. Pour toi aussi, Constance.
Elle fondit en larmes, comme le petit Romain quelques minutes plus tôt, et ma rancune à son égard s'atténua. Elle n'avait pas réalisé qu'elle m'avait mise en danger, elle n'aurait jamais rien fait qui puisse me nuire, du moins pas consciemment. Adrien vint la serrer dans ses bras, lui promettant que tout allait s'arranger et qu'ils ne tarderaient pas à me voir traverser cette porte. Un sourire se dessina sur mes lèvres : je veillerais personnellement à ce qu'il tienne parole. Et à mon retour, je ne serais pas seule. Zara arriva d'ailleurs à côté de moi, souriant elle aussi à la vue du jeune homme.
— Il est si attentionné... Je me demande comment j'ai pu songer à partir, murmura-t-elle.
— Il t'avait fait du mal, tu as réagi comme n'importe qui l'aurait fait.
Elle baissa les yeux, honteuse.
— Je dois t'avouer que j'ai choisi de perdre la mémoire, égoïstement. Je ne voulais plus de tout cela, tout était si récent que j'aurais pu mourir de chagrin. Je n'ai pas pensé à Mathys, et il doit toujours être à l'auberge où je l'ai laissé en lui disant que je reviendrais vite et que je l'emmènerais avec moi.

Je pris sa main dans la mienne, et contrairement aux vraies personnes, nous pouvions nous toucher.

— Il sera si heureux que tu sois revenue qu'il oubliera le mal que tu lui as causé, Zara. Je vois bien que tu regrettes.

— Les regrets ne suffisent pas. Je reprochais à Adrien de fuir les problèmes, tu te souviens ? Je ne suis pas mieux… Je suis même pire.

Elle se tut et me fit signe de profiter d'être ici avec les autres, bien qu'ils ignorent tout de notre présence.

— Je vais aller voir Romain, peux-tu t'occuper d'Arthur ? demanda Constance à Jeanne.

Ma meilleure amie prit l'enfant contre elle, séchant rapidement ses larmes pour adresser un sourire étincelant à cet innocent bébé.

— Hugo te pardonnera bientôt, la rassura ma sœur, et au fond il ne t'en veut pas tant que ça, il craint simplement que tu t'en ailles à nouveau.

La jeune élue ne répondit rien, certainement parce qu'elle n'aurait pas eu le temps d'aligner deux mots avant d'éclater en sanglots. Elle devait être toute retournée : elle avait été forcée de reconnaître que son père n'était pas le gentil de l'histoire et il fallait maintenant qu'elle fuit celui qu'elle avait cherché toute sa vie, sans oublier que son mari lui tournait le dos. Mais même si mon amie m'inspirait beaucoup de compassion, le comportement du mentor était lui aussi compréhensible : il était devenu totalement invisible aux yeux de Jeanne dès l'instant où elle avait retrouvé son père.

Gabriel alla s'adosser à un mur un peu plus loin, mais il se montrait trop silencieux pour que sa peine passe inaperçue. Je ne fus pas la seule à le remarquer, et Alienor vint rapidement le réconforter. Elle le prit dans ses bras, et si quelques mois plus tôt, ce geste aurait éveillé chez moi une dangereuse animosité, je l'en remerciais désormais. En mon absence, la présence de son amie ne lui était que bénéfique. La jeune femme me prouva d'ailleurs que j'avais raison de lui faire confiance en disant :

— Je sais qu'Alice va revenir et que vous pourrez enfin être heureux.

Elle semblait plus convaincue que lui, qui rétorqua froidement :

— Vous étiez-vous rapprochées au point que tu te voiles la face plutôt que tu réfléchisses posément ? Je croyais que tu avais la tête sur les épaules.

Un voile de colère tomba sur le visage d'Alienor, dont les yeux se mirent à jeter des éclairs. Autrefois, ils auraient pu m'être destinés.

— Le seul ici qui se laisse aveugler par ses émotions, c'est toi, Gabriel de Daemrys ! le gronda-t-elle. Tout le monde ici se démène pour retrouver celle que tu aimes, celle à qui nous tenons tous, parce que nous sommes certains qu'il reste de l'espoir. Tu peux répéter qu'elle ne reviendra pas, te terrer dans ta tristesse et laisser les autres faire le travail, mais réfléchis bien. Veux-tu réellement avoir raison ? Veux-tu vraiment qu'elle soit morte ? Tant que nous n'en aurons pas la preuve concrète, Alice ne sera pas morte, tu m'entends ?

Il la regarda sans la voir et ses yeux se posèrent dans le vide, dans ma direction.

— Gab, dis-moi que tu m'entends. Dis-moi que tu ne vas pas abandonner si vite, le supplia la jeune femme d'un ton pressant.

Il la bouscula pour retourner dehors.

— Cela fait déjà un mois qu'elle est partie, maugréa-t-il. C'est bien trop long pour Alice.

Lorsqu'il referma la porte derrière lui, Jeanne expliqua :

— Il y a quelques jours, j'ai essayé le sortilège que nous avions utilisé pour la retrouver la première fois, et cela n'a pas fonctionné. Évidemment, ça n'a pas aidé à le rendre plus optimiste.

Constance revint juste à ce moment-là.

— Il est fort probable qu'elle soit morte dans ce cas, suggéra ma sœur, même si j'aimerais qu'il en soit autrement. Rares sont les endroits où la magie n'opère pas.

Adrien fronça les sourcils, l'air d'être en pleine réflexion. Le voilà qui réfléchissait avant de parler.

— J'ai étudié certains de ces lieux lors de ma formation de professeur à l'académie... Il y a le Sanctuaire de Saahnan, mais il se trouve bien trop loin pour qu'elle ait pu l'atteindre, surtout si elle était déjà à moitié morte. Certaines parties sauvages de la forêt pourraient aussi receler de pareils endroits, mais nous avons déjà fouillé tous ceux que nous pouvions. Le palais royal est partiellement immunisé contre la magie, mais ce sont si peu de pièces qu'il est impossible qu'elle s'y soit cachée pendant autant de temps. L'au-delà est aussi un lieu que même la magie n'atteint pas...

— T'as décidé de nous démoraliser ? l'interrompit Alienor d'une voix abrupte qui ne lui ressemblait pas. Parce que franchement, moi j'suis rincée, c'est bon.

Elle était sûrement elle aussi touchée par ma mort probable, même si nous ne nous étions pas beaucoup côtoyées en tant que véritables alliées. Cela me fit chaud au cœur de constater que je n'étais pas la seule en qui de l'affection était née. La petite bourgeoise se retira dans une chambre, claquant la porte derrière elle.

— Nous entretenons des espoirs depuis longtemps, et nous voilà de plus en plus déchirés, murmura Constance.

Ceux qui étaient encore présents approuvèrent en silence, et ma sœur ajouta d'une voix douce :

— Je ne veux pas que vous pensiez que je n'aimais pas Alice ou que son sort m'est égal, mais je pense qu'elle aurait voulu que nous restions forts : elle a passé des années de sa vie à refouler la mort de notre père, et cela ne l'a menée à rien. Nous ne devrions pas refaire son erreur.

Il fallait qu'ils restent soudés jusqu'à mon retour, elle avait parfaitement raison.

— Alors toi aussi, tu veux arrêter les recherches ? demanda Adrien d'un ton hésitant.

— Jeanne et Alienor sont épuisées, n'est-ce pas ?

La jeune élue répondit d'une voix lasse :

— Je suis prête à repartir autant de fois qu'il le faudra, mais j'aimerais simplement savoir que ce n'est pas vain…

— Je reviendrai vite, je vous le jure, murmurai-je.

Zara posa sa main sur mon épaule, et je lui donnai un coup de coude amical.

— Tu n'as pas quitté Adrien des yeux, je me trompe ?

Elle rit doucement.

— Comment aurais-je pu ? Cela faisait si longtemps.

Elle jeta un regard à la porte et dit :

— Si tu veux aller voir Gabriel, vas-y. Je te raconterai ce qui se passe ici dès que nous serons de retour dans nos corps.

— Merci, Zara.

Je quittai la maisonnée d'un pas tremblant, et machinalement, je voulus actionner la poignée, oubliant que je n'en avais ni la capacité ni le besoin. Mon corps traversa le mur sans embûche pour se retrouver devant le neveu du Roi, dont le regard était perdu dans le ciel comme lors de mon arrivée. Ses poings fermés et sa mâchoire serrée trahissaient ses sentiments et soulignaient mon inutilité. Si j'avais pu lui dire que j'étais en vie et le rassurer quant à mon retour, je l'aurais fait. Je lui aurais rappelé que nous nous battions sans cesse et que nous n'étions pas près de mourir, qu'il n'avait pas à s'inquiéter pour moi, même si cela était peut-être faux. Même si moi, je n'arrêtais jamais de me soucier de son sort. Il ferma les yeux, et son visage

fut déformé par la douleur, tandis que son corps se recroquevilla légèrement sur lui-même.
— Tout ira bien, Gabriel. Moi, je peux te le jurer. Nous nous reverrons et tout sera fini, sauf nous.
Mon esprit commença alors à s'effacer, et l'envie de rester me prit. Pourtant, je ne pus rien faire pour me retenir, et le visage de celui que j'aimais disparut peu à peu. Ces adieux muets me déchiraient le cœur, et pour me sentir mieux, je promis :
— J'attendrai, alors attends-moi.
Il releva la tête, comme s'il n'avait montré aucune faiblesse, et j'eus tout juste le temps de le voir entrer dans la cabane, sain et sauf.
C'était mon tour à moi aussi de retourner d'où je venais et de tenter de m'enfuir avec autant d'acharnement que certains de mes amis me cherchaient.
Il faudrait bien que je trouve une solution.
Pour pardonner Jeanne et pour élever Romain.
Pour retrouver tous ceux que j'avais laissés.
Pour réunir les âmes séparées de Zara et d'Adrien.
Pour prouver à Gabriel que ceux qui se battent, ne succombent pas tous un jour.
Pour qu'il sache que je suis Alice Morìn, et que lorsque je tombe, je me relève.

Mes paupières s'entrouvrirent lentement et je constatai qu'il faisait désormais jour dans la chambre. Tous les événements de cette nuit ressemblaient à un rêve, pourtant, tout était bien réel, je le savais. Ils étaient tous en vie, en sécurité, et je remerciai le ciel de m'avoir exaucée. Je me tournai vers le lit de Zara et fus parcourue d'un frisson d'inquiétude : il était vide. Comme elle était partie après moi, elle aurait dû être endormie. Je me levai d'un bond et parcourus la pièce pour la retrouver, sans succès. Une cloche sonna alors, ce qui signifiait que nous devions nous rassembler dans la cour. Mon regard balaya une dernière fois la chambre, espérant voir la jeune femme apparaître devant moi, puis je sortis à reculons, priant pour qu'elle se trouve en bas, avec les autres.
Je dévalai les escaliers en toute hâte, bousculant un certain nombre de mes camarades, sans que leurs regards en biais et tout ce qu'elles pouvaient penser de moi ne m'atteignent. De toute manière, j'allais bientôt quitter cet endroit. Avec Zara.

J'arrivai dans la cour, le cœur battant, où Ariane et quelques personnes insignifiantes étaient rassemblées en cercle. Mes yeux inquiets cherchèrent Zara, mais il n'y avait aucune trace de mon amie. Mon monde se mit peu à peu à ralentir. Ma gorge se noua et le regard de Grande Prêtresse sur moi me transperça. Cette fois-ci, j'osai le croiser et le soutenir d'un air de défi, mais le regrettai presque aussitôt. Rester dans ses bonnes grâces comptait plus que jamais.

— Vous êtes tous là, je crois, je vais donc commencer. Écoutez-moi attentivement, je vous prie.

Un silence de mort s'installa sur la foule que nous formions, mais il fut rapidement comblé par la voix froide d'Ariane.

— Cette nuit, nous avons trouvé l'une de nos novices en possession de certaines de mes herbes… qu'elle avait dérobées. Nous ne savons pas encore dans quel but elle a agi, mais nous ne tarderons pas à le découvrir, grâce à la force de Thod.

La force brute plutôt. C'était visiblement ce qu'elle connaissait le mieux, et aussitôt, je fus prise de peur pour mon amie : que risquait-elle pour ce délit ? Comment se faisait-il qu'elle ait été la seule à se faire prendre ? En réalité, les réponses à ces questions ne m'intéressaient pas pour le moment, et tout ce qui importait, c'était de la retrouver.

— Si elle a des complices parmi vous, nous les trouverons, n'ayez aucun doute là-dessus, alors soyez coopératifs. Mon bureau est ouvert à ceux qui le souhaitent, n'hésitez pas.

Des murmures furent échangés, et les regards ne tardèrent pas à se poser sur moi.

38

Ma peur grandissait au fur et à mesure que les heures passaient. Moins vite je retrouvais Zara, plus elle était susceptible d'avoir subi des dommages impardonnables. Des dommages qu'il me coûtait trop de souffrance d'imaginer, car la cruauté d'Ariane dépassait l'entendement. Dans ma poitrine, un autre sentiment se mêlait à l'inquiétude : la culpabilité. C'était mon retour qui avait tout changé pour mon amie, et bien qu'elle m'ait confié que cela lui convenait parfaitement, je refusais qu'elle en souffre. Je voulais la voir sourire comme lors de la nuit précédente, lorsqu'elle avait revu Adrien, car ce bonheur était tout ce qu'elle méritait et avait toujours mérité. J'étais donc occupée à fouiller discrètement le Sanctuaire pour lui mettre la main dessus, lorsque des doigts fins glissèrent sur mes épaules. Je sursautai, et une voix glaciale me demanda :
— Prise sur le fait ?
Je fis volte-face, pour affronter les yeux impitoyables de la Grande Prêtresse. De toute sa hauteur, elle me terrifiait toujours autant, mais ce sentiment devait plus que jamais rester sous la surface. Elle éclata d'un rire cynique et ajouta :
— Je plaisante, Alice. Je sais à quel point tu es impliquée dans la vie de notre religion.
Malgré sa ruse, son intelligence et son manque de scrupule évident, Ariane avait un défaut qui m'arrangeait bien : elle croyait dur comme fer à ses propres idées. Elle voulait me voir comme une future grande prêtresse, ainsi, elle me voyait comme telle. Une novice convaincue et acquise, quand bien même je n'avais rien de tout cela.
— Je voudrais toutefois te poser quelques questions, ajouta-t-elle, comme tu partageais la chambre de Zara.
Je fus obligée de feindre la surprise et m'exclamai :
— Vous voulez dire que… Ce ne peut pas être elle qui a volé ces plantes, elle est quelqu'un de bien, je la connais !
Elle esquissa un demi-sourire et posa sa main contre mon cœur.
— Le Diable est partout, en chaque personne, répliqua-t-elle d'un ton doucereux. Nous avons tous une part de lumière et une part d'ombre.

— Je le sais bien. Mais certains, comme Zara, ont beaucoup de lumière et très peu de ténèbres. Faites-moi confiance, et laissez-la tranquille. Je… Je me suis énormément attachée à elle.

Réduire mon inquiétude à un attachement puéril me dégoûtait, mais laisser parler mes vrais sentiments ne sauverait pas mon amie. Ariane me tapota l'épaule.

— Je te laisserai lui parler si tu le souhaites, mais je te demande un service en retour.

— Lequel ? demandai-je d'un ton méfiant.

— Rapporte-moi tout ce que tu apprendras sur elle et sur ces herbes, ainsi que le nom de ses complices.

Accepter trop vite risquait d'éveiller ses suspicions. Je baissai donc les yeux et dis :

— Je ne trahis pas mes amies, je suis navrée.

Elle prit mon menton entre ses mains et releva mon visage pour que je le regarde dans les yeux.

— Tu le fais pour Thod, ce n'est pas une trahison.

Je pris sur moi et adressai un faux sourire à Ariane.

— Je suppose que oui.

— Très bonne décision, ce sera parfait pour une future Grande Prêtresse. Toi et moi, nous chasserons le Diable.

Lorsqu'elle fut de dos, je lui adressai un regard mauvais, certaine que le Diable lui-même n'était rien en comparaison à tout ce qu'elle était capable de faire pour parvenir à ses fins. Je la suivis jusqu'à son bureau, où se trouvait bien évidemment mon amie, totalement bâillonnée. Ses yeux se remplirent d'espoir lorsqu'ils croisèrent les miens, alors que je cherchais pour ma part une manière de nous sortir toutes les deux de cet enfer qu'aucune de nous n'avait vraiment voulu. La Grande Prêtresse déclara qu'elle nous laissait seules et m'adressa un coup d'œil pour me rappeler la mission qu'elle m'avait confiée et que je ne devais pas oublier : à la fin de cette conversation, il faudrait que je trouve quelque chose à lui dire qui, tout en ne mettant pas Zara en danger, ne devait pas non plus éveiller les soupçons sur moi. J'attendis donc qu'Ariane soit partie pour de bon pour libérer Zara de ses entraves et la questionner :

— Qu'est-il arrivé ?

— Je n'ai pas voulu t'inquiéter parce que c'était probablement la dernière fois que nous étions tous réunis, mais juste avant d'inhaler le parfum de la plante et alors que tu étais déjà endormie, j'ai entendu des pas dans le couloir. J'ai tout de suite su qu'ils venaient pour les fleurs et que ça ne tournait pas rond. J'ai pris ton bouquet et je t'ai mieux installée dans ton lit pour que tu sembles simplement endormie, puis je t'ai rejointe. Durant mes derniers instants de lucidité, je suis allée à la porte et je suis sortie. Ainsi, ils m'ont trouvée évanouie en possession des plantes et toi, tu as été écartée des soupçons.

Je lui lançai un regard presque admiratif, mais surtout rempli de reproches.

— Tu as vraiment fait cela pour moi ? Tu n'aurais pas dû, Zara. Tu n'aurais pas dû !

Des larmes bordaient mes yeux à l'idée du danger auquel elle s'était exposée. Auquel elle était toujours exposée.

— Je voulais les revoir moi aussi, m'assura-t-elle, même si c'était la dernière chose que je faisais. Et j'ai bien fait : tu leur manques tellement que tu dois rester sauve alors que moi…

— Ne raconte pas d'idioties, l'interrompis-je avec fermeté. Ils t'aiment tout autant, ils croient simplement que tout va bien pour toi. Fais-moi confiance, ta mort les dévasterait autant que la mienne, c'est pourquoi nous devons vivre, toi et moi. Pas l'une sans l'autre, d'accord ?

Elle acquiesça encore une fois et je souris tristement.

— Tu ne fais cela que pour me faire plaisir, n'est-ce pas ?

Elle haussa les épaules.

— Je suis simplement réaliste : je ne compte pas parler, alors ils me tortureront jusqu'à la mort.

Excepté que Zara était une optimiste, pas une réaliste. Elle l'avait toujours été.

— Je vais essayer de convaincre Ariane de te pardonner ou de faire autrement, tentai-je de la rassurer. Il faut simplement que je trouve quoi lui dire quand je sortirai.

— Dis-lui que mes souvenirs sont revenus et que je voulais voir mes proches avec les plantes, proposa-t-elle. Avec un peu de chance, elle saura être indulgente.

— Elle suggérera sûrement un rituel de pacification, Zara, et si tu bois…

— J'oublierai, je sais. Mais cela distraira Ariane, tu pourras t'échapper.

Son regard résigné me fendit l'âme, mais ne suffisait pas à me faire céder.

— Si je pars de ce sanctuaire, tu seras à mes côtés. Alors si tu oublies, je m'assurerai de te rappeler qui tu es.

Elle esquissa un sourire et ses yeux se posèrent sur moi, remplis d'affection.

— Et se rencontrer pour la première fois une troisième fois ?

Je lui rendis son sourire.

— Il y a pire, murmurai-je. Et ensuite, nous quitterons cet endroit pour de bon, je te le promets.

Je sortis donc de la pièce, laissant mon amie seule avec la promesse d'être sauvée au terme de cette mésaventure. Et que la mort m'emporte si je ne la tenais pas. Ariane était debout, droite comme un piquet à l'autre bout du long couloir, et j'espérais qu'elle n'avait rien entendu de mon échange plutôt compromettant avec la jeune femme. Elle me rassura bien vite en m'adressant un coup d'œil satisfait, aussi m'avançai-je vers elle, en tâchant de paraître le plus naturelle possible.

— Ce que j'ai appris est déroutant, Grande Prêtresse.

— Parle, et vite, s'impatienta-t-elle.

Je détournai les yeux pour faire croire à des remords et elle mordit à l'hameçon en m'épaulant.

— Tu le fais pour Thod, ne l'oublie pas.

— C'est justement une question d'oubli, madame. Zara a retrouvé la mémoire, et elle a volé ces herbes parce qu'elles ont la propriété de… scinder l'esprit et le corps ou je ne sais quoi, et elle désirait voir les siens.

Je lus une crainte furtive passer dans les yeux de la femme abominable avec qui je semblais comploter, et un brin de satisfaction étincela en moi.

— Tu es bien certaine de ce que tu avances ?

— C'est ce qu'elle m'a dit ! feignis-je de me défendre.

Elle fit quelques pas et déclara d'un ton repentant :

— Hélas, c'est la vérité : nous lui avons bien effacé la mémoire. Toutefois, c'est elle qui nous l'a demandé, parce qu'elle souhaitait repartir de rien… Elle était si malheureuse.

Je crus déceler en Ariane une légère compassion, peut-être même de l'affection, pour mon amie. Après tout, il était possible qu'elles aient un lien plus fort qu'il n'y paraissait : Zara m'avait confié qu'elles s'étaient beaucoup rapprochées. Mais alors pourquoi la Grande Prêtresse continuait-t-elle d'enfermer la jeune femme ? Ou elle n'avait connu que la contrainte toute sa vie, ou bien elle appliquait sans exception les lois qu'elle avait instaurées.

— Bien, je règlerai ce problème avec Zara en personne. Même si ses intentions étaient bonnes, elles sont aussi égoïstes, sans compter qu'elle a trahi ma confiance.

Tu retrouveras bientôt ta camarade, Alice, et ce sera comme si ce désordre ne s'était jamais produit.

Je hochai la tête, prise d'inquiétude pour mon amie. Même si cela faisait partie de notre plan, il comportait de grands risques.

— J'aimerais pouvoir vous aider à lui parler… Pourrai-je être présente ?

Ariane me dévisagea un instant et me fit douter de la qualité de mon double-jeu, mais sa réponse me démontra qu'il se tenait.

— Soit, si j'ai besoin de toi, je te ferai venir.

Je m'inclinai en guise de remerciement et fis volte-face, mais elle me rappela à l'ordre. Un frisson me parcourut l'échine avant de me retourner vers elle.

— N'oublie pas que demain aura lieu ton introduction officielle au sein de la communauté, déclara-t-elle simplement. Il ne faudrait pas gâcher un tel jour à te préoccuper d'une amitié aussi futile.

— Comment ne pas me rappeler l'honneur que vous me faites, répondis-je d'un ton sucré qui ne put que plaire à la Grande Prêtresse. Je vous en sais gré.

Je fis une révérence avant de regagner mes appartements d'un pas pressé, hurlant intérieurement de rage. L'affection qui me liait à Zara n'avait rien de futile. Elle et moi nous étions battues côte à côte contre des ennemis qui n'auraient fait qu'une bouchée de la Grande Prêtresse. Nous avions partagé les mêmes compagnons de route, j'avais guéri son frère et elle m'avait apporté la lumière là où je voyais principalement les ombres. De tout ce qui pouvait me préoccuper en ce moment, Zara était la plus importante, quoi qu'en pense Ariane. Son regard froid me suivit d'ailleurs jusqu'à ce que je sois enfin hors de sa vue.

***

Le Soleil n'allait pas tarder à disparaître au loin pour laisser place à la Lune, mais ni Ariane ni Zara ne s'étaient montrées. Après de longues hésitations, je m'étais décidée à me rendre à la source de Saahnan pour étudier le terrain. Prendre de l'avance était tout ce qu'il me restait à faire, car aider Zara dépassait mes compétences pour le moment. Ce lac souterrain était bien différent de celui d'Aghem, puisqu'il avait été aménagé en une salle qui n'avait rien de naturel. Il ressemblait d'ailleurs plutôt à un bassin qu'à une source naturelle. Je me mordis les lèvres, certainement violettes à cause du froid, avant de consentir à défaire ma tunique et à risquer un doigt de pieds dans l'eau glacée du sanctuaire. Je tressaillis d'ailleurs à son contact et des doutes vinrent brouiller mon esprit à l'idée d'y plonger mon corps entier. Cependant, le choix ne s'offrait pas réellement à moi. Je m'assis au bord du petit lac et pris une grande inspiration avant d'y glisser mes jambes, puis mon bassin, et finalement, mes épaules. Je fis quelques brasses jusqu'au centre de l'étendue d'eau, puis me laissai couler vers les profondeurs. Un grand soulagement m'envahit tout d'abord lorsque je remarquai que les parois étaient rocheuses, naturelles : le fond n'avait pas été refait et la voie d'évacuation était donc probablement intacte. En tâtonnant, je sentis enfin un creux par lequel mon bras pouvait s'engouffrer sans rencontrer d'obstacle. Je faillis crier victoire, mais lorsque je voulus y passer mon corps, je me heurtai à quelque chose de froid, quelque chose qui m'était familier chez les Créatures : des barreaux. Ils étaient suffisamment espacés pour ne pas les avoir sentis du premier coup, mais pas assez pour laisser s'enfuir quelqu'un, et trop épais pour être distordus à la simple force de nos bras. Je remontai à la surface, à bout de souffle et dépassée. Toutefois, il était encore trop tôt pour perdre espoir : si nous avions pu trouver cette idée, d'autres nous viendraient certainement, et peut-être celle-ci finirait-elle par porter ses fruits. Je me séchai et me rhabillai en vitesse, prenant soin de remettre un magnifique collier orné d'un rubis scintillant à mon cou et un bracelet de pieds incrusté de pierres rouges, prête à regagner mes appartements avant qu'une prêtresse ne constate mon absence.

Je remontais un long couloir, déjà occupée à élaborer un nouveau plan, lorsqu'un cri retentit. Un cri dont je reconnaissais malheureusement la voix. *Zara*. Mes sens en alerte, je réalisai seulement maintenant que je ne me trouvais qu'à quelques couloirs de la petite salle dédiée au rituel de Pacification. J'accourus dans sa direction, le cœur battant, mais ralentis le pas en voyant Ariane en sortir, l'air épuisée. Après une seconde d'hésitation, je m'avançai vers elle d'un pas décidé, le menton levé et le regard fier.
— Que se passe-t-il ici ? grondai-je.
Si je ne ressemblais plus vraiment à la puissante sorcière que j'avais été par le passé, je me sentais davantage moi-même en cet instant. Même si m'y habituer avait fini par me rendre plus docile, faire la courbette devant Ariane me répugnait au plus haut point et d'enfin pouvoir lui parler sur le ton que je voulais me faisait le plus grand bien. Cette dernière releva le doigt tout en me réprimandant sur mon attitude.

— Ne me parle pas sur ce ton, Alice. Cette soirée ne se passe pas du tout comme prévu, retourne te coucher !

Soucieuse, je posai les yeux sur la tenue rouge et blanche que portait la Grande Prêtresse. Elle m'était totalement inconnue. Une odeur nauséabonde en émanait d'ailleurs et me piquait désagréablement les narines. En fait, la robe n'était pas rouge et blanche, mais tout simplement tâchée de sang. Je fis un pas en arrière, terrifiée en imaginant tout ce qui aurait pu expliquer cela. Je fis un autre pas en avant, prête à bousculer Ariane.

— Qu'avez-vous osé faire à Zara ?

Elle voulut me bloquer le passage mais je fus plus forte, animée par un mélange de colère et d'affection. Lorsque mon visage passa à travers la porte de la petite salle, l'odeur fut plus forte. Juste sous mes yeux, Zara était recroquevillée sur le sol dans une mare de sang, la tête posée contre le mur. Deux gardes la surveillaient d'un regard froid, mais ils ne m'intéressaient pas : mon esprit songeait davantage à l'épée qu'ils avaient attachée à leur ceinture. Ariane me poussa dans la pièce et en referma la porte d'un air sévère.

— Alice, écoute-moi. Zara refuse d'oublier, nous n'avons pas eu le choix. C'est ce que veut Thod, tu dois me croire !

Avec ses vêtements ensanglantés, ses cheveux ébouriffés et son regard rendu fou par l'acharnement qu'elle s'était donnée à faire souffrir Zara, Ariane ressemblait enfin à ce qu'elle était à l'intérieur. Un monstre.

— Est-ce que Thod veut cela, ou est-ce seulement vous, Grande Prêtresse ? la questionnai-je sans parvenir à calmer ma voix.

— Nous sommes obligés d'en arriver là pour chasser les démons hors de ton amie.

Je toisai Ariane d'un regard sévère avant de poser les yeux sur Zara. Elle semblait mal en point, mais elle survivrait, j'en étais certaine. Ce qui me taraudait, c'était de savoir pourquoi elle avait résisté à Ariane alors que je lui avais promis de lui rafraîchir la mémoire si elle oubliait. Quoi qu'il en soit, elle ne méritait pas un tel châtiment et la véritable responsable se portait bien mieux.

— Il n'y aucun démon en Zara, et vous le savez. Elle est meilleure que vous et moi ne le serons jamais !

Ariane se montrait cruelle et sans scrupule, elle torturait des innocents au nom de son Dieu, elle se croyait au-dessus de tout. Pour ma part, j'avais pris bien trop de vies pour être considérée comme une bonne personne et une part d'ombre sommeillait en moi. Mais Zara n'avait toujours souhaité que le bien d'autrui.

— Alice, ta foi est plus forte que ton attachement pour cette camarade, tu dois te rappeler ce qui compte réellement, tenta de me faire avaler la Grande Prêtresse.

Je me sentais presque insultée : elle me croyait si facile à manipuler.

— Ce n'est pas une simple camarade, mais ça, Thod ne vous l'a pas dit et vous ne l'avez pas vu, la critiquai-je.

— Tu ne la connais que depuis quelques semaines, et…

Elle s'interrompit, perplexe. Je pus presque entendre les rouages se mettre en branle à l'intérieur de son crâne.

— Tu ne la connais que depuis quelques semaines, n'est-ce pas ?

Ma trajectoire dans le petit bureau fit un arc de cercle, et je me retrouvai suffisamment proche des gardiens pour voler leur arme à l'occasion.

— Zara et moi partageons une bien plus longue histoire, confirmai-je les suppositions muettes d'Ariane.

Mon regard se posa sur mon amie qui me regarda en souriant derrière ses larmes. Je comptais bien lui donner raison de croire en moi. En moins de temps qu'il n'en faut pour le dire, je m'empressai de tirer l'épée d'un des Gardiens hors de son fourreau et de la pointer droit sur leur Grande Prêtresse adorée, les menaçant de m'en servir s'ils faisaient le moindre geste pour me contrer. Je savais qu'elle était leur faiblesse, au-delà de toute autre chose, et je comptais bien en jouer. Ma lame posée dans le creux de son cou, je me sentais prête à la tuer s'il le fallait.

— Zara et moi nous sommes rencontrées lors de la quête qui me pousse encore aujourd'hui à vouloir sauver ce royaume. Même si vous n'avez pas consenti à m'écouter, tout cela est bien réel et compte à mes yeux plus que toute autre chose.

— Alors tu t'es souvenue toi aussi ? me demanda-t-elle d'un air surpris.

Je soutins le regard de cet être abominable et répondis :

— Je n'ai jamais oublié. Comment l'aurais-je pu ?

Elle baissa les yeux, avouant intérieurement sa défaite. La voir plier me procurait du plaisir, mais cela n'effaçait ni la souffrance de Zara en cet instant, ni la mienne des semaines auparavant, ni celle de mes amis qui me croyaient morte.

— Laissez-nous partir et personne ne mourra, négociai-je. Nous voulons juste rentrer chez nous.

Cette dernière phrase avait sonné plus suppliante que je ne l'aurais voulu, mais la réponse d'Ariane, elle, ne manqua pas d'autorité.

— Saahnan est votre maison ! Vous n'avez pas le droit !

Je fis lentement "non" de la tête. N'avait-elle donc pas compris un fichtre mot de tout ce que je venais de lui révéler ? Avec plus d'assurance, je repris :
— Un endroit construit sur le sang et le mensonge n'est une maison pour personne. Encore moins pour ceux qui rêvent de liberté et de justice. Je préfère mourir que de devenir comme vous Ariane, et je donnerai ma vie pour sauver Zara.
Elle esquissa un sourire mesquin, et ce ne fut qu'une fois prononcés que je réalisai que mes mots lui avaient donné une arme contre moi.
— Donner ta vie pour la sauver est peut-être excessif, et je ne t'en demande pas tant. J'accepte cependant de la soigner grâce aux eaux sacrées et de la laisser partir dès qu'elle le voudra, à condition que toi, tu restes, et que tu assumes tes responsabilités.
Je jetai un regard au corps mutilé de mon amie. Elle avait besoin de soins, et au plus vite. Je lui avais promis qu'elle s'en sortirait, et je m'étais aussi jurée à moi-même de tenir parole. Rompre ce double engagement était impensable, et la Grande Prêtresse me donnait la chance de l'honorer. Zara se releva alors, s'agrippant à moi et murmura faiblement :
— Elle se trompe, je peux encore marcher, Alice. Nous pouvons réussir, toutes les deux.
Elle manqua de tomber mais s'accrocha de plus belle à mon bras et continua :
— Tu l'as dit toi-même, tu te souviens : pas l'une sans l'autre. Cela vaut aussi pour toi.
Je n'eus pas le temps de répondre que la jeune femme fit volte-face et récupéra l'arme du deuxième homme présent avant de lui trancher la gorge. Je manquai de tituber et de lâcher ma propre épée, surprise par ce retournement de situation et par la violence de mon amie. Cependant, tenir la Grande Prêtresse en joue était notre seul moyen de pression, aussi je n'avais pas le droit à la moindre faiblesse. Zara désigna le Gardien qui était encore envie du bout de sa lame et dit d'une voix intimidante :
— Vous aviez tort de penser que les coups que vous m'infligiez m'affaiblissaient, car en réalité, ils m'ont rendue plus forte ! Ils m'ont encore davantage ouvert les yeux sur ce que vous êtes, et je ne serai en paix que lorsque je me serai vengée pour tout ce mal. Vous me le paierez !
Sa voix s'était muée en un cri déchirant qui me poignarda de plein fouet. Le sort de l'homme qu'elle tenait en son pouvoir ne fut pas si différent, sinon que ce fut par du métal qu'il fut traversé. Il s'écroula, raide mort.

— Tue-la, m'ordonna-t-elle presque aussitôt.

Le regard d'Ariane se faisait de plus en plus suppliant et la violence qui me rongeait, quant à elle, s'amoindrissait : Zara allait bien, elle était vivante. Elle avait certes dû souffrir énormément pour faire preuve de tant de rage, mais elle était en vie. Et cette simple pensée tendait à me rendre plus clémente.

— Elle ne mérite pas de vivre, insista-t-elle. Tu as vu ce dont elle est capable.

La voix rauque de mon amie me semblait bien différente de celle que j'avais entendue quelques heures plus tôt, et cela me peinait. Mais la vue des corps sans vie des deux gardiens laissait supposer que le sang avait suffisamment coulé pour aujourd'hui, même s'ils étaient des monstres, au même titre que la Grande Prêtresse.

— Un jour, la vie lui retournera le mal qu'elle a fait. Maintenant partons avant que d'autres n'arrivent.

Elle hésita un instant à accepter d'abandonner sa vengeance, sans savoir que je n'aurais rien fait pour l'en empêcher si elle s'y était laissée aller. Elle s'approcha de la Grande Prêtresse et susurra :

— Vous me pensiez faible, mais je ne le suis pas. Votre cœur est aride, aussi vous ne comprendrez jamais d'où me vient ma force et pourquoi je tiens toujours debout. Je me sens tellement désolée pour vous.

Elle arracha ses clés à Ariane, puis quitta la pièce d'un pas vif.

— Adieu. J'espère que vous vous repentirez de vos crimes, déclarai-je à l'intention de la tortionnaire.

Celle-ci me défia du regard et je me dépêchai de quitter la pièce, prenant soin de fermer la porte derrière moi tout en la bloquant avec mon épée. Zara avait déjà bien avancé et je la rattrapai au pas de course. Je demandai à la jeune femme d'un ton intéressé :

— Sommes-nous si pressées ? Après tout, elle ne risque plus de nous faire de mal…

— Elle possède des pouvoirs, comme toutes les grandes prêtresses. Elle peut avoir des visions, et elle maîtrise certains éléments de la nature.

Je hochai lentement la tête.

— C'est pour cette raison que nous aurions dû la tuer tant qu'il en était encore temps, me reprocha-t-elle.

Je ne comprenais pas exactement en quoi consistait sa magie, mais je n'eus guère le temps d'y songer, car celle qui marchait à mes côtés céda sous son propre poids. Je la rattrapai avant qu'elle ne touche le sol et la rassurai avec douceur :

— Je suis là, ça va aller.

Elle rouvrit les yeux avec douleur, et je crus y déceler des larmes sèches.
— C'était difficile, Alice. Je ne veux plus jamais revivre cela.
— Je sais, répondis-je avec amertume.
Je comprenais ce qu'elle ressentait, et je l'admirais même : comment pouvait-elle être si forte après tous les dommages qu'elle avait subis ? Elle reprit contenance et s'appuya légèrement sur moi pour se remettre debout avant de déclarer d'un ton déterminé :
— Nous devons nous hâter avant qu'elle ne parvienne à sortir.
Un léger craquement se fit justement entendre, en provenance de la salle que nous venions justement de quitter, et nous y jetâmes un coup d'œil inquiet. Des racines commençaient à se glisser sur les côtés et en dessous de la porte, ce qui résultait sans nul doute d'un sort d'Ariane.
— Elle ne va pas tarder, suis-moi.
Elle m'attrapa par le bras et m'entraîna avec elle au travers des couloirs du Sanctuaire. Elle faiblissait peu à peu, je le sentais au rythme plus lent de notre course, à la pression de moins en moins forte de sa main sur mon bras et à sa respiration de plus en plus bruyante et haletante. Un bruit sourd retentit rapidement, en direction de la salle de Pacification, ce qui signifiait que nous devions absolument accélérer. Ariane aurait tôt fait de nous retrouver et n'allait pas hésiter à utiliser ses pouvoirs pour nous retenir. Une imposante liane traversa l'air juste à côté de moi, déchirant ma robe, et je risquai un regard en arrière.

Ces herbes terrifiantes provenaient des mains de la Grande Prêtresse, dont elle avait fait de véritables armes. L'une des lianes, plus mince que la précédente, s'enroula autour de mon pied et me fit trébucher malgré moi.
— Continue ! hurlai-je à Zara.
Celle-ci se retourna malgré mon ordre et s'agenouilla à côté de moi pour me libérer de cette entrave.
— Pas l'une sans l'autre, déclara-t-elle seulement en réponse à mon regard réprobateur.
Ariane se rapprochait à grands pas, et je m'écriai en vain :
— Pars ! Laisse-moi ici, et vis. Retrouve Adrien, veille sur Mathys et dis-leur où je me trouve !
Elle me regarda avec fierté :
— J'ai réussi, relève-toi.

Elle était venue à bout des racines créées par la Grande Prêtresse, mais celle-ci venait dangereusement vers nous. Je me remis à courir aux côtés de mon amie, et nous échangeâmes un bref sourire. Cela me redonna espoir un court instant, mais ce fut alors que tout changea.

39

Une liane. Le corps de Zara. Un trou béant dans l'abdomen. Les yeux écarquillés de la jeune femme, son expression blême. Surtout, le sentiment que le monde venait de s'arrêter. Le monde, ou seulement le mien ? Si un bruit sourd résonnait dans ma tête, c'était pourtant elle que la douleur avait transpercée quelques instants plus tôt. Elle posa ses mains tremblantes sur son ventre, comme pour arrêter l'écoulement d'une plaie qui traversait pourtant son estomac entier, les lèvres entrouvertes. Un filet de sang en sortait déjà, dont mon regard ne se détachait plus. Je clignai des yeux, à bout de souffle et pourtant, si immobile. Ce fut à ce moment-là qu'elle s'écroula contre moi et que la réalité me rattrapa : nous devions fuir. Nous devions survivre. Je la pris sur mes épaules avec difficulté, sans tenir compte de ses gémissements, et l'incitai à s'accrocher à moi. Elle le fit de toutes ses forces, et sentir cette pression me rassura : elle allait survivre.

Les appartements d'Ariane apparurent bientôt dans mon champ de vision et je m'assurai en un regard que cette dernière était encore loin. Je fis glisser les clés que mon amie me donna dans la serrure et entendis le déclic que j'attendais. La porte s'ouvrit devant moi et un sourire victorieux se dessina sur mon visage.
— On a réussi, murmura faiblement Zara.
Ses mains agrippées à mes épaules se relâchèrent soudainement et je m'empressai d'entrer pour quitter ce terrible sanctuaire.

Comme Zara me l'avait expliqué plus tôt, le portail se trouvait là, un peu en retrait, séparée de la pièce principale par une arche majestueuse. Je la franchis en retenant mon souffle et me retrouvai face au vortex lumineux qui nous permettrait de fuir loin d'ici. Ou du moins, de parvenir de l'autre côté des murs de notre prison, là où je pourrais enfin mener à bien la mission que je m'étais donnée.

Avant de partir, mon regard s'attarda sur les objets qui m'entouraient et ma main se posa sur des plantes similaires à celles dont nous nous étions servies pour visiter nos amis. Elles pourraient nous être de nouveau utiles, mais à d'autres fins, comme de l'espionnage. Je pris une sacoche d'herboriste qui traînait là et y fourrai ma trouvaille, avant de m'avancer vers le portail magique. Comme la jeune femme m'avait prévenue, je savais qu'il ne fonctionnait pas exactement de la même manière que ceux dont j'avais l'habitude : le choix de la destination ne m'était pas donné et il arrivait à un point fixe dont nous n'étions pas vraiment sûres. Il nous faudrait sûrement un moment pour nous éloigner de ce maudit sanctuaire, mais je doutais que nous en disposions de suffisamment. Je fis un pas, quand soudain, mes yeux s'attardèrent sur une bougie une seconde de trop. Une seconde qui suffit à me faire prendre la décision qu'il fallait.

Les herbes que je n'avais pas prises avec moi prirent rapidement feu, sous mon regard brillant, tandis que la flamme de la bougie mua en un terrible incendie. Enfin, terrible. Ce serait juste assez pour causer un peu de souci à Ariane, rien de plus. La porte vola justement en éclat, traversée par des racines sauvages, semblables à celles qui avaient failli coûter la vie à mon amie. Il ne restait plus une minute à perdre. Je plongeai dans le portail, Zara sur mon dos, sans me soucier d'Ariane qui arrivait. Elle envoya trois minuscules lianes sur moi, et deux d'entre elles ne m'atteignirent pas, mon corps protégé par les bijoux que je portais. La troisième se planta dans mon bras et en ressortit presque aussitôt, m'arrachant un hurlement de douleur et me laissant un trou béant juste en dessous de l'épaule.
— Tu ne seras jamais en paix, Alice ! Je te poursuivrai jusqu'au bout du monde !

Tout était désormais sombre autour de moi, mais cette obscurité ne m'effrayait pas. Une brise sauvage me fouettait le visage et me procurait une sensation des plus agréables. Qu'elle me gèle les os m'importait peu, car à mes yeux, elle était synonyme de liberté. Les Créatures, les Prêtresses... Ils n'avaient plus aucun pouvoir sur moi.
— Nous avons réussi cette fois, nous avons vraiment réussi ! m'écriai-je, riant aux éclats. Zara, tu te rends compte ?
Un silence lourd s'abattit sur nous.
— Zara ?
Ses bras pendaient autour de moi, son front reposait sur mon épaule droite. Prise de panique, je la dégageai de mon dos pour l'allonger par terre, posant maladroitement sa tête sur mes genoux. Son magnifique visage était intact, mais fermé. Mes doigts tremblants se baladèrent sur sa joue froide tandis que mon regard refusait de descendre vers la plaie béante qui lui ouvrait certainement le ventre. Une plaie qui me terrifiait, car je savais qu'il m'était impossible de la soigner. *Zara*. Plus

aucun son ne sortait de ma bouche, tout comme aucun souffle ne semblait sortir de la sienne. Haletante, ma main osa se poser contre sa poitrine, pour m'assurer que tout espoir n'était pas perdu.

Je soufflai de soulagement lorsque, pour mon plus grand bonheur, je sentis le cœur de la jeune femme battre. Faiblement, certes, mais au moins, il ne s'était pas arrêté. Mon monde ne s'était peut-être pas arrêté. Ce signe d'espoir me donna la force de baisser les yeux en direction de son abdomen, mais je le regrettai aussitôt : on aurait dit qu'une lance d'un diamètre d'une dizaine de centimètres avait laissé sa marque. Mon visage se déforma de souffrance, sans que je puisse un seul instant imaginer la sienne. Le fait qu'elle vive encore tenait du miracle. Ses yeux s'ouvrirent alors avec tristesse et me dévisagèrent presque avec soulagement. Elle leva faiblement le bras vers moi pour replacer une mèche de cheveux derrière mon oreille.
— Ne pleure pas, Alice.
Si des larmes roulaient sur mes joues, je ne les sentais même pas. Tout ce qui m'atteignait, tout ce qui me semblait réel, c'étaient l'odeur irrespirable du sang de mon amie et le soulèvement de moins en moins fréquent de sa poitrine.
— Pourquoi n'as-tu rien dit, Zara ? Je me serais arrêtée…
— Justement. Et nous n'avions pas de temps à perdre pour sortir.
Mais si tu n'es pas là, sortir m'importe peu, pensai-je. Mon cœur luttait au moins autant que le sien pour ne pas manquer de battement. Ma main s'enroula autour de la sienne, toujours à portée de mon visage.
— Pas l'une sans l'autre, Zara, pas l'une… lui rappelai-je notre promesse.
Elle mit son doigt ensanglanté sur ma bouche.
— L'important c'est que je sois libérée de cet endroit et que tu le sois aussi. Peu importe la manière, c'est tout ce que je désirais…
Elle n'avait pas le droit de dire cela, elle ne pouvait pas abandonner maintenant. Si près de revoir son frère et celui qu'elle aimait. Si près de vivre une vie heureuse.
— Ne meurs pas, Zara, je t'en supplie. Mathys a besoin de toi, Adrien a besoin de toi… J'ai besoin de toi !
Une de mes larmes tomba sur le visage de mon amie et elle répliqua d'une voix calme :
— Je veillerai toujours sur toi, je t'en fais le serment. Tout ira bien, Alice.
Entendre quelqu'un prononcer ces mots devenait une véritable agonie. Pourtant, cela ne me détruisait pas autant que l'idée de perdre mon amie. Les précieux

pouvoirs qui m'auraient permis de la sauver me manquaient, mais je posai toutefois mes mains sur elle, espérant que pour une fois, il y aurait une exception, une sorte de cadeau du ciel. Mais que pouvais-je espérer d'un monde où ceux qui prêchaient les lois divines n'étaient que des menteurs et des meurtriers ?

Rien ne se produisit sinon que l'état de la jeune femme se dégrada encore. A défaut de pouvoir faire davantage, je me penchai pour serrer désespérément son corps moribond dans mes bras impuissants.

— Alice, murmura faiblement cette amie avec qui j'avais surmonté tant d'épreuves. Retrouve Gabriel, veille sur Mathys pour moi, et dis à Adrien que…

Non. La laisser me demander une telle chose, c'était signer son arrêt de mort. Accepter qu'elle fût bel et bien en train de m'abandonner, qu'il en était fini de notre amitié.

— Zara, ne dis pas ça, je t'en supplie, chuchotai-je contre son cou, déversant mes larmes dans ses cheveux noirs. Ne meurs pas…

— Retire mon médaillon et donne-le à Adrien, s'il te plaît, suffoqua-t-elle. Qu'il le garde en souvenir de moi. Mathys m'en voudra peut-être, mais lui et moi partageons déjà le même sang.

Elle me repoussa doucement pour me défier du regard.

— Je mourrai en paix en sachant que tu feras tout cela. Par pitié, dépêche-toi.

Je hochai lentement la tête et défis sa chaîne tout en tremblant avant de la passer autour de mon propre cou.

— C'est simplement une précaution, Zara. Tu vas t'en sortir...

— Alice, tu dois y aller.

Je croisai le regard embué de larmes de la jeune femme, plus résignée que moi à son triste sort. Je passai un bras sous elle pour la soulever et l'emmener, mais cela ne servit qu'à la faire hurler de douleur.

— Tu dois y aller… sans moi, précisa-t-elle d'un ton étrangement serein.

Elle avait malheureusement raison : des gardes n'allaient pas tarder à sortir à leur tour et la Grande Prêtresse à nous trouver.

— Tu ne peux pas sauver tout le monde, Alice. Aujourd'hui tu dois me laisser derrière toi, pour le meilleur.

— Ce ne sera pas le meilleur si tu n'es plus là, lui avouai-je en sanglotant.

Elle sortit alors une petite fleur de sa robe, et je reconnus les plantes qui nous avaient coûté tant de souffrance, surtout à elle.

— Je tiens à le revoir, commença-t-elle avant de tousser, une dernière fois avant ma mort.
Avec les herbes, elle ne se sentirait plus partir. Son esprit serait loin, paisible, mais surtout, auprès de lui. Elle méritait plus que quiconque cette chance qu'elle avait dans son malheur, il m'était interdit de tenter de l'en dissuader.
— Je veillerai sur toi, Alice, jura-t-elle une dernière fois.
Elle inspira le parfum de la plante, et je ne fis rien pour la retenir. Il valait mieux pour elle finir sa vie détachée de toutes souffrances que dans ce corps mutilé.

Je restai à ses côtés quelques instants encore, refusant de m'en aller jusqu'à ce que la tête de la jeune femme retombe contre mon corps, paralysé par la douleur, et que sa poitrine cesse de se soulever. Immédiatement, mon cœur n'émit plus le moindre battement et mon expression se figea. Je m'étais persuadée que nous nous en sortirions à deux, je n'avais pas sérieusement imaginé que l'une de nous perdrait la vie. Et pourtant.
— Pourquoi ? susurrai-je.
Le visage de mon amie semblait presque paisible désormais, je le voyais à travers mes larmes amères, mais il ne serait plus jamais éveillé.
— Zara ! Zara, réponds-moi, la suppliai-je tout en la secouant.
Je criai son nom plusieurs fois, déchirée par la peine, mais elle ne revint pas. Elle ne m'entendait plus. Une massue venait de s'écraser sur ma tête, un poids de tomber sur mon cœur. Je croisai les bras de la jeune femme sur le sien.
— Je te promets de rentrer à la maison, Zara. Je vais y arriver, je te le jure, ainsi tu ne seras pas morte en vain.
Mais cela ne changeait rien au fait qu'elle était morte. Et je savais combien la mort était irréversible, néanmoins inacceptable.
— Je ne t'oublierai jamais, soufflai-je derrière mes larmes.
Je déposai un baiser sur son front, avant de me lever pour prendre la fuite. Je me retournai une dernière fois vers elle, vers son corps sans vie, son cadavre. Comment la laisser seule ici ? Ma main se porta sur le médaillon qu'elle m'avait confié, me rappelant qu'une partie d'elle survivait à travers lui, que grâce à moi, son histoire ne serait jamais oubliée. Je devais m'en aller pour veiller sur son frère adoré comme elle me l'avait demandé, c'était la meilleure façon de lui faire honneur.

Mon corps s'écarta du lieu de la mort de Zara à reculons, le visage roué de larmes amères. *C'est ta faute*, résonna la voix d'Ariane dans mon esprit, plus accusatrice que jamais.
— Vous l'avez torturée, vous l'avez tuée ! hurlai-je à cette création de mon esprit. Tout est votre faute !
Alors que mes yeux s'obstinaient à s'accrocher à la dépouille de mon amie, je crus voir sa silhouette se dessiner face à moi, aussi réelle que la voix de la prêtresse à l'intérieur de ma tête. Cette Zara fantomatique me sourit. *Tu peux partir*, paraissait-elle dire, *ils sont peut-être mauvais, mais ne t'en fais pas. Ariane m'appréciait, elle ne me laissera pas sans enterrement. Accomplis ta destinée. Je t'aime de tout mon cœur.* Le mien se brisa lorsqu'une lumière apparut au loin, signe que la traque recommençait. Mes pieds firent demi-tour et se mirent à courir loin de ces atroces murailles.

40

Courir à en perdre haleine. Supporter le poids mort de mon cœur dans ma poitrine. C'était là tout ce qu'il me restait à faire. Je me surpris même à hurler du plus profond de mon être, sûrement dans l'espoir d'en extirper toute ma peine. Mais rien n'y faisait, et plus mes pas m'éloignaient du Sanctuaire, plus les souvenirs de Zara revenaient me hanter.

Au beau milieu de la prairie, mon pied buta contre une racine et mon corps s'étala de tout son long contre le sol dur et terreux, mais aucune douleur ne me traversa. En me relevant sur les paumes de mes mains, un haut le cœur remonta dans ma gorge et un liquide visqueux jaillit de mes lèvres. Ce n'était pas du poison. Ce n'était pas une indigestion. Ce n'était pas une simple maladie. De tels vomissements, je n'en avais connu qu'après la mort de mon père. Et jamais je n'aurais cru revivre cette expérience une seconde fois. A cette pensée, je régurgitai de plus belle, sans cesser de pleurer. Parce que Zara, morte, c'était impossible. Elle était jeune, plus jeune que moi, pleine de vitalité et d'espoir, elle méritait de vivre. Elle n'avait jamais rien fait qui justifie pareil destin. Mes doigts maladroits effleurèrent mon abdomen à l'endroit où la liane l'avait transpercée, elle, souhaitant avoir été à sa place. Mon corps tomba sur le côté et mes paupières se fermèrent. Elles s'écartèrent cependant pour me laisser voir lorsqu'une main sembla m'effleurer. Zara. Ou plutôt, la version fantomatique d'elle, créée par mon esprit pour me réconforter. Elle me regarda avec bienveillance et compassion, puis me montra son propre bras. En baissant les yeux vers le mien, je compris quel message elle tenait à me faire passer : Ariane m'avait infligée une blessure à moi aussi, mais loin d'être mortelle. Je n'en ressentais pas la moindre douleur, d'ailleurs. Pourtant du sang s'écoulait de la plaie et pour ménager mes forces, il valait mieux stopper le saignement. Je déchirai un pan de ma tunique pour le bander autour, toujours sous l'attention de la silhouette de Zara. Une fois cette mission accomplie, sa main entoura la mienne pour me remettre debout. D'un geste, elle m'indiqua la voie à poursuivre jusqu'au village, m'encourageant à y aller de son magnifique sourire. Un sourire qui n'appartenait qu'à elle. Ou plutôt qui n'avait appartenu qu'à elle.

Une fois mes maux plus ou moins apaisés, je pris mon courage à deux mains pour me relever et reprendre la fuite, guidée par la lueur d'une ville que je distinguais au loin. Là-bas se trouvait Mathys, dans une auberge, comme me l'avait indiqué Zara. Cependant, s'il me tardait d'enfin le retrouver, lui annoncer la mort de sa sœur m'effrayait tout autant. J'osais à peine imaginer sa réaction lorsqu'il apprendrait qu'il était le seul survivant de toute sa famille, ni le poids qu'il aurait à porter sur ses frêles épaules pour le restant de ses jours. Un vent glacial s'abattit alors sur moi et, tout à coup, je regrettai de ne pas m'être davantage couverte. Mes pieds nus étaient couverts de terre, mes vêtements maculés de sang et mon visage creusé par les larmes. Si Mathys me reconnaissait, cela tiendrait du miracle.

***

Un sursaut me parcourut lorsqu'une cloche retentit en provenance du sanctuaire dont je m'étais éloignée à vue d'œil et sur lequel mon regard s'arrêta une dernière fois. Ils allaient annoncer la mort des deux Gardiens et de Zara, tenter d'expliquer l'incendie, puis parler de ma fuite. Quel mensonge la grande prêtresse inventerait-elle pour justifier ce massacre ? Ferait-elle de moi l'auteure de la mort de mon amie ? Même si cela s'avérait douloureux et que, minute après minute, un désir de vengeance se renforçait dans ma poitrine, ce qui se passait à l'intérieur de ces murs ne me concernait plus. J'avais compris au fil de mes aventures que la mort d'Ariane ne m'apporterait pas la paix, que rien ne pouvait ramener Zara. Voilà pourquoi résister au doux parfum d'une revanche amère semblait presque facile. Le son des cloches s'estompa rapidement, promettant de ne pas me manquer.

Le village qui me narguait depuis ma libération ne se trouvait plus qu'à quelques mètres de moi tandis que le soleil se levait lentement. Alors que j'aurais dû remercier le ciel d'avoir survécu à cette nuit mouvementée, je me complaisais à le blâmer pour le sort de mon amie. Mes larmes avaient séché, pourtant, mon cœur saignait encore. Combien de temps me faudrait-il pour pardonner un tel drame ? Si le déterminer paraissait impossible, j'étais certaine que ce ne serait ni le lendemain, ni le jour suivant ; cela prendrait sûrement des années, sinon ma vie entière, jusqu'à ce qu'enfin, nous nous retrouvions dans l'après. Mon pied manqua alors de se poser sur une dalle blanche, signifiant mon entrée dans la ville, et je m'arrêtai pour lever les yeux vers ce qui m'entourait.

De près, les maisons se révélaient bien différentes de celles de Shirin : tout y était construit de pierres pâles à me rendre malade. Une telle blancheur représentait parfaitement cet endroit. La religion, la lumière, la pureté… La réputation de cette région comme "la plus pieuse" était fondée, puisque les habitations elles-mêmes témoignaient du message de leur Dieu. Ce fut cependant d'un pas lent et mal assuré que je fis mon entrée dans cette cité lumineuse, redoutant de voir surgir les Gardiens à chaque coin de rue. Traversant une première rue d'un pas aussi léger que celui d'un fantôme, je reconnus presque aussitôt le panneau d'une auberge. Certainement celle d'une enseigne implantée en Shirin et en Thodrin, tenue par plusieurs branches d'une même famille. Était-ce là que Zara avait abandonné le petit Mathys ? Avait-elle aussi trouvé dans cette taverne une familiarité avec la région dans laquelle nous avions vécu ? J'en poussai donc la porte avec appréhension et fus aussitôt happée par l'air de flûte joué par le musicien qui se tenait dans un coin, assis sur un tabouret minuscule. Je lui lançai un sourire, appréciant d'entendre quelque chose qui me rappelait ma région natale : tout ici en reprenait les traditions, et ce fut presque comme être de retour chez moi. Gabriel et tous les autres allaient sortir de derrière le comptoir et toutes ces mésaventures ne seraient plus qu'un mauvais souvenir. J'imaginais même le visage heureux de Zara aux côtés des autres, comme elle aurait dû l'être.

Une femme, qui ne ressemblait à aucun de mes amis, arriva alors et me souhaita la bienvenue à l'auberge du Petit Sauvage. Ceci accentua mon sentiment d'appartenance à cet endroit, puisque Daahshi, le nom de mon ancien village, signifiait littéralement "Petit Sauvage" dans la langue ancienne. Mes pensées me submergèrent un moment, mais je me repris rapidement pour éviter que mon hôte ne s'impatiente. Je fis un pas vers elle et dis :

— Je suis à la recherche d'un enfant, il s'appelle Mathys. Je voulais savoir si…

— Alice ? s'écria la voix fluette du petit garçon.

Je fis volte-face. Il se tenait devant moi, à mi-chemin dans les escaliers qui descendaient au bar. J'ouvris mes bras en lui souriant et il courut s'y réfugier à une vitesse hallucinante.

— J'ai reconnu ta voix, mais j'arrivais pas à y croire !

Il avait bien grandi depuis la dernière fois, non seulement par sa taille mais aussi par ses manières. Il semblait avoir beaucoup mûri, et songer à la fierté qu'aurait ressentie Zara me suffit pour fondre en larme intérieurement. Je ne laissai pourtant rien paraître devant le garçon, et la femme demanda :

— Alors, vous connaissez le gamin ?
Je hochai la tête.
— Je connaissais également sa sœur, et elle m'a demandé de veiller sur lui.
La patronne se dépêtra de derrière le comptoir et passa affectueusement sa main dans la tignasse mal coiffée de l'enfant.
— Il va nous manquer ce petit.
— Toi aussi, Marthe ! répondit-il d'un ton pourtant enjoué.
Ils s'enlacèrent un instant, et je souris à mon tour, heureuse de constater qu'il n'avait pas manqué d'amour ces derniers temps. S'il était comblé de bonheur ici, de quel droit pouvais-je l'arracher à cette demeure ?
— Où est Zara ? s'enquit Mathys. Elle nous attend dehors, c'est ça ?
Il voulut se diriger vers la porte, mais mon bras le rattrapa instinctivement à l'instant même où des coups violents retentirent de l'autre côté du mur. Les silhouettes de plusieurs gardes semblaient se dessiner derrière la fenêtre.
— C'est elle ?
Innocemment, Mathys venait de penser à haute voix et de formuler ses espoirs de voir sa sœur entrer dans la taverne. Hélas, je ne pouvais que les décevoir.
— Malheureusement non, avouai-je avec douceur avant de me tourner vers la propriétaire de l'auberge. Pourriez-vous me cacher, s'il vous plaît ? Ces hommes me veulent du mal et…
Elle échangea un regard avec le petit, l'air de s'assurer qu'il m'estimait digne de confiance, puis acquiesça finalement.
— Tu m'expliqueras ce qu'ils te veulent en temps voulu, conclut-elle.
Elle me fit signe de passer sous le comptoir et le frère de Zara m'ouvrit une trappe par laquelle je me glissai sans faire d'histoire. Je retins l'enfant avec moi un instant.
— Tu devrais peut-être venir avec moi, on ne sait jamais…
— Ils ne me font pas peur, Alice, sois tranquille.
Il referma l'ouverture sur moi et me plongea dans l'obscurité. Étrangement, les ténèbres portaient en eux un certain réconfort. Peut-être qu'après tant de temps baignés dans une immonde clarté, mes yeux trouvaient enfin le repos. Fatiguée, ma tête tomba contre un sac rempli de pommes de terre. Je pouvais sentir l'odeur de la terre qui les recouvrait ainsi que celle du renfermé… mais aussi une main sur la mienne. J'eus un sursaut et le visage de Zara se dessina dans mon esprit : elle aurait dû se trouver sous cette trappe à mes côtés, ses doigts entrelacés aux miens.

— Nous cherchons une femme d'une vingtaine d'année, brune. Alice Morìn. Elle s'est enfuie du temple après avoir assassiné l'une de ses camarades, Zara Ragnart.

Mathys poussa un hurlement déchirant qui fut rapidement étouffé, certainement par l'aubergiste qui le prit contre lui. J'aurais dû être là pour le consoler, mais une fois encore, je me révélais impuissante à aider ceux que j'aimais.

— Elle porte encore ses vêtements de novice, elle est donc facile à repérer.

— Nous n'avons vu personne, vous savez bien que les clients se font de plus en plus rares ici. Si vous ne passiez pas votre temps à prêcher que le vin éloigne les bons croyants du salut, ils seraient peut-être plus nombreux !

La patronne de cet établissement les sermonna un long moment sur ce sujet, détournant sans peine l'attention de ces Gardiens peu scrupuleux. M'accuser de la mort de la jeune femme alors que j'avais tout fait pour la sauver. Quel odieux mensonge. Ils furent vite partis, et la femme qui m'avait accueillie avec tant de gentillesse vint me libérer avec une certaine froideur.

— Ils ne vous ont pas dit la vérité, m'empressai-je de lui assurer. Je n'ai pas…

— Je sais. C'est le petit qui m'inquiète, répliqua-t-elle.

Mathys était assis sur le sol, dos au mur et dissimulant son visage dans ses jambes.

— J'ai protégé sa sœur, j'ai tout fait pour arranger les choses. Mais ce…

Les mots restèrent coincés dans ma gorge tandis que mon regard désolé glissa sur l'enfant.

— Ce n'était pas assez, achevai-je à mi-voix.

Mes yeux devenus vitreux n'échappèrent pas à celle qui venait de me sauver la vie et de me reprocher d'avoir indirectement fait pleurer l'enfant. Elle me donna une tape sur l'épaule et me tendit un verre de bière.

— Tu te sentiras mieux après. Laisse-moi m'occuper de consoler le gamin.

Je refusai la chope et la reposai sur le bord du comptoir.

— Il mérite des explications. Savez-vous où nous pourrions discuter tranquillement ?

Elle hocha la tête et me guida jusqu'à l'étage, dans une chambre qui devait être celle de Mathys. Celui-ci nous avait suivies, désireux d'en apprendre davantage. Une fois seuls, il se précipita dans mes bras, cachant son visage contre mon ventre. Ses doigts qui pénétraient mes côtes et son dos tremblant me broyaient le cœur, aussi je pris la situation en main.

— Asseyons-nous sur le lit, tu veux bien ?

Il le fit sans rechigner.

— Comment te sens-tu ? commençai-je bêtement.
— Mal. Très mal.
Je passai ma main dans son dos avec compassion.
— Moi aussi, j'ai mal. J'ai tellement mal.
Il se colla de nouveau à moi, sa tête contre mon épaule. Me trouver là, à ses côtés, me faisait du bien tout en me déprimant. Car même si je le serrais contre moi, même si je tâchais d'être présente, je n'étais pas sa sœur, celle qu'il avait attendue sans perdre espoir toutes ces dernières semaines.
— J'ai passé du temps avec elle et durant ces quelques jours nous avons pu parler. Elle m'a dit qu'elle regrettait de t'avoir laissé ici et qu'elle était très fière de toi. Elle voulait que je veille sur toi en son absence, et je compte bien le faire, d'accord ?
Il releva ses yeux larmoyants vers moi et hocha la tête.
— Je vais veiller sur toi aussi, Alice. Je te le jure.
Il renifla et s'essuya le nez d'un revers de manche.
— Merci Mathys, lui dis-je d'une voix tremblante. Nous allons nous occuper l'un de l'autre maintenant.
Il me serra la main pour sceller notre pacte et j'esquissai un sourire triste.
— Raconte-moi, me demanda-t-il.
Je pris une grande inspiration, craignant de ne pas avoir la force de tenir jusqu'au bout de cette histoire qui avait pourtant été si courte. Bien trop courte. Après avoir rassemblé mes esprits, je me décidai à débuter mon récit par le commencement. Les mots me vinrent peu à peu, tandis que je lui décrivais sans détour l'enfer que nous avions connu avec Zara. Il se montrait plus fort que je ne l'aurais imaginé, et plus d'une fois, ce fut moi qui fondis en larmes et lui qui me consola.
— C'est hier soir que le drame s'est produit. Ariane a....
— La Grande Prêtresse ? m'interrompit le petit garçon.
— Oui, c'est elle. Mais elle ne mérite même pas d'être appelée ainsi. C'est à cause d'elle si Zara n'est plus là.
Il frissonna et murmura :
— Je n'aime pas cette femme. Elle me fait peur alors que je ne l'ai jamais vue...
Je serrai l'enfant contre moi et le rassurai :
— J'en ai peur aussi, mais ne t'en fais. Elle ne te fera aucun mal.
Si je n'avais pas pu tenir la promesse faite à Zara de la protéger, je n'allais pas manquer à mon devoir de prendre soin de Mathys et de l'éloigner autant que possible d'Ariane et de ses sbires.

— Alice, toute ma famille est morte, est-ce que cela veut dire que... j'aurais dû mourir aussi ? Ou que je vais mourir bientôt ?

Je hochai négativement la tête, le cœur noyé par la peine d'une telle question.

— Zara et ta famille, ce sont eux qui n'auraient pas dû partir, ils ont tous été victimes d'une terrible injustice. Mais leur absence en ce monde ne signifie pas que tu n'y as plus ta place. D'accord ?

Le petit s'écarta lentement de moi et acquiesça, les yeux embués de larmes qu'il ne tarda pas à déverser sur mon épaule.

41

Un gémissement m'échappa lorsqu'un picotement désagréable me traversa le bras, mais la femme de l'auberge me rassura :
— C'est presque fini, j'ai désinfecté la plaie. Il ne me reste plus qu'à te faire un pansement digne de ce nom.
Je la remerciai avant de plonger mes yeux dans ceux de Mathys, face à moi. Il prit ma main libre et dit en souriant :
— Tu as surmonté bien pire ! Je me souviens quand tu es revenue empoisonnée après avoir sauvé Alienor, ou quand tu l'as secourue alors qu'elle avait été capturée ! Tu es mon héroïne, Alice !
Il donnait l'air d'être euphorique, mais je doutais qu'il le soit réellement. Il essayait probablement de ne pas trop songer à sa propre douleur.
— Je ne suis pas aussi forte que tu me décris, tempérai-je. J'ai souffert à chaque fois, tu sais.
Il hocha positivement la tête, mais rétorqua d'un ton savant :
— On souffre pratiquement tous les jours de notre vie, mais on doit se relever. Certains y parviennent vite, d'autres mettent plus de temps… Et il y en a qui restent au sol.
Son regard se perdit un moment dans le vide. Nous pensions tous les deux à Zara, qui elle, nous avait quittés à jamais. Je voulus prendre sa main pour le réconforter mais il se reprit trop rapidement.
— Bon, tu t'es toujours relevée, c'est pour cela que tu es forte.
De ce qu'il laissait voir, cet enfant l'était plus que moi : depuis l'annonce de la mort de sa sœur, il s'était montré courageux et parvenait toujours à puiser l'énergie de tenir debout.
— Cette blessure ne sera bientôt plus qu'un mauvais souvenir ! déclara l'aubergiste en me donnant une tape dans le dos. Si vous le souhaitez, vous pouvez rester dormir.
Je déclinai poliment son offre.
— Nous ne voulons pas vous causer davantage de souci. Vous risquez déjà beaucoup en m'hébergeant chez vous et je ne peux profiter davantage de votre hospitalité.

— Bien. Mais laissez-moi au moins vous trouver un cheval. Si vous refusez que je le fasse pour vous, dîtes-vous que je le fais pour Mathys.
— C'est d'accord, cédai-je.
Elle quitta la pièce en m'indiquant qu'elle nous ferait signe lorsque tout serait prêt pour notre départ et je me tournai de nouveau vers le petit garçon.
— Elle est très gentille, j'ai l'impression.
— Oui, elle était un peu comme une deuxième maman, puisque Zara n'était plus là.
Mais j'entendais bien au son de sa voix qu'il croyait que l'absence de Zara n'était que provisoire.
— Si tu as peur que cette femme te manque, tu peux rester.
Le priver de sa deuxième maman me paraissait inconcevable. Il vint pourtant se blottir contre moi avec douceur.
— Ne dis pas de sottises : je veux revoir les autres et me battre ! Comme toi, comme Zara, comme vous tous que j'admire.
— Tu n'as rien à envier à personne, Mathys. Tu as déjà tout ce qu'il faut pour être une bonne personne, murmurai-je avec fierté.
Il ne s'en rendait peut-être pas compte, mais en dépit de son jeune âge, il était certainement plus brave et plus fort que n'importe lequel d'entre nous. Il ne fallait surtout pas qu'il se perde en essayant de ressembler à quelqu'un de différent, je rêvais de voir le genre d'homme que la vie allait faire de lui. Il ne me laissa pas le temps d'imaginer cela, car il bondit loin de moi et s'approcha de la fenêtre, les sourcils froncés.
— Des gens du temple sont dans la rue...
Discrètement, je rejoignis le petit pour reconnaître sans peine une Ariane à la silhouette parfaite, entourée de trois Gardiens. Elle avait visiblement perdu de son assurance et craignait sans aucun doute de se faire attaquer lors de cette descente vers le peuple. Elle leva les yeux vers nous et je m'empressai de disparaître derrière les rideaux pour qu'elle ne puisse pas me voir.
— Cette femme a... commençai-je pour expliquer à Mathys ce qui était en train de se passer.
Cette femme a tué Zara. Une fois encore, les mots demeurèrent coincés, quelque part entre mon cœur et mes lèvres.
— Je sais. Je le sens, m'interrompit-il d'une voix affreusement vide.

Je pris sa main dans la mienne, et cette fois-ci, il ne tenta pas de fuir ou de prétendre que tout ceci ne l'atteignait pas. Nos deux cœurs étaient en proie à une même souffrance.

— Pourquoi est-elle morte ? Pourquoi ? demanda-t-il en vain.

Le désespoir dans sa voix me prit moi aussi à la gorge et des larmes y remontèrent.

— Je ne connais pas le pourquoi, Mathys, et nous ne le connaîtrons probablement jamais. Une telle injustice ne pourrait pas être justifiée… par rien ni par personne.

— Alice, c'est peut-être… cruel de te demander ça, mais est-elle vraiment partie pour de bon ? N'y a-t-il aucun sort qui puisse la ramener ? Une potion ?

Ses yeux remplis d'espoirs plongèrent dans les miens, que la vie avait laissé bien ternes au sujet de la mort. Ma bouche voulut s'ouvrir, mais la porte de l'auberge, à l'étage du dessous, me devança. Mathys s'empressa de m'entraîner vers un lit qui longeait le mur.

— Allonge-toi, ferme les yeux.

Il étala sur ma joue gauche un liquide qui me brûla la peau, et je serrai le poing pour ne pas hurler de douleur.

— Ils ne t'auront pas, je te le jure.

Des bruits de pas se firent entendre dans les escaliers de bois, et la Grande Prêtresse ne tarda pas à faire son entrée fracassante dans la pièce. Par les soins de Mathys, je me trouvais de dos, cachée par les draps de son lit et dans des vêtements parfaitement propres, ce qui me rendrait, si j'avais de la chance, méconnaissable aux yeux d'Ariane.

— Qui es-tu ?

— Mathieu, pour vous servir. Ma sœur et moi sommes ici pour aider Madame Marthe, et elle nous nourrit en échange puisque nous sommes orphelins…

— Tu en as assez dit. Toi, montre-toi.

Je sus aussitôt qu'elle me parlait, mais le son de sa voix et sa présence glaciale me terrifiaient à nouveau.

— Elle se repose, mais ne vous approchez pas : elle a une maladie très contagieuse. Regardez donc son visage, vous risquez de l'attraper.

Je risquai d'en vouloir à l'enfant s'il m'avait défigurée, mais ce n'était pas le moment d'y penser. Je me concentrais pour garder les yeux fermés et fis mine de trembler pour rendre cette maladie plus vraie que nature, ce qui sembla repousser la Grande Prêtresse un pas plus loin de mon lit.

— Que Thod la guérisse.

Elle quitta la pièce à ces mots, et je me sentis presque déçue qu'elle parte si rapidement : elle m'avait habituée à plus de ténacité. Elle m'avait montré qu'elle était prête à tuer pour parvenir à ses fins. Et voilà qu'elle reculait devant une simple maladie. Une fois qu'elle fut sortie, je me relevai en toute hâte pour vérifier l'état de ma joue, mais le petit m'étreignit avant que j'aie pu faire le moindre pas.
— Tout va bien, murmurai-je.
Il me serra contre lui, mais cette fois-ci, il ne le faisait pas pour moi. Il essayait de se soulager lui-même. Il déclara alors au bord des larmes :
— Elle a tué Zara, et je n'ai rien pu faire contre elle.
J'aurais pu en dire autant, aussi je comprenais parfaitement le sentiment qui l'habitait.
— Tu m'as sauvée, c'est un bon début, lui rappelai-je. Je ne sais pas comment j'aurais fait si tu n'avais pas été là.
Il haussa les épaules et déclara :
— Pour ta joue, ça s'arrangera ne t'en fais pas. C'est juste un alcool très agressif, rien de durable.
Je me levai du lit et courus face au petit miroir qui était posé sur le bureau. Ce n'était pas bien beau à voir, et je regrettai aussitôt ma curiosité. On aurait dit qu'une partie de mon visage avait été chauffé à blanc, et j'espérais que cela ne me resterait pas trop longtemps. Je me tournai vers l'enfant en souriant et lançai d'un ton amusé :
— Gabriel ne va pas me reconnaître !
J'ajoutai d'un ton maussade :
— Déjà qu'il me croit morte…
— Ce sera une très bonne surprise pour lui alors, rétorqua le petit Mathys avec enthousiasme.
Il était impossible d'en dire autant en ce qui concernait Adrien. J'allais revenir avec le frère de celle qu'il aimait et lui annoncer que cette dernière était morte. Mon retour serait bien moins festif que le prétendait l'enfant. Il se mit à jouer avec mes cheveux et s'égara d'un ton nostalgique :
— Zara me demandait toujours de l'aider à se coiffer, quand nous étions plus jeunes. Moi je détestais ça, et je l'envoyais voir ailleurs.
Il me fit une minuscule tresse sur le devant qui me rappela Harry. Il en portait une lui aussi, le jour de notre rencontre au château de Jeanne. Je fis abstraction de ce détail et félicitai le petit garçon pour ce qu'il venait de faire. Il fallait bien avouer

qu'il se débrouillait comme un chef. Mon ventre se mit alors à s'impatienter, et je me rendis compte que cela faisait un moment que je n'avais rien mangé.
— Tu dois avoir faim ! s'écria Mathys, aux petits soins pour moi.
Il descendit en toute hâte les escaliers et je l'attendis dans la chambre, jugeant qu'il valait mieux rester discrète. Je me regardai dans le reflet du miroir un instant, cachant avec ma main la partie brûlée. Même sans elle, je n'avais pas fière allure. Des cernes s'étaient creusés sous mes yeux, mes cheveux étaient un peu abîmés et une infinie tristesse terrassait mon regard. Le tout me donnait un air totalement vulnérable, et c'était peut-être ce qui avait convaincu l'aubergiste de m'aider aussi facilement et sans rien me demander en échange.
— Tiens, un peu de pain et d'eau, me proposa Mathys en revenant. Il y a aussi une pomme, tu te souviens quand tu les faisais pousser sur les arbres ?
Je relevai les yeux vers lui, me rappelant ce souvenir. C'était avant que je ne lui offre la capacité de marcher, avant que je ne perde mon âme et la retrouve, avant que nous ne perdions Zara.
— Tu n'as plus de magie, n'est-ce pas ?
— Je la retrouverai lorsque j'aurais la bague que vous m'aviez envoyée Zara et toi, répondis-je d'une voix remplie d'espoir.
Il fronça alors les sourcils, l'air sincèrement surpris.
— De quoi parles-tu ? Nous ne t'avons jamais écrit après notre départ.
Ce fut à mon tour d'être étonnée, et je balbutiai :
— J'ai pourtant reçu une lettre de vous dans laquelle vous me faisiez parvenir un objet très précieux, après être passés à Shirin.
Il fit non de la tête, sans laisser le moindre doute quant à son honnêteté : il n'avait aucun intérêt à me mentir, et même s'il en avait eu un, il n'était pas du genre à se montrer déloyal.
Cela me posait donc un autre problème : qui avait écrit cette lettre ? Pour qui était-ce si important que je retrouve mes pouvoirs ? Pourquoi cette mystérieuse personne avait-elle tenu à me dissimuler sa véritable identité et s'était-elle cachée derrière celle d'une ancienne amie ? Je m'efforçai de laisser ces questions en suspens puisque les réponses ne se trouvaient pas ici, et je déclarai avec assurance :
— Peu importe, mangeons ! Nous devrions partager cette pomme, elle est bien trop grosse pour moi toute seule, tu ne trouves pas ?
L'enfant se laissa tenter et ne tarda pas à engloutir ce fruit juteux en marmonnant :
— Elle n'a rien de comparable avec les tiennes !

Je souris doucement et il fit de même. Nous dissimulions tous les deux notre deuil par cette apparence heureuse, mais savoir que quelqu'un ressentait en réalité la même peine était réconfortant. La femme de la taverne entra alors, un sac à la main.

— J'ai mis là-dedans tout ce dont vous pourriez avoir besoin sur la route : des vivres, quelques vêtements, un peu d'argent et des couvertures. Vous partirez à la tombée de la nuit, le cheval vous attendra derrière, et il est très robuste.

Je la remerciai une fois de plus de son admirable générosité et elle déclara avec compassion :

— Mon mari est dans ce sanctuaire lui aussi, et il n'a pas eu le choix… En t'aidant, je te permets de retrouver ceux qui te sont chers, comme moi j'aimerais revoir mon époux.

Elle me désigna un petit portrait auquel je n'avais pas du tout fait attention, et je restai figée un instant. Ce visage ne m'était pas étranger, et j'eus même un geste de recul qui échappa heureusement à mon hôte.

— C'est lui, sur ce tableau, murmura-t-elle d'une voix perdue. Un homme inoubliable, croyez-moi.

Vraiment inoubliable, *oh que oui*, pensai-je avec sarcasme. Mathys posa alors sa main sur la mienne, car il avait bien remarqué mon trouble. Je ne pouvais pas encore lui expliquer, et il faudrait un moment pour que je parvienne à trouver les bons mots. Je doutais même d'y arriver un jour.

Cet homme était responsable des cicatrices que mon dos portait. Cet homme n'avait montré aucune pitié pour moi lorsque j'avais hurlé. J'esquissai un sourire forcé et me tournai vers la femme d'un de mes tortionnaires en disant :

— Je vous souhaite de le retrouver.

Ce fut elle qui me remercia cette fois-ci, avant de quitter la pièce en invitant Mathys à la suivre pour qu'il prenne son bain.

— Sois tranquille, je reviens vite.

— Prends ton temps, notre voyage sera long.

Il s'en alla, fermant la porte derrière lui et me laissant avec pour seul souvenir le maudit visage de cet homme infâme. Mon poing se serra, et je donnai un coup dans l'oreiller moelleux qui se trouvait là. Cela ne changerait pourtant rien, c'était même ridicule d'agir ainsi. Le mal était derrière moi, et pour avancer, il me fallait l'oublier.

Je m'étais assoupie quand Marthe vint me chercher pour que je puisse faire moi aussi un brin de toilette. Mathys me gratifia d'un sourire timide dans le couloir, les cheveux trempés et le corps tremblant emmitouflé dans un peignoir gris.
— L'eau de la source est naturellement chaude d'habitude, mais aujourd'hui, on dirait que ce n'est pas le cas. Nous n'avions pas pu prévoir pour le petit, mais j'ai eu le temps de te faire chauffer la baignoire…
— C'est très gentil à vous.
Elle me fit entrer dans une pièce et me montra la clé d'un geste de la main :
— Enferme-toi, surtout. Il ne faudrait pas que quelqu'un s'en prenne à toi alors que tu n'as aucun moyen de te défendre.
Parlait-elle des Gardiens du temple ou de certains clients mal intentionnés ? Quoi qu'il en soit, j'avais tout intérêt à suivre son conseil. Une fois seule et en sécurité, je me dévêtis pour plonger dans les eaux tièdes que l'aubergiste avait laissées à ma disposition. Une petite lucarne ouverte dans le plafond me permettait d'apercevoir le soleil que j'avais tant espéré voir la nuit passée. Je n'aurais jamais cru que tout serait alors différent, et pourtant, ces dernières heures m'avaient transformée.
Je défis délicatement le pansement que m'avait posé mon hôte et remarquai qu'elle m'en avait laissé un autre sur un meuble à côté de la baignoire. Il y avait également un pantalon en cuir marron et une épaisse chemise couleur sable posés à côté, et elle avait dû juger cette tenue parfaite pour le périlleux voyage que j'allais entamer. Cette femme était décidément très attentionnée, bien plus que son mari. Penser à lui fut suffisant pour me faire perdre le goût du bain et je me hâtai d'en sortir.
Mon regard se posa sur le grand miroir qui se tenait face à moi et je me mis de dos devant lui pour observer les cicatrices qui décoraient tristement ma peau. *Au moins, je suis vivante*. Ces marques en témoignaient d'ailleurs. Mais à un tel prix, voulais-je réellement de cette vie ?

On toqua alors à la porte et je ne pus réprimer un sursaut. Je manquai de répondre, avant de me souvenir qu'il s'agissait peut-être d'ennemis. Comme les coups redoublaient avec insistance, je m'empressai de m'habiller et de m'armer d'un vase magnifique qui se trouvait là.

42

— Alice, c'est Mathys ! Ouvre-moi !
Je déverrouillai la porte en toute hâte, laissant entrer le petit garçon. Il était désormais habillé et sa tignasse folle presque sèche. Il tenait à la main ma sacoche, dans laquelle se trouvaient le médaillon de sa famille et les herbes d'Ariane, ainsi que les bijoux que j'avais volés au Sanctuaire. Il poussa la porte derrière lui et me fit signe de refermer à double tour, ce que je m'empressai de faire. Il s'assit sur le rebord de la baignoire pour reprendre son souffle et je demandai d'un ton pressant :
— Que se passe-t-il ?
— Je crois que…
Il me regarda d'un air effrayé et murmura :
— Je crois que le monsieur qui nous a trahi est ici.
Je fronçai les sourcils. Le monsieur qui nous a…
— Parles-tu de Harry ?
Il hocha vivement la tête, et je jetai un regard nerveux en direction de la porte. S'il comprenait que je me trouvais là, il aurait tôt fait de se frayer un chemin jusqu'ici, et je doutais qu'il soit accompagné de meilleures intentions qu'à son habitude.
— Il faut que tu m'expliques tout ce que tu as entendu.
— Il m'a aperçu, c'est tout ce qui compte. Il a l'air futé, il ne va pas mettre longtemps pour…
De nouveaux coups retentirent à la porte et le petit posa ses yeux tout autour de lui. Je n'avais aucune idée de ce qui lui passait par la tête, mais il ne tarda pas à attraper le petit poêle qui avait servi à faire chauffer mon eau. Il s'empara aussi d'une bouteille d'alcool qui traînait là et d'une boîte d'allumettes.
— Mathys, ce n'est pas une bonne idée, lui fis-je remarquer.
— En as-tu une autre ? Notre cheval est déjà prêt en bas, on doit essayer. Les murs ne sont pas épais, il suffit d'une explosion pour le percer et nous en sortir. Maintenant éloigne-toi.
Je me surpris à obéir à un enfant d'une douzaine d'années, jugeant qu'il avait certainement raison. Les gonds de la porte n'allaient pas faire long feu, et c'était une fois de plus cet élément qui me permettrait de fuir. Mathys posa la bombe improvisée contre le mur extérieur et eut à peine le temps de revenir près de moi qu'un

bruit sourd retentit, nous projetant lui et moi contre la porte, à l'autre bout de la pièce. Il se releva le premier et dit d'un ton pressé :
— Le feu va se propager, dépêchons-nous !
Il me tendit la main et je me remis debout à mon tour, toussant pour expulser cette fumée noire hors de mes poumons. Un picotement me traversa lorsque mon pied droit effleura le sol, certainement cassé lors de la propulsion. Je fis abstraction de la douleur et suivis le petit Mathys jusqu'au trou béant qu'il avait creusé dans le mur. Il semblait bien plus assuré que moi, et Zara aurait sûrement été fière de le voir ainsi.
— Saute, je te rejoindrai !
Le bois de la porte éclata et Harry fit son entrée. Je poussai le petit garçon dans le vide sans attendre, après avoir vérifié qu'un tas de paille l'attendait à l'arrivée. Il s'en dépêtra immédiatement et courut atteler notre monture sans perdre une minute. Il avait vraiment mûri depuis notre première quête, et ce n'était pas la première fois que je m'en rendais compte. Lui donner l'usage de ses jambes lui avait rendu sa joie de vivre quelques mois plus tôt, et cela venait également de sauver nos deux vies. Je pris à mon tour mon envol vers la liberté, mais la main de l'ancien élu vint me rattraper, arrêtant ma chute au milieu des flammes. Il risquait de se brûler lui aussi et je comptais bien en jouer.
— Laisse-moi tomber, ou nous mourrons tous les deux !
— J'ai une bien meilleure idée !
Il se lança dans le vide lui aussi, m'entraînant dans sa chute. Je profitai de ces courts instants dans l'air pour le repousser loin de moi et lâcher son bras. Comme je l'avais prévu, son corps tomba sur le sol tandis que le mien fut amorti par le tas de paille. Mathys m'appela et je lançai un dernier regard à Harry.
Son poing tremblant se referma et il n'allait pas mettre longtemps à s'en remettre : il valait mieux que je sois déjà loin lorsque le moment serait venu pour lui de recouvrer ses forces. Je pris mes jambes à mon cou et rejoignis le frère de Zara sur le cheval qui paraissait bien robuste, comme nous l'avait décrit l'aubergiste. Nous n'avions pas pu prendre les provisions qu'elle nous avait gentiment offertes, mais je n'étais pas certaine qu'elle soit toujours aussi encline à nous aider après ce qui venait de se produire : son établissement était en proie aux flammes et à la panique, et désormais, il allait lui falloir beaucoup de courage pour se relever. La monture nous emmena bientôt très loin de ce carnage, et j'oubliai mes remords en pensant

que cet incident toucherait aussi l'homme qui m'avait causé tant de mal. C'était sûrement injuste de réfléchir ainsi, mais ce qui m'était arrivé l'était tout autant.

***

La tête endormie de l'enfant tomba sur mes genoux tandis que nous nous arrêtions seulement pour la seconde fois en deux jours entiers. Le cheval - que Mathys avait nommé Sauveur - était lui aussi bien fatigué, et je me sentais coupable d'infliger à deux êtres innocents cette course folle. C'était uniquement pour ma survie, et non pour la leur, que nous devions fuir. Comme toujours, ma présence mettait les autres en danger. Je passai ma main dans les cheveux de l'enfant, qui commençait à pleurer dans son sommeil, et remarquai qu'il ne portait plus le médaillon capable d'éloigner les cauchemars. Il se réveilla alors et m'expliqua :
— Mes cauchemars me permettent d'avancer et de me forger. J'ai donné ton collier en offrande pour Thod, je suis désolé.
— Je n'en ai plus besoin moi non plus, de toute manière... Il aura au moins servi à contenter un dieu qui n'existe pas.
Je devais cependant reconnaître que le petit avait raison sur un point : les souvenirs, si douloureux soient-ils, faisaient partie de nous. Je comprenais sa souffrance, mais aussi son besoin qu'elle reste. N'était-ce pas pour cela que j'avais résisté à Ariane ?
— Où crois-tu que nous sommes, Alice ? Serons-nous bientôt à la maison ?
Je haussai les épaules avant de répondre d'une voix qui se voulait rassurante :
— Nous nous en rapprochons chaque jour, c'est la seule chose qui compte. Mais si tu veux vraiment savoir, je suppose que nous sommes à la frontière entre la région de Thodrin et celle de Nagrin. La traverser risque de prendre plusieurs jours, sans compter que nous serons de plus en plus faibles, et ensuite, il nous faudra encore passer Mihrin... Puis une bonne partie de Shirin.
Le périple qui nous attendait n'allait pas être une partie de plaisir, loin de là. Il impliquait beaucoup de temps et très peu de bonheur, mais au moins, nous étions tous les deux.
— Nous allons y arriver, murmura le petit pour nous redonner du courage.
— Il faut que nous trouvions une auberge pour pouvoir manger et dormir correctement, et pour qu'un palefrenier s'occupe de Sauveur. Nous ferons une halte dans le prochain village.

— N'est-ce pas risqué pour toi ?
Je me mordis la lèvre, touchée par son inquiétude à mon égard, mais comprenant également qu'il pouvait avoir raison de se faire du souci.
— Ne t'en fais pas, cela fait un bon bout de temps qu'ils ont perdu notre trace.
— Justement : ce n'est pas le moment de refaire surface ! objecta-t-il.
Je savais qu'il nous fallait être raisonnable, mais aussi que nous n'avions pas le choix : notre départ précipité nous avait condamnés à errer dans la nature et à nous nourrir uniquement de baies sauvages, avec pour seule source d'eau les quelques rivières qui coulaient par là. Pour survivre plusieurs semaines encore, cela ne suffirait pas. Le petit se mit alors à bailler.
— Rendors-toi… Une longue route nous attend.
— Tu devrais te reposer aussi Alice, tu es épuisée.
Je ne répondis rien, repensant à la promesse que nous avions faite de veiller l'un sur l'autre. Je ne faisais qu'honorer ma part de ce serment, et je le ferais jusqu'à ma mort, peu importe le nombre de nuits de sommeil que cela me prendrait.

Il fallut encore trois autres jours durant lesquels la pluie tomba sur nous sans s'arrêter pour que nous parvenions enfin à un village que la météo rendait particulièrement déprimant. C'était pour cette raison que la région de Nagrin était qualifiée de "triste" : le soleil y pointait très rarement le bout de son nez, et d'immenses nuages noirs couvraient toujours le ciel. Les rues boueuses contrastaient avec celles de Saahnan, propres et entretenues, mais Mathys et moi ne devions pas avoir l'air beaucoup mieux qu'elles. Le bas de mon pantalon était sale et déchiré, nos visages pleins de terre, et l'odeur de nos vêtements loin d'être agréable. Si nous avions pu nous laver dans les lacs, nous n'avions rien pu faire pour nos tenues puisque nous n'en avions pas d'autre.
Je descendis du cheval avant le petit garçon pour les emmener vers une étable, la seule de ce petit hameau. En m'approchant, je vis qu'un homme dormait dans la paille, au milieu du crottin et d'animaux en tout genre : un lapin lui reniflait les pieds tandis qu'une poule picorait quelques graines dans sa main.
— Excusez-moi, je cherche un refuge pour la nuit.
Ma voix était cassée, certainement à cause du mauvais temps, et je ne tardai pas à frissonner : mes habits trempés allaient me rendre malade jusqu'au bout. Comme le garçon d'écurie ne me répondait pas, je m'impatientai et m'écriai :
— Réveillez-vous !

Il ne devait pas avoir l'habitude de recevoir des étrangers, car je doutais que quelqu'un de censé veuille passer ne serait-ce qu'une minute dans cet endroit répugnant. Il ouvrit lentement les yeux et fit la moue lorsqu'il me vit.
— Que voulez-vous ? Si je dois encore vous répéter que ce n'est pas moi qui aie tué les moutons, je vais finir par en crever...
— Relevez-vous et aidez-moi à attacher mon cheval.
Il se frotta les paupières peu gracieusement avant de se remettre sur pieds, l'air mal réveillé.
— Où puis-je trouver un abri pour la nuit ?
— L'auberge du village se trouve en face, il vous suffit d'ouvrir les yeux. Ils vont être contents de voir une nouvelle tête.
— Merci.
Je fis descendre le petit frère de Zara et pris sa main dans la mienne pour prendre la direction de la taverne d'un pas lent. Nous tenions à peine debout, et le palefrenier me fit signe de revenir :
— J'aurais besoin d'être payé pour mes services, vous comprenez ?
Je hochai la tête et sortis de ma sacoche l'un des bijoux de Saahnan en tremblant.
— Cela sera assez, je suppose ?
Il haussa les épaules et dit avec honnêteté :
— C'est bien trop... Mais si vous le voulez, je peux vous abriter chez moi plutôt que de vous laisser à l'auberge. Ce bracelet suffira à payer vos repas, vos lits, votre cheval et même un deuxième, ainsi que votre compagnie. Cela faisait longtemps que je n'avais pas fait de nouvelles rencontres, et je sens que vous avez beaucoup de choses à raconter tous les deux !
Je lui répondis par un sourire et il ajouta :
— Je vais vous montrer la maison, puis je reviendrai pour votre belle monture.
Il se tourna vers Mathys et proposa :
— Veux-tu profiter de mes épaules, mon grand ?
Le petit garçon acquiesça d'un air soulagé et monta en toute hâte sur le dos de cet homme à l'apparence paresseuse mais qui était en réalité charmant. Je fis à peine quelques pas que je manquai de m'écrouler, mais celui-ci me rattrapa avec force.
— Tenez-bon, nous ne sommes pas loin.
— Merci à vous.
— Ce n'est rien, me rassura-t-il.

Il ne se doutait sûrement pas que nous étions dangereux pour lui et que nous risquions de lui causer des tourments si quelqu'un venait à apprendre notre présence ici. Je murmurai faiblement :
— S'il vous plaît, n'ébruitez pas notre arrivée ici… Nous devons rester discrets.
Il éclata de rire et rétorqua d'un ton moqueur :
— Qui me croirait ? Personne ne vient jamais !

43

Je m'étirai après un bon bain et m'étalai sur le lit douillet que notre hôte nous avait prêté. Il était assez grand pour Mathys et moi, et je préférai devoir le partager que de laisser l'enfant dans une autre pièce. Celui-ci profitait à son tour du plaisir de pouvoir se laver convenablement, et j'étais donc seule pour un bon moment, à l'affût du moindre petit bruit suspect. Le garçon d'écurie avait allumé un feu de cheminée dans la pièce principale, et je ne tardai pas à quitter la chambre pour m'installer devant l'âtre. Les flammes dansantes me rappelaient bien trop de souvenirs, heureux comme destructeurs. La porte s'ouvrit alors, et je fis volte-face.
— Ce n'est que moi, ne vous inquiétez pas ! déclara le propriétaire de cette maison d'un ton bourru.
Il vint me rejoindre et demanda d'un air intéressé :
— Qu'est-ce qui vous amène dans la région ? Ce n'est pas vraiment un endroit pour une femme et un enfant.
— Nous n'avons pas le choix, et nous ne comptons pas nous attarder ici : notre but est de rejoindre Shirin. Nous sommes originaires de là-bas, lui et moi.
Il souffla, certainement en songeant à toute la route qu'il nous restait à parcourir. Peut-être nous croyait-il fous d'entreprendre un tel voyage avec si peu de provisions.
— Vous savez, j'ai cru que vous étiez sa mère, commenta-t-il. Mais maintenant que vous êtes propre, je vous trouve bien trop jeune pour avoir un enfant de cet âge.
— Effectivement, il a douze ans, et j'en ai à peine vingt.
— Vous êtes frères et sœurs alors ?
Je baissai les yeux au sol, confuse. Il n'existait aucune manière correcte d'annoncer une telle tragédie et je sentis les traits de mon visage se serrer. Mon hôte posa soudain sa main sur mon épaule.
— Vous avez des choses à cacher, je me trompe ?
J'esquissai un sourire amusé et demandai, presque avec sarcasme :
— Qu'est-ce qui vous fait dire cela ?
Il haussa les épaules.
— Tout d'abord, vous n'êtes pas très bien équipés pour des voyageurs, vous ressemblez plutôt à des fuyards. Ensuite, vous m'avez demandé de ne pas faire savoir que vous étiez là. Et maintenant, vous hésitez à me dire qui vous êtes.

Je hochai la tête, contente qu'il m'ait cernée. Ainsi, il était inutile de lui mentir.
— Vous avez raison, l'enfant et moi gardons bien des secrets. Il vaut mieux que vous en sachiez le moins possible, pour votre propre bien.
— Vous pouvez vous fier à moi.
Je lui lançai un regard hésitant, mais rétorquai :
— Quand bien même je vous ferais confiance, je me méfie des gens du dehors.
Pour l'aider à comprendre la gravité de la situation, je consentis à lui expliquer :
— Beaucoup de gens me cherchent et me veulent du mal. M'héberger pourrait vous mettre en grand danger, aussi, si vous changiez d'avis je ne vous en tiendrais pas rigueur.
Il me sourit avec gentillesse.
— S'il pouvait enfin se passer quelque chose, je vous en serai reconnaissant ! Restez ici le temps qu'il faudra et dites-moi si vous avez besoin de quoi que ce soit.
Après l'avoir remercié, je le questionnai à mon tour :
— Et vous ? Que faites-vous ici ?
— Je suis né dans ce village, et je ne l'ai jamais quitté. Je suis loin d'être assez intelligent pour étudier, aussi je n'ai jamais eu assez d'argent pour m'en aller. Je travaille comme palefrenier depuis des années, mais avec votre bracelet, je vais peut-être réussir à faire quelque chose de ma vie !
C'était sûrement pour cette raison qu'il m'aidait avec autant d'enthousiasme. Pourtant, tout l'or du monde lui serait inutile s'il venait à perdre la vie par ma faute. Il continua de parler :
— J'ai eu une femme, mais elle a quitté ce monde il y a deux ans, dans une épidémie. Nous avions une petite fille tous les deux, mais elle vit chez sa grand-mère, dans un autre village à quelques jours de marche d'ici. Sans ma femme, je n'aurais jamais pu l'élever seul.
— J'en suis désolée. Ce doit être difficile d'être séparé de sa famille.
Il haussa les épaules et détourna la conversation sur moi :
— Voyez-vous toujours vos parents, ou êtes-vous trop âgée pour perdre votre temps avec eux ?
— Je suis en mauvais termes avec ma mère. On peut dire qu'elle ne m'a jamais vraiment aimée, si bien que j'ai fini par la détester moi aussi.
C'était aussi simple que cela.
— Je comprends… et votre père ?

Ma gorge se noua, et ce sentiment de perdre pieds ne m'avait pas hantée depuis un moment.
— Je ne le vois plus non plus… Il est mort depuis cinq ans maintenant.
C'était aussi simple que cela.

Mon hôte me regarda d'un air désolé et je m'empressai de le rassurer :
— Je m'en suis remise, et j'ai trouvé en mes amis une nouvelle famille. Le petit en fait partie.
— Il doit beaucoup compter à vos yeux.
J'acquiesçai, les yeux brillants de tristesse. Zara comptait elle aussi, mais elle ne reviendrait plus.
— Et puis, ma sœur aînée est encore en vie, et je m'entends bien avec elle, m'esclaffai-je pour ne pas pleurer. Sans oublier qu'elle vient d'avoir un fils !
Il ne se doutait sûrement pas que je parlais là de son futur roi, et il ne le saurait jamais. Je resterais une inconnue d'un soir, et dès le lendemain, je ne serais plus qu'un souvenir pour lui. Mathys vint s'asseoir avec nous au coin du feu et me fit remarquer d'un ton affectueux :
— Tes flammes étaient meilleures.
Le propriétaire de la maison éclata d'un rire tonitruant.
— Je risque de me vexer.
Ils échangèrent quelques taquineries avant de redevenir sérieux, et l'homme qui nous hébergeait se présenta :
— Je me nomme Alexandre, mais je suppose que vous ne pouvez pas me dire votre nom.
— Je peux vous en donner un, simplement ce ne sera peut-être pas le vrai.
— Laissez-moi en choisir un pour vous deux.
Il réfléchit quelques instants puis esquissa un sourire.
— Quand ma fille était encore là, je lui lisais des histoires d'aventures… Les deux héros étaient appelés Léana et Aramis.
— Parfait ! Maintenant je suis un vrai héros ! s'exclama le petit Mathys.
Je lui souris tendrement.
— Tu l'as toujours été.
Et il le serait toujours, j'en étais persuadée. Alexandre se leva alors et ramena un énorme morceau de viande qu'il fit griller au-dessus du feu sous nos yeux affamés.

Une odeur délicieuse se dégageait de notre prochain repas, et notre hôte nous expliqua alors :

— C'est un sanglier que j'ai chassé hier. Il y a une bête sauvage qui rôde dans les parages, et elle s'en prend régulièrement au bétail.

— Quand vous parlez de bête sauvage, vous voulez dire un loup ? demanda Mathys, l'air particulièrement intéressé par cette histoire.

— Non, je veux dire une véritable bête. Monstrueuse. Le genre que tu n'as pas envie de croiser seul la nuit. Je pourrais te montrer comment chasser, si tu le souhaites.

L'enfant me lança un regard suppliant et j'hésitai à accepter la proposition. Cela occuperait son esprit et lui changerait les idées, sans compter que quelques compétences dans le domaine pourraient lui être utiles à l'avenir. Voire *nous* être utiles. Pourtant, je craignais de le laisser s'éloigner de moi plus d'une minute. Il prit mes mains dans les siennes et me regarda avec confiance :

— Je serai de retour très vite, ne t'en fais pas !

J'ébouriffai sa tignasse brune avec affection et acceptai finalement :

— Bien, mais je tiens à ce que vous soyez rentrés avant la tombée de la nuit, suis-je claire ?

L'enfant m'en fit la promesse avant de courir se préparer pour sortir. Je relevai les yeux vers l'homme qui nous avait aidés et déclarai :

— Faites attention à lui, s'il vous plaît. Je ne sais pas si j'arriverai à continuer sans lui.

Il esquissa un sourire compréhensif.

— Léana sans Aramis, cela n'aurait pas de sens.

Nous échangeâmes un regard entendu et le petit arriva alors, l'air très enthousiaste à l'idée de sortir. Le temps était pourtant brumeux, et ils risquaient de finir noyés sous la pluie avant même d'avoir fait trois pas dehors. Mathys m'embrassa brièvement sur la joue, puis mon hôte lui tendit une cape d'un air bienveillant. L'enfant était entre de bonnes mains. Du moins, je l'espérais.

— *Tu es enfin réveillée ? me demanda Zara en souriant, son visage au-dessus du mien.*

En un clin d'œil, elle disparut, mais ma nostalgie ne me quitta pas. Elle me manquait tellement que mon esprit la voyait partout. C'était au coin du feu, seule, que j'avais fini par m'assoupir en attendant le retour des deux hommes. Même si Mathys n'en était pas encore vraiment un, il commençait à en avoir le caractère.

Les flammes brûlaient doucement dans la cheminée, se reflétant dans mes yeux sans pouvoir me réchauffer. Nous étions encore bien loin de Shirin et de nos amis, peut-être trop loin en réalité. Et si quand nous revenions enfin, la région que j'avais connue et tous ses habitants avaient été réduits à néant par les Créatures ?

Je fis s'élever ma prière de les revoir en vie, puis me relevai doucement pour aller me pencher à la fenêtre. Mon corps était douloureux, assailli par de nombreuses courbatures, sûrement à cause de ces journées de route et de rhume. Au dehors, il pleuvait toujours, ce qui ne me surprit pas le moins du monde, et je n'avais encore vu personne dans ce village, mis à part notre hôte. C'était probablement mieux ainsi.

J'espérais que Harry n'allait pas débarquer et tout détruire, comme la dernière fois. Il n'avait aucun moyen de savoir que nous étions là, mais il n'en avait pas non plus à Saahnan, et pourtant, il nous avait retrouvés sans embûche. Il avait peut-être entendu parler d'une manière ou d'une autre de ce qui s'était passé au Sanctuaire, et puisqu'il me connaissait, il avait rapidement compris que je m'étais réfugiée dans une auberge qui me serait familière. Cette explication me paraissait trop simple, mais elle restait envisageable. Une autre possibilité existait, celle qu'il se soit servi d'un sort pour retrouver ma trace, et elle était tout aussi probable que la précédente. Je trébuchai alors contre un vieux meuble, pour m'étaler mollement sur le parquet miteux de la cabane.

Prête à me relever, je remarquai qu'une sacoche remplie de papiers était posée devant moi, juste à côté de la mienne, celle où se trouvaient les précieuses herbes. Je jetai un coup d'œil rapide à la porte pour m'assurer que personne n'arrivait, puis je m'emparai de ce mystérieux sac avec la ferme intention de découvrir ce dont il s'agissait. La nature des documents qu'il renfermait m'interpella immédiatement : des avis de recherches, tous marqués d'une croix rouge et sur lesquels la récompense était entourée d'un trait épais. Je fouillai parmi elle, et la plupart concernait des prisonniers de la couronne royale. L'une d'elle m'attira alors particulièrement, car je reconnus aussitôt mon visage et celui de Mathys, nos deux noms étant d'ailleurs inscrits juste en dessous de nos portraits. Mon sang ne fit qu'un tour, et je regardai qui avait fait passer cet avis. Sans surprise, le sceau du Sanctuaire de Saahnan y était apposé, et un goût amer se répandit dans ma bouche : ce dénommé Alexandre s'était bien moqué de nous, et je me demandais à quelle date il comptait nous livrer. Quoi qu'il en soit, je ne comptais certainement pas attendre les bras croisés qu'il s'en prenne à nous. Il fallait agir au plus vite. Le soleil déclinait dehors, et je n'avais aucune idée de l'endroit où se trouvait l'enfant que j'avais juré de protéger. Mon regard se posa sur ma propre sacoche : le pouvoir magique des plantes d'Ariane me permettrait de voyager jusqu'à lui et de savoir dans quelle situation il se trouvait. Je n'eus aucune hésitation à inhaler le parfum des fleurs, avant d'aller m'enfermer à double tour dans la salle de toilette de notre hôte.

44

La brume s'était épaissie et la nuit tombait peu à peu autour de moi, si bien que j'avais du mal à me repérer. Mathys ne pouvait cependant pas être bien loin de moi. J'entendis alors un cri et courus en sa direction, espérant ne pas arriver trop tard.

Je constatai alors avec soulagement qu'il ne s'agissait pas du garçon mais du traître de palefrenier qui avait prétendu nous aider. Il se battait contre un loup blanc, immense et féroce, et je restai plantée là à le regarder souffrir. Mathys était allongé un peu plus loin, l'air endormi. Je me précipitai au-dessus de lui et vis qu'il respirait encore. Il ne portait aucune trace de blessure, et par chance, cette bête sauvage ne l'avait pas attaqué. Quelque chose me traversa alors à toute vitesse sans que je puisse voir de quoi cela avait l'air. Je tournai les yeux vers l'endroit où avait atterri le projectile, comprenant avec horreur que ce n'était pas un objet mais un des bras d'Alexandre que le loup lui avait arraché. J'étais partagée entre la terreur et le sentiment qu'il l'avait bien mérité.

— Je ne sais pas d'où tu viens, mais je n'aime pas les esprits !

Je jetai des regards surpris autour de moi, mais il n'y avait personne qui soit capable de parler.

— Je suis Rubis, la Louve, m'interpella la bête. Tu es sur mes terres, et nous n'acceptons que les esprits lunaires sur notre territoire.

Je fis un pas en arrière. Cet animal pouvait non seulement me voir, mais aussi me parler. Il avait même un nom.

— Ne faites pas de mal au petit.

— Nous ne tuons pas les humains.

Je lui désignai le corps mutilé de mon hôte d'un regard assez éloquent.

— Il nous chasse et a déjà tué beaucoup des nôtres. Il mérite tout cela. Trêve de bavardage, je vais te régler ton compte, esprit !

Elle se jeta sauvagement sur moi, me donnant un coup de patte dans mon bras blessé. La douleur fut réelle, même si mon corps ne l'était pas, et je me sentis alors prise de vertige. Je tombai au sol, non loin de Mathys, et il ouvrit alors les yeux, me regardant fixement. S'il pouvait me voir, cela signifiait que je me tenais vraiment là. Aussi incroyable que cela puisse paraître, il semblait que ce ne soit pas mon esprit qui soit retourné dans son enveloppe mais l'inverse. Je tenais d'ailleurs la petite sacoche entre mes mains tremblantes mais ne tardai pas à la lâcher, paralysée par la souffrance.

Une autre louve sortit alors d'un buisson, et je fus impressionnée par son pelage gris étincelant. Je sentais toujours une lourde animosité dans l'air, mais elle n'était plus dirigée contre moi. L'enfant coupa un morceau de sa chemise et s'en servit pour limiter l'écoulement de mon sang. Nous ne pouvions pas rester là, mais je n'avais plus la force de me lever. Je n'entendais plus la voix des deux louves, certainement parce que je n'avais plus rien d'un esprit, et elles commencèrent à se battre inexplicablement face à nous, avec une rage qui dépassait tout ce que j'avais connu.

— Alice, je ne peux plus marcher, sanglota alors Mathys.
— Tout va bien, tout va s'arranger. Pour le moment je ne peux pas te porter, mais tout ira mieux bientôt et nous pourrons repartir.

Si nous étions tous les deux paralysés de la même manière, il devait y avoir une raison.

— As-tu été blessé ? demandai-je au petit garçon.
— Très légèrement, avoua-t-il.

Les griffes de la louve étaient certainement couvertes d'un poison immobilisant, et je remarquai à cet instant précis que celle qui était arrivée en deuxième faisait de son mieux pour en éviter les coups. Elle manqua alors d'échouer, et je me servis de mon dernier membre en état pour lancer une pierre sur celle qui m'avait attaquée. Elle releva le museau vers moi, laissant ainsi le temps à son adversaire de se remettre sur pattes et de lui donner un coup fatal. La bête que j'avais aidée en croyant qu'elle nous rendrait la pareille s'approcha lentement de moi, et je plongeai un instant dans son regard émeraude.

Un nourrisson seul dans un village.
Une meute de loups.
Une magie unique.

Ces trois éléments m'étaient venus en tête alors que nos yeux n'avaient fait que se croiser, et il s'agissait probablement d'une prémonition, comme il m'arrivait parfois d'en faire. Je me sentais désormais rassurée en sa présence, mais elle ouvrit alors la gueule juste au-dessus de mon bras blessé, prête à n'en faire qu'une bouchée.

Je laissai échapper un cri, m'attendant à une souffrance inimaginable, mais tout ce que je pus ressentir fut le contact d'une langue râpeuse. Je pus à nouveau bouger et remarquai que ma blessure avait totalement disparue. Je jetai un regard éberlué à la louve, et elle soigna Mathys comme elle l'avait fait pour moi, en passant simplement sa salive sur la plaie de l'enfant.

— Qui es-tu ? demandai-je, encore interloquée par tout ce qui venait de se produire sous mes yeux.

— Tu parles aux animaux ? Je sais que tu es spéciale, Alice, mais à ce point ? se moqua le garçon.

L'animal fut alors recouvert d'une fumée verte et devint une belle jeune fille à la longue chevelure blonde, habillée comme un homme et aux vêtements déchirés.

— Alors je ne me suis pas trompée ? Tu es bien Alice Morin ?

Je fronçai les sourcils, étonnée qu'elle m'ait reconnue alors que nos chemins ne s'étaient jamais croisés auparavant.

— C'est bien moi, mais toi…

Elle fit voler ses cheveux derrière ses épaules et me tendit la main.

— Emeraude. Je suis ravie de faire ta connaissance !

Quelque chose en elle me semblait familier, mais je n'aurais pas su dire quoi. Cela allait au-delà de son ton si amical. Elle ne me laissa pas le temps de poser une seule question et enchaîna :

— Laissez-moi vous conduire dans un endroit plus sûr.

Elle n'attendit aucune réponse et se transforma de nouveau en bête. Mathys se leva et caressa la tête de la louve en souriant.

— Elle est si belle…

Il paraissait fasciné et je grimpai sur le dos de la bête en le taquinant :

— Ce n'est pas le moment pour un guerrier de tomber amoureux !

— Tu dis n'importe quoi ! me bouda-t-il.

J'éclatai de rire et il vint me rejoindre. La louve laissa s'échapper un grognement et je me rendis compte que mon bras était posé sur une vieille cicatrice.

— Excuse-moi, murmurai-je.

Je n'étais plus un esprit, aussi je ne pouvais plus parler son langage lorsqu'elle était transformée, mais je crus comprendre qu'elle me pardonnait. Elle s'élança à toute vitesse à travers la forêt et je repensai aux histoires de loups-garous que j'avais entendues au cours de ma vie. Ils étaient qualifiés comme étant des personnes très

sombres, manquant cruellement d'hygiène. C'était d'ailleurs très mal vu de les fréquenter, que ce soit de loin ou de près, mais ce n'était pas cela qui allait m'arrêter. Elle m'avait sauvé la vie et je lui étais redevable, même si je ne connaissais rien d'elle. Elle m'inspirait confiance malgré toutes les trahisons auxquelles j'avais dû faire face ces derniers temps, et j'avais l'impression que cette rencontre n'était pas vraiment un hasard.
Cela ressemblait plutôt au destin.

45

Le voyage parut bien court et je descendis du dos de la jeune louve avec hésitation : étions-nous partis assez loin pour nous être débarrassés de ceux qui auraient pu vouloir notre mal ? Je jetai un regard inquiet à la forêt broussailleuse qui s'étendait tout autour de nous, me demandant ce qui nous attendait encore avant d'arriver à destination. Quelque chose me disait que ce ne pourrait pas être pire que ce que nous avions traversé jusque-là, mais je ne voulais pas non plus me reposer sur cette supposition : je ne devais rien négliger en ce qui concernait notre sécurité, ou bien je risquais de comprendre à mes dépens que tant qu'il me restait des vies à protéger, il me restait inévitablement des vies à perdre. Peu importe à quel point le passé était dur, le futur serait lui aussi semé d'obstacles.
Mes yeux vagabondèrent autour de moi, sur une forêt qui me paraissait plus verte et moins lugubre. Un vent nouveau soufflait sur ma peau et je me sentis revivre un court instant, puis mon regard croisa celui de la louve, qui me dévisageait depuis plusieurs minutes. Elle n'avait toujours pas changé son apparence, et je compris vite pourquoi. Le petit Mathys était encore étalé sur la bête et il n'avait pas dû voir le temps passer non plus, pour une tout autre raison : il s'était endormi contre le pelage soyeux de notre sauveuse. J'appelai son nom avec douceur, sachant que cela le réveillerait aussitôt, car à force de vivre en cavale, nous avions tous les deux appris à ne jamais dormir sur nos deux oreilles. Il frotta ses yeux en levant avec peine ses bras engourdis avant de me lancer un regard fatigué. Je voulus l'aider à descendre, mais celui-ci me fit signe de reculer en déclarant d'un ton plus assuré :
— Je suis suffisamment grand !
J'esquissai un sourire amusé qui devint plutôt moqueur lorsque l'enfant s'écrasa, la tête la première, dans la boue. Il fallait bien avouer que si Emeraude était une jeune fille plutôt fine lorsqu'elle était sous forme humaine, elle faisait au moins deux fois ma taille quand elle devenait louve. Je tendis une main amicale au petit garçon, et il accepta de la prendre cette fois-ci.
— C'est le sol qui est glissant, marmonna-t-il.
La jeune fille qui nous avait secourus se changea et lui lança avec désinvolture :
— Je vais faire comme si je n'avais rien vu, ne t'en fais pas !
Elle se tourna vers moi et déclara d'un ton grave :

— Je suis au courant de ce qui est arrivé à Saahnan, sache que je suis sincèrement désolée pour ton amie Zara.

Mathys baissa les yeux et je le pris contre moi un instant.

— Voici son frère… Il s'est montré bien plus courageux que moi ces derniers jours.

— Ne dis pas de telles sornettes ! me répliqua-t-il en séchant ses larmes.

Il ajouta à l'intention de notre sauveuse :

— Elle est trop modeste, mais sache qu'elle est très forte. C'est la meilleure femme que je connaisse !

— Je n'en doute pas, j'ai entendu beaucoup de choses à ton sujet, Alice Morìn.

Je plissai les yeux, surprise qu'elle soit si bien informée sur mon compte, et je profitai de ce moment de calme pour lui poser la question qui m'avait taraudée sur le chemin.

— Avons-nous déjà eu l'occasion de nous croiser, il y a quelques années ? Tu as vraiment l'air de savoir un tas d'histoires sur moi ou sur Zara.

— Eh bien, j'ai quelques… liens avec les élus et les mentors, donc cela fait longtemps que j'ai entendu ton nom. Alice Morìn, l'élue qui a fui. C'est un surnom plutôt péjoratif, alors j'ai préféré me souvenir simplement d'Alice. Je t'admire énormément, et je sais tout ce que tu as fait pour ce Royaume.

J'esquissai un sourire gêné et elle ajouta :

— Peu importe, ce n'est que le passé. Dis-moi ce que tu faisais dans cette forêt.

— C'est une très longue histoire… Mais comme tu l'as dit, cela n'a pas d'importance. Tout ce qui compte c'est que nous faisons route vers Shirin et que nous devons y parvenir le plus tôt possible.

— Dans ce cas, je peux vous aider !

Je fronçai les sourcils, étonnée de son enthousiasme pour nous venir en aide.

— Tu as déjà dû affronter une de tes semblables pour nous sauver, pourquoi voudrais-tu te lancer dans cette quête alors que tu ne nous connais même pas ?

Elle baissa les yeux, visiblement peinée par mes propos.

— Je ne suis pas l'une des leurs, avoua-t-elle, j'aurais fini par la combattre un jour ou l'autre. Tu ne devrais pas refuser mon aide, Alice. Tu en as besoin, et je peux te le prouver immédiatement.

Elle me fit signe de la suivre à travers les arbres et je me tournai vers Mathys pour lui prendre la main. Celui-ci me lança un regard fier et s'aventura tout seul sur les pas de la jeune fille, essayant de se rapprocher d'elle du mieux qu'il le pouvait. Je jetai un regard en arrière et pris ma sacoche avec moi avant de fermer la marche, à l'affût du moindre bruit suspect.

Nous arrivâmes au bord d'une route et je posai mes mains sur les épaules du petit Mathys, reconnaissant l'endroit où nous nous trouvions sans pouvoir mettre de nom dessus. Mon unique certitude, c'était que nous n'étions plus dans la région de Nagrin. Je jetai un regard interrogateur à Emeraude.
— Regarde à ta droite et tu comprendras, se contenta-t-elle de dire.
Je m'exécutai et ouvris des yeux effarés lorsque je réalisai la présence d'une immense bâtisse dont je connaissais parfaitement le prestige. L'académie de magie d'Aghem. Je fis un pas en arrière en pensant que Damien aurait pu s'y trouver, mais la main de Mathys me rattrapa et l'enfant me lança un regard rassurant. Mon calme et ma voix me revinrent.
— Nous… Comment…
— Les loups-garous sont plus puissants mais surtout beaucoup plus rapides que le reste des espèces qui existent. Je ne suis pas un Daahtor, mais je peux te ramener en moins de deux jours auprès des tiens.
Ce qu'elle avait dit quelques minutes plus tôt était exact : j'avais besoin d'elle. Pourtant, accepter son aide une seconde fois la mettait en danger et elle me paraissait bien jeune pour toutes ces aventures.
— Quel âge as-tu ? la questionnai-je.
— Quinze ans. Je sais que tu trouves que c'est peu, mais tu étais à peine plus âgée quand tu es partie vivre seule, alors ne te soucie pas de ce détail.
— Tes parents ne vont-ils pas s'inquiéter de ton départ ?
Elle hésita un instant, et je décelai en elle un air qui m'était familier.
— Ma mère est habituée à me laisser vagabonder, et comme j'ai passé la plupart de ma vie sans personne, elle n'a aucun souci à avoir. Elle sait que je me débrouille très bien seule.
Je ressentis un pincement au cœur lorsqu'elle prononça ses mots, comprenant malheureusement ce qui se cachait derrière cette réponse qui aurait semblé banale à n'importe qui. J'étais capable de savoir qu'elle était comme moi, orpheline de père. Autrement, elle n'aurait pas précisé "ma mère", et elle aurait également mentionné un homme. Je commençais à me reconnaître en elle, et c'était peut-être finalement de là que me venait mon impression de familiarité. Je demandai d'un ton tremblant :

— Qu'est-il arrivé à ton père ?

Son regard devint fuyant, sa mâchoire se serra, avant qu'elle ne disparaisse dans la forêt en soupirant :

— On l'a assassiné quand j'étais encore enfant.

Elle leva son regard vers le ciel et ajouta :

— Tu es chanceuse Alice, car peu importe combien tu souffres, tu sais qu'il y aura toujours quelqu'un prêt à veiller sur toi.

Cela n'effaçait pas ma douleur pour autant, mais je m'abstins de le lui faire remarquer. Je jetai un léger coup d'œil à Mathys qui se tenait à côté de nous, pensant qu'il était le plus à plaindre de nous trois mais qu'il ne disait jamais rien. Certes, il lui arrivait de pleurer, mais c'était tout naturel et cela prouvait simplement son humanité. Ce qui rendait sa personne remarquable, c'était qu'il n'avait jamais baissé les bras, et à bien y réfléchir, je ne l'avais jamais vraiment entendu se lamenter sur son sort. Je posai donc la main sur son épaule et la louve s'exclama alors :

— Nous devrions repartir maintenant, nous ferons une pause à la nuit tombée.

— Excellente idée.

J'attendis qu'elle se change en bête, mais elle n'en fit rien et nous restâmes quelques instants à se dévisager sans dire un mot. Ce fut finalement le petit qui rompit le silence en murmurant à mon oreille :

— Je crois qu'elle a besoin que tu lui dises où nous allons exactement.

— Bien-sûr.

Je me rendis compte que l'emplacement de la cabane où se trouvaient les autres m'était inconnue : je n'y étais allée que par l'intermédiaire de la magie, et je n'avais donc absolument aucune idée de la manière dont nous pouvions la rejoindre à pied. Je savais simplement qu'elle se trouvait quelque part dans la région de Shirin, mais cela ne nous avançait pas à grand-chose.

— Es-tu capable de retrouver des personnes à la trace ? l'interrogeai-je avec curiosité.

— Je le suis, bien évidemment. Seulement, il faut que je connaisse leur odeur, or je n'ai jamais vu aucun de tes amis… Aurais-tu un objet appartenant à l'un d'eux ?

Je réfléchis quelques instants avant de déclarer :

— Non, pas sur moi. Mais si nous allons au château de Jeanne, nous pourrons en trouver.

C'était la seule solution. C'était aussi un risque, mais nous étions forcés de le prendre.

Le vent faisait voler mes cheveux et l'air était si froid que j'avais par moment l'impression que ma peau en était déchirée. Le soleil avait presque disparu, et le Royaume n'allait pas tarder à baigner dans les ténèbres, ce qui ne me réjouissait pas vraiment. La louve ralentissait de plus en plus, et elle était certainement la plus fatiguée de nous : elle avait dû parcourir une distance phénoménale en un temps record, avec le poids de deux étrangers sur le dos. Nous n'étions pas encore arrivés à Shirin, mais nous ne devions plus être bien loin de la frontière entre les deux régions. Si nous gardions ce rythme le lendemain, nous serions au château de Jeanne plus vite que je n'aurais pu l'imaginer, et mon impatience se renforçait à chaque instant. Un éclair passa alors dans le ciel, et Emeraude fit un écart, nous projetant Mathys et moi sur le sol. La terre était sèche par ici, et je restai bloquée par la douleur pendant un court moment avant de me relever, constatant que ma tenue était déchirée à plusieurs endroits, à l'instar de ma peau. Je me frottai la tête et appelai le petit garçon. Il était étalé sur le ventre non loin de moi et je me débrouillai pour ramper jusqu'à lui.

— Je vais bien, chuchota-t-il en relevant la tête.

Il me fit signe de me rapprocher encore un peu, puis il posa son doigt devant ses lèvres, m'intimant l'ordre de me taire.

— Je crois qu'elle ne nous a pas jetés là par accident, elle n'est pas du genre à craindre l'orage, m'expliqua-t-il.

— Ne vas pas t'imaginer qu'elle nous a trahi elle aussi, grondai-je d'une voix rauque.

Cette simple idée m'était insupportable, car si elle se réalisait, ma confiance en les autres risquait d'en pâtir lourdement.

— Laisse-moi terminer ! s'énerva-t-il sans hausser le ton. Ce que je veux dire, c'est qu'elle vient de nous sauver la vie.

Je fronçai les sourcils et il reprit :

— J'ai cru voir une silhouette derrière les arbres. Il allait peut-être nous faire du mal, alors…

Alors elle nous avait mis à terre, hors d'atteinte des flèches ou des lances, puis elle était allée régler le compte de cet étranger. Les conclusions du petit garçon étaient plausibles et je me sentis idiote de ne pas avoir fait plus attention à ce qui se passait autour de nous. Je tentai de me mettre debout mais une douleur lancinante se répandit en moi lorsque je posai le pied sur le sol. Je faillis pousser un juron, mais je me rappelai juste à temps de la présence de Mathys et me contentai de laisser s'échapper un soupir avant d'aller m'appuyer contre un arbre.

L'enfant se leva avec plus d'aisance, visiblement intact, excepté une petite griffure sur la joue. Il s'écarta de moi et je m'empressai de le rappeler.

— Reste près de moi ! S'il te plaît.

Il se retourna et murmura simplement :

— Je vais te trouver un bâton pour que tu puisses marcher. Dans l'état où tu es, tu ne me protégeras de rien.

— C'est justement ce qui me fait peur, et ce sera pire si tu n'es pas à mes côtés.

Il baissa les yeux, tandis que les miens se remplirent de larmes d'inquiétude, et ramassa un grand bout de bois.

— Finalement, il y en avait un juste là.

Il me le tendit et je le remerciai, avant de me pencher pour le prendre dans mes bras. Il passa sa main dans mon dos pour me rassurer.

— Nous devrions aller aider Emeraude, déclara-t-il tout à coup, me repoussant légèrement.

Je le laissai partir et le suivis en claudiquant. Il était décidément bien plus courageux que la plupart des gens, et même si j'admirais ce côté chevaleresque de sa personnalité, il m'inquiétait également. Il risquait d'oublier le danger, et il finirait peut-être par en devenir la proie. Nous avions à peine fait quelques pas qu'une ombre se dessina face à nous, avançant d'un pas tremblant. Ce n'était pas notre amie et je me plaçai donc devant le petit Mathys, prête à tenir ma promesse.

— Je n'ai pas peur, Alice. Je n'ai pas peur, m'assura alors mon protégé.

Au contraire de l'enfant, tout mon être était paralysé par la terreur et la crainte de le perdre lui aussi. Je ne devais pourtant rien laisser paraître, me montrer digne de marcher à ses côtés.

— Reculez ! m'écriai-je à bout de souffle.

L'homme continua d'avancer lentement, et j'étais prête à riposter en cas d'attaque, mais il s'écroula avant même que j'aie pu esquisser le moindre geste. Derrière lui se trouvait la silhouette imposante de la louve, qui ne tarda pas à rejoindre celui qu'elle avait sans aucun doute combattu sur le sol.

Je courus vers elle tant bien que mal, et ce fut Mathys qui arriva en premier. Il me lança un regard apeuré et s'écria :

— Elle s'est pris une flèche !

Il faisait nuit noire et je distinguais à peine la blessure. Dans de telles conditions, il m'était difficile d'en déterminer la gravité ou de savoir si l'arme avait été trempée dans un éventuel poison. J'aurais eu besoin de lumière, mais nous n'avions ni torche ni magie. Le petit s'agrippa à mon bras et me supplia d'un ton pressant :
— Fais quelque chose Alice !
Sans herbe, sans magie, sans éclairage, que me restait-il pour venir en aide à la jeune femme ? Je me rappelai alors qu'elle n'en était pas vraiment une, et il me revint également en mémoire les propriétés de sa salive. Je déchirai un morceau de ma manche sans hésiter et déclarai avec assurance :
— Emeraude, écoute-moi. Je vais retirer la flèche, ensuite, il faudra que tu mettes un peu de bave sur ce morceau de tissu. Si tout fonctionne comme prévu, la plaie sera désinfectée et nous te ferons un pansement de fortune pour arrêter le saignement. Quand le jour se lèvera, j'irai chercher des herbes pour te prodiguer de véritables soins.
Je mis mes mains autour de la blessure en tremblant, craignant de ne faire qu'empirer les choses en agissant ainsi. Mathys glissa ses doigts entre les miens et me rassura d'un ton rempli d'affection :
— Je te fais confiance, Alice. Tu vas la sauver.
Je lui lançai un regard et lus dans le sien une vague de soutien à mon égard. Le décevoir était inenvisageable, tout comme laisser cette jeune fille mourir. J'essuyai une goutte de sueur froide sur mon front afin de me concentrer sur ma besogne.

46

La louve hurla à la lune une dernière fois et j'appliquai le pansement sur la plaie avec l'aide de Mathys. L'animal reprit forme humaine tandis que le ciel commençait lentement à s'éclairer, et des cernes profonds lui creusaient désormais le regard.

— J'entends un ruisseau pas loin, je vais aller lui chercher de l'eau ! déclara l'enfant.

— Fais attention, surtout.

Il était déjà loin et il ne restait plus qu'à espérer qu'il avait entendu ma mise en garde, ou plutôt qu'il n'en aurait pas besoin. Je me retournai vers Emeraude.

— Comment te sens-tu ?

— Prête à repartir…

— Ne plaisante pas, il va te falloir un peu de temps pour réc…

Elle m'interrompit sèchement :

— Du temps, tu n'en as pas, Alice ! Ta mission est de sauver ce Royaume, alors tant que je tiendrais debout, nous continuerons d'avancer la journée.

Elle se releva en position assise, et les traits crispés de son visage ne trahissaient que trop bien la douleur qu'elle tentait de dissimuler. Mathys arriva alors, un coquillage à la main et l'approcha des lèvres de la jeune femme.

— Bois.

Elle s'exécuta, et le petit en profita pour poser sur son front un linge humide avec lequel il nettoya la peau terreuse de notre amie.

— Si tu tiens tellement à reprendre la route, nous le ferons. Mais dans ce cas, nous irons à pied, je refuse de t'imposer notre poids en plus de celui de ta blessure.

Emeraude remercia chaleureusement Mathys avant de se remettre debout, les jambes en coton. Le frère de Zara me tendit la main pour m'aider à me relever moi aussi, et je fus forcée d'accepter, m'aidant également de mon bâton. Je sentis le regard de la louve sur moi et elle déclara :

— Tu ne peux pas marcher, il faudra bien que je te porte.

Je m'apprêtai à répliquer, mais le garçon mit fin à notre débat en disant :

— Nous devrions faire un compromis, car Emeraude a raison, le temps presse, mais Alice n'a pas tort non plus… Si nous arrivons morts, cela n'aura plus d'intérêt. Alors nous devrions faire comme cela : Emeraude tu prendras Alice sur ton

dos, mais je marcherai à côté de toi. Cela te soulagera de mon poids, mais ne nous ralentira pas pour autant. Nous nous arrêterons dès que l'un de nous sera fatigué.
Je soupirai, doutant que cela suffise à améliorer l'état de la louve, mais celle-ci me lança d'un ton qui se voulait rassurant :
— Sous ma forme de louve, je serai assez forte. Crois-moi, j'ai mené bien des combats et je ne suis jamais morte !
Zara aussi s'était battue, et elle avait fini par mourir. Mon père également. Survivre n'était pas un acquis, contrairement à ce que semblait croire la jeune fille.
— Je tiendrai le coup, Alice, je te le promets. Je le sais ! J'ai survécu à des batailles qui n'avaient pas de sens, alors je n'abandonnerai pas la seule qui me donne une réelle raison de me battre. J'ai envie de réussir, et j'y arriverai, alors fais-moi confiance…Toi tu crois en moi, hein Mathys ?
Les joues de l'enfant s'empourprèrent légèrement et je ne pus réprimer un sourire moqueur qui passa inaperçu aux yeux de mes acolytes.
— Bien-sûr que je te fais confiance. Mais il faut que tu prennes soin de toi…
— Pourquoi es-tu prête à donner ta vie et à payer tant de souffrances pour des inconnus ? demandai-je à la louve d'un ton sérieux, interrompant le petit garçon.
Emeraude se mordit la lèvre.
— Même si toi tu ne crois pas en moi, moi je crois en toi, Alice. Peu importe pour quelle raison je te connais si bien alors que nous ne nous sommes jamais rencontrées, tu dois simplement savoir que je veux être utile, et que je veux que tu sauves ce royaume. Il en a besoin, et tu le sais.
Elle n'attendit pas ma réponse et se transforma immédiatement en louve, son regard vert toujours plongé dans le mien. C'était une invitation à monter sur son dos, et le petit me poussa vers elle.
— Ne sois pas stupide.
Je consentis à m'avancer vers l'animal, ayant bien compris qu'elle n'allait pas changer d'avis, aidée par Mathys qui m'empêcha de tomber à plusieurs reprises. Je pris garde à ne pas toucher la plaie encore bien fraiche de mon amie, et je me sentis, malgré toutes mes réticences, soulagée de ne plus avoir à marcher sur mon pied endolori. Le petit garçon, pour sa part, avançait fièrement, la tête haute. Zara devait lui manquer terriblement et j'étais responsable, d'une manière ou d'une autre, de ce chagrin qu'il se donnait tant de mal à cacher. Il m'en avait peu parlé et j'aurais aimé qu'il le fasse : après tout, j'avais juré d'être là pour lui. Pourtant, depuis que je l'avais retrouvé, c'était davantage moi qui avais compté sur lui que l'inverse.

Une pensée me vint alors à l'esprit et me fit l'effet d'un coup de poing dans le ventre. La douleur se propagea sans limite partout à l'intérieur de mon corps, tandis qu'une lourde question me retournait la tête. Je n'arrivais pas à la digérer, mais je ne pouvais pas non plus la laisser franchir mes lèvres. Je me risquai à poser les yeux sur l'enfant pendant qu'il ne me regardait pas, trop occupé à observer les oiseaux et les écureuils qui se baladaient d'arbre en arbre, et je ne lisais aucune colère dans son regard. Il n'y avait en lui pas le moindre signe de ce que je craignais tant, mais cela ne me rassurait pas pour autant : il savait dissimuler ses émotions. Il se tourna alors vers moi et je détournai le visage, faisant mine de profiter moi aussi du paysage verdoyant qui nous entourait. Je fus assez convaincante pour qu'il ne m'interpelle pas et il resta silencieux tout au long du chemin.

Le soleil s'était désormais couché, et nous faisions une halte dans une petite clairière traversée par un ruisseau pour y passer la nuit, mais aussi pour que je puisse changer les pansements d'Emeraude. La pauvre fille souffrait probablement énormément, mais tout comme Mathys, elle ne laissait rien paraître. J'étalai la dernière feuille médicinale sur la plaie de la jeune femme et lui lançai d'une voix lasse :
— Il devrait tenir jusqu'à demain matin, mais il faudra que je recommence avant que nous repartions.
— Merci beaucoup.
Elle se leva et se transforma en louve sans dire un mot. Elle ne tarda pas à disparaître dans les broussailles, et le petit frère de Zara s'avança vers moi d'un pas lent.
— Elle est allée chasser, déclara-t-il en remarquant mon regard intrigué.
Il s'assit à mes côtés sur un rondin de bois et posa sa main sur la mienne.
— Tu avais l'air soucieuse sur la route, quelque chose t'inquiète ?
— Dans ce monde il y a toujours de quoi s'en faire : les Créatures, la religion, la mort...
Il haussa les épaules et soupira.
— Nous ne vivons pas la meilleure époque c'est vrai, et nous n'oublierons jamais les horreurs que nous avons connues, mais un jour tout cela sera derrière nous.
Gabriel me l'avait promis lui aussi, et j'espérais qu'il avait raison, qu'un jour, nous aurions bien mieux que ce que nous avions actuellement entre les mains.
— Tout le monde ne connaîtra pas la paix de ce futur, répondis-je avec une amertume que je regrettai presque immédiatement.

Il n'avait pas besoin que je lui rappelle cette triste réalité et ramener ses souffrances sur la table était injuste de ma part.

— Je sais bien, murmura-t-il, les yeux embués de larmes.

Je voulus prendre ses mains dans les miennes, mais j'y renonçai.

— Je suis désolée, Mathys, sincèrement. J'aurais donné ma vie pour la sauver si seulement j'avais pu, mais je n'ai rien pu faire. Je ne peux toujours rien faire pour apaiser ta peine, et je m'en veux terriblement, je comprends que tu me détestes, et…

— Je ne te déteste pas, Alice, c'est idiot : comment pourrais-je te reprocher d'être en vie ? Tu as donné tellement pour nous sauver, elle et moi, ou même tous les habitants de ce royaume… Ce n'est pas ta faute si tu ne peux pas toujours sauver tout le monde.

Je haussai les épaules, et il continua :

— Rien ne remplacera jamais ma sœur, mais je dois vivre avec, tout comme toi. La seule chose que tu puisses faire, c'est d'être là et de m'aider à porter ce poids. Ensemble. Tu peux croire que je te hais si ça te chante, c'est certainement pour exprimer ta culpabilité, mais ce ne sera jamais le cas, j'ai besoin de toi. Je t'aime comme si tu étais de ma famille, je t'aime comme j'aimais Zara. Et je ne l'ai jamais blâmée pour ce qui est arrivé au reste des miens.

Il vint se blottir contre moi, et j'entourai mes bras autour de son corps tremblant. Il devait avoir froid, ou bien pleurait-il discrètement, comme je le faisais si souvent. Ou peut-être les deux. Je le serrai un peu plus fort et il murmura :

— Tu m'étouffes.

Je relâchai mon emprise et il ajouta :

— Merci de te soucier de moi à ce point.

Ce n'était pas qu'une promesse que j'avais faite à Zara : je m'inquiétais réellement pour lui et il comptait à mes yeux. Emeraude revint alors, deux lapins sauvages dans ses mains couvertes du sang des malheureux animaux. Elle s'écroula à côté de nous, le regard perdu et je lui demandai d'un ton amical :

— Quelque chose ne va pas ?

Elle ferma les yeux et prit une grande inspiration.

— Tout va très bien, je vous assure. Allumons le feu et préparons notre repas.

Mathys s'écarta légèrement de moi et adressa un sourire larmoyant à la jeune femme en lui tendant la main et en disant :

— Nous sommes là si tu as besoin.

Elle lui sourit en retour avant de s'occuper elle-même de nous cuisiner un dîner digne de ce nom. Alors qu'elle était à l'œuvre, elle nous expliqua d'une voix rocailleuse :
— Je n'ai pas l'habitude de revenir à un état aussi sauvage. Cela me rappelle un passé que je préférerais oublier.
Elle avait encore du sang sur les mains, et je devinais à quel point elle devait détester cela. Peut-être qu'elle se confierait lors du repas, mais je ne voulais pas la presser : elle nous parlerait si elle en ressentait le besoin, il n'y avait nul besoin de la forcer.
— Va te laver, je me charge du reste.
Elle hocha la tête, puis s'éloigna un peu de nous pour mieux retrouver ses esprits.

Mathys venait de terminer sa deuxième cuisse de lapin, et je fus soulagée de constater que son appétit glouton était resté le même, malgré toutes les épreuves auxquelles nous avions dû faire face. Emeraude, quant à elle, profitait du dîner avec un peu moins d'enthousiasme, l'air pensive. Je ne la connaissais pas assez pour savoir ce qui la tourmentait le plus entre son père inconnu et son mystérieux passé, mais cela la rendait indifférente à son environnement, que ce soit la chaleur du feu ou nos présences au petit et à moi. Je fis griller le dernier morceau de l'animal qu'elle avait tué et en pris un peu, avant de le tendre à la jeune fille qui n'avait pas mangé autant que nous. C'était pourtant à elle que nous devions nos estomacs remplis. Elle hésita à accepter la viande que je lui offrais, mais se résolut à se nourrir.
— Que voulais-tu dire tout à l'heure, par le fait que tu préférais oublier le passé ?
Elle soupira, et je crus l'avoir dérangée avec cette question intrusive, mais elle répondit d'un ton amical :
— Je ne suis pas née avec de tels pouvoirs, je n'ai jamais voulu être le monstre qu'ils ont fait de moi. Pendant un moment, je ne contrôlais plus mes transformations, et j'aurais pu être aussi dangereuse pour vous que l'était ma semblable qui vous a attaqués dans les bois la dernière fois. Heureusement, ma mère m'a retrouvée et m'a appris à maîtriser cette partie de moi, à ne pas la voir comme une mauvaise chose, mais plutôt comme un don.
— Ta mère a raison : tu n'as rien de mauvais en toi.
Cette affirmation ne semblait pas aussi évidente pour la jeune fille, dont les yeux verts se perdirent dans le vide.

— Est-ce humain de pouvoir faire ce que je fais ? D'avoir de tels instincts bestiaux ?
Je haussai les sourcils.
— Qui a dit qu'il fallait être humain avant tout ? Tu es différente, et c'est une force dont tu n'aurais jamais dû avoir honte.
— C'est facile à dire, mais tu sais, être partagée entre deux choses si différentes, c'est loin d'être évident à vivre.
Mathys se rapprocha d'elle et posa sa main sur la sienne avec gentillesse.
— Je te trouve très belle et très courageuse en tout cas, que tu sois louve ou humaine.
Elle lui répondit par un sourire et le remercia avant de porter un morceau de lapin à la bouche.
— Une fille qui se transforme en loup, ce n'est pas plus dramatique qu'une sorcière sans pouvoir, non ? lui fis-je remarquer.
Elle avala la viande de travers et fut obligée de boire un peu d'eau avant de me répondre.
— Je ne sais pas si c'est comparable. Pour chacune d'entre nous, c'est injuste, mais c'est très différent : la vie m'impose un fardeau, en plus de ce que je suis déjà. Je suis trop. Alors qu'à toi, elle t'a enlevé une partie. Quel est le pire ?
— Peut-être qu'il n'y a pas de "pire" en réalité, et que nous devons simplement accepter ce que nous sommes, et ce que nous avons, ou n'avons pas, répliquai-je.
Elle acquiesça, mais c'était pourtant loin d'être aussi simple. Il nous faudrait bien plus à toutes les deux que cette petite discussion pour passer au-dessus de ce qui nous peinait tant. Il était même impossible de savoir si un jour, nous y arriverions, ou si nous resterions à jamais prisonnières de ces chaînes invisibles, incapables d'avancer.
Mathys se leva et je me rappelai que lui, il était passé outre son handicap. Lui qui autrefois pensait ne jamais marcher était désormais prêt à courir.

Certes, il le devait au recours de la magie, mais c'était tout de même une preuve qu'il n'existait aucune fatalité dans ce monde, que tout pouvait être changé. Les fardeaux pouvaient être allégés, les morceaux pouvaient se recoller. Cet enfant m'avait aussi montré que le deuil, aussi insupportable soit-il, était surmontable, avec beaucoup de courage, même si cela nécessitait de nombreux efforts, même si la tristesse restait présente. C'était lui qui m'avait appris que la vie ne demandait qu'à continuer.

47

Emeraude avait repris forme humaine pour nous emmener dans un petit campement au milieu des bois, rempli d'individus de son espèce. Me savoir au milieu des loups me donnait quelques frissons, mais si la jeune fille nous estimait en sécurité, il fallait lui faire confiance. Et puis, l'avantage avec des êtres en marge de la société, c'était qu'ils ne risquaient pas de chercher à profiter de nous ou à nous retenir contre notre gré. Mathys ne se souciait pas autant de la situation : il flânait d'une tente à l'autre, y jetant des regards curieux.

— Voici le couple de forgerons dont je t'ai parlé, me lança la fille-louve.

Elle m'entraîna vers une tente dont émanait un nuage de fumée et quelques flammes, et je découvris derrière l'atelier un homme au regard tendre et une femme aux mains abimées par le maniement des outils.

— Emeraude ! Tu nous amènes de la compagnie ?

La concernée se tourna timidement vers nous et nous présenta brièvement.

— Ils ne sont pas comme nous, je les aide simplement à retrouver leur chemin. Nous aurions besoin d'une ou deux armes pour nous défendre, en cas de nécessité.

La femme me dévisagea quelques secondes avant de sortir une petite dague de dessous le comptoir.

— Elle sera parfaite pour toi, tu n'es pas une guerrière mais tu m'as l'air agile et douée. Je te l'offre.

— Vous n'avez pas à… tentai-je de la dissuader.

Elle me fit signe de ne pas m'entêter et déposa le poignard entre mes mains hésitantes. Quoiqu'en dise Emeraude, l'humanité de son espèce n'était pas à remettre en cause.

— Pour le petit, un glaive devrait suffire, non ? suggéra Emeraude en leur montrant Mathys, dont le nez était encore fourré dans une autre tente.

L'homme hocha la tête et sortit une arme absolument ravissante pour la remettre à la jeune femme, qui la dissimula dans sa robe en me confiant qu'elle la lui offrirait pendant notre repas.

— Et pour toi, ma grande ? demanda l'homme d'un ton presque paternel.

— Mes griffes suffisent, ne vous en faites pas.

Ils échangèrent quelques banalités, et Emeraude avait l'air de se sentir chez elle auprès de ce couple de forgerons. D'une certaine manière, ne représentaient-ils pas un idéal à ses yeux ? Celui d'un père et une mère restés ensemble, deux amoureux que la mort n'avait pas su séparer ? Des personnes prêtes à l'apprécier pour ce qu'elle était ?
— Allons manger, lança-t-elle alors, rameutant le petit à nos trousses.

Emeraude nous installa sur un rondin avant d'aller chercher de la nourriture chez un homme immense et à l'air dur, mais qui se révélait être une vraie crème d'après elle. Il craignait simplement les inconnus, voilà pourquoi nous ne pouvions pas l'approcher. Lorsqu'elle revint auprès de nous, elle tenait entre ses bras un repas digne de ce nom. Une fois installés et occupés à déguster ce festin, je la questionnai :
— Ne nous avais-tu pas dit que tes semblables et toi étiez très différents ?
— Ce petit campement fait exception. En fait, ici, nous sommes tous des rejetés parce que nous acceptons davantage notre partie humaine que louve. Comme tu peux le voir, nous savons gérer nos pulsions et lier des relations sociales, pour la plupart.
Je hochai la tête, et elle profita d'un court moment de silence pour changer de sujet.
— J'ai un cadeau pour toi, Mathys.
Les yeux du petit s'illuminèrent et je crus y déceler un éclat de son âme d'enfant.
— Je ne sais pas si Alice va t'autoriser à l'utiliser, mais tu t'es bravement démené pour cette quête et tu mérites une récompense, commença-t-elle avec bienveillance. Alors voici...
Elle glissa l'arme en dehors de ses vêtements et la présenta à l'enfant.
— Ton premier glaive, il est à toi. Rien qu'à toi, d'accord ?
La jeune fille remit le présent entre les mains de Mathys, dont le regard pétillait comme jamais depuis... Ce n'était pas le moment d'y songer. Il semblait si heureux. L'observer retourner la lame dans tous les sens, impressionné par sa beauté, m'amusait beaucoup, et j'échangeais un coup d'œil entendu avec la fille louve. Pour une raison qui m'échappait, notre bonheur la souciait beaucoup. Mais peut-être était-elle tout simplement une bonne personne.
— En garde ! lui lança Mathys sur un ton défi.

Elle esquissa un sourire et se prit au jeu, se postant tous les deux devant moi, assise sur le rondin. Le petit se débrouillait bien, malgré quelques gestes maladroits et la tendance d'Emeraude à le laisser prendre l'avantage. Mon regard se perdit un moment en direction du ciel, songeant à Zara qui nous observait peut-être de là où elle était. N'avait-elle pas promis de veiller sur moi ? De ne jamais me laisser seule ? Je pouvais presque sentir sa présence à côté de moi, comme souvent, percevoir son esprit et sa main effleurer la mienne pour me rappeler que, même morte, elle ne cessait de compter pour moi. Je tournai un instant les yeux vers cette illusion de mon esprit et croisai les siens, bordés de larmes de bonheur.

—*Je suis comblée de le savoir entre de bonnes mains et de vous voir si près du but.*
Mes lèvres s'entrouvrirent pour lui répondre, mais mes compagnons de route m'appelèrent pour nous préparer à reprendre la route et je détournai le regard. Lorsque je voulus dire au revoir à mon amie défunte, elle n'était plus là. Le voyage reprenait son cours, sans elle.

***

— Le château de Jeanne ! s'écria Mathys à en perdre la voix.
Il pointait du doigt une imposante bâtisse que l'on devinait à peine derrière les arbres de la forêt, mais qui était bien notre destination. Emeraude était toujours mal en point et ma cheville était encore loin d'être guérie, même si quelques jours avaient passé depuis l'attaque.
— Nous devons être prudents : d'après ce que vous m'avez raconté, c'est ici que vous viviez avant. Les Créatures surveillent peut-être cet endroit en espérant vous y attraper, nous rappela la jeune fille.
Ma main se posa sur ma dague pour me rassurer. Cette arme minuscule était là en cas de besoin, et je n'aurais qu'à m'en servir pour sauver la vie du petit garçon. Je m'étais entraînée avec Emeraude durant notre voyage, mais cela ne m'assurait pas d'être parfaitement prête, car ni elle, ni moi n'étions de vraies guerrières. Elle se battait plus souvent sous forme de bête qu'avec une arme, et même si je me débrouillais grâce aux leçons de Gabriel, je n'étais pas experte. Il était plus qu'incertain que mes capacités au combat soient suffisantes si les choses venaient à se corser. Il valait donc mieux ne pas trop y penser pour le moment et compter sur mon instinct pour me donner la force nécessaire à vaincre nos ennemis en temps et en heure. Mathys, quant à lui, se révélait être le plus doué de nous trois.

Les derniers mètres qui nous séparaient du château se firent dans le silence le plus total, et la tension était palpable dans le moindre de nos mouvements, car chacun de nous s'attendait à voir surgir une dangereuse Créature de derrière un arbre. Mathys se tenait à côté de moi, et j'avais beau essayer de ne pas détourner mon attention de la menace qui pesait sur nous, je ne pouvais pas m'empêcher de penser à lui. Mon regard qui se posait sur lui un peu trop souvent me trahissait, et je voyais juste en supposant que cela n'avait pas échappé à notre compagne de route. Je me sentais coupable pour eux, car malgré leur volonté de m'épauler dans ma mission, ils n'avaient pas vraiment leur place dans cette quête. Ils étaient parfaitement qualifiés pour, et je ne doutais pas de leurs intentions, mais ce n'était pas à eux de le faire en premier lieu. Si je tenais à leur sécurité, peut-être aurais-je dû arrêter tout cela et me retirer, pour laisser finalement le Roi et l'armée s'occuper de décimer les Créatures une bonne fois pour toutes.

— On dirait qu'il n'y a personne, déclara le petit garçon lorsque nous fûmes plus proches de ce qui avait un jour été notre maison.

Un frisson de nostalgie me parcourut tout entière. Autrefois, c'était un endroit sûr, probablement le seul où j'avais vécu depuis la mort de mon père. Il ne l'était plus désormais, depuis que Louise y avait mis les pieds. C'était elle, la responsable de tout ce qui était arrivé. Par sa faute, Jeanne avait voulu se confronter à Damien, mais elle avait appris qu'il était son père. Par sa faute, Jeanne m'avait abandonnée et j'avais failli mourir dans une forêt, après avoir regardé Irina mourir, impuissante. Par sa faute, Ariane m'avait secourue et Zara en était morte. Par sa faute, la vie de Constance et de son enfant était en grand danger. Sans elle, tout se serait déroulé comme prévu.

— Tout va bien ? me demanda alors le petit Mathys en attrapant mon bras.

Je mis quelques instants à retrouver mes esprits, puis je répondis d'un ton qui se voulait convaincu :

— Je vais parfaitement bien, ne t'en fais pas.

— Tu as l'air... très remontée.

J'esquissai un sourire rassurant.

— Je suis un peu anxieuse, mais ne t'en fais pas. Donne-moi la main et tout ira bien.

Il acquiesça vivement, visiblement heureux de pouvoir se raccrocher à moi. Après tout, c'était encore un enfant, il avait probablement peur. Je fis abstraction de la colère que je ressentais en revoyant cet endroit pour être là au cas où il aurait besoin de moi.

Emeraude fut la première à atteindre la porte et affirma qu'il n'y avait personne : son odorat lui aurait permis de le déceler si quelqu'un s'était trouvé là, et elle n'avait détecté aucune trace d'un étranger. La jeune fille poussa timidement la porte, qui n'était plus verrouillée, ni protégée par un enchantement, et entra la première avec hésitation. Lorsque je fis à mon tour un pas dans ce château, dans mon ancienne maison, l'air me sembla plus lourd que dans mes souvenirs, probablement parce que personne n'était venu ici depuis un moment. Des débris de vase jonchaient le sol, et ce devait être l'œuvre des Créatures lorsqu'elles avaient pris la demeure d'assaut. Je ne pus m'empêcher de jeter un coup d'œil à la salle à manger dans laquelle j'avais passé tant de temps en compagnie de Jeanne et de Hugo. Les quelques mois paisibles de ma vie me revinrent alors en mémoire, et ils ne m'avaient jamais manqué de la sorte. Je pouvais presque voir les deux amants attablés, le regard plein d'amour et le cœur léger. De ce que j'avais vu quand je m'étais servie des herbes d'Ariane, ce n'était plus le cas, et leur relation avait changé. Ce manoir en décembre ravageait tout en moi.

— Va chercher un objet appartenant à Gabriel, plus vite nous l'aurons, plus vite nous pourrons le retrouver. Je vais t'attendre ici avec Mathys.

— Bien. Faites attention.

Je courus en direction des escaliers pour monter jusqu'à la chambre que nous partagions avec Gabriel, décidée à ne pas perdre de temps. Je fus pourtant forcée de ralentir, car de la poussière devait s'être logée dans mes poumons, m'empêchant de respirer correctement et me contraignant à tousser à plusieurs reprises. Le bruit engendré par ma toux résonna contre les murs, rendant vains tous nos efforts pour rester discrets.

Je pris soin de conserver une certaine allure et ne tardai pas à me retrouver face à la pièce que je cherchais. La porte était entrebâillée, probablement depuis notre départ. Les Créatures avaient peut-être voulu fouiller ma chambre pour en apprendre plus sur moi, mais ils n'avaient pas dû trouver grand-chose : depuis l'attentat au palais royal, je n'avais plus passé tant de temps qu'auparavant dans cette demeure.

J'eus à peine mis un pied dans la pièce que les souvenirs m'assaillirent une nouvelle fois. C'était ici même que j'avais partagé une nuit paisible avec Gabriel, avant que les choses ne se gâtent encore une fois et que je sois séparée de lui pour une éternité dont je ne voyais pas le bout. En m'asseyant sur le lit, je sentis son odeur sur les draps. Bientôt, nous serions réunis. C'était pour cette raison que j'étais là, je ne devais pas perdre de vue le but que je devais atteindre. Une chemise lui appartenant traînait sur le dossier d'une chaise, et je la pris entre mes mains pour la ramener à la louve. Avant de m'en aller, je jetai un dernier regard à ce lieu rempli de nos souvenirs, et je sentis mon nez me piquer, alors que des larmes menaçaient de m'échapper.

— Cela ne t'a pas suffi que Zara meure ? En restant là à ne rien faire, tu nous mets nous aussi en danger !

Je relevai les yeux vers Mathys, qui se tenait devant moi, l'air particulièrement en colère. Cela ne lui ressemblait pourtant pas.

— Qu'y a-t-il ?

— Tu n'as pas entendu ? C'est ta faute si ma sœur est morte, et si je meurs aujourd'hui, ce sera à cause de toi !

J'esquissai un geste de recul, ne comprenant pas son changement d'attitude si soudain. La culpabilité me submergeait et m'empêchait de réfléchir correctement, mais je tentai tout de même de garder mes esprits.

— Tu ne penses pas ce que tu dis.

— Et pourquoi cela ? Je n'ai pas le droit de t'en vouloir, tout simplement sous prétexte que tu es Alice Morin et que tu te bats pour ce qui est juste ? Ou parce que tu as trop souffert ?

— Tu en as parfaitement le droit, Mathys, c'est juste que…

— N'essaie pas de te justifier ! Si tu n'avais pas été là, rien de tout cela ne serait arrivé !

Certes je n'étais pas parfaite, personne ne l'était, mais je n'étais pas la méchante dans cette histoire, je n'étais pas de ceux qu'il fallait blâmer. J'essayais du moins de m'en convaincre depuis un moment, et le garçon venait de m'en faire douter en quelques mots.

— Tu disais que tu ne… commençai-je.

— Je l'ai pour ne pas te blesser, mais j'en ai plus qu'assez de faire attention alors que je souffre aussi. Je souffre même plus !

Ma vision se brouilla alors et mon corps s'écroula sur le sol. L'air me paraissait de plus en plus lourd. Comme le fameux soir où nous étions tous hors de nous et où la voyante avait utilisé la magie noire. Ce poids dans l'oxygène était-il lié avec l'état d'esprit de Mathys, tout comme cela avait affecté Jeanne et Adrien ?

Les Créatures avaient laissé l'endroit désert, mais ils avaient peut-être été assez intelligents pour marquer leur passage avec un enchantement. Cela éveillait peut-être la colère à force de respirer cette force magique, ce qui pouvait expliquer de nombreuses choses. Emeraude arriva alors, mais pour sa part, elle ne semblait pas du tout affectée par l'éventuel sort qui hantait peut-être ces lieux.
— Tout va bien ? s'empressa-t-elle de demander. J'ai essayé de le retenir…
— Fais-le sortir d'ici. Je crois que…
— Tu n'as pas d'ordre à me donner, rétorqua froidement la jeune fille. Tu n'en as pas marre de jouer la mère de tout le monde ? En fait, tu ne peux pas t'en empêcher on dirait. C'est assez étonnant, de la part d'une fille qui n'a jamais vraiment eu de mère.
Je m'efforçai de ne pas relever sa pique, mais ce n'était pas chose facile. Je devais pourtant me concentrer sur l'essentiel : il ne fallait surtout pas qu'elle perde le contrôle, car elle était de nous trois, la plus dangereuse pour les deux autres. Je ne savais pas quoi dire pour calmer le jeu et le moindre de mes mots risquait d'aggraver la situation. Je n'eus pourtant pas le temps d'ouvrir la bouche, car mes compagnons de route avaient disparu mystérieusement.
— Mathys ? Emeraude ?
La pièce sembla se refermer sur moi, et je mis mes mains sur mes oreilles, pour devenir indifférente à la voix de mes amis qui résonnait dans ma tête : j'avais essayé de réfléchir plutôt que de prêter attention à leurs accusations, mais désormais, je n'avais plus que cela à l'esprit.
— Relève-toi. Tu es déjà une honte pour moi, ne rends pas les choses pires encore.
J'essuyai mes larmes et jetai un regard hésitant à la femme qui venait de prononcer ces mots.
— Mère ? lançai-je avec incompréhension.
Elle ne pouvait pas être ici, elle n'avait rien à faire là. Et malgré tout, c'était bien elle qui se tenait là face à moi, l'air plus impitoyable que jamais. Je me dépêchai de me remettre sur pieds, décidée à ne pas me laisser humilier cette fois-ci : je connaissais ma valeur, elle ne pouvait plus m'en faire douter.
— Tu es stupide, Alice. Ne vois-tu pas que chacun de tes efforts pour sauver ce royaume a l'effet inverse ? Qui as-tu réellement aidé depuis le début de ce que tu considères comme ta mission ? Tu n'as même pas réussi à détruire les Créatures… Elles sont revenues, plus fortes encore. Tu voulais me prouver que je te sous-

estimais, mais tu n'as fait que confirmer mon opinion sur toi : tu n'es vraiment qu'une bonne à rien.

Mon cœur se rétracta dans ma poitrine, et ma détermination à tenir tête à cette femme se dissipa. Je ne pouvais rien contre elle : elle connaissait les mots durs, elle savait ce qu'il fallait me dire pour me blesser. Elle n'hésitait pas à s'en servir, même si je trouvais cela étonnement cruel de la part d'une mère. J'entrouvris les lèvres pour lui répondre, mais elle s'envola en un nuage de fumée, et quelqu'un d'autre prit sa place. Il me fallut quelques instants pour reconnaître la personne qui se tenait face à moi, mais il s'agissait bel et bien de Martin, mon ancien collègue. Je ne l'avais plus vu depuis mon départ de Daahshi, et je devais avouer qu'il ne m'avait pas manqué un seul instant. Je pris soin de parler la première, m'assurant ainsi un certain avantage sur lui :

— Que veux-tu me dire ? Qu'est-ce-que tu as à me reprocher ?

Il sourit froidement.

— Depuis le début, la seule chose qui compte ce sont les reproches que tu te fais à toi-même.

Cette phrase me resta à l'esprit un moment, me permettant de réaliser qu'il avait raison. Je m'étais trompée depuis le début.

48

Aucun de mes amis n'avait été victime de cet enchantement, du moins pas de cette manière. Il n'y avait que moi dans cette pièce, et personne d'autre. Martin et ma mère n'auraient jamais pu s'y trouver, tandis que Mathys et Emeraude ne m'auraient jamais dit cela. J'avais tout imaginé, car c'était sur moi que la magie avait opéré : le sort me confrontait à ma propre culpabilité, à mon propre ressentiment à mon égard. Et j'y avais cru.

Je serrais toujours la chemise de Gabriel entre mes mains, et c'était bien la seule chose réelle que j'avais vue depuis un moment. Je courus vers la porte, mais Gabriel - ou du moins celui de mon imagination - s'interposa entre la sortie et moi. Je le dévisageai avec assurance, et d'une traite, il me demanda d'une voix dénuée de la moindre émotion :
— Comment peux-tu prétendre m'aimer alors que tu me laisses de côté à chaque fois ?
— Je t'aime, sincèrement, mais il faut que tu me laisses passer. Je suis en route pour te retrouver, et cette fois-ci, je ne te quitterai plus.
Il haussa les sourcils, l'air de douter de ma parole. C'était probablement le cas.
— Tu dis cela aujourd'hui, mais rien n'est moins sûr. Tu finiras par t'en aller, comme tu le fais si bien. Tu as abandonné ta mère alors qu'elle venait de perdre ton père, tu as laissé tomber Jeanne, tu as fui ton rôle d'élue, tu m'as rejeté, et j'en passe. Pour quelqu'un qui dit être une personne bien, tu es plutôt lâche, tu ne crois pas ?
— J'avais mes raisons. J'ai toujours de bonnes raisons pour faire ce que je fais, et tu le sais mieux que quiconque !
Ma voix se brisa, et la silhouette du jeune homme ne tarda pas à s'évanouir, me laissant la voie libre. Je ne perdis pas une minute de plus à attendre là, redoutant qu'une nouvelle apparition ne se produise sous mes yeux et me fasse plonger dans l'impuissance.
Je courus jusqu'à l'étage du dessous, où, je l'espérais, étaient encore Mathys et Emeraude. En débarquant dans la pièce où je les avais laissés, je ne vis que la louve, recroquevillée dans un coin, l'air terrassée. Je m'approchai lentement d'elle, et bien qu'elle ne fût plus sous son apparence humaine, je pus lire une immense

tristesse dans ses grands yeux verts. Je vins m'asseoir à côté d'elle lentement, pour ne pas l'effrayer, et elle releva la tête vers moi en glapissant douloureusement.

— Viens avec moi, tu te sentiras mieux dehors. Je suis là maintenant, ne crains plus rien.

Je n'osais même pas imaginer les démons intérieurs qu'elle devait affronter, mais je m'inquiétais plus encore pour Mathys, qui pour sa part, avait perdu bien des personnes et ressenti tant de souffrances. Cependant, avant de le trouver, je devais m'occuper de la jeune fille, et cela n'allait pas être chose facile, car elle paraissait si terrorisée par ce qu'elle voyait qu'elle n'avait pas l'air décidée à bouger. Je mis doucement ma main sur sa patte velue et murmurai :

— Si tu me suis, tout va s'arranger, je te le promets. Rien de tout cela n'est réel, tu t'en rendras compte quand nous serons dehors. L'air libre te fera le plus grand bien.

Emeraude se leva en tremblant, mais ne tarda pas à se rallonger, dissimulant ses yeux avec ses coussinets épais. Je passai mes bras autour d'elle, priant pour que cela suffise à la rassurer un peu. Adrien arriva alors devant moi, et je m'accrochai de plus belle à mon amie : finalement, j'avais moi aussi besoin d'elle pour surmonter ce qui allait arriver.

— Je ne supporterai pas la mort de Zara et tu le sais. Alors pourquoi l'as-tu laissée mourir ? Tu aurais dû la sauver, tu aurais au moins dû essayer. Si tu l'avais emmenée avec toi, elle aurait peut-être pu être soignée par d'autres. Ou bien tu aurais pu retourner avec elle au sanctuaire et utiliser les eaux sacrées pour qu'elle revienne.

Mes lèvres se mirent à trembler. C'était certainement pour cette raison que je m'en voulais tant : je continuais, au plus profond de moi, à croire que j'aurais pu faire quelque chose de plus pour lui permettre de survivre. Je me défendis tout de même, dans l'espoir de faire disparaître le jeune homme :

— Si j'étais restée, nous serions mortes toutes les deux, et cela n'aurait servi à rien. Elle était trop blessée pour supporter d'être transportée. J'ai fait ce que j'ai pu, je t'assure. Je n'avais pas le temps de penser à toutes les solutions, la regarder mourir était déjà affreux...

— Tu es pitoyable, et le pire c'est que malgré tous tes efforts pour nous retrouver les autres et moi, tu as peur de nous revoir. Tu crains que je ne te pardonne pas la mort de Zara, que Gabriel ne t'aime plus et que l'idée de ta mort l'ait définitivement changé. Tu as peur de ne pas réussir à regarder Jeanne dans les yeux après ce qu'elle t'a fait parce qu'en réalité, c'est de sa faute si tout ce mal t'a été infligé.

— Tais-toi.

Jeanne m'avait abandonnée, c'était exact. Son indifférence quant à ma souffrance me troublait, mais je ne pouvais pas lui en vouloir : j'avais vu combien elle regrettait sa décision, et je savais qu'elle s'était retrouvée bouleversée en apprenant que Damien, le chef des Créatures, était son père. J'étais son amie, et je la comprenais. Le corps imaginaire d'Adrien fut alors transpercé par quelque chose de solide, ou plutôt par quelqu'un. Le petit Mathys était revenu nous chercher : il s'en était visiblement mieux tiré que nous. Il portait un morceau de tissu sur le visage, ce qui était assez malin, il fallait bien l'admettre. Il en posa un sur mon visage, et je sentis qu'il était un peu humide, ce qui faisait de lui un excellent filtre. Il appliqua également un morceau de lin mouillé sur le long museau de la louve.

— Ce n'est que ton imagination, Alice. Il doit y avoir de la magie dans l'air.

J'esquissai un sourire derrière ce qui me servait de masque, et répliquai d'une voix calme :

— Je l'ai compris aussi, mais un peu trop tard pour y échapper. Emeraude a l'air d'y être très sensible, je doute que cela suffise à effacer ses hallucinations.

Il regarda l'animal avec compassion et posa à son tour sa main sur son dos.

— Tout va bien se passer. Viens avec nous : si tu as peur, je te protégerai.

Ils échangèrent un regard, puis la louve accepta enfin de nous suivre.

Je tenais la chemise du neveu du Roi contre ma poitrine, les narines remplies par son odeur. Nous nous étions arrêtés dans une petite clairière pour patienter jusqu'à ce qu'Emeraude eut retrouvé ses esprits et fut prête à nous conduire auprès des autres. Pour ma part, je n'avais vu personne depuis l'apparition d'Adrien, et j'en étais soulagée : il était difficile de voir ses pires regrets exposés au grand jour par quelqu'un de proche. Mathys m'avait expliqué qu'il n'avait rien fait d'autre que de se rappeler de la mort de ses parents, mais qu'il ne devait pas avoir tant de choses à se reprocher lui-même car le sort l'avait laissé indifférent.

Je doutais que la jeune fille en ait plus que nous, simplement elle devait avoir vécu des moments très difficiles et n'avait peut-être pas toujours eu la possibilité d'arranger les choses. Quoi qu'il en soit, elle n'était pas encore redevenue humaine et elle venait à peine d'arrêter de trembler que le Soleil se couchait déjà à l'horizon. Le frère de Zara avait insisté pour lui tenir compagnie, et il ne l'avait d'ailleurs plus lâchée depuis. Il lui parlait pour qu'elle sache qu'elle n'était pas seule, et même si cela prenait du temps, j'étais certaine qu'il lui était d'une grande aide.

J'avais amassé un tas de baies à côté de nous, mais cela était bien peu, sans compter que le froid de la nuit n'allait pas tarder à s'abattre sur nous d'un instant à l'autre. Nous ne pouvions pas faire de feu car nous étions trop près du château, et c'était bien contraignant. Je séparai notre nourriture en trois parts égales avant de me lever et d'aller les porter à mes deux amis.

— Il doit beaucoup te manquer, me fit remarquer Mathys en désignant l'habit appartenant à Gabriel.

Je n'avais pas quitté cette chemise un seul instant depuis que je l'avais trouvée, et c'était certainement par peur de la perdre elle aussi.

— Oui, tu as raison, mais ce n'est plus qu'une question de temps avec que je puisse de nouveau le voir, répondis-je en souriant.

Je ne devais pas oublier ma chance : ce manque pourrait être comblé prochainement, alors que celui que ressentait Mathys ne disparaîtrait probablement jamais. Il picora quelques fruits des bois et me questionna :

— Je t'ai dit quelque chose, enfin, dans ton imagination je veux dire ?

Je relevai les yeux vers lui, hésitant à lui confier ce qu'il m'avait reproché dans mon propre esprit. Nous avions déjà parlé de cela, et il m'avait dit qu'il ne m'en voulait pas, alors il n'était peut-être pas nécessaire d'y revenir.

— Je suis désolé que tu t'en veuilles autant, Alice, me devança-t-il. Tu pourras me le dire lorsque tu craindras que je t'en veuille aussi, si ça t'aide à aller mieux.

— Merci beaucoup. Toi aussi, si tu as mal parfois, n'hésite pas à te confier.

Il me répondit par un sourire, et ce fut à ce moment-là qu'Emeraude revint sous sa forme humaine. Fidèle à elle-même, elle déclara :

— Nous devons partir, je vous ai fait perdre déjà bien assez de temps.

— Mange d'abord, lui rappelai-je.

Elle hocha la tête, et je me remémorai ce qu'elle m'avait dit, lors de l'enchantement. *Tu n'as pas d'ordre à me donner.* Elle avait aussi dit que je n'étais pas sa mère, et que je n'avais pas à prendre ce rôle trop à cœur. Avait-elle raison ? Le pensait-elle vraiment ?

Certainement que ce n'était pas le cas, puisque ce ne l'était pas non plus pour Mathys. Les mots qu'elle avait dits étaient ceux que je refoulais au plus profond de moi, il n'avait sans doute aucun rapport avec ce qu'elle ressentait réellement.

— Tu te sens vraiment mieux ? lui demanda le garçon avec une attention toute particulière.

— Oui, bien mieux. Je suis prête à repartir, ne vous en faites pas.

Lorsque nous arriverions à la cabane, il faudrait que je lui pose quelques questions au sujet de ce qui l'avait traumatisée au point de la rendre aussi vulnérable et impuissante face à ce sort. Ce devait être bien lourd à porter, et si elle le voulait bien, elle pourrait peut-être me donner un peu de son fardeau pour se soulager un peu.

Une fois que nous eûmes tous profité du maigre repas que je nous avais constitué, la louve insista pour reprendre la route immédiatement. Elle avait senti la chemise du neveu du Roi et nous avait assuré qu'à dos de loup ce n'était pas très loin. Si elle le disait, ce devait être vrai, et nous serions peut-être là-bas avant le lever du jour. Il devenait urgent de retrouver les autres, car même si je n'y avais plus pensé, plus le temps passait, plus la certitude de ma mort les gagnait. Je devais aussi les aider à vaincre les Créatures, pour venger la famille de Mathys, mais aussi Irina et tous ceux qui étaient morts ou qui avaient tout perdu à cause de ces monstres. Je devais le faire pour me racheter du mal engendré par mon propre père. Je montai donc sur le dos de mon amie, qui était de nouveau une bête, et fis signe au frère de Zara de venir m'y rejoindre, ce qu'il fit sans hésiter.

Nous entamions la dernière partie du chemin, et j'espérais ne plus jamais avoir à partir aussi loin des miens, ni devoir supporter tant de souffrances. Je passai les bras autour du petit garçon qui se tenait devant moi, et il se retourna, un sourire aux lèvres. Il devait être heureux lui aussi de retrouver nos amis, même s'il ne les avait pas vus depuis des mois. Je craignais toutefois que leurs visages ne lui rappellent sa sœur défunte, mais ils étaient notre famille eux aussi. Notre maison.

Le Soleil brillait désormais au-dessus de nous, alors que nous étions sur le point de reprendre la route après une pause bien méritée. Émeraude avait dormi, tandis que Mathys et moi avions tour à tour monté la garde, puis brièvement mangé. Nous étions presque arrivés, mais nous tenions à être assez présentables quand viendrait le moment de retrouver les autres. Malgré nos efforts, nos vêtements étaient dans un piètre état, nos peaux couvertes de blessures et de quelques cicatrices, et nos yeux alourdis de fatigue. Je respirai profondément et la jeune fille louve prit ma main dans la sienne avec gentillesse.

— Je suis désolée si nous devons continuer à pied, mais je préfère rester discrète.
— Je comprends, ne t'en fais pas.

Elle craignait certainement d'effrayer nos amis, et même si aucun d'eux ne l'aurait jugée, je respectais sa volonté de garder son côté bestial secret. Mathys pataugeait dans un ruisseau un peu plus loin, un air paisible collé au visage.

— Il a une force en lui que rien ne semble jamais affaiblir, commenta Émeraude d'un ton admiratif.

— Pourtant, il aurait plus de raisons que n'importe qui de s'écrouler, mais il tient bon. J'espère que rien ne le brisera jamais.

Elle approuva, puis je déclarai d'un ton amusé :

— Je crois qu'il te trouve courageuse toi aussi. Il t'apprécie beaucoup.

Le petit m'aurait probablement décoché un regard noir s'il avait pu m'entendre. La jeune fille, elle, éclata d'un rire nerveux puis rétorqua :

— C'est un gosse et moi je serai bientôt une femme. C'est un amour d'enfance qui disparaîtra quand il grandira.

— Probablement. Quoi qu'il en soit, il a beaucoup de chance pour un premier amour.

Un craquement retentit alors derrière nous et nos corps cessèrent de bouger. Ma main glissa discrètement vers une pierre pour me défendre tandis que les yeux de la fille louve changèrent de couleur. Je sentis la pointe d'une épée se poser dans mon dos et retins mon souffle ainsi que mes larmes. Nous ne pouvions pas être parvenus jusqu'ici seulement pour être à nouveau détournés de notre objectif.

— Mains en l'air, levez-vous et tournez-vous vers moi, que je puisse voir vos visages.

Cette voix. Elle ne m'était pas étrangère et m'évoquait à la fois un souvenir désagréable et doux. Alors que je m'exécutais, imitée par la fille louve, Mathys accourut vers nous, tout sourire.

— Alice ! Alienor ! s'écria-t-il.

49

Mes sourcils se froncèrent, comprenant d'où me venait cette impression de connaître mon assaillant. L'épée glissa de mon dos pour confirmer que tout ceci était bien réel.

— Alice ? demanda Alienor d'un ton hésitant, incapable de dissimuler sa propre surprise.

Je fis volte-face, tombant nez-à-nez avec la petite bourgeoise. Mes yeux s'écarquillèrent, remplis de larmes de bonheur et mes lèvres s'entrouvrirent, mais elle parla la première.

— J'ai peine à y croire, Alice, nous t'avons tant cherché, et aujourd'hui nous te trouvons là, si près de chez nous.

Je poussai un rire nerveux et l'étreignis entre mes bras.

— C'est une si longue histoire, Alienor, mais je te promets de te la raconter.

Mon visage enfoui dans son cou, ses boucles blondes me chatouillaient les joues.

— J'espère tout de même que ce ne sera pas ennuyant, se plaignit-elle pour de faux.

Elle siffla ensuite et appela Jeanne, qui ne devait pas être bien loin. Après tout, à elles deux, elles constituaient l'équipe de recherche. La sorcière arriva d'un pas plus lent, mais accourut vers moi lorsqu'elle m'aperçut.

— Tu es vivante, quel miracle !

Je me retins de lui dire que ma survie tenait de tout sauf du miracle, qu'elle n'était que le résultat d'une lutte coûteuse et ardue.

— Et tu as ramené Mathys avec toi, ajouta mon ancienne meilleure amie en le prenant dans ses bras.

Jeanne chercha Zara du regard, mais je lui en adressai un pour la dissuader de poser la moindre question. Alienor posa sur l'enfant des yeux meurtris, comprenant elle aussi le drame que tout cela impliquait. Elle se tourna ensuite vers Emeraude, les sourcils froncés, et lui tendit la main.

— Alienor, nous n'avons pas l'honneur de nous connaître.

— Emeraude, enchantée.

Elles se saluèrent, puis Alienor s'empressa de nous guider jusqu'à la cabane d'un pas enjoué. Mathys s'accrocha à mon bras, sa joue écrasée contre mon épaule et me lança un regard à la fois soulagé et nostalgique. Emeraude se glissa derrière lui et passa un bras bourru autour de son cou, lui ébouriffant les cheveux.

— Tu ne vas quand même pas flancher maintenant, tu es un grand gaillard, non ?
Il se força à sourire, puis ils partagèrent quelques plaisanteries. La fille louve savait faire ressortir le positif chez le petit, et peut-être chez les gens en général. Elle défit alors la cape bleue qu'elle portait habituellement et la drapa avec douceur autour de mes épaules.
— Tu as la chair de poule, ça te donnera un air moins sauvage. Crois-moi, je sais de quoi je parle.
Je serrai les pans doux et soyeux du vêtement autour de moi. Une odeur connue s'en dégageait, sans que je parvienne à associer quelqu'un à ce parfum. Comment ma mémoire pouvait-elle me faire défaut à ce point ? J'étais sur le point de demander à Émeraude des détails sur l'habit qu'elle venait de me prêter, mais la cabane apparut lentement sous nos yeux fatigués, et mon cœur fit un bond.

La petite maisonnée était là, plus accueillante que jamais. Un tel bonheur m'envahissait que des larmes roulèrent le long de mes joues. La tristesse se mêla à mes pleurs lorsque les souvenirs de Zara refirent surface : elle aurait aimé être ici, elle aussi. Elle avait sacrifié sa vie pour que je puisse venir, même si elle n'était plus là. Émeraude et Mathys se tournèrent vers moi et je m'empressai de chasser mes sentiments débordants de mon visage. Ils m'épaulèrent tous les deux et nous reprîmes notre marche vers notre famille, devancés par Jeanne et Alienor, porteuses de la bonne nouvelle.

Le premier à passer la tête hors de la cabane fut Gabriel, le regard vide. Ses yeux s'illuminèrent toutefois lorsqu'il me vit, et il sembla revivre un peu. Il s'avança vers moi d'un pas lent, me dévisageant de haut en bas, le visage figé. Ses mains tremblantes se posèrent autour de moi, serrant mes bras entre elles.
— Je dois rêver. Je dois encore rêver.
Je souris en passant mes doigts le long de sa tempe jusque dans ses cheveux.
— Pince-moi.
Mes narines étaient pleines et je ne pus retenir mes sanglots. Il n'avait pas l'air d'être prêt à croire que tout ceci était possible, et j'avais moi aussi peine à réaliser que mon enfer prenait fin. Il plongea son regard bleu dans le mien, et je vis renaître en lui ce qui avait disparu lorsqu'il m'avait crue morte.
— Si j'avais su, j'aurais remué ciel et terre pour te retrouver, avoua-t-il.
— Cela n'aurait servi à rien : je suis partie très loin. C'est une longue histoire.

Jeanne attendait toujours, à quelques mètres de nous. Nous n'avions pas eu le temps de nous expliquer, aussi je devinais sa peur : elle m'avait abandonnée, et elle craignait que je ne lui en veuille. Je fis le premier pas, et je m'approchai d'elle pour la prendre dans mes bras.

— J'ai tant attendu ce moment...
— Et moi alors... répondit-elle d'un ton soulagé.

Gabriel prit ma main dans la sienne et déclara :
— Je voudrais passer quelques secondes en compagnie d'Alice avant que nous ne soyons de nouveau séparés.

Je lui lançai un regard mi-amusé, mi-inquiet. Était-il possible qu'il se lasse un jour de tous ces rebondissements ? En aurait-il marre de ne jamais être en paix, de toujours devoir faire face à un nouveau danger ? Il m'attira contre lui, comme il l'avait fait si souvent, mais je m'étais rarement sentie aussi rassurée. Après l'horreur que m'avait fait vivre Ariane, cela me semblait bien doux. Je fis abstraction de ces souvenirs obscurs, me raccrochant au présent qui était désormais plus lumineux pour moi.

Le jeune homme me serrait plus fort que jamais entre ses bras et j'en étais presque étouffée, mais je n'avais pourtant pas la moindre envie qu'il me lâche. J'avais l'impression qu'il s'était passé une éternité depuis la dernière fois que nous nous étions vus, et la peur d'être séparé à nouveau de lui ne me quittait pas. J'enfouis ma tête contre son torse, réalisant à quel point cela faisait du bien de le retrouver après avoir perdu tout espoir de le revoir. Adrien s'avança alors, jetant de nombreux regards autour de lui, comme s'il cherchait quelqu'un, mais ce n'était malheureusement pas qu'une impression. Il s'attendait à la voir, *elle*. Un souvenir pesant me retomba alors sur la conscience, et je fus obligée de m'écarter de l'homme que j'aimais pour annoncer la mauvaise nouvelle au jeune professeur. Celui-ci n'attendit pas que je dise quoi que ce soit et me devança :

— Quand Zara va t'elle arriver ? Puisque Mathys est là, je suppose qu'elle va venir vous rejoindre bientôt, n'est-ce pas ?

Je me mordis la lèvre, incapable d'aligner les mots pour lui dire ce qu'il devait savoir. Face à mon mutisme, ce fut Mathys lui-même qui prit le relai.

— Zara ne peut plus s'occuper de moi, donc Alice le fait à sa place.

Le petit avait les yeux bordés de larmes amères qui menaçaient de couler.

— Si vous savez où elle se trouve, dites-le-moi. J'irai de ce pas la retrouver, elle en sera sûrement heureuse. Je la ramènerai auprès de toi, Mathys, reprit-il en voyant la tristesse de l'enfant.

Elle l'aurait été évidemment, heureuse, mais je ne souhaitais pas au sorcier d'aller la rejoindre pour le moment. Il était encore trop tôt pour lui, comme pour Zara, mon père et toutes ces personnes parties avant l'heure. Je répondis d'une voix tremblante :

— Tu ne peux plus l'atteindre, Adrien. Pas de là où elle est.

Il me dévisagea durant un long moment, réalisant peu à peu ce que signifiait la phrase qu'il venait d'entendre et son regard devint de plus en plus vitreux. Jeanne posa la main sur son épaule, mais il se dégagea froidement et j'aurais presque pu entendre son cœur se briser, juste dans sa poitrine.

— Elle t'aimait, Adrien, et elle ne souhaitait que le meilleur pour toi.

Je repensai alors au fameux collier et le tirai de ma poche.

— Elle voulait aussi que je te donne ça, elle y tenait beaucoup.

Il prit maladroitement l'objet entre ses mains fébriles et passa lentement ses doigts dessus, se remémorant peut-être la jeune femme, les traits de son visage, le son de sa voix, le timbre de son rire, et les plis de son éternel sourire.

— Elle ne peut pas être… murmura-t-il.

— J'aimerais pouvoir te dire qu'elle va bien, mais…

Mais la triste vérité, c'était qu'elle n'était plus parmi nous désormais. Elle avait donné sa vie pour moi, et je n'avais rien pu faire pour elle.

— Je suis sincèrement désolée, m'excusai-je simplement.

Il serra la mâchoire, essayant de retenir sa douleur et de ne rien laisser paraître. J'étais bien placée pour savoir ce qu'il ressentait, et je connaissais très bien les sanglots qu'il s'efforçait de garder en lui.

Mathys s'accrocha à mon bras et murmura :

— Émeraude est partie.

Je jetai des regards inquiets autour de nous, mais il n'y avait effectivement plus aucune trace de la jeune fille. Je commençais à m'affoler, imaginant le pire pour elle.

— La reverra-t-on un jour ? me questionna le petit d'un ton rempli d'espoir.

— Probablement, oui. Nos aventures sont loin d'être terminées.

Il me regarda en souriant, mais ses yeux trahissaient une certaine peine.

— Elle va me manquer.

Et il avait raison. Même si cela n'avait duré que quelques jours, nous formions une bonne équipe tous les trois.
— À moi aussi, Mathys… À moi aussi.
Mais elle reviendrait. Ou bien ce serions-nous, qui viendrions à elle. Je portais d'ailleurs la cape dont elle m'avait fait don, et celle-ci m'enveloppait toujours de son odeur douce et rassurante. En la serrant autour de moi, je remarquai une inscription brodée à l'intérieur. M. E.
Je connaissais ces deux initiales, et je me souvenais parfaitement de ce parfum désormais. Je fis volte-face, mais l'orée du bois était déserte. Elle devait déjà être loin. Cette découverte ne faisait que confirmer ce dont j'étais certaine : mon destin et celui de la fille-louve se rencontreraient encore, car nous avions encore bien des choses à apprendre l'une de l'autre.

Pendant ce temps à Daahshi...

Le vieil homme au dos courbé et aux poumons remplis de poussière à force de travailler dans son obscure boutique posa son regard sur la fumée qui s'élevait au loin. Le vieux Sam eut un pincement au cœur en songeant que, bientôt, le combat allait s'immiscer dans le village de Daahshi, mais sa culpabilité le hantait plus encore. Après tout, n'était-ce pas lui qui avait donné l'idée à Martin de rendre la maudite bague à Harry ? N'était-ce pas lui qui avait aidé les créateurs à élaborer leur terrible potion, des années plus tôt ? Jusqu'ici, il n'avait jamais éprouvé de remords puisqu'à ses yeux, il s'était contenté d'aider deux garçons que lui et sa femme affectionnaient comme leurs fils. Cependant, confronté aux véritables conséquences de cet acte, il se trouvait là, à se questionner. Était-il responsable des massacres des Créatures, autant que Damien ? Autant que Pierre ? Autant que Louis, qui se révélait être le seul que le vieux Sam ne portait pas dans son cœur. Il entendit alors sa femme l'appeler depuis leur modeste cuisine et accourut, craignant une nouvelle crise : durant ces temps bien sombres, les dons de voyance de sa femme vieillissante lui jouaient des tours et n'arrangeaient rien à son âge avancé. Heureusement, lorsqu'il arriva, tout semblait paisible. Elle coupait des carottes pour la soupe et sourit à la vue de son époux. Après tant d'années, il l'aimait comme au premier jour et éprouvait la même tendresse à son égard.
— As-tu vu qu'ils arrivaient ? demanda la vieille dame à la chevelure argentée.
Les guerriers des Créatures. Le vieux Sam croisa le regard de sa femme et ressentit encore un brin de chagrin pour son plus grand péché. Dans le but de ramener la justice et l'équité pour tous, ils avaient seulement déclenché une terrible guerre.
— Je les ai vus Mahaut, répéta-t-il. Nous devons partir.
Prononcer ces trois derniers mots exigeait de lui un effort monumental. Mahaut baissa le menton, elle aussi peinée de quitter le foyer dans lequel ils avaient si longtemps vécu. Le vieillard se rapprocha d'elle et releva son visage vers le sien avec délicatesse.
— La route sera longue et nous ne pourrons emmener que peu de choses... Mais je préfère encore cela à te voir mourir, Ma.
Il déposa un baiser sur son front pour l'apaiser avant d'ajouter :
— Je crois que ce départ pourrait me permettre de... réparer nos erreurs passées.
Elle sut aussitôt de quoi il parlait et acquiesça vivement.

— Dans ce cas, tu devrais aller chercher le matériel du rite avant qu'il ne soit trop tard.

Il étreignit sa femme avant de s'exécuter. Alors qu'il était sur le point de quitter la pièce pour rejoindre son atelier, elle le rappela :

— Samuel ! J'ai eu une vision des plus déroutantes.

Elle fit une courte pause, pour laisser planer un suspens qu'ils adoraient tous deux. Cependant, elle savait qu'il aimerait davantage la surprise.

— Nous allons avoir un enfant, prochainement, conclut-elle d'une voix chevrotante.

Sam esquissa un sourire mal assuré. S'il n'était pas sûr de croire cela possible et que sa femme perdait parfois le Nord, il faisait pleinement confiance à la voyante qu'il y avait en elle. Un enfant. Ils en avaient toujours désiré un, mais la vie les en avait privés. Ce fut donc avec une flamme d'espoir dans l'âme qu'il se rendit à la boutique.

Dans sa grande besace, Sam fourra la coupe du rituel des Créatures ainsi que l'extrait de la potion originelle. Il la regarda avec nostalgie quelques instants. Pierre Morìn la lui avait donnée parce qu'il lui témoignait une grande confiance et désirait la garder sauve, au cas où quelque chose lui arriverait. Depuis, Sam se demandait souvent dans quelle mesure Pierre avait compris qu'il ne lui restait que quelques heures à vivre. Mais le savait-il vraiment ? Des larmes remontèrent dans les yeux du vieux Sam. Il avait vu ce garçon grandir dans les rues de ce village, il l'avait connu lorsqu'il n'était personne. De bien des façons, Sam avait été un père pour lui, mais surtout pour Damien, le pauvre enfant dont personne ne voulait. Personne sauf Mahaut et Sam. A la mort de Pierre, Damien ne fut pas le seul à avoir le cœur brisé : la peine de ce dernier détruisit autant le vieux Sam que la mort de l'autre homme.

Il se frotta les yeux pour ne plus y songer et se concentra sur sa mission. Rassembler le nécessaire pour qu'Alice Morìn puisse rompre l'enchantement élaboré après tant de mal par Pierre, Damien, Louis et, à son plus grand regret, lui-même. Il prit quelques plantes dont il connaissait les secrets et un vieux grimoire en plus du reste et se questionna une dernière fois. Aider Alice, était-ce trahir ses amis ? De bien des manières, ça l'était. Mais dans le cas présent, les trahir ressemblait à la meilleure solution possible.

Chargés de leurs plus précieuses affaires et accompagnés d'une mule montée par Mahaut, le vieux couple s'aventura sur la route pour la première fois depuis des années. Devancer l'armée ennemie ne leur était pas assuré, surtout si Damien comprenait que Sam avait changé de camp, mais ils ne pouvaient rien faire de mieux. Peu importe leurs cœurs aussi lourds que leurs pas, le choix ne leur appartenait plus. Le regard embué de larmes de Mahaut se retourna une dernière fois sur Daahshi et un écho d'une vision lui revint en mémoire. Les toits en proie aux flammes. Les cris de leurs voisins résonnant dans les rues. Le sang coulant de toute part. Tout ceci n'allait plus tarder. Elle laissa s'échapper un gémissement de souffrance que son mari remarqua aussitôt. Il s'empressa de lui prendre la main pour la réconforter et lui rappeler que le présent comptait plus que l'avenir. Plus que le passé.

A suivre…

Remerciements

Waow. C'est la fin du deuxième tome, ça y est. Je viens de finir une énième correction, j'y crois à peine. Trêve de bavardages, je tenais à remercier les personnes qui m'ont aidé dans l'écriture, la correction, ou dans tout ce qui a touché de près ou de loin à ce roman.

Merci à celles et ceux qui m'ont fait part de leur ressenti à la lecture du premier tome, j'ai été extrêmement touchée par votre intérêt, votre bienveillance et votre gentillesse. Merci de croire en moi.

Je remercie (encore, mais jamais assez) Doriane. Tu as accepté de renouveler ton contrat d'illustratrice avec moi, de subir mes instructions floues et mes demandes parfois contradictoires. Je suis la première à te le dire, mais je sais d'avance que je serai loin d'être la seule, tes dessins sont merveilleux. Et sans toi, je n'aurais jamais pu atteindre un tel résultat.

Merci à mes deux grands-mères, qui ont lu mon livre (et ont beaucoup aimé, je crois). Merci à celle qui m'a relue et qui a corrigé BEAUCOUP de mes fautes. Sans toi mamie, mes lecteurs auraient pu avoir mal aux yeux de temps en temps. Merci pour le temps que tu y as passé.

Maman, même si tu n'es pas très organisée pour me corriger, je te fais toujours lire mes romans, car ton soutien compte énormément pour moi. Tu comptes parmi les premières personnes à qui je veux faire lire mes écrits (tu as d'ailleurs été l'une des premières à lire Daemrys), mais grâce à moi tu n'es jamais en panne de lecture…

Comme pour le premier tome, mention spéciale pour Morgane qui est aussi cool (voire plus) que le personnage du livre et m'a toujours fait des retours précis, utiles, et drôles. D'ailleurs, elle aussi, elle écrit un livre mais je ne veux pas gâcher la surprise. Je la félicite de tout mon cœur et la remercie pour l'investissement qu'elle met dans la correction de mon livre. On sait d'avance qu'elle sera encore dans les remerciements du tome 3.

Merci à tous, merci à ceux qui n'ont pas leurs noms d'inscrits mais à qui je pense très fort. Merci au lecteur.

Et pour finir, je tenais à m'excuser auprès de mes personnages qui ont été ballotés dans tous les sens durant le tome 2. Ils méritent (presque tous) mieux... Le tome 3 leur sera plus favorable (ou pas) !